Ingrid Elfberg

Die Frau des Polizisten

W0267240

atb aufbau taschenbuch

Ingrid Elfberg ist im Norden Schwedens aufgewachsen und lebt heute mit ihrer Familie in Göteborg. 2004 gewann sie für ihre Erzählung »Stormen« einen schwedischen Literaturpreis. Außerdem bei atb lieferbar: »Das Lied des Schweigens«.

Mehr zur Autorin unter www.ingridelfberg.se

Das Polizistenpaar Erika und Göran führt eine Bilderbuchehe, wenn es da nicht die Kehrseite gäbe, die Erika lange, viel zu lange geheim hält. Göran neigt zu Gewaltausbrüchen, schlägt und vergewaltigt sie, hält sie wie in einem Gefängnis und überwacht jeden ihrer Schritte. Am Abend vor Neujahr eskaliert die Situation.

Erika flieht nach Göteborg zu ihrer Freundin Anna, und dank der Vermittlung ihrer Chefin kann sie bei der dortigen Bezirkskriminalpolizei eine Stelle als Vertretung annehmen. Fängt jetzt ein neues Leben an?

Sie übernimmt mit ihrem Kollegen Per, für den sie ein zartes Interesse entwickelt, den Fall um die vermisst gemeldete Architektin Barbro, die offenbar in korrupte Machenschaften verstrickt war. Doch schon bald taucht Göran wieder auf, der sie vor den Kollegen diffamiert und ihr das Leben zur Hölle macht. Erika erkennt, dass sie seinen Fängen nur entkommt, wenn sie ihm eine Falle stellt.

»Nackte Angst und Panik sind geradezu greifbar.«

Gefle Dagblad

Ingrid Elfberg

Die Frau des Polizisten

THRILLER

Aus dem Schwedischen von Nina Hoyer

atb aufbau taschenbuch

Die Originalausgabe mit dem Titel
Tills döden skiljer oss åt
erschien 2013 bei Kabusa Böcker, Göteborg.

FSC
www.fsc.org
MIX
Papier aus verantwortungsvollen Quellen
FSC® C083411

ISBN 978-3-7466-3000-7

Aufbau Taschenbuch ist eine Marke
der Aufbau Verlag GmbH & Co. KG

2. Auflage 2014
© Aufbau Verlag GmbH & Co. KG, Berlin
Copyright © Ingrid Elfberg 2013
Umschlaggestaltung morgen, Kai Dieterich
unter Verwendung zweier Motive von plainpicture:
© Mia Takahara und © Folio Images
Druck und Binden CPI – Clausen & Bosse, Leck
Printed in Germany

www.aufbau-verlag.de

Für meine Schwester Kerstin

»Im Weltraum hört dich niemand schreien.«

Alien. Dan O'Bannon und Ronald Shusett

Kapitel 1

Erika beobachtete ihren Mann, der vor der Arbeitsplatte stand; den breiten Rücken, das Spiel der Rückenmuskeln unter seinem Hemd. Sie machte ein paar Schritte über die Schwelle und verharrte regungslos. Der glatte kalte Parkettboden unter ihren bloßen Füßen ließ sie frösteln; an ihren Beinen bildete sich eine Gänsehaut. Ihr Hund kam schwanzwedelnd auf sie zugestürmt und schmiegte sein seidenweiches Fell an ihre Waden.

Sie strich ihr Kleid an den Seiten glatt, zog etwas am Stoff, damit er besser fiel, und straffte die Schultern. Er stand an der Eiswürfelmaschine, ein blauer Schein zeichnete sich hinter seiner Silhouette auf dem Küchenfußboden ab. Es klirrte, als die Eiswürfel ins Glas fielen.

Göran spürte ihre Gegenwart, und sie sah gerade noch rechtzeitig zur Seite, bevor sein Blick sie traf. Sie fühlte sich wie eine Seiltänzerin, so als könne sie jeder falsche Schritt geradewegs in den Abgrund befördern. Nur nicht zu laut atmen, mit dem Kleid rascheln, keine Bemerkung darüber machen, dass er sich einen weiteren Drink einschenkte, gar nichts sagen.

»Bist du so weit?«

Göran warf ihr über den Rand des Glases einen scharfen Blick zu, dann breitete sich ein zufriedenes Lächeln auf seinem Gesicht aus.

»Verflucht, bist du hübsch. Komm her, mein Schatz!«

Er streckte einen Arm nach ihr aus, sie trat leise vor und glitt automatisch in seine Umarmung. Sein harter Bizeps schloss sich um sie; nach der Dusche verströmte sein Körper eine feuchtwarme Hitze. Zaghaft legte Erika ihr Kinn an seine Brust, vernahm seinen dumpfen regelmäßigen Herzschlag, den Duft von Seife, Waschmittel und Rasierwasser. Göran gab ein zufriedenes Brummen von sich, streichelte ihren Po und schob ihr Kleid hoch. Seine Finger waren heiß und rau auf ihrer nackten Haut. Ein Schauer überlief sie.

»So verflucht eilig haben wir es ja wohl nicht, je später der Abend, desto schöner die Gäste, meinst du nicht?«, schnurrte er genussvoll. Erika atmete lautlos mit geöffnetem Mund gegen seine Brust.

»Ist das Kleid eigentlich neu? Hast wohl schon wieder meine Brieftasche geplündert, hm?«, neckte er sie, während seine warmen Finger Erikas Pobacken kneteten. Sie biss die Zähne zusammen und schloss die Augen.

»Du hast dich doch wohl nicht für Martin so herausgeputzt, oder?«

Göran schob sie von sich, in seinen strahlend blauen Augen lauerte hinter dem alkoholbenebelten Blick ein scharfer Zug. Erika musste unwillkürlich schlucken. Sie spürte, wie sich das Ungeheuer, das Monster tief in ihm regte, wie es seinen stacheligen Schweif wie eine Peitsche schwang und hinter dem unschuldigen Blau seiner Augen rasch an die Oberfläche kam.

»Bitte, Göran …«, murmelte sie und versuchte, standfest aufzutreten und ihre Stimme zugleich sanft und fügsam klingen zu lassen. »Wir sind schon spät dran, Liebling, und ich habe Hunger, du nicht auch?« Ihre Stimme war kaum mehr als ein Hauch.

Sie sah zu ihrem Mann hoch, dem blonden Wikinger, dem sie Hals über Kopf, ohne nachzudenken, umnebelt von Leidenschaft, verfallen war, etwas, wovor sie ihre Freundinnen immer gewarnt hatten. Er sei der schönste Mann, der ihr je begegnet sei, so hatte sie ihn ihren Freundinnen beschrieben. Görans Augen verdunkelten sich, bis seine Pupillen jedes Licht in sich aufgesogen hatten. Sein Griff um ihre Oberarme wurde fester.

»Jetzt red nicht schon wieder vom Essen, Erika.« Göran lachte trocken und drängte sie rückwärts zum Flur. »Übrigens, du solltest mehr Sport treiben, wir fangen am besten gleich mit einer kleinen Trainingseinheit im Bett an, Herzchen.«

Erika stolperte rückwärts über die Schwelle. Das Geräusch ihrer Füße auf dem Dielenboden klang wie nasses Platschen, als Göran sie rückwärts schob. Der Hund huschte wie ein Schatten durch den Flur zu seinem Korb im Wohnzimmer. An der Schlafzimmertür schlug sie sich die Hacken an der Türschwelle an, strauchelte und fiel rückwärts auf das Doppelbett. Görans schwerer Körper lag auf ihr. Einen flüchtigen Moment wehrte sie seine Küsse ab, die auf ihren Hals einprasselten, stemmte sich gegen seine Hände, die an ihrer Kleidung zerrten, bis die Erkenntnis sie wie ein Schlag in die Magengrube traf – sie hatte die hauchdünne Grenze überschritten, durch ihre Unvorsichtigkeit war das Ungeheuer in ihm erwacht.

Dass sie nicht gleich erkannt hatte, dass hinter der Fassade männlicher Geborgenheit dieser böse Zug in ihm schlummerte. Warum nur war sie nicht hellhöriger gewesen, war ihrem siebten Sinn gefolgt, hatte eins und eins zusammengezählt? Es hatte sie schließlich gegeben, die unterschwelligen Warnsignale. Sie hatte es doch wahrgenommen, dieses Beklommenheitsgefühl, hatte aber nicht sehen, es nicht akzeptieren wollen. Und warum verlor sie ihre Kraft, alles, was sie ausmachte, ja, sein sollte?

Göran presste ihre Unterarme auf die Matratze, drückte sie

mit seinem breiten Brustkorb aufs Bett und wartete, bis sie keinen Widerstand mehr leistete. Seine Finger gruben sich in ihre Wangen, er presste seine Lippen auf ihren Mund und verlangte mit seiner Zunge Einlass. Erika wimmerte, bekam keine Luft mehr und kapitulierte. Sie nahm seinen keuchenden alkoholgetränkten Atem wahr, den Geruch von Geilheit und Adrenalin. Sie kniff fest die Augen zusammen, ließ ihre Gedanken davongleiten, so weit wie möglich, außer Reichweite des Ungeheuers.

Mühsam öffnete Erika die Augen. Im Haus war es still und dunkel. Silvesterböller, das schrille Pfeifen von Feuerwerkskörpern und fröhliches Stimmengewirr, das von der Straße heraufdrang, ließen darauf schließen, dass es kurz vor Mitternacht war. Nur mit einem BH bekleidet lag Erika zusammengerollt auf dem Bett. Sie atmete so leise wie möglich und horchte – aus den im Dunklen liegenden Räumen drang kein Laut.

Göran war gegangen. Zur Party? Dort würde er sich bestimmt wieder über sie lustig machen: »Ihr kennt doch Erika, irgendwas hat sie immer. Und dann ständig diese verfluchten Kopfschmerzen!« Verstimmt, weil er nicht mit ihr angeben konnte, und befriedigt zugleich, weil sie nicht die Blicke anderer Männer auf sich ziehen konnte. Vorsichtig streckte sie ihren steifen Körper, das Atmen tat ihr weh. Ihr war kalt. Nur mit Mühe richtete sie sich auf, schaute in die Spiegeltür des Kleiderschranks und musterte die Blutergüsse, die sich dunkelrot und violett schimmernd über ihre Brüste und Oberarme zogen, reckte den Hals und sah die Spuren, die seine Fingerabdrücke dort hinterlassen hatten. Ihre linke Hand brannte vor Schmerz. Mit der rechten raffte sie schnell ein paar Kleider zusammen und stopfte sie in den Rucksack, den sie vom Schrank herunterangeln konnte. Sie griff tief in die Wäscheschublade und zog den Waschbeutel heraus, der schon fertig mit Zahnbürste, Pflastern, Abdeckcreme, einer zweiten Brieftasche, Pass und Kontaktlinsen gepackt war.

Sie zog sich ungelenk an und schluckte den Schmerz und die Tränen, die ihr im Hals saßen, herunter. Nachdem sie sich rasch im Schlafzimmer umgesehen hatte, wie um ihren Entschluss zu besiegeln, betrat sie den Flur. Dort war es seltsam still, nichts rührte sich.

»Boss? Wo bist du, Junge?«

Sie griff nach ihrer Daunenjacke, dem Schal, den Handschuhen und schlüpfte dabei gleichzeitig in die Schnürstiefel. Einen kurzen Moment lang hielt sie inne und betrachtete ihr Hochzeitsfoto, das auf der Kommode stand. Ein schönes Paar in einer Momentaufnahme erstarrt, mit strahlenden tiefblauen Augen und einem glücklichen Lächeln. Die Sonne ließ ihre blonden Haare aufleuchten, der Wind spielte mit den Blumen und dem schweren Stoff ihres Brautkleides. Sie sahen wie Geschwister aus, dieselbe Augenfarbe, dasselbe Lächeln, dieselbe Gesichtsform – ähnelten sich wie Ehepartner, die schon so lange zusammengelebt hatten, dass ihre Gesichtszüge sich angeglichen hatten. Das hatten alle gesagt. Erika drehte dem Foto den Rücken zu, ging durch den Flur und zischte vorsichtig:

»Boss? Wir gehen jetzt, komm! Wo bist du, Streuner?«

Verdammt, ihr blieb jetzt keine Zeit für Spielchen. Sonst schlief er nie so fest, sowie sie sich rührte, kam er auf sie zugelaufen, fröhlich und lebhaft. Gerade als sie ins Wohnzimmer gehen wollte, um zu sehen, ob er es gewagt hatte, sich in Herrchens Lieblingssessel zu legen, fiel ihr Blick auf den Haken, an dem sonst immer die Hundeleine hing – er war leer.

»Nein!«, rief sie mit tränenerstickter Stimme aus. »Du verfluchtes Schwein, du …«

Erika durchwühlte die Schals und Jacken, nirgends eine Spur von einer Leine. Sie schwankte, wischte sich die Nase am Handrücken ab, nahm das eingerahmte Foto des Hundes von der Kommode und stopfte es in den Rucksack, hastete durch den Flur, rief in der Küche und dem Wohnzimmer nach ihm, doch nichts rührte sich. Erika verließ das Haus, zog die Tür fest hinter sich zu und schloss ab. Ohne einen Blick zurück, hastete sie im Laufschritt durch die Gartenpforte und um die Ecke.

Bunte Feuerwerkskaskaden explodierten am Nachthimmel, während sie so schnell wie möglich zur U-Bahn-Station lief. Wie schön wäre es doch, jetzt mit dem warmen Hundekörper an ihre Beine geschmiegt auf Mosebacke zu stehen und den Widerschein des Feuerwerks auf dem Wasser betrachten zu können. Mit gesenktem Blick stolperte sie vorwärts und biss die Zähne fest gegen die Schmerzen zusammen, die mit jedem Atemzug und jedem Schritt in der Brust und in ihrem Arm brannten.

Kapitel 2

In Mälarhöjden stieg sie aus. Eine feuchte herbe Kälte lag in der Luft, der Boden war von einer zentimeterdicken Schneeschicht bedeckt, und dort, wo die diesigen Lichtkegel der Straßenlaternen nicht hinreichten, war undurchdringliche Finsternis. Es wurde spürbar kälter. Sie beschleunigte ihre Schritte, ging um die Straßenecke und hielt sich dicht im Schutz eines Gehölzes, von wo aus sie in einiger Entfernung Lottas und Martins Haus sehen konnte.

Es war ein großes Holzhaus, das erst vor ein paar Jahren im historischen Stil erbaut worden war. Gelb mit weißen Verzierungen, einer ausladenden Glasveranda und Schnitzereien unter dem Dachfirst. Alle Fenster waren hell erleuchtet, und neben der Gartenpforte flackerten ein paar Windlichter. Sie zog die Kapuze über den Kopf, huschte in den kleinen Gehweg zwischen den Häusern und kletterte durch die neugepflanzte Hecke aufs Grundstück. Dann versteckte sie sich hinter einem Busch, lauschte und sah durch das Küchenfenster. Deutlich erkannte sie die Silhouetten ihrer Freunde und Kollegen, hörte ihre lauten Stimmen, das Gröhlen, die Musik und Görans schroffe Stimme, die durch das Stimmengewirr drang. Sie konnte nicht jedes seiner Worte verstehen, nahm nur mit einem Schauder die Tonlage wahr, hörte die unterschwellige Zanklust dahinter.

Boss fand sie im Hundezwinger bei den beiden Schäferhunden. Sie bedeutete den Hunden, ruhig zu sein, und warf Leckerlis hinein, während sie mit vor Kälte steifen Fingern damit kämpfte, die Tür zu öffnen. Gerade als sie den festgefrorenen Haken lösen konnte und sich die Hunde mit wedelnden Schwänzen hinter der Tür drängten, ging im Haus eine Tür auf. Erika zog die Zwingertür wieder zu, verriegelte sie und eilte stolpernd auf die Rückseite des Zwingers, warf sich in den Schnee und robbte unter eine Plastikplane, die über einen Haufen Brennholz an der Hauswand gebreitet war. Sie presste eine Hand auf ihren Mund, um das Stöhnen zu dämpfen, das ihr unwillkürlich entschlüpfte, als sie mit ihren schmerzenden Gliedern auf dem Boden aufkam. Sie starrte auf ihre Fußspuren im Schnee und betete still, dass sie den Gästen, die aus dem Haus gekommen waren, nicht auffielen. Boss stellte sich mit den Vorderpfoten an das Metallgitter, um Ausschau nach seinem Frauchen zu halten. Er winselte und wedelte ängstlich mit dem Schwanz.

Erika sah, wie Göran und sein Freund Martin den Treppenvorsprung vor der Küche betraten. Arm in Arm standen sie leicht schwankend im Lichtschein. Ein Lachen ertönte, als Göran Martin über den Rasen zur halbhohen, kahlen Hecke des Nachbarn schleppte.

»Verflucht, den Scheiß musst du aber mal 'n bisschen düngen, wenn der wachsen soll«, gluckste Göran und stakste mit unsicheren Schritten auf die Grundstücksgrenze zu.

»Ein richtiger Mann hat doch nicht so 'ne kümmerliche Scheißhecke!«

Er stellte sich breitbeinig hin, öffnete den Reißverschluss und malte mit dem Strahl ringsum Muster in den Schnee. Martin tat es ihm nach und pinkelte konzentriert auf das spärliche Buschwerk. Daraufhin lehnte Göran sich entspannt zurück und zielte mit einem zufriedenen Grinsen auf das Grundstück des Nachbarn.

»Sag mal, spinnst du?«, kicherte Martin, reckte den Hals und sah zum Nachbarhaus, das still im Dunkeln lag. Göran schien ihn nicht gehört zu haben, sondern versuchte mit dem

Strahl ein Phallussymbol in den Schnee zu zeichnen, doch ihm verging schon bald die Lust an dem Spiel.

»Haha, schieb's doch einfach den Kötern in die Schuhe«, lachte Göran und schüttelte die letzten Tropfen von seinem besten Stück. Nachdem er die Hose zurechtgezogen hatte, drehte er den Kopf und warf einen scharfen Blick zum Hundezwinger hinüber.

»Was ist, verdammt noch mal, mit der Töle los?«

Boss' Tatzen glitten vom Metallgitter. Den Blick auf sein Herrchen gerichtet, kroch er rückwärts mit eingezogenem Schwanz in eine Ecke. Die Schäferhunde kläfften. Martin rief etwas, und jäh verstummten sie. Erika presste eine Faust gegen den Mund und hielt den Atem an. Um sie herum schmolz langsam der Schnee, und die eiskalte Flüssigkeit drang durch ihre Jeans. Vor Schmerzen und Kälte zitterte sie am ganzen Körper.

Mit ausgreifenden Schritten ging Göran zum Hundezwinger und spähte in die Dunkelheit, umrundete den Zwinger. Sein muskulöser Körper schwebte einen Augenblick dicht über ihr, bevor er sich wieder abwandte, die Tür zum Zwinger aufriss und sich hineinzwängte. Die Schäferhunde scheuten zurück, als er Boss eins auf die Nase gab, so dass der Hund vor Schreck aufheulte, und ihn mit einem brutalen Griff ins Nackenfell hinter sich herschleifte.

Martin rührte sich nicht und verfolgte Görans Wüten. Nachdem Göran mit dem schwarzen Retriever im Haus verschwunden war, betrat er den Zwinger, streichelte die Tiere und murmelte beruhigende Worte, die Erika nicht verstehen konnte. Dann ging er ebenfalls zurück ins Haus. Erika wartete noch eine Weile in ihrem Versteck, dann zog sie den Rucksack zu sich heran, schlich auf zitternden Beinen übers Grundstück zur Straße und zurück zur U-Bahn-Station. Sie wartete im Gleisbett, das im Schatten lag. Als sie den Zug kommen hörte, sprang sie die Treppe zum Bahnsteig hoch, schlüpfte in den Zug, sank auf die Bank und lehnte mit einem unterdrückten Schluchzen die Stirn gegen ihren Rucksack.

Kapitel 3

»Zurzeit sind alle Leitungen belegt. Sie werden schnellstmöglich mit dem nächsten freien Mitarbeiter verbunden. Bitte warten Sie.«

»Was zur Hölle …«

Jan Olof schloss die Augen, den Telefonhörer haltsuchend gegen die Schläfe gedrückt. Er sah ihren Körper vor sich, wie sie sich über ihn lehnte, den Champagner, der in der Flasche glitzerte, den funkelnden Diamantenregen, den flackernden Schein der Kerze im Kandelaber im Hintergrund des Zimmers. Roch die intensive Mischung aus Kerzenwachs, Alkohol, Ausdünstungen und schwerem Parfüm. Tropfen von Kondenswasser rannen über seine Finger. Barbro wimmerte, aus ihren Atemzügen wurde ein Keuchen, als sich die Flüssigkeit zwischen ihre Beine stahl und sich auf dem Weg dorthin langsam erwärmte. Sie warf ihm ein erwartungsvolles Lächeln zu, als er mit sicheren Bewegungen ihre Hände hinter dem Rücken zusammenband. Mehr Champagner landete auf ihren Brüsten und ihrem Bauch, und sie kicherte, als er das Rinnsal mit der Zunge aufzufangen versuchte.

»Polizeidienststelle Västra Götaland.«

»Hallo, ja, ich … also, ich möchte meine Frau als vermisst melden …«

»Einen Moment, ich stelle Sie durch.«

»Ah, ja, dan…« Jan Olof lauschte auf seine schweren Atemzüge und das Rauschen der Leitung.

»Kriminalpolizei, Gustavsson.«

»Ah, sehr schön. Ich meine … mein Name ist Jan Olof Olofsson, ich wohne in Askim.«

Er schluckte, räusperte sich und versuchte, seiner Stimme mehr Festigkeit zu verleihen.

»Meine Frau Barbro ist verschwunden. Sie ist nicht nach Hause gekommen …«

Seine Stimme erstarb.

»Seit wann wird sie vermisst?«

»Ich habe seit vier Tagen nichts mehr von ihr gehört.«

»Sie möchten eine Vermisstenanzeige aufgeben?«

»Ja …«

Kapitel 4

»Sag Erika gute Besserung, ja? Schade, dass sie nicht mitkommen konnte.«

Martin winkte, bevor er davonfuhr. Göran verfluchte die Kälte, während er in der Jackentasche nach dem Schlüsselbund suchte. Als er ihn endlich gefunden hatte, hielt er inne und sah an ihrem kleinen graugestrichenen Haus im Sockenvägen hoch.

Der Wind zerrte an den kahlen Ästen der Bäume, und kleine spitze Eiskristalle bissen in sein Gesicht. Er inhalierte die Luft, sie trug den heimeligen Geruch von Brennholz mit sich. Eine dünne Rauchfahne sickerte aus dem Schornstein des Nachbarn. Aber nicht aus ihrem. Das Haus war dunkel, nicht einmal die Außenlaterne an der Hauswand brannte.

Mechanisch öffnete er den Briefkasten und sah hinein. Keine Zeitung. Dann fiel ihm ein, dass heute der 1. Januar war. In der Nacht war Schnee gefallen, der den Kiesweg zum Haus mit einer dünnen Schicht bedeckt hatte. Es waren keine menschlichen Spuren zu sehen, nur Vögel hatten ihre nahezu unsichtbaren Fußabdrücke hinterlassen. Boss, der neben seinem Bein saß, winselte. Seine Vorderbeine zitterten.

»Na, wollen wir mal nachsehen, ob Frauchen immer noch schmollt?«, sagte Göran.

Er ging die kleine Treppe hoch, betrat vor dem Hund den Flur und klopfte sich auf der Fußmatte den Schnee von den Schuhen, nahm ein Handtuch und trocknete die Pfoten und den Bauch des Hundes ab, bevor er ihn hineinließ. Boss verschwand im Inneren des Hauses, seine Pfoten klackten leise auf dem Parkett, sein Schwanz wedelte erwartungsvoll. Als

Göran seine Jacke aufgehängt hatte, kam Boss zurück und strich um seine Beine. Göran erstarrte, richtete sich auf und spähte durch den Flur ins Wohnzimmer. Es lag im Dunkeln, kein Laut war zu hören, nichts.

»Was zum Teufel ...«, knurrte er, durchquerte mit wenigen Schritten die Diele und stürmte ins Schlafzimmer. Mit einem Blick erfasste er den Raum. Das Bett sah noch aus wie vorhin, als er Erika zurückgelassen hatte. Zerwühlt nach ihrem rohen Geschlechtsakt. Rasch hob er die Decke an und schaute unters Bett, nichts. Innerhalb weniger Minuten durchsuchte Göran das ganze Haus, riss Türen auf, öffnete Schränke, sah unter dem Sofa im Wohnzimmer nach, in den Abseitenräumen, im Keller – nichts. Boss folgte ihm unruhig im Abstand von einigen Metern; in seinem traurigen Hundegesicht glänzten zwei Knopfaugen. Sein Schwanz wedelte kläglich.

Vor sich hin fluchend ging Göran zurück in den Flur, riss sein Handy aus der Jackentasche, tippte eine Kurzwahltaste und lauschte mit gespannten Kiefermuskeln. Niemand nahm ab. Nach einer Weile meldete sich Erikas warme freundliche Stimme mit der Ansage, dass sie im Augenblick leider nicht erreichbar sei. Er legte wieder auf und blieb unentschlossen stehen. Da fiel ihm auf, dass auf der Kommode Boss' Bild fehlte.

»Verfluchte Scheiße!«

Mit festen Schritten ging Göran in die Küche, goss sich einen doppelten Whiskey ein, kippte ihn mit einem Zug hinunter und verzog das Gesicht. Der Alkohol brannte und wärmte; in seinem Kopf kündigte sich pochend ein Kater an. Er sah sich in der leeren Küche um. Still zusammengerollt lag Boss in der Ecke neben seinem Napf, seine blanken Augen verfolgten jede Bewegung seines Herrchens.

»Du verfluchtes Flittchen!«, brüllte Göran. Er schleuderte

das Glas in die Spüle. Es zersprang, und die Scherben breiteten sich mit spitzem Klirren auf der Arbeitsplatte und dem Fußboden aus. Er ballte die rechte Hand zur Faust und schlug die Küchentür ein, so dass die Splitter in alle Richtungen stoben.

Kapitel 5

Auf unsicheren Beinen lief Erika den Flur der Kriminaltechnik entlang, ließ sich von dem sprudelnden Lachen ihrer Freundin leiten. Anna stand in einer Gruppe von Männern, die abwechselnd etwas unter dem Mikroskop betrachteten. Sie gestikulierte eifrig beim Reden. Ihre zierliche, kleine Gestalt war voller Bewegung und ihre glänzenden dunkelbraunen Haare wippten über ihren Schultern.

Erika bekam eine Gänsehaut. Sie konnte partout nicht verstehen, was einem in der Technik Anlass zum Lachen geben sollte. Sie tippte Anna auf die Schulter, die sich lächelnd umdrehte und sie den Männern vorstellte. Erika lächelte angestrengt, aber ihre Namen perlten so schnell von ihr ab wie Wasser von einer Teflonschicht. Anna umarmte sie. Erika atmete den Duft ihrer Haare ein, genoss ihre Körperwärme.

»Bist du müde?«, fragte Anna und schob Erika auf Armeslänge von sich, um sie genauer zu betrachten. In ihren braunen Augen lag eine Mischung aus Neugier und düsterer Besorgnis.

Erika hatte ihre neue Arbeitsgruppe am Nachmittag kennengelernt und sich ihnen vorgestellt. Wie eine Schildkröte hatte sie die eingegipste Hand in den Pulliärmel gezogen und den Hals schützend unter dem Blusenkragen verborgen. Mit linkischen Händen und farbiger Grundierung hatte sie versucht, die blauen Flecken im Gesicht zu kaschieren, die nun, nach knapp einer Woche, Schattierungen von Lila über Grün zu einer ungesunden gelben Nuance aufwiesen.

Ihr neuer Gruppenleiter Bengt Steen hatte sie auf ihrer

Vertretungsstelle begrüßt und zu ihrem Einstand Kaffee und frische Fastensemmeln ausgegeben, und Erika hatte kurz erzählt, dass sie aus Östersund stamme, ihr Mann in Stockholm lebe, sie sich in Scheidung befänden und sie zurzeit bei Freunden in Göteborg wohnen würde, fürs Erste zumindest. Sie hatte sich krampfhaft bemüht, den Blicken der anderen zu begegnen, war ihnen aber tatsächlich die ganze Zeit ausgewichen. Im Nachhinein war ihr klargeworden, dass sie entweder die Tischplatte oder ihre Hände angestarrt hatte. Sie hatte sich so klebrig, kraftlos und angreifbar wie die faden Fastensemmeln gefühlt.

»Okay«, sagte Anna fröhlich. »Wir machen einen kurzen Spaziergang zur Markthalle und kaufen ein bisschen Gemüse und Käse ein. Wein haben wir noch massenhaft zu Hause, und der Kühlschrank quillt über vor Essen. Krister hat gestern das halbe Restaurant mitgebracht. Wie alle Köche glaubt er, dass Essen das beste Allheilmittel ist.« Anna warf Erika einen vielsagenden Blick zu. »Na ja … okay, neben anderem.« Sie kicherte und knuffte Erika in die Seite, bat aber sofort um Entschuldigung, als Erika das Gesicht verzog.

Draußen schneite es in leichten Flocken. Wie Puderzucker bedeckte eine dünne weiße Schicht die Straße vor dem Polizeigebäude in der Skånegatan. Vereinzelt standen ein paar Fahrräder vor dem hohen Ziegelbau, und die Bäume um den halbleeren Parkplatz streckten ihre kahlen, schwarzen Finger in den bleigrauen Himmel. Erika sog tief die Luft ein. Der Geruch war die wohlbekannte Großstadtluft – eine Mischung aus Abgasen, Küchendünsten, feuchter Erde und Moder. Aber sie hatte auch etwas Bedrückendes an sich. Die hohe Luftfeuchtigkeit sei daran schuld, behauptete Anna steif und fest. Erika sah auf und ließ ihr Gesicht von der kräftigen Brise streicheln. Die Luft trug mehr Gerüche als nur Erde und Abgase mit sich, sie roch nach Tang, Fisch und ranzigem Rohöl. Und nach Salz.

Erika lauschte Annas fröhlichem Geplauder über die romantischen historischen Gewächshäuser und das Rosarium, während sie den Weg zur Trädgårdsföreningen einschlugen. Aber das bedrückende Gefühl wollte sie nicht loslassen. Mit einem Mal sehnte sie sich nach der klaren trockenen Luft daheim in Östersund, die von der kalten Wasseroberfläche des Storsjöns herüberwehte, beißend kalt und rein; eine Kälte, gegen die man sich mit geeigneter Kleidung schützen konnte, und eine Luft, die leichter zu atmen war.

Schnellen Schrittes und mit hochgezogenen Schultern gegen den Wind überquerten sie die Kungsbron, bogen hinter dem Kanal ab und betraten die Markthalle. In der feuchten, von Gerüchen gesättigten Wärme sahen sie sich um und musterten die angebotenen Waren. »In Östersund hatten wir auch eine Markthalle, aber inzwischen ist ein Pub daraus geworden, das ist wirklich eine Schande«, sagte Erika gedankenverloren. »Dort hat es immer so himmlisch nach frischem Brot, Würsten, getrocknetem Fleisch, Käse und Himbeeren gerochen …«

Anna blieb an einer Käsetheke stehen und studierte die verschiedenen Leckereien.

»Du vermisst Östersund, nicht wahr?«

Erika nickte, spürte, wie sich ihre Kehle zusammenschnürte, und ließ den Blick über die verführerischen Auslagen wandern.

»Warum bist du eigentlich nicht nach Hause zurückgegangen?«

Erika schwieg. Lange hielt Anna ihren Blick auf einen Punkt in Erikas Nacken gerichtet. Vor gut einer Woche, am Neujahrstag, hatte sie übersät von blauen Flecken und mit einem hilflosen Ausdruck in den Augen vor ihrer Tür gestanden – mehr als eine Woche früher als vereinbart. Ein Anblick, den Anna einfach nicht mit ihrer Freundin in Verbindung bringen konnte. Sie hatte Erika geradewegs in die Notaufnahme gebracht, wo der Arzt feststellte, dass sie zwei gebrochene Rippen, ein angebrochenes Schlüsselbein, einen gebrochenen Finger und nahezu am ganzen Körper Blutergüsse und blaue Flecken hatte.

Anna hatte sich darauf gefreut, dass Erika nach Göteborg kommen würde. Sie und ihr Mann Krister hatten ihr angeboten, bei ihnen zu wohnen, vorübergehend. Diese vorübergehende Arbeitsperiode hatte sich als eine Vertretungsstelle für ein halbes Jahr herausgestellt. Allzu viel hatte Erika ihnen nicht erzählt, war wortkarg gewesen und hatte angespannt geklungen. Hatte lediglich gesagt, dass sie und Göran sich scheiden lassen wollten. Anna kämpfte gegen den Unmut an, der sie angesichts des beharrlichen Schweigens ihrer Freundin und ihres eigenen munteren Geplappers befiel. Das Gefühl, dass hinter Erikas plötzlichem Entschluss etwas anderes stecken musste als nur der Reiz, in eine neue Stadt zu ziehen, beflügelte ihre Neugier, beunruhigte sie aber auch, so dass sie eine irrationale Wut darüber verspürte, nicht von ihr ins Vertrauen gezogen worden zu sein.

Anna seufzte demonstrativ, während sie weiter zur Obst- und Gemüsetheke gingen und Salat, Avocados, rotwangige Äpfel und Strauchtomaten kauften. Als sie die Halle verließen, blieben sie auf dem Marktplatz stehen, wo sie sogleich von einer unglaublichen Kälte eingehüllt wurden.

»Wollen wir zu Fuß gehen? Es ist nicht weit. Oder möchtest du lieber die Zeitmaschine nehmen?«

Anna deutete auf die Straßenbahn, die langsam ächzend am Kungsportsplatsen anfuhr. »Lass uns lieber gehen. Ich mag diese eisernen Zugpferde nicht, die sind mir doch etwas zu klapprig«, gestand Erika. Anna lächelte. In dieser Hinsicht stimmten Erika und Krister überein. Seit dem Unfall am Vasaplatsen, als ein aus den Schienen gesprungener Triebwagen alles auf seinem Weg niedergemäht hatte und elf Menschen ihr Leben verloren, war er felsenfest davon überzeugt, dass es am besten sei, diese Ungetüme einzuschmelzen und einem sinnvolleren Zweck zuzuführen.

»Ich muss zugeben, dass es etwas ausgefallen ist, im Januar mit einer Straßenbahn aus dem 19. Jahrhundert zur Arbeit zu fahren«, kicherte Anna.

»Ach nee? Und wie ausgefallen ist die U-Bahn?«, konterte Erika.

»Man hat beim Warten ein Dach über dem Kopf. Und es geht schneller als zu Fuß«, lächelte Anna und blickte sie treuherzig an.

Erika hakte sich bei Anna unter und drückte ihren Arm. Sie lächelten sich an. Sie hatte Anna vermisst, ihren liebenswürdigen und ihren bissigen, trockenen Humor und ihr kristallklares Lachen. Arm in Arm gingen sie zurück über die Brücke, passierten das Theater und den Bältespännarparken und gingen die Avenyn entlang, während Anna mit lebhafter Begeisterung vom Filmfestival erzählte, das in ein paar Wochen stattfinden würde.

Sie bogen in die Vasagatan ein und liefen ein Stück zwischen mächtigen alten Baumreihen hindurch, überquerten die Straße und die Straßenbahnschienen, um in die Nedre Fogelbergsgatan einzubiegen, eine lange Gasse, die in einer breiten und schwindelerregend steilen Steintreppe mündete. Dann erklommen sie einen der zahlreichen Hügel Göteborgs. Annas und Kristers Haus war ein hohes, solides Gebäude aus Stein, das sich wie eine mittelalterliche Burg lässig an den dahinter aufragenden Berg schmiegte. Es hatte ein spitzes rundes Türmchen auf dem Dach. Um zur Haustür zu gelangen, nahm man einen Weg unterhalb des Berges, der direkt in ihn hineinzuführen schien. Der Ort hatte etwas Magisches an sich, und wann immer Erika in den Berg hineinging, kam ihr Tolkiens *Herr der Ringe* in den Sinn: »Man soll nicht zu tief graben …«

Vor der Tür zögerte Erika. Das Gefühl, beobachtet zu werden, hatte sie jede wache Minute seit ihrer Flucht aus Stockholm verfolgt. Sie drehte sich um, aber sie waren die Einzigen in der kurzen Sackgasse.

»Was ist?«, fragte Anna, während sie in ihrer Handtasche nach dem Schlüsselbund suchte.

Erika schüttelte nur kurz den Kopf und folgte ihr hinein. Nachdem sie Jacken und Schuhe ausgezogen und die große warme Küche betreten hatten, war das unbestimmte Gefühl verflogen. Anna bedeutete ihr, sich zu setzen und ja keinen Finger zu rühren, während sie eine Schale aus dem Kühlschrank nahm, den Inhalt in einen Kochtopf gab und die Gasflamme anstellte. Bald breitete sich ein herrlicher Duft nach Safran und Knoblauch in der Küche aus.

Anna goss ihnen beiden ein großes Glas Wein ein und begann, mit eingespielten Bewegungen den Tisch zu decken. Die Kochdünste zogen durch die Küche, und allmählich tat der Wein seine Wirkung und erwärmte Erikas geschundene Glieder und ihren müden Kopf. Anna nahm die Suppe vom Herd, und wie von Zauberhand stand der Salat mit Balsamicoessig, Öl und grobem Salz auf dem Tisch. Anna ließ sich mit einem zufriedenen Seufzer auf den Stuhl sinken. Müde und hungrig griffen sie zu.

Erika ließ für einen Augenblick den Löffel sinken, ihr war bewusst geworden, dass sie das Essen hinunterschlang. Langsam trank sie einen Schluck Wein und ließ den Blick durch die langgezogene Küche schweifen, zur Essgruppe und aus dem Fenster, das zur Steintreppe und dem Park hinter dem Haus hinausging. Sie spürte ein Brennen im Nacken, als ob Göran soeben noch dort gestanden und sie beobachtet hätte. Seit ihrer Ankunft in Göteborg hatte sie nichts von ihm gesehen oder gehört, aber früher oder später würde er mit einem blendenden, gewinnenden Lächeln aufkreuzen. Anna beobachtete ihre Freundin aus zusammengekniffenen Augen über den Rand des Glases. Erika spürte ihre Blicke, die Fragen und die Besorgnis dahinter, die Anna mit heiterem Smalltalk zu überspielen versuchte. Sie holte tief Luft. Sie musste ihr endlich alles erzählen.

»Möchtest du noch was?«, fragte Anna. Erika schüttelte den Kopf. Anna schob den Käse und ein Körnerbrot mit Nüssen und getrockneten Früchten vor sie hin, eine Spezialität aus Kristers Restaurant in Haga. Obwohl sie satt war, legte Erika sich eine dicke Scheibe des herzhaften Ziegenkäses mit einem Apfelschnitz auf das Brot und kaute geistesabwesend.

»Erzähl mal. Was hältst du von der Gruppe?«, fragte Anna neugierig.

»Na ja … Bengt Steen mochte ich ja von Anfang an. Er macht einen sicheren, erfahrenen und beherrschten Eindruck auf mich, vielleicht war er etwas unkonkret, als es um die Gruppe ging«, ergänzte sie.

Sie hatte ihn wirklich vom ersten Moment an gut leiden können. Er besaß ein sympathisches Äußeres, war fünfundvierzig Jahre alt und stammte aus Göteborg. Seine Frau war Lehrerin, und sie hatten zwei Töchter im fortgeschrittenen Teenageralter. Sie wohnten in einem Reihenhaus in Önnered, das sich in einem etappenweise aufgehaltenen Verfall befand, wie er selbst sagte. Er hatte kurzgeschnittenes dichtes graues Haar, und auf seinen Zügen zeichneten sich nicht nur Lach-, sondern auch Sorgenfältchen ab. Sein Körper wirkte trotz des Bauchansatzes durchtrainiert und sehnig.

»Ja, Bengt ist wirklich in Ordnung«, bekräftigte Anna und schnitt ein Stück Käse ab. Erika kniff die Augen zusammen und sah zur Decke; die Schatten dort dehnten sich aus und vertieften sich, die Stuckverzierungen schienen zu wachsen.

»Erik Fahlén scheint ein toller Kerl zu sein«, fuhr Erika fort, während sie in die Dunkelheit des Zimmers starrte. »Durch und durch liebenswert. Aber sicher kann er auch ungemütlich werden?«

Anna nickte zustimmend. Erik war sechsundvierzig, hatte ein rundes, gutmütiges Gesicht mit freundlichen Augen und einen untersetzten Körperbau. Er wohnte auf der Halbinsel Hisingen, Erika wusste nur vage, wo das lag. Genüsslich hatte er mit halbgeschlossenen Augen sein erstes Fastengebäck des Jahres gefuttert.

»Er ist wirklich ein Traumprinz«, sagte Anna mit einem Lächeln. »Hat drei Söhne, die wandelnde Kopien ihres Vaters sind, eine mollige, supersexy Frau, die bäckt und fette Hausmannskost kocht und ihre Männer nach Strich und Faden verwöhnt. Sie wohnen in Kärra, nördlich des Flusses, Richtung Oslo.« Anna zeigte aus dem Fenster, in Richtung der Gasse und der Vasagatan.

»Er liegt seiner Frau offenbar ständig damit in den Ohren, noch ein Töchterchen zu bekommen.« Anna schmunzelte. »Betreibt mit Per Kampfsport; sie schlagen mit Bambusstangen aufeinander ein. Haben beide den schwarzen Gürtel. Und Erik ist zweifelsohne einer unserer besten Vernehmungsleiter. Prost!«, sagte Anna mit einem Lächeln.

»Und dann Aleks, das Prachtexemplar der Truppe«, lachte

Anna blubbernd in ihr Glas; Blasen stiegen darin auf. »Er ist frisch geschieden, wusstest du das?« Ihre Augen funkelten vielsagend. Erika ignorierte die Anspielung. Aleks war auf eine Art eitel wie eine Frau und anders als die üblichen Männer, mit denen sie sonst zu tun hatte. Er hatte ein schönes, klassisch geschnittenes Gesicht, war offen und charmant und in ihrem Alter, genau wie Per. Von schlanker Gestalt, mit kupferrotem Haar, Sommersprossen und gekleidet in einen individuellen und frechen Stilmix aus teuren Markenklamotten, Vintage, H&M und Dressman.

»Eigentlich ist es ganz schön traurig«, sinnierte Anna, während sie in die Schatten unter der Zimmerdecke starrte. »Aleks und seine entzückende Frau haben drei Kinder, der Kleinste ist noch nicht mal ein Jahr alt. Erst vor einem halben Jahr sind sie von Orust in ein kleines Reihenhaus in Örgryte gezogen. Danach ging die Beziehung auseinander.« Finster schüttelte sie den Kopf, rieb sich fest die Augen und lächelte sie weich an.

»Und Torbjörn …? Ist das ein komisches Gefühl für dich?«

Torbjörn Stark. Erikas Gedanken schweiften ab zu dem monströsen Muskelpaket, der wandelnden Karikatur eines Machopolizisten; über eins neunzig groß, breit wie eine Scheunenwand, mit rasiertem Schädel, scharfen Augen und einem Stück Kautabak unter der Oberlippe. Er hatte die gleichen kräftigen Unterarme wie Göran, auf dem sich die schwellenden Adern über den Muskelsträngen abzeichneten, und zupackende Hände. Torbjörn und Göran waren während der Studienzeit gut befreundet gewesen. Nicht eng befreundet, aber gut genug, um einen eingeschworenen Männerkreis zu bilden – Loyalität, Ehre, erst die Männer, dann die Frauen, derart. Torbjörn grüßte sie höflich, versuchte aber nicht, seine Distanz zu ihr zu verbergen. Das immerhin musste Erika ihm lassen, er war kein Heuchler. »Es wird schon gehen«, antwortete Erika knapp.

»Das ist 'ne super Truppe, in die du gekommen bist, nur dass du's weißt«, sagte Anna schließlich und malte mit dem Löffel Schnörkel in die Reste auf dem Teller.

»Torbjörn ist groß, stark und durch und durch Macho. Hat die größte und unflätigste Schnauze des ganzen Hauses, nur um seine Angst vor Frauen dahinter zu verstecken. Ist noch Single, du meine Güte!« Anna verdrehte die Augen. »Wohnt in Linné in einer Wohnung, die offenbar eine Wahnsinnsaussicht auf den Hafen bietet und die bis unters Dach mit Büchern vollgestopft ist. Ein typischer Softi, der sich einfach noch nicht geoutet hat. Zerbrich dir über den nicht den Kopf.«

Anna gähnte ein weiteres Mal und schlug sich peinlich berührt die Hand vor den Mund. Erika schwieg. Die Sorgen und die Erschöpfung übermannten sie, und sie spürte zu ihrem eigenen Missfallen, dass aufsteigende Tränen ihr die Kehle zusammenschnürten.

»Und dann ist da noch Per … sag schon, Erika, was hältst du von ihm?«, beschwor Anna sie, während sie sich erhob, um die Suppenteller und den Salat abzuräumen. Erika schluckte. Der Wein betäubte sie und ließ ihre Gedanken weiter und weiter abschweifen. Sie wandte den Blick nach innen, sah ihn vor sich, die beinahe schwarzen lockigen Haare, den muskulösen Körper, Augen, die jedes Licht in sich aufzusaugen schienen, die geschmeidige aufrechte Haltung des Kampfsportlers, das kantige Gesicht, das nicht sonderlich schön war, aber eine seltsame physische Präsenz hatte. Er hatte sie nur kurz begrüßt und kaum etwas gesagt. »Norrländer« hatte Bengt gesagt, wie um seine Wortkargheit zu entschuldigen. Woher aus Norrland er stammte, wusste sie nicht. Er war von Kopf bis Fuß schwarz gekleidet gewesen. Erika nahm an, dass er sich entweder für cool hielt oder Schlichtheit für ihn das Maß aller Dinge war.

»Per und Aleks scheinen sich ziemlich ähnlich zu sein, jedenfalls auf den ersten Blick«, überlegte sie laut. »Aber …«

»Ja?« Anna warf ihr einen gespannten Blick zu.

»Ich weiß nicht«, antwortete Erika aufrichtig. »Aleks wirkt auf mich ziemlich harmlos, irgendwie süß. Per dagegen … er irritiert mich. Er hat so etwas Distanziertes an sich. Irgendetwas Eingebildetes, etwas Selbstgerechtes, bewusst Lässiges.«

Erika sah Anna die Enttäuschung an. Sie bereute ihre Direktheit und erkannte, dass sie nicht viel über Annas Beziehung zu Per wusste, bis auf die Tatsache, dass sie gute Freunde waren.

»Wie schade«, sagte Anna, öffnete den Weinschrank und holte eine neue Flasche heraus. Erstaunt fiel Erikas Blick auf ihr Weinglas. Anna lächelte verschwörerisch und füllte ihre Gläser erneut nach.

»Ich weiß, Per ist ein bisschen speziell«, nahm Anna nachdenklich den Faden wieder auf und setzte sich auf dem Stuhl zurecht, »aber ich mag ihn, er lebt auch allein, obwohl er an jedem Finger zehn Frauen haben könnte, wenn er nur wollte …« Anna tat mit einer Geste Erikas skeptische Miene ab. »Gib ihm etwas Zeit. Und selbst wenn du ihn nicht mögen solltest, kannst du ihm zusehen und von ihm lernen. Er ist einer der Besten, glaub mir«, fügte sie mit einem amüsierten Lächeln hinzu.

Anna gähnte herzhaft, rekelte und streckte sich. Sie musterte das blasse Gesicht ihrer Freundin. Erika schien immer noch dieselbe zu sein, sich in den Jahren, in denen sie an verschiedenen Orten gewohnt hatten, nicht verändert zu haben. Hatte immer noch dieses Gesicht mit den hohen Wangenknochen und den großen glänzenden Raubtieraugen, die widerspenstigen blonden Haare, die sie scheinbar nicht zu bändigen wusste, war noch genauso schlank und zierlich wie damals. Aber die Spuren von Schmerz und Erschöpfung und der allzu wachsame Blick waren nicht zu übersehen. Die Wärme und die Freude in ihren Augen war erloschen, hatten einer unbehaglichen Vorsicht und einem grimmigen, in sich gekehrten Schweigen Platz gemacht.

»Erika, Schätzchen«, sagte sie, »erzähl es mir. Krister und ich müssen es wissen, wollen es wissen. Warum bist du nicht in Stockholm geblieben? Bei deinen Freunden, deinen Kollegen?«

Erika schloss die Augen, als Annas durchdringender Blick sie traf, lehnte die Stirn gegen das Glas und atmete tief ein. Anna hatte jedes Recht, ihr diese Fragen zu stellen. Sie war überrascht von der Geduld, die sie bisher bewiesen hatte. Anna und Krister hatten sie mit offenen Armen empfangen, hatten ihr fraglos und ohne Bedingungen zu stellen Unterschlupf in einer Stadt geboten, die ihr nahezu fremd war. Und das von heute auf morgen, nachdem sie ein paar Jahre lang kaum Kontakt gehabt hatten.

»Du musst wissen, dass ich mir große Sorgen um dich mache.«

Anna legte ihre Hand auf Erikas. Ihre Wärme brannte auf der Haut. Erika nickte, versuchte in der Bilderflut und dem Gefühlswirrwarr, das auf sie einstürmte, die richtigen Worte zu finden. Wie sollte sie es ihr erklären? Diese Jahre der Demütigung, Unterdrückung und des Irrsinns.

»Weil ihr euch scheiden lassen wollt?«

Erika räusperte sich rau.

»Ja, wir werden uns scheiden lassen. Aber Göran …«

Die Worte blieben ihr im Hals stecken. Anna suchte den

Blick ihrer Freundin, der ihr jedes Mal entglitt, wenn sie ihn festzuhalten versuchte. Es war also so, wie sie und Krister vermutet hatten – der eigentliche Grund für den überhasteten Aufbruch war häusliche Gewalt, und Erikas Verletzungen waren keinesfalls nur das Resultat eines banalen Sturzes in der Loipe. Sie hatten zwischen Sorge, Verwirrung und Wut geschwankt, hatten am Küchentisch lange im Flüsterton gehaltene Gespräche geführt, die beim kleinsten Geräusch oder einer Regung ihres Gastes jäh verstummt waren.

Die von innen heraus strahlende, schöne, starke, lustige Erika, Annas beste Freundin an der Hochschule – die den gutaussehenden Göran geheiratet hatte und mit ihm in das süße Haus in Enskede gezogen war. Und danach? Anna hatte beschämt und verärgert feststellen müssen, dass sie es nicht wusste. Ihre beste Freundin war in ihrer wundervollen Ehe, in einer anderen Welt mit anderen Freunden, in einem anderen Teil des Landes verschwunden. Sie hatten sich aus den Augen verloren. Die Jahre waren dahingegangen, Jahre, in denen sie immer seltener telefoniert oder sich geschrieben hatten. Sie schämte sich – weil sie sich nicht gemeldet, sich nicht ein bisschen mehr bemüht hatte. Und das vor allem, weil sie sich von ihrer besten Freundin zurückgewiesen gefühlt hatte. Zur Seite geschoben von dem gutaussehenden Ehemann und ihrem neuen Leben in Stockholm. Und sie hatte es ihr mit gleicher Münze heimgezahlt – mit Funkstille.

»Aber er … will die Scheidung nicht?«, ergänzte Anna, als Erika nicht weitersprach. Erika schloss zustimmend die Augen. Anna streichelte sanft über ihren Unterarm.

»Er schlägt dich«, sagte sie, mehr eine Feststellung denn eine Frage. Sie erhielt ein kurzes Nicken zur Antwort. Plötzlich vermisste Anna Krister, vermisste seine physische Gegenwart. Er war nur wenige Häuser entfernt, stand in der feuchtheißen Wärme der Restaurantküche in Haga, garnierte mit routinierten Bewegungen die Teller mit Fisch und Schalentieren, kleinen grünen Zweigen und gab duftenden Fond hinzu. Anna erhob sich schwerfällig, umrundete den Tisch und umarmte ihre Freundin, begrub ihr Gesicht in ihren Locken und weinte. Erika saß mit trockenen Augen reglos da und starrte durch das Weinglas. »Ich weiß nicht mehr, wann es angefangen hat«, sagte Erika mit klarer und dennoch wie von weit her kommender Stimme. »Als ob das von Bedeutung wäre. Aber so ist das, man sucht Antworten. Ich habe schon viel zu viel Zeit damit verschwendet, die ganze Sache zu analysieren – es wäre meine Pflicht gewesen, etwas zu unternehmen, ihn zu verlassen, damals schon, weit früher. Aber das macht man nicht so einfach.«

Die Worte blieben im Dunkeln hängen, nüchtern und unmissverständlich. Anna lockerte vorsichtig den Griff um Erikas Schultern, setzte sich zurück auf ihren Stuhl und tupfte sich mit der Serviette das Gesicht ab, während sie versuchte, die Fassung wiederzugewinnen.

»Aber du hast doch Freunde, Kollegen, …«, protestierte sie.

»Ich habe Göran gesagt, dass ich mich von ihm scheiden lassen wolle, weil er eifersüchtig sei, mich nicht mein eigenes Leben führen ließ, weil er mich schlug und mich bedrohte. Seine Antwort lautete, mich windelweich zu schlagen und mir zu drohen, dass er mir etwas antun würde, wenn ich ihn verließe. Er hat sogar damit gedroht, sich selbst etwas anzutun. Meine Freunde … Sie stehen daneben und sehen zu. Sind eingeschüchtert, handlungsunfähig, und wagen nicht, der Wahrheit ins Auge zu sehen. Weil sie ihnen Angst macht, sie nicht ins Bild passt.«

»Aber du kannst ihn doch nicht …«

Anna räusperte sich, wappnete sich. Das, was sie hatte sagen wollen, kam ihr auf einmal so selbstgerecht und herablassend vor. Warum konnte eine Frau, die Polizistin war, nicht einfach zurückschlagen? Ihn anzeigen. Der Sache ein Ende machen. Und ihre Kollegen, was zum Teufel hatten sie getan? Gar nichts?

»Ich meine ja nur, dass … dass du nur … ich …«

»Du kannst dir gar nicht vorstellen, wie sehr ich dieses Wort ›nur‹ hasse«, erwiderte Erika mit einem müden Unterton in der Stimme. »Alles heißt immer bloß ›nur‹. Wenn man ein Außenstehender ist, jedenfalls. Du musst ihn »nur« anzeigen. Ihn »nur« verlassen. »Nur« wegziehen. »Nur« die Scheidungspapiere einreichen, eine Zwangsversteigerung beantragen, die Aufteilung des Ehevermögens.«

Sie verstummte, gab ihre aggressive Haltung auf.

Anna schwieg, ihr Hals war wie zugeschnürt.

»Hast du seine Misshandlungen angezeigt?«, fragte Anna mit heiserer Stimme. Erika nickte mit einem verkniffenen Zug um den Mund.

»Aber?«

»Ich habe ihn sowohl wegen Bedrohung als auch wegen Misshandlung angezeigt, mehrfach. Aber die Anzeigen wurden nie aufgenommen«, antwortete Erika sachlich.

Ihre Blicke begegneten sich. Es herrschte für kurze Zeit bedrückende Stille.

»Aber dein Chef?«

»Meine Gruppenleiterin hatte wegen mir nur Ärger. Ich meine, was verflucht noch mal sollte sie tun?«, seufzte Erika. »Eine Ermittlerin, die andauernd krank ist, psychische Probleme hat, unter Migräne leidet, augenscheinlich tablettensüchtig ist und darüber hinaus so dicht hält wie ein Sieb, wenn es um die Presse geht … Alle möglichen Gerüchte waren über mich im Umlauf. Das Einfachste war, woanders neu anzufangen. Und einen Seufzer der Erleichterung auszustoßen, wenn das Problem verschwunden war.«

Erika sah, wie sich ihre eigene Empörung auf Annas Gesicht widerspiegelte, und riss sich zusammen. Sie hatte ihr von dem Hundewelpen erzählen wollen, den Göran ihr geschenkt hatte, den Hund, nach dem sie sich so gesehnt hatte. Boss, mit dem sie gespielt hatte und spazieren gegangen war, aber den Göran in einem seiner rasenden Anfälle von Eifersucht zu Boden gedrückt, ihm die Dienstwaffe an den Kopf gehalten und damit gedroht hatte abzudrücken. Er hatte Erika dazu gebracht, ihm zu schwören, dass sie ihn nie, nie verlassen würde, sonst müsse der Hund dran glauben. Ihr Mund war mit einem Mal so trocken, dass ihr das Schlucken schwerfiel.

»Ich bin wahnsinnig dankbar dafür, dass du und Krister für mich da seid«, flüsterte Erika. »Aber ich bin nicht sonderlich froh darüber, euch da mit hineinzuziehen. Ich kann euch nur um Entschuldigung dafür bitten, es tut mir leid. Ich verspreche, dass ich mich bald nach einer anderen Unterkunft umsehen werde.«

»Verflucht noch mal, Erika! Natürlich sind wir für dich da, das wäre ja noch schöner!«

Anna zwang sich zu einem Lächeln und behielt es bei, obwohl ihr der verzweifelte Ausdruck auf Erikas Gesicht alle Kraft raubte. Ihre Empörung verflüchtigte sich jäh, und sie schämte sich dafür, nicht schon früher begriffen, nicht nachgefragt zu haben.

»Bist du deswegen gekommen, weil er dich geschlagen hat?«

»Ja. Meine Gruppenleiterin war mir wegen der Vertretungsstelle behilflich, hat den Vorgang für mich unterm

Deckel gehalten. Aber Göran ist nicht dumm. Er hat selbstverständlich geahnt, dass etwas im Busch war, und mich wie ein Raubtier nicht aus den Augen gelassen. Ich habe die erstbeste Gelegenheit zur Flucht ergriffen, als er die Deckung gelockert hat. Wir waren Silvester bei Freunden zu einer Party eingeladen. Er hat mich vorher geschlagen, also …« Erikas Stimme verlor sich für einen flüchtigen Moment, sie atmete tief ein, war nicht in der Lage, Annas Blick zu begegnen.

»Er hat mich allein zu Hause gelassen. Und da bin ich abgehauen. Ich habe die ganze Nacht am Bahnhof verbracht und den ersten Expressbus hierher genommen.«

Erika spürte Annas forschenden Blick. Sie hatte zu einer kleinen Notlüge gegriffen, aber das spielte jetzt keine Rolle. Sie schaffte es einfach nicht, ihr von der Sache mit dem Hund zu erzählen, noch nicht.

»Er wird hierherkommen, nichts wird ihn daran hindern können«, sagte Erika angespannt. Anna sah sich um und stellte fest, wie dunkel es im Zimmer geworden war. Sie stand auf und zündete mehrere Öllampen und Kerzen in der Wohnung an. Das warme Licht breitete sich aus und verdrängte die bedrohliche Dunkelheit.

»Wir sind keine Übermenschen, Erika …«, sagte Anna nachdenklich und setzte sich wieder. »Als wir frisch von der Polizeihochschule kamen, waren wir irgendwie so rechtschaffen, so vorbereitet und allwissend, aber manchmal habe ich das Gefühl, dass wir einfach nur gelernt haben, uns um andere zu kümmern. Entscheidungen zu treffen, wenn andere nicht dazu in der Lage sind, wenn es anderen schlechtgeht. Aber wir sind nicht so gut darin, uns um uns selbst zu kümmern.«

Erikas Finger zeichneten den Rand des Glases nach. Sie beobachtete das Flackern der Öllampe, die sich im Glasrand und im goldgelben Wein spiegelte. Die Flammen wurden größer und länglicher.

»Weißt du, was für mich das Schlimmste ist?«, fragte Erika, den Blick starr in die Flamme gerichtet.

»Was?«

»Dass ich mir wünsche, dass Göran eine andere findet«, sagte Erika heiser.

»Aber so schlimm ist das doch nicht.«

»Doch. Wenn er einen neuen Prügelknaben hat, lässt er mich vielleicht in Ruhe.«

Kapitel 6

Erika hastete mit ihrer neuen Passierkarte den Flur hinunter; sie hatte ein Déjà-vu, alles kam ihr vertraut und doch so fremd vor. Sie versuchte sich so gut es ging, den Grundriss und die Himmelsrichtungen in dem großen Polizeigebäude in der Skånegatan zu vergegenwärtigen, während sie Anna dicht auf den Fersen blieb und zerstreut ihren fröhlichen Ausführungen lauschte, wie der Arbeitsplatz erweitert und mit dem neuen Justizzentrum verbunden worden sei. Erika begrüßte kurz ihren Gruppenleiter Bengt Steen und setzte sich neben Erik Fahlén, der ihr mit einem warmen Lächeln einen Stuhl anbot.

Die große Sitzung fand in einem größeren Konferenzraum statt und scharte jedes Mal an die fünfzig Personen von der Streife, dem Ermittlungsdezernat, dem Dezernat für Öffentliche Angelegenheiten und manchmal auch ein paar aus dem Technischen zusammen. Der Raum füllte sich schnell, und bald herrschte wie in einem muffigen Studierzimmer Sauerstoffmangel. Die Arbeit der vergangenen Woche und des Wochenendes wurde zusammengefasst, Arbeitsaufgaben verteilt. Die Routine, die Menschen und das Stimmengemurmel waren dieselben wie an ihrem ehemaligen Arbeitsplatz, auch die Aufgabengebiete waren dieselben – häusliche Gewalt, Schlägereien in Lokalen, Jugendgangs, die Feuer legten und Steine warfen, Kriminelle, die auf ihre eigene Art abrechneten, Streit und Betrunkene auf den städtischen Straßen, Raub und Vergewaltigungen.

»Und dann gibt es da noch diese Vermisstenmeldung.«

Die Miene des Dezernatsleiters war unergründlich, aber

seine Körperhaltung strahlte Gereiztheit und Widerwillen aus. Vermisste zu suchen gehörte normalerweise nicht in sein Ressort. Erika verspürte einen Anflug von Neugier und betrachtete interessiert den dunkelhaarigen Mann vor sich.

»Eine Frau ist vor fünf Tagen von ihrem Mann als vermisst gemeldet worden«, fuhr der Dezernatsleiter fort. »Den Medien zufolge wurde sie an ihrem Arbeitsplatz bedroht. Kollege Nils Sundström hat mit dem Ehemann gesprochen und eine Aktennotiz verfasst. Wendet euch zuerst an ihn«, ergänzte er mit einem raschen Blick auf Bengt Steen.

Die anschließende Gruppenbesprechung war kurz und effektiv. Bengt verteilte Nils' Aktennotiz.

»Eine Frau von 45 Jahren wurde, wie erwähnt, am dritten Januar von ihrem Ehemann als vermisst gemeldet. Zu dem Zeitpunkt hatte er seit vier Tagen nichts mehr von ihr gehört. Er hatte sie bei einer Autowerkstatt in Mölndal abgesetzt. Ihr Auto war fertig, sie wollte es abholen und für ein paar Tage zu ihren Eltern nach Alingsås fahren. Sie hat das Auto nicht geholt, ist nie bei ihren Eltern eingetroffen und auch nicht zu ihrem Mann zurückgekehrt. Die Medien sprechen davon, dass es im Vorfeld Drohungen an ihrem Arbeitsplatz gegeben haben soll. Sie arbeitet als Architektin im Stadtbauamt.«

Erik stöhnte hörbar auf.

»Das ist doch nur die Nachrichtenflaute nach Weihnachten. Und wenn jemand diese lahmen Typen im Bauamt bedroht, haben sie zumindest meinen Segen.« Er lachte zufrieden in sich hinein und ignorierte die gereizte Falte, die sich auf der Stirn seines Chefs zeigte.

Das Gespräch mit Nils und dem verzweifelten Ehemann aus Askim zu führen, fiel Per und Erika zu. Die anderen sollten das Personal der Autowerkstatt befragen, die Bilder der

Überwachungskameras auswerten und die Nachbarschaft oben in Trollåsen, wo das Paar wohnte, befragen.

»Und du bist also nach Göteborg gezogen«, begann Per das Gespräch, während er den Wagen vom Polizeigelände fuhr. Er erhielt nur ein kurzes Nicken zur Antwort. Per ließ die Frage auf sich beruhen, schaute nach links und rechts auf den fließenden Verkehr und musterte seine neue Kollegin diskret aus dem Augenwinkel.

Erika war blass, ja nahezu weiß im Gesicht, und es gehörte nicht viel dazu zu erraten, dass ihre Verletzungen sich nicht nur auf einen Arm beschränkten. Sie war circa eins siebzig groß, schätzte er. Von zierlichem Körperbau, aber mit ausgeprägten Armmuskeln und einer Haltung, die von hartem Training sprach. Sie hatte widerspenstige Locken, die sie zu einem wuscheligen Pferdeschwanz zusammengefasst hatte, und trug nur einen Hauch von Make-up. Wenn sie lächelte, strahlte ihr ganzes Gesicht, die dunkelblauen Augen blitzten auf und ließen die weißen und blauen Flecken in ihrer Iris funkeln. Aber das tat sie nur selten. Meistens schwieg sie verbissen, hörte zu und nickte.

Konzentriert beobachtete Erika alles, was vor dem Autofenster an ihr vorüberzog, versuchte sich die Orte einzuprägen, an denen sie vorbeikamen, und sich die Himmelsrichtungen in Erinnerung zu rufen. Am liebsten hätte sie mit Erik zusammengearbeitet, aber mit Per ging es sicher auch, nachdem, was Anna über ihn gesagt hatte. Ihr Schweigen schien ihn jedenfalls nicht zu stören.

Erika legte den Kopf schief und musterte aus zusammengekniffenen Augen die beiden glänzenden Hoteltürme am Korsvägen. Ein bleigrauer Himmel verschwamm in den Glasfassaden mit ihrem Spiegelbild. Ihr letzter Besuch in Göteborg war schon ein paar Jahre her, und sie stellte fest, dass die Stadt sich verändert hatte. Aber das machte keinen Unterschied, sie war ihr genauso fremd wie damals.

»Dort ist die Mercedeswerkstatt, wo sich Barbros Spur verläuft«, erläuterte ihr Per, als sie an einem langgezogenen Industriegebiet vorbeifuhren. Als sie Mölndal erreichten, hatte Erika die Orientierung verloren. Ihre Wangenmuskulatur schmerzte, während sie sich an die Karte von Göteborg zu erinnern versuchte, die sie gemeinsam mit Anna studiert hatte. Per lenkte das Auto derweil geschickt zwischen den Hütchen, Maschinen und Schlaglöchern und allen Bauarbeiten hindurch, die ständig irgendwo im Gange zu sein schienen, vorbei am Zentrum von Mölndal und auf das Industriegebiet von Sisjön zu.

Der Besuch bei ihrem Kollegen Nils war kurz. Seiner Meinung nach würde Barbro Edin Olofsson nicht in akuter Gefahr schweben, und daher solle man abwarten. Dass sie am Arbeitsplatz bedroht worden sein sollte, leuchtete ihm absolut nicht ein; er glaubte eher, dass Jan Olof Olofsson von seiner Frau verlassen worden sei und sich anschließend hemmungslos betrunken habe. Nils' überzeugendes Auftreten trug nicht gerade dazu bei, Pers Enthusiasmus für den Fall zu dämpfen, ganz im Gegenteil. Erika spürte, wie sie eine bleierne Müdigkeit überfiel. Es fiel ihr schwer, es zu akzeptieren, aber sie befand sich in schlechter Verfassung – körperlich, aber vor allem seelisch.

Kapitel 7

»Dort drüben liegt das Askimsbadet.« Per zeigte nach rechts, während er mit einer schnellen Bewegung das Lenkrad nach links einschlug, um auf die Straße abzubiegen, die vom Meer wegführte. Halbherzig lauschte sie Pers Beschreibung des Sandstrandes, den er mit Mallorca verglich. Besonders viel erinnerte hier nicht ans Mittelmeer, dachte Erika grimmig und betrachtete die zunehmend größeren Villen, die dicht neben der schmalen, sich steil aufwärtswindenden Straße erbaut worden waren.

Die Suche nach Vermissten erforderte häufig ein Großaufgebot an Einsatzkräften. Über siebentausend Personen wurden jedes Jahr in Schweden als vermisst gemeldet. Die Mehrheit von ihnen fand man lebend. Die Menschen, die das Glück nicht auf ihrer Seite hatten, fanden den Tod entweder auf dem Heimweg von der Kneipe, fielen vom Boot und verhedderten sich im Fischernetz des Nachbarn oder verirrten sich aus dem Seniorenstift mit Pyjama und Pantoffeln bekleidet im nächsten Wald. Und dann waren da noch diejenigen, die man niemals fand. Die vom Wald oder von Felsspalten verschluckt worden waren, sich in reißende Ströme schwarzen Wassers geworfen hatten, die sie nicht mehr losließen, oder in Schiffsschrauben gerieten und zu Biomasse geworden waren, wie Anna es so gepflegt ausgedrückt hätte.

»Dieses Gebiet nennt sich Trollåsen, Trollberg also, weiß der Geier warum. Hier wohnt man, wenn man Kohle hat«, sagte Per mit einem kleinen Lächeln. Er überprüfte die Adresse und fuhr zu einem Flachbau, der beinahe auf der Spitze des Bergrückens lag. Als Erika das Haus sah – eine flache ausladende Gebäudehülle aus Ziegelsteinen, die von einem weißgetünchten Schornstein überragt wurde, sowie eine nach Westen zeigende Terrasse –, fiel ihr plötzlich die Titelmelodie der Familie Feuerstein ein. Automatisch hielten sie nach dem Meer Ausschau, sahen aber nur eine Handvoll Häuser, die sich an den Hang schmiegte. Die Wolken hingen tief, wie eine farblose Masse, die auf einer feuchten Decke nasskalten Nebels zu schwimmen schien.

»Das nenne ich mal eine Aussicht«, konstatierte Per ohne einen Hauch von Neid in der Stimme. Er stieg die kleine Treppe hinauf und klingelte. Jan Olof Olofsson öffnete die Tür. Erika musterte ihn, während Per sie kurz einander vorstellte. Er war weit größer als der Durchschnitt und besaß eine seltsam farblose Ausstrahlung. Sein Adamsapfel stach hervor, und der Körper unter der teuren, gutgeschnittenen Kleidung machte einen ausgemergelten Eindruck. Er bat sie höflich hinein.

Erika gefiel das Haus auf den ersten Blick, auch wenn die Möbel nicht nach ihrem Geschmack waren – zu viel Leder und dunkles Holz. Aber das hereinfallende Licht und die offene Raumlösung erinnerten sie an die eleganten Häuser aus den Fernsehserien der 60er Jahre mit den heute so modernen Kücheninsellösungen, einem gemauerten Kamin und breiten, großzügig geschnittenen Fenstern. Eine große langhaarige weiße Katze schlich heran, den flauschigen Schwanz zur Decke gestreckt. Per beugte sich sofort hinunter und fing an, mit dem Tier zu schmusen, das um seine Beine herumstrich. Erika bekam eine Gänsehaut. Ihre Kindheit war voll von allen möglichen Haustieren gewesen, die ihre Schwester nach langem Bitten und Betteln bekommen oder ganz einfach mit nach Hause gebracht hatte. Allerdings nie Katzen oder Hunde. Erika hatte immer noch Respekt vor Tieren, die sich durch einen direkten Blick angegriffen fühlten.

Jan Olof nahm eine zerknitterte Zigarettenschachtel aus der Hosentasche, zog eine Zigarette heraus und streckte ihnen dann schuldbewusst die Schachtel entgegen. Erika und Per lehnten beide dankend ab. Jan Olof saß steif und unnatürlich gerade in seinem Sessel und zog gierig an der Zigarette, während er seine Besucher durch den Rauch blinzelnd ansah. Die Katze sprang auf seinen Schoß, und Jan Olof streichelte geistesabwesend den Rücken des Tieres. Erika unterdrückte ein Husten. Der Rauch brannte in den Augen.

»Sie haben ja schon mit unserem Kollegen Nils Sundström gesprochen. Wir haben mittlerweile erfahren, dass Ihrer Frau am Arbeitsplatz gedroht worden sein soll. Wissen Sie etwas darüber?«

Per angelte sein Telefon hervor und strich über das Display. Jan Olof rührte sich nicht. Erika tat der blasse Mann mit einem Mal unendlich leid. Er schien kaum zu atmen. Sein magerer Körper sprach von Angst und Ohnmacht. Nach einem kurzen Moment antwortete er angestrengt, die Hand, in der er die Zigarette hielt, zuckte, und er sah zu Per hoch.

»Etwas darüber wissen …«, antwortete er verwirrt. »Also, dazu kann ich nichts sagen. Natürlich hat Barbro von Kunden erzählt, die streitsüchtig und aggressiv waren, aber Drohungen? Nein, nicht soweit ich weiß.«

Er machte eine lahme Geste, wich ihrem Blick aus und starrte auf seine Hände und die Zigarette, von der langsam Rauch aufstieg. Per nickte, während er den Mann vor sich scharf musterte. Seine träge, fast apathische Haltung war seltsam, aber er hatte das schon oft gesehen, dieses häufig irrationale Benehmen von Menschen, die unter Schock standen oder sich hilflos fühlten.

»Leider müssen wir Ihnen noch ein paar Routinefragen stellen. Wann haben Sie Ihre Frau zuletzt gesehen?« Per verspürte eine plötzliche Erschöpfung, spürte, wie seine Konzentration ihn im Stich ließ. Am liebsten wäre er zurück in die Stadt und mit Erik ins Dojo gefahren, um so lange zu trainieren, bis der ganze Scheiß vergessen war, in die Sauna und danach ein kaltes Bier trinken gegangen. Barbro würde wahrscheinlich sowieso wieder auftauchen.

Jan Olof nickte, sein Gesicht war noch eine Nuance blasser geworden. Asche fiel von der Zigarette auf den Perserteppich, ohne dass er es zu bemerken schien.

»Meine Frau sollte zu ihren Eltern nach Alingsås fahren, ... ja, das hat sie immer für ein paar Tage um den Jahreswechsel herum getan. Weihnachten feierten wir fast immer im Ausland, so auch in diesem Jahr.«

Jan Olofs Blick schweifte durch das Zimmer; seine Augen waren blutunterlaufen. Er räusperte sich und aschte in einen großen Aschenbecher, der vor ihm auf dem Tisch stand. Erika musterte seine starren, sparsamen Bewegungen. Sie kündeten von aufsteigender Panik, die er mit aller Macht zu unterdrücken versuchte. Und mit Alkohol betäubte, wenn sie ihrer Nase Glauben schenken durfte.

»Barbro wollte ihr Auto von der Werkstatt abholen«, nahm Jan Olof den Faden tastend wieder auf, seine Stimme klang heiser und verraucht. »Mit dem Auto war alles in Ordnung, nur die Jahreshauptuntersuchung und die Inspektion standen an. Ich habe sie gegen elf Uhr vormittags dorthingefahren und sie an der Werkstatt rausgelassen. Das Auto war fertig, man bekommt dann immer eine SMS ...«, fügte er mit einem raschen Seitenblick auf Erika hinzu. Sie antwortete mit einem freundlichen Nicken. Er wollte noch etwas ergänzen, aber es kamen keine Worte über seine Lippen.

»Haben Ihre Schwiegereltern sich überhaupt nicht nach ihr erkundigt?«, fragte Erika und bemühte sich, nicht kritisch zu klingen. Ihre Tochter war schließlich nicht wie vereinbart zum Abendessen erschienen, eigentlich hätten die Eltern reagieren müssen.

»Nein, ich habe nichts von ihnen gehört. Aber ...« Jan Olof rieb sich die Stirn, zog abermals die zerknitterte Zigarettenschachtel hervor, kraulte die Ohren der Katze und sah sie zärtlich und gleichzeitig traurig an. »Oder, besser gesagt, wir hatten überhaupt keinen Kontakt. Sie haben nie etwas von mir wissen wollen. Also habe ich irgendwann aufgegeben, könnte man sagen.«

Jan Olof entschuldigte sich und ging in die Küche. Erika und Per tauschten einen fragenden Blick. Jan Olof kam mit einer neuen Zigarettenschachtel zurück und setzte sich wieder.

»Ich habe mir keine Sorgen gemacht, als Barbro ein paar Tage nichts von sich hören ließ«, erklärte er. »Sie ist eine Frau, die auf sich selber aufpassen kann. Wenn das Auto nicht fertig gewesen wäre, hätte sie sich gemeldet.« Er machte eine vage Geste.

»Sie haben Ihre Schwiegereltern also nicht angerufen?«, fragte Per misstrauisch. Jan Olof sah mit einem erstaunten Ausdruck auf dem blassen, eingefallenen Gesicht zu ihm auf.

»Doch, natürlich. Als sie nicht wiederauftauchte und nicht an ihr Handy ging. Ich habe ihre Eltern angerufen. Aber alles, was ich mir anhören musste, war eine furchtbare Schimpftirade, dass ich das Telefon nicht abgenommen hätte und ...« Er seufzte tief und resigniert auf.

»Ich hatte in Barbros Lieblingsrestaurant ›Bei Pelle‹ einen Tisch reserviert.« Jan Olof sah abrupt zu Erika hoch. »Sie ist nicht gekommen.«

Er schlug die Hände vors Gesicht. Die Katze glitt aus dem Sessel und flitzte pfeilschnell unter dem Couchtisch hindurch in die Küche.

»Haben Sie noch etwas anderes unternommen, als ihre Eltern anzurufen?«, fragte Per.

Jan Olof ließ die Hände sinken, in seinem blassen Gesicht zeigten sich rosa Flecken. Er rieb sich heftig die Augen trocken und nahm eine aufrechtere Körperhaltung ein.

»Ich habe mit unseren Freunden telefoniert, Barbros alter Jugendfreundin aus Alingsås und einer Kollegin. Ich habe sogar bei ihrer Arbeit angerufen. Ich hatte wohl gehofft … ich weiß es nicht.«

»Könnten Sie uns vielleicht aufschreiben, wen sie angerufen haben und in welcher Beziehung sie zu den Personen stehen?«, fragte Per. »Und auch, welche Kleider Ihre Frau trug, als Sie sie zuletzt gesehen haben«, fügte er sanft hinzu. Jan Olof holte einen Block und machte schnell ein paar Notizen, die er den beiden Polizisten gab.

Erika lehnte sich zu Per hinüber und studierte die Zeilen auf dem Papier. Ein paar Namen standen darauf. Ein Paar aus der Nachbarschaft, eine Frau aus Alingsås und ein Paar aus Göteborg – Barbros Eltern. An der Kleidung, die Barbro am Tag ihres Verschwindens getragen hatte, war nichts Auffälliges, wenn sie auch viel exklusiver als das war, das ihnen üblicherweise begegnete: ein pelzgefütterter Mantel, ein Kaschmirpullover, Wollhosen, Reitstiefel einer teuren Marke, eine Designerarmbanduhr, eine echte Perlenkette und ein Seidenschal. Und mehrere Ringe mit Edelsteinen und Brillanten.

»Sie haben sie also um elf an der Werkstatt abgesetzt?«, wiederholte Per. Ein kurzes Nicken war die Antwort. »Ist Ihre Frau jemandem vom Personal begegnet? Haben Sie sie in die Werkstatt hineingehen sehen?«

Jan Olof schüttelte den Kopf. Per notierte.

»Dürfen wir uns hier ein bisschen umsehen?«, fügte Per hinzu.

»Natürlich.«

Schwerfällig erhob sich der Ehemann. Sie folgten ihm durch einen langen Flur hinter der Küche, von dem die Schlafzimmer, das Bad und die Arbeitszimmer abgingen, und betraten Jan Olofs Arbeitszimmer.

Es war penibel aufgeräumt. Ein großer weißer Schreibtisch und weiße Regale standen an den Seiten. Erikas Blick wanderte über die Fotografien im Bücherregal: Herr und Frau Olofsson, beide lächelnd, blaues Meer, Berge, Wolken, weiße Strände, Palmen und Golfplätze. Aber auch ein paar Bilder, auf denen Barbro für den Fotografen posierte und mit einer oder mehreren Katzen spielte. Darunter sehr oft die weiße Hauskatze, aber auch eine rotbraune und eine graue. Auf einem Bild hielt Barbro einen großen Flechtkorb im Arm, in dem vier kleine wollige Katzenjungen mit geschlossenen Augen dicht aneinandergekuschelt lagen. Jan Olof, der unmittelbar neben ihr stand, nickte kummervoll.

»Wir hatten viele Katzen. Übrig geblieben ist nur Missan, die weiße«, fügte er hinzu. Erika nickte und kniff die Augen zusammen, um die Bilder besser in Augenschein nehmen zu können. Barbro war ungewöhnlich groß. Ihre halblangen blonden Haare schienen echt zu sein, sie wirkten natürlich. Sie hatte braune Augen und ein offenes, selbstsicheres Lächeln sowie einen üppigen, wohlgeformten Körper mit langen Beinen, den sie offensichtlich gerne in Shorts und tiefausgeschnittenen Oberteilen zur Schau trug.

»Meine Ehefrau ist vielleicht nicht immer die Einfühlsamste, aber sie vergöttert Missan. Und sie ist immer untröstlich gewesen, wenn wir eine der Katzen weggeben mussten. Wir haben einen ganzen Wurf Katzenjunge auf einmal bekommen – sie wollte sie alle behalten.« Jan Olof zeigte auf das Foto und lächelte schwach.

Erika nickte.

»Wissen Sie, ob Sie vor ihrer Abreise Geld vom Konto abgehoben hat?«, fragte sie geradeheraus.

»Geld …«, echote er und starrte die Zigarette an, die jetzt nur noch ein spärlicher Stummel zwischen seinen Fingern war.

»Nein, das weiß ich nicht. Wir haben ein Konto bei der Handelsbank für unsere gemeinsamen Ausgaben und zusätzlich hat jeder sein eigenes. Ich weiß es wirklich nicht.«

Er sah Erika verwirrt an, ein hilfloser Ausdruck stand in seinen Augen.

»Haben Sie Kinder?«, fragte sie. Nichts im Haus deutete darauf hin, dass hier Kinder lebten.

»Nein, wir leben allein. Haben nie welche bekommen können …«

Erika fuhr systematisch damit fort, Routinefragen zu stellen. Jan Olof antwortete mechanisch, beinahe abwesend. »Hat sie den Ausweis mitgenommen?«

Jan Olof zuckte bei der Frage zusammen, ein Schatten legte sich über seine Augen. Er schüttelte den Kopf. Vielleicht lag er noch von der letzten USA-Reise in Barbros Beautycase. Er wusste es nicht.

»Und das Auto, haben Sie es abgeholt?«, wollte Per wissen.

Jan Olof betrat wortlos den langgestreckten Flur, öffnete eine Tür und ging rasch eine kurze Treppe hinunter. Erika und Per folgten ihm nach. Barbros Mann drückte auf einen Lichtschalter in der Garage, die Neonröhren gingen an, und sie wurden von glänzendem Lack geblendet. Das Cabriolet, das der Tür am nächsten war, war einer der schönsten Sportwagen, den Erika je gesehen hatte. Ein kleiner Zweisitzer mit dunkelblauer Metallic-Lackierung, die Sitze und das Lenkrad aus hellbeigem Leder. Wie eine in glänzendes Papier eingepackte Praline. Dahinter stand ein imposanter schwarzer Audi.

Die Garage war groß, und Erika hatte noch nie eine so saubere und aufgeräumte gesehen. Per deutete fragend auf den Mercedes, erhielt von Jan Olof ein resigniertes Nicken zur Antwort, setzte sich hinter das Lenkrad, öffnete das Handschuhfach, musterte den Boden und hob die Fußmatten an.

Am anderen Ende des Raumes befand sich eine schmale Tür in der gleichen Farbe wie die hellen eierschalenfarben gestrichenen Wände. Erika öffnete sie, tastete nach dem Lichtschalter und sah sich im Raum um. Er war groß und nüchtern, ein paar Gefriertruhen waren an einer Wand aufgereiht, ebenso befanden sich Regale darin mit feinsäuberlich beschrifteten Umzugskartons, leeren Glasflaschen, einem Stapel Autoreifen, zwei langen Kleiderstangen und einer zusammengeklappten Plastiktanne. Sie betrat den Raum und stellte sich einen Augenblick lang in die Mitte, besah sich die beschrifteten Kartons von Winterschuhen bis zu Weihnachtssachen. Sie ging zu den beiden Gefriertruhen und öffnete die Deckel. Eine war leer und abgeschaltet, und die Luft, die ihr daraus entgegenschlug, roch muffig. Die andere Truhe lief und war bis zur Hälfte mit in Plastikbeutel verpackten Lebensmitteln gefüllt, die mit Etiketten versehen waren. Erika klappte den Deckel wieder herunter, der sich mit einem leisen Seufzer schloss.

Unbemerkt war die Katze hereingekommen und strich um ihre Beine. Sie starrte sie mit großen Augen an und miaute auffordernd. Erika schob das Tier zurück in die Garage und schloss die Tür hinter sich. Jan Olof stand immer noch am selben Fleck.

»Sie haben also keine Vorstellung davon, was Ihrer Frau zugestoßen sein könnte?«, fragte Erika nach einem Moment des Schweigens. Jan Olof rührte sich nicht, blinzelte noch nicht einmal, verfolgte nur wie hypnotisiert Pers Bewegungen in Barbros Wagen.

»Haben Sie gestritten?«, drängte Erika.

Erstaunt schaute Jan Olof sie an.

»Gestritten? Nein. Wir haben uns nie gestritten.«

Erika unterdrückte ein Stöhnen. Sie musste ihm alles aus der Nase ziehen. Von ihm selbst kam gar nichts. Es war, als ob sie ihm Stachel für Stachel aus einer Wunde ziehen müsste.

»Und es ist auch nichts besonderes vorgefallen? Ich meine, etwas, das Ihre Frau vielleicht aufgeregt haben könnte? War sie anders als sonst, bevor sie gefahren ist?«

Zum Teufel, Mann, nun sag schon etwas! Irgendwas muss dir doch aufgefallen sein? Verheiratete Paare streiten doch mal! Ging es um Geld? Waren Sie eifersüchtig? Neigen sie zu Gewalttätigkeiten? Aber Jan Olof blieb stumm. Per stieg widerstrebend aus dem Wagen, schloss andächtig die Tür hinter sich und lächelte verträumt. Plötzlich griff Jan Olof nach Erikas Oberarm, seine knochigen Finger bohrten sich hart in ihre Muskulatur, so dass der Schmerz bis in ihren gebrochenen Zeigefinger ausstrahlte.

»Ich weiß nicht, wie ich damit fertig werden soll, wie ich … unser ganzes Leben ist kaputt, nichts ist mehr, wie es war, ich …«

Sein Blick huschte zwischen Per und Erika hin und her. Er sah auf seine Hand hinab, zog sie weg und versteckte sie peinlich berührt unter dem Anzug. Zum ersten Mal sah sie, wie sich seine Augen mit Tränen füllten.

»Der Arme, seinem Schicksal überlassen! Oder aber er hat sie geschlagen, dann hat er's nicht besser verdient«, sagte Per betroffen und müde, als sie wieder im Auto Platz nahmen. Erika betrachtete Pers Gesicht. Hohe Wangenknochen und ein markantes Kinn, olivfarbene Haut, die nicht jenen typischen schwedischen blauweißen Winterton zu bekommen schien. Dunkle schokoladenbraune Augen mit zarten langen Wimpern. Und dann die lockigen Haare. Halblang, fast schwarz, die in dichten Korkenzieherlocken fielen. Sie verspürte den Impuls, die Hand auszustrecken, um zu fühlen, ob sie echt waren, hielt sich aber zurück.

Sie geschlagen hat. Erika ließ die Worte in sich nachhallen. Statistisch gesehen hatte Per recht. Es gab deutlich mehr als vermisst gemeldete Frauen als Männer, die einem Verbrechen zum Opfer gefallen waren. Die weiblichen Opfer waren in falscher Begleitung auf die falsche Party gegangen, wurden vergewaltigt, misshandelt, ausgeraubt oder waren vor einem brutalen Mann geflohen. Vor dem Ehemann, dem Vater oder einem eifersüchtigen Liebhaber. Und in immer mehr Fällen vor einer ganzen Sippschaft. Hatte sie, wie ihr Kollege Nils behauptet hatte, einfach ihre Siebensachen gepackt und ihren langweiligen Gatten für eine nettere Reisebegleitung verlassen?

Erika fixierte die durchnässten Rasenflächen, die von leichtem Raureif überzogen waren. Ihre Hand schmerzte und pochte, das Hämatom spannte, und ihr Brustkorb brannte bei jedem Atemzug. Ihr wurde klar, dass sie gestöhnt haben musste, als sie sich im Auto zurechtgesetzt hatte.

»Was hast du eigentlich mit deinem Arm angestellt?«, fragte Per, als ob er ihre Gedanken gelesen hätte.

»Ach, weißt du, es ist einfach nur peinlich. Ich bin in der Loipe gestürzt, sie war so verflucht glatt. Habe mich mit der Hand abgestützt.«

Sie zwang sich zu einem Lächeln, merkte aber, dass es ihre Augen nicht erreichte. In Pers Augen blitzte es auf. Er hatte die Lüge nicht geschluckt. Was glaubte sie auch, wer sie war, dass sie einem erfahrenen Kollegen so etwas vorsetzen konnte. Erika biss die Zähne zusammen, schwieg und hoffte, dass ihre mürrische Miene ihn davon abhalten würde, weitere Fragen zu stellen.

»Und was denkst du?«, fragte er knapp.

Sie zuckte mit den Schultern und verzog vor Schmerzen das Gesicht. Ihre Gereiztheit, die schon den ganzen Tag dicht unter der Oberfläche schwelte, kam jetzt zum Vorschein. »Ich weiß nicht«, brummte Erika. »Irgendwie wirkt das Ganze auf mich geplant – von ihr oder der Person, die sie treffen sollte. Der Ausweis, der nicht auffindbar war.«

»Du meinst, dass sie im sonnigen Süden ist? Mit ihrem Ausweis, einem Bikini und in angenehmer Gesellschaft.«

»So in der Art«, erwiderte Erika missmutig. Verfluchtes Gequatsche, konnte er es nicht endlich mal gut sein lassen?

Per sah auf die Hausdächer, zwischen denen die Nebelschleier hingen. Erikas unterdrückter Zorn verursachte ihm schlechte Laune. Er spürte ihren Blick auf seiner Wange.

»Also?«

»Zurück«, erwiderte Per kurz angebunden.

Er ließ den Motor an, und der Wagen rollte bergab. Erika richtete den Blick in die Ferne, durch die Nebelschwaden, zum Meer, den Häusern und dem Wald. Nach einer Weile war ihr, als würde sie schweben, schwerelos, ohne Verankerung. Ihre Kehle schnürte sich zu, und sie starrte verbissen aus dem Autofenster, bis es ihr gelungen war, die Tränen zurückzudrängen.

Kapitel 8

Göran wählte. Zum wievielten Mal hintereinander wusste er nicht. Seine Geduld war allmählich am Ende. Plötzlich nahm der Wurm ab.

»Kalle hier.«

»Hallo, Kalle«, sagte Göran bissig. Er hörte ein Aufkeuchen am anderen Ende der Leitung.

»Hallo!«

Der aufgesetzt fröhliche Ton ließ Kalles Stimme eine Oktave höher klingen. Göran verdrehte die Augen. Er ballte die rechte Hand zur Faust und studierte sie, wie sie vor Anstrengung zitterte und die Knöchel ganz weiß und blutleer wurden. Er lächelte und ließ ein paar Sekunden verrinnen, lauschte den Atemzügen am anderen Ende des Landes und zögerte sein Schweigen genussvoll hinaus.

»Karl, mein Freund … ich wollte mich nur vergewissern, dass du begriffen hast, wie die Dinge stehen, dass du alles unter Kontrolle hast«, sagte er schließlich.

»Ja doch, ich weiß, was ich zu tun habe«, erwiderte Karl angestrengt.

»Gut, mein Freund. Dann leg mal los.«

Göran lauschte dem nervösen Wortschwall. Karl würde den Verbrechern einen Tipp geben, dann der Presse. Ort und Zeit. Und vor allem Erika anrufen, eine Nummer hinterlassen. Dafür sorgen, dass sie auf eine SMS oder einen Anruf reagierte. Göran grunzte zustimmend. Er wünschte sich plötzlich, eine Fliege an der Wand zu sein und den Aufruhr mitverfolgen zu können, wenn die Kollegen in Göteborg zuschlugen und alle ausgeflogen waren, während die Medien sabbernd auf Nachrichten warteten. Die Demütigung würde absolut sein. Das vertraute Gefühl der Befriedigung durchströmte ihn.

»Und plaudere ja nichts gegenüber deiner Frau oder deinen Kumpels aus … dann werden dich deine alten Sünden einholen, mein Freund, und das wäre doch schade, nicht wahr?«, predigte Göran weiter und lauschte interessiert den nervösen Bekundungen.

»Das Wichtigste ist, dass du unsere gemeinsame Freundin zu fassen bekommst«, fuhr er fort. »Kontakt, mein Freund, Kontakt«, fügte er hinzu und leerte das Whiskeyglas in einem Zug, während er den Hörer auflegte. Es war wahrlich eine Schande, dass er nicht dabei sein konnte, aber man konnte nicht alles haben. Nur fast.

Kapitel 9

Der Nebel hatte sich aufgelöst, aber der Himmel blieb trüb und glich einer Decke aus schmutziger Watte. Raureif bedeckte die Erde, so als wäre der Nebel zu Boden gesunken und einfach zu Eis erstarrt. Die grimmige Kälte hatte zugenommen, und die Scheiben im Auto beschlugen. Die ächzende Lüftung ließ nur noch mehr feuchte und nasskalte Luft hereinströmen.

Per brummte und tastete nach dem Schalter für die Sitzheizung. Sie hatten jeder einen Hamburger mit Pommes frites und eine Limo an einer Autobahnraststätte in sich hineingeschlungen. Erika kämpfte mit dem faden Nachgeschmack von Transfettsäuren und Süßstoff. Wenn ihre Hand wieder geheilt und der Gips entfernt wäre, würde sie ihr Training wieder aufnehmen und zwar gründlich – und dann wäre Schluss mit dem mittäglichen Fastfood.

Sie beobachtete Per verstohlen, der konzentriert auf die Straße sah. Sein Profil zeichnete sich gegen das schwache Licht ab, halb verdeckt durch seine Locken. Erika widmete sich wieder der Karte auf ihrem Schoß. Von der Form her ähnelte Göteborg einem Stern – ein Zentrum, das von einem Wallgraben umgeben war, davon abgehend die Stadtteile, die wie Eisschollen dalagen, und Straßen und Wege, die strahlenförmig von der Mitte abgingen. In nordwestliche Richtung nach Oslo, im Norden nach Alingsås und Stockholm, im Osten zum Flugplatz und nach Borås, im Süden nach Malmö und im Westen zum Meer. Längs der Strahlen befanden sich Siedlungen und Industriegebiete. Per hatte erklärt, dass die Landschaft so zerfurcht sei, dass sich die Bebauung wie Tentakel in die langgezogenen Täler erstreckte.

»Wenn du hier mit dem Fahrrad oder zu Fuß unterwegs bist, wirst du es merken. Die Stadt ist nicht gerade eben«, schmunzelte er.

Plötzlich durchbrach die Sonne den weißen Dunst, und der Raureif an den Bäumen glitzerte. Eine kleine Schneeschicht wirbelte um die Autos, die die Straßen entlangkrochen.

Das Stadtbauamt befand sich in der Innenstadt von Göteborg. Ein provokant hässlicher Backsteinbau, der sich von der sonstigen Umgebung abhob. Per parkte hinter dem Gebäude in einer Nebenstraße. Im Foyer betrachtete er ein großes Modell, das einen neuen Stadtteil zeigte, der am Stadtrand von Göteborg entstehen sollte. Auf einem wichtigtuerischen Schild stand »Berühren verboten«, aber Per konnte der Versuchung einfach nicht widerstehen. Ein Baum aus Pappmaché und Draht kippte um; mit einem spitzbübischen Lächeln zog er die Hand zurück und gesellte sich wieder zu Erika, die am Empfangstresen lehnte und in einer Broschüre über die Voraussetzung für die Erteilung einer Baugenehmigung blätterte. Da trat eine junge Frau aus dem Aufzug.

»Hallo! Elisabeth Jansson, Assistentin des Bauamtsbüros Bezirk Süd.«

Die Frau streckte ihnen eine gepflegt manikürte Hand entgegen. Sie stolzierte auf ihren langen Beinen mit wiegenden Hüften vorneweg durch den Korridor, während sie ihnen über die Schulter blickend erklärte, dass das Bauamt in zwei große Gebiete – nördlich und südlich des Flusses – unterteilt sei. Der Korridor führte zu einem ausladenden Empfangstresen und einem Wartebereich mit einem Tisch, Stühlen und dem obligatorischen Kaffeeautomaten. Elisabeth deutete beflissen auf die zerschlissenen Stühle und versicherte ihnen, dass ihr Chef, Sten Åhlander, bereits auf dem Weg zu ihnen sei.

Erika sah sich um. Das Gefühl, in den 70er Jahren steckengeblieben zu sein, verstärkte sich durch die abgestandene Luft, die dicke Staubschicht auf den Lampen, eine kümmerliche Yuccapalme und ein Loch in der Deckenverkleidung, das den Blick auf ein Gewirr von Kabeln und jede Menge Staubflusen freigab.

Ein Mann und eine Frau gingen lebhaft diskutierend vorbei. Der Mann trug eine braune Cordhose und ein Polohemd, die Frau einen quergestreiften Pulli über einem ausladenden Hinterteil; ihre kurzen Beine endeten in braunen schiefgelaufenen Pumps. Ich bin an einem Roy-Andersson-Set gelandet, dachte Erika eher niedergeschlagen denn amüsiert. Sie sah an Pers Gesichtsausdruck, dass der Abteilungsleiter im Anmarsch war, drehte sich um und keuchte unfreiwillig auf. Der Mann, der den Korridor herunterkam, sah Jan Olof Olofsson verblüffend ähnlich – überdurchschnittlich groß mit einem mageren, sehnigen Körper und scharf geschnittenen Zügen.

»Sten Åhlander, Leiter des Bezirks Süd«, stellte er sich vor, streckte Per die Hand entgegen und sah Erika mit hochgezogenen Brauen an.

»Per Henriksson und Erika Ekman, Bezirkskriminalpolizei«, sagte Per freundlich. Sten Åhlander musterte Erika von Kopf bis Fuß und ergriff dann pflichtschuldig ihre Hand.

»Wir gehen am besten in mein Büro.«

Sten Åhlander deutete den Flur hinunter. Sie kamen an einem Pausenraum vorbei, in dem eine Gruppe Männer und Frauen wortlos Kaffee tranken. Aus den Augenwinkeln beobachteten sie die Vorbeigehenden. Sten Åhlander öffnete eine Tür am Ende des Korridors. Das Büro hatte Fenster zu beiden Seiten, einen großen dunklen Holzschreibtisch, und auf einem tiefroten Läufer standen zwei Sitzgruppen. Für

Erika sah es so aus, als ob Sten sehr selten Besuch empfing. Es roch nach altem Zigarettenrauch. Auf dem Schreibtisch standen Fotos von einer hübschen blonden Frau und zwei Kindern im Teenageralter, die Fensterbänke zierten Pokale und Kristallgegenstände, vermutlich Sporttrophäen. Sten Åhlander nahm hinter dem Schreibtisch Platz.

»Ich gehe davon aus, dass Sie wissen, dass Barbro Edin Olofsson von ihrem Mann als vermisst gemeldet worden ist«, begann Per in ruhigem Ton, während er sein Handy aus der Tasche zog. Sten nickte.

»Wir würden gerne mit Barbros Kollegen sprechen und möchten Sie bitten, uns Zugang zu ihrem Arbeitszimmer, ihrem Rechner und ihrem Kalender zu gewähren. Und zu sonstigen Akten, die uns womöglich Aufschluss über ihr Verschwinden geben können«, sagte Per sachlich.

Erika sah dem Mann an, dass er mit seinen Gedanken nicht bei der Sache war. Er erinnerte sie an Christopher Lee in seinen späteren Vampirfilmen, beherrscht, bleich und lauernd. Er griff nach einem Stift und klickte damit, während er Per scharf ansah. Gerade als dieser seine Bitte wiederholen wollte, legte er den Stift beiseite, erhob sich, nahm eine der Kristallfiguren von der Fensterbank und musterte sie gedankenverloren, bevor er sich übertrieben langsam zu ihnen umdrehte. Sten Åhlander räusperte sich gebieterisch.

»Wie Sie vielleicht verstehen, ist die ganze Geschichte höchst unangenehm für uns. Ich kann keinesfalls zulassen, dass Sie unseren Betrieb hier stören.«

»Wir setzen alles daran, Barbro so schnell wie möglich zu finden. Wir wären dankbar, wenn Sie …«, setzte Per an, aber Sten schnitt ihm das Wort ab.

»Wir sind alle in der misslichen Lage, dass eine unserer lieben Kolleginnen eine schmerzliche Lücke hinterlässt, müssen aber unsere Arbeit fortsetzen und engagiert die Dienstleistungen gegenüber unseren Kunden erbringen«, sagte Sten scharf. Er fuhr fort, ohne sich um Per zu kümmern, der Anstalten machte, etwas zu sagen.

»Ich will mich nicht beschweren, aber wir haben sehr viel zu tun, und die Tatsache, dass wir plötzlich mit einer Architektin weniger auskommen müssen, macht die Sache nicht einfacher. Ich hoffe, Sie haben Verständnis dafür.«

»Das haben wir, aber je schneller wir unsere Informationen bekommen, desto schneller finden wir Barbro.« Tot oder lebendig, dachte Per grimmig bei sich und musterte den gestrengen Staatsbediensteten, der sich lässig an die Fensterbank lehnte. Per hoffte bereits jetzt, den Fall so schnell wie möglich abzuschließen. Was ihn betraf, so würde er weder die Architektin noch die Ermittlungen eine Minute lang vermissen.

»Wir könnten ja vielleicht damit beginnen, dass Sie mir etwas über ihre Aufgaben hier erzählen, in welcher Funktion sie tätig war, mit wem sie gearbeitet hat und wer etwas darüber wissen könnte, was geschehen ist«, fügte Erika hinzu.

Sten betrachtete finster seine Besucher, gab jedoch sachlich, wenn auch umständlich, Auskunft über ihre Arbeit und ihr Tätigkeitsfeld. Der Verwaltungsbezirk prüfte Bauanträge südlich des Flusses. Die Arbeitsbelastung war sehr hoch, höher als gewöhnlich, erklärte Sten. Barbro arbeitete mit Vanja Lankinen zusammen, die ebenfalls Architektin des Fachbereichs sei. Sie kümmerten sich in erster Linie um die Neubaugebiete draußen im Südwesten. Erika sah den hochgewachsenen Mann an, dessen Mund sich so mechanisch wie ein Nussknacker bewegte. Sie fand die Ähnlichkeit mit Barbros Mann immer merkwürdiger.

»Wann haben Sie Barbro Edin Olofsson zuletzt gesehen?«, fragte Per.

»Am sechzehnten Dezember. Barbro hatte ab dem siebzehnten Urlaub.«

»Hatten Sie das Gefühl, dass sie im Vorfeld ihres Urlaubs wegen irgendetwas beunruhigt war? Wirkte sie anders als sonst?«

»Nein.«

Die Antwort war kurz und kam etwas zu prompt, dachte Erika und machte sich eine entsprechende Notiz auf ihrem Block.

»Wie lange sollte ihr Urlaub dauern?«, fragte Per weiter.

Sten lehnte sich vor und schlug in seinem Tischkalender nach.

»Vom siebzehnten Dezember bis einschließlich sechsten Januar.«

»Wann erfuhren Sie davon, dass Barbro vermisst wurde?«

»Unsere Assistentin erzählte mir, dass Barbros Mann angerufen und nach ihr gefragt hätte, dass er aufgeregt und besorgt gewirkt habe. Wir haben natürlich geahnt, dass etwas passiert sein musste. Und dann ist sie nicht wieder zur Arbeit erschienen, also … Ja, und dann rief die Presse hier an.«

»Uns ist zu Ohren gekommen, dass Barbro an ihrem Arbeitsplatz Drohungen erhalten haben soll. Wissen Sie etwas darüber?«, fragte Per mit ausdrucksloser Miene.

»Man könnte vielleicht sagen, dass viele unserer Kunden nicht in der Lage sind, zwischen Person und Vorgängen zu unterscheiden«, erwiderte Sten mit unverhohlener Verachtung in der Stimme. »Und dass die Gefühle unter solchen Umständen oft hochkochen. Aber dass regelrechte Drohungen Teil unseres Alltags sein sollen, … nein, mein werter Herr Kommissar, da übertreiben Sie ein bisschen. Typisch Presse – wie üblich nur Spekulationen. Nichts, was man für bare Münze nehmen sollte.«

Sten ging zur Tür, drehte sich um und fixierte sie.

»Sie können einen Blick in Barbros Büro werfen, aber im Moment sehe ich keine Notwendigkeit, Ihnen Zugang zu ihrem Rechner zu gewähren. Das wird vermutlich nichts bringen, und darüber hinaus handelt es sich dabei um sensibles Material. Wie gesagt, wir befinden uns in einer ungewöhnlichen und äußerst belastenden Situation.«

»Erlauben Sie mal«, Per riss der Geduldsfaden. »Ohne den Zugang zu ihrem PC geht es nicht, sonst …«

Sten Åhlander drehte sich um und blockierte den Ausgang.

»Sonst?«, sagte Sten mit einem süffisanten Lächeln, »Mit welchem Recht meinen Sie, unser Material sichten zu dürfen?«

Per gab keine Antwort, ballte nur die Hand in der Hosentasche zur Faust. Sten wandte ihnen den Rücken zu, ging mit langen ausgreifenden Schritten den Korridor hinunter und brachte sie zu Barbros Büro. Der beinahe quadratische Raum war großzügig geschnitten, mit zwei großen Fenstern mit Blick auf niedrige gelbe Häuser, die aussahen, als stammten sie aus einer bedeutend älteren Epoche als das Stadtbauamt. Auf Barbros Schreibtisch lagen Unmengen Papiere und Post, dazwischen ungeöffnete Weihnachtspräsente und eine große Pralinenschachtel, deren Deckel halb offen stand. Die Bücherregale waren die gleichen wie im Polizeigebäude; triste braune Dinger, die mit Ordnern und Fachliteratur vollgestopft waren. Keine Pflanzen in den Fensterecken, keinerlei Deko oder Bilder. Auf einem der Regale standen ein paar Katzenfotos, dieselben, die sie bei Barbro zu Hause gesehen hatten.

Am anderen Ende des Büros befand sich ein großer, hässlicher Metallschrank mit einem einfachen Vorhängeschloss. Stapelweise Briefe, Unterlagen und Schnellhefter lagen davor und blockierten die Schranktür. Sten Åhlander war im Türrahmen stehen geblieben.

»Ich bin bis 17 Uhr hier im Büro. Frau Jansson wird Ihnen behilflich sein, wenn Sie noch etwas benötigen.« Er machte auf dem Absatz kehrt und verschwand. Per machte eine Geste zur Tür.

»Ich schlage vor, dass wir bei Elisabeth anfangen«, sagte er verstimmt. »Die Puppen vom Empfang haben normalerweise den Überblick. Danach machen wir mit Barbros engster Kollegin Vanja weiter. Falls dir noch etwas einfällt, das wir wissen müssen, sag Bescheid. Ich hätte nichts dagegen, diese Wachsfigur noch ein bisschen in die Mangel zu nehmen«, brummelte er und ließ den Blick durchs Zimmer schweifen.

Er inspizierte den Metallschrank und suchte in der Schreibtischschublade nach dem Schlüssel, ohne fündig zu werden. Erika hob vorsichtig die Papiere und Ordner auf dem Schreibtisch an und entdeckte einen Tischkalender. Sie blätterte darin herum, ohne auf etwas Persönliches zu stoßen und ging die Post-it-Zettel und Notizen durch. Dann schaltete sie den Computer ein, musste aber feststellen, dass er durch ein Passwort gesichert war. Per warf ihr ein flüchtiges Lächeln zu. Sie tastete das Fensterbrett ab und sah unter die Schreibtischschubladen. Pers Lächeln wurde breiter.

»Du hast dich wirklich auf die Verschwörungstheorie eingeschossen, oder?«

»Hm, ich weiß nicht, aber eine Frau, die spurlos verschwindet, ohne ihrem Mann und ihren Eltern das geringste Lebenszeichen zu hinterlassen, hat entweder etwas zu verbergen – oder ihr ist etwas zugestoßen.«

»Darf ich kurz stören?«

Elisabeth Jansson erschien in der Tür. Per bat sie sogleich um den Schrankschlüssel.

»Ich habe keinen, tut mir leid«, antwortete Elisabeth rasch. »Für den hat, glaube ich, nur Barbro einen, obwohl – vielleicht besitzt Vanja noch einen Ersatzschlüssel.«

Sie versuchte ein Lächeln. Per nahm an, dass Sten sie bereits entsprechend instruiert hatte, und schluckte seine Bemerkungen hinunter.

»Können wir uns einen Augenblick mit Ihnen unterhalten?«, fragte Erika freundlich.

Elisabeth nickte, ihre Wangen unter der Puderschicht glühten. Erika wies auf den Besucherstuhl in Barbros Zimmer und zog diskret die Tür zu. Die Assistentin setzte sich, während ihr Blick zwischen Erika und Per hin und her huschte. Erika musterte einen Augenblick die perfekt geschminkten Augen und die glatte Haut, auf der die gut aufgetragene Tönung und gewiss auch das Puder jeden eventuellen Makel überdeckten. Unbewusst tastete sie nach ihrem eigenen Gesicht. Die linke Seite war immer noch geschwollen, und die Haut spannte, als sei sie eingelaufen und würde nicht mehr um den Schädel passen.

»Können Sie sich noch daran erinnern, wann Sie Barbro zuletzt gesehen haben?«, fragte Erika und nahm einen Notizblock und einen kurzen Bleistiftstummel aus der Tasche.

»Natürlich, das war am sechzehnten Dezember«, antwortete Elisabeth, wie aus der Pistole geschossen. »Sie hat sich in den Urlaub verabschiedet. Sie und ihr Mann sind immer über Weihnachten verreist, in den Süden oder in eine Großstadt, nach London oder Paris beispielsweise. Obwohl, diesmal sollte es New York sein.«

Es fiel Erika schwer, Elisabeths Mienenspiel zu deuten.

»Wann ist Ihnen klargeworden, dass Barbro verschwunden ist?«

»Als ihr Mann anrief und nach ihr fragte.«

»Wissen Sie noch, wann das war?«

»Ja, das war am Dienstag, etwa gegen 12 Uhr. Er klang richtig schlimm, war völlig besoffen und redete eine Menge unzusammenhängendes Zeug. Er fragte nach Barbro, ob sie im Büro sei. Sie wissen schon.«

»Was haben Sie da gedacht?«

»Ach Gott! Dass er nicht ganz dicht sei, die Kontrolle verloren habe, sich bis zur Besinnungslosigkeit betrunken hätte. Ich meine, sie sollten doch eigentlich zusammen im Urlaub sein! Und dann ruft er mich an und fragt, ob sie vielleicht im Büro sei. Nun, erst später wurde mir klar, dass er es ernst meinte, dass er wirklich erschüttert war. Er fing an zu weinen und zu plappern, dass sie verschwunden sei, dass er die Polizei anrufen müsse. Ich sagte, dass er das tun solle.«

Erika schrieb so eifrig mit, dass ihr der Unterarm weh tat. »Was ist Ihrer Meinung nach passiert?«

Eine verlegene Miene breitete sich auf dem Gesicht der Assistentin aus, sie warf verstohlen einen Blick in Pers Richtung, der an der Fensterbank lehnte und scheinbar etwas Interessantes an der Decke studierte.

»Sie unterliegen doch der Schweigepflicht, oder?«, fragte Elisabeth, leckte sich nervös über die Lippen und glättete die bereits vollkommen glatten und sorgfältig gekämmten Haare.

Erika antwortete freundlich, dass nichts, was sie sagte, nach außen dringen würde, wenn es nicht relevant für die Ermittlungen sei. Elisabeth drehte und wand sich etwas, wirkte aber mit einem Mal entschlossen.

»Ehrlich gesagt, Barbro war eine verdammte Hexe!«, brach es aus ihr heraus. »Sie dachte, sie sei etwas Besseres, so die Art. Nicht nur besser als wir hier im Büro, sondern besser als alle zusammen. Sie kam und ging, wie es ihr beliebte. Man wusste nie, wann sie hier sein oder wann sie kommen würde. Und sie nahm sich frei, wann immer ihr danach war, so wirkte es jedenfalls. Sie stolzierte in ihren feinen Kleidern umher und trug die Nase hoch.« Elisabeth verstummte. Ihre Augen verdunkelten sich. Erikas Mund fühlte sich mit einem Mal trocken an. Elisabeth hatte von Barbro in der Vergangenheitsform gesprochen.

»Wie hat sie sich ihren Kunden gegenüber benommen?«

»Genauso. Sie hat auf sie herabgesehen. Hat immer ein paar Termine pro Woche platzen lassen. Die Leute mussten Ewigkeiten warten und hatten Glück, wenn ihr der Sinn danach stand, sie zu empfangen. Nicht weiter verwunderlich, dass manche von denen vollends die Fassung verloren haben.«

»Was halten die anderen Kollegen von ihr?«

Elisabeth zuckte nachlässig die Schultern. »Das weiß ich nicht«, antwortete sie mit einem störrischen Unterton.

»Wissen Sie, ob sie von jemandem bedroht wurde?«

»Nein«, antwortete Elisabeth und kniff die Lippen zusammen.

Erika war in Gedanken immer noch bei dem Gespräch mit der Assistentin, als sie das Büro der Bezirksarchitektin Vanja Lankinen betrat. Sie hatte das Gefühl, dass Elisabeths Antwort auf die zuletzt gestellte Frage viel zu plötzlich gekommen war. Es war offensichtlich, dass sie mehr wusste.

Vanja Lankinen saß hinter einem großen Schreibtisch, der schon bessere Tage gesehen hatte. Die Papierstapel türmten sich noch höher als an Barbros Arbeitsplatz auf – ordentlicher, aber trotzdem entsetzlich hoch und kaum zu bewältigen. Auf den Fensterbänken standen eine Fülle von Kakteen und Pflanzen mit dicken lederartigen Blättern. Eine tiefe Steinschale mit strahlend weißem Sand und schön geformten

Steinen stand im Fenster, der Sand war in einem feinsäuberlichen Muster drapiert. Auf einem Blumenhocker befand sich ein liebevoll gepflegter Bonsai.

Erika begrüßte Vanja Lankinen und musterte Barbros engste Kollegin interessiert. Sie hatte ein blasses, wächsernes Gesicht. Wie bei einer dickbauchigen Vase ging ihr Hals in die Schultern über. Sie sah Erika an, senkte dann aber hastig den Blick. Vanja war untersetzt und übergewichtig. Ihre sehr kurz geschnittenen Haare waren blondiert, beinahe weiß. Wäre Erika ihr nur flüchtig begegnet, wäre es ihr schwergefallen, sie einem Geschlecht zuzuordnen.

»Sie arbeiten mit Barbro zusammen, nicht wahr?«, begann Erika das Gespräch. »Ja«, antwortete Vanja mit einer überraschend warmen Stimme.

»Barbro hat erst vor zwei Jahren hier angefangen. Ich bin schon bedeutend länger hier«, sagte Vanja nicht ohne Stolz.

»Dann kannten Sie sich gut?«

Vanja wich ihrem Blick plötzlich aus.

»Wir kennen uns als Arbeitskollegen, wenn Sie das meinen. Privat verkehren wir nicht miteinander.«

»Was denken Sie, ist geschehen?«

»Ich weiß es nicht«, sagte Vanja in einem Atemzug.

Per rückte sich auf dem Stuhl zurecht und räusperte sich lautstark.

»In den Zeitungen stand etwas von Drohungen. Sind jemals Drohungen gegen Sie oder Barbro ausgesprochen worden?«, fragte er.

»Gegen mich nicht«, antwortete sie mit heiserer Stimme.

»Aber gegen Barbro?«

»Ja.«

Sie schlug die Augen nieder und knetete ihre Hände, bevor sie mit plötzlicher Entschlossenheit Erika ansah.

»Ich kann nur so viel sagen, als dass nicht alle Vorgänge korrekt behandelt wurden. Ich kann Ihnen die Namen der Personen geben, wenn Sie möchten.«

»Ja, gerne«, erwiderte Erika.

»Ich habe so eine Ahnung, dass auch Sie sich bedroht fühlen. Stimmt das?«, wollte Per wissen.

Vanja schüttelte so energisch den Kopf, dass ihr Doppelkinn wackelte.

»Bestimmt nicht! Ich gerate gar nicht erst in solche Situationen.«

Aus der zuvor so warmen und freundlichen Stimme war Verachtung herauszuhören.

»Haben Sie oder jemand anderes diese Drohungen gehört? Oder gibt es Drohbriefe?«, wollte Erika wissen.

»Ja, einige haben wir in der Tat gehört, so massiv, wie sie geäußert wurden. Und andere Kunden haben wütende E-Mails oder Briefe geschrieben. Ich kann sie Ihnen zeigen …«

Eine feine Röte überzog Vanjas Hals. Erika betrachtete die rosafarbenen Flecken auf der blassen Haut. Vanja und Barbro hatten zwar einige Jahre zusammengearbeitet, waren aber offenbar nicht die besten Freundinnen gewesen. Und Vanja hatte mehr als deutlich gezeigt, was sie von Barbros Arbeit hielt. Konnten die Drohungen Hinweise auf ein Dienstvergehen sein? Die Assistentin hatte schließlich gesagt, dass Barbro ihre Arbeit nicht sonderlich professionell gehandhabt habe. Sich nicht an vereinbarte Termine zu halten, war häufig schon Anlass genug für beleidigende E-Mails oder Drohgebärden.

»Barbro hat in ihrem Zimmer einen großen Schrank.« Erika legte fragend den Kopf schief. Vanja nickte, ihr Mund verzog sich zu einem Strich.

»Elisabeth deutete an, dass Sie vielleicht einen Zweitschlüssel dafür haben könnten?«

»Nein, leider nicht. Nur Barbro hatte den Ersatzschlüssel.«

Vanja schluckte und spielte nervös an ihren Fingernägeln. Erika ließ die Sache auf sich beruhen.

Sie befragten noch eine Handvoll weiterer Arbeitskollegen, bevor der Tag sich dem Ende zuneigte, aber die Gespräche waren ähnlich unergiebig. Auf den Fluren herrschte eine angespannte Atmosphäre, und es gab einen starken Widerwillen, über Barbro und ihre Projekte zu reden. Vielleicht hatten sie vor irgendetwas Angst.

Erika betrachtete Pers ernsten Gesichtsausdruck, in seinen Augen lag ein finsteres Glühen.

»Glaubst du, dass unsere verschwundene Architektin ein Dienstvergehen begangen haben könnte? Bestechungsgelder kassiert hat? Oder jemandem auf die Zehen getreten ist, der es nicht vertragen hat?«, fragte sie. Sie erschrak beim Klang ihrer eigenen Stimme. Sie war angespannt und heiser. Die Müdigkeit und die Schmerzen, die sie zu unterdrücken versuchte, überrollten sie plötzlich wie eine gewaltige Flutwelle.

Per hielt inne und starrte Erika an, als ob sie sich die Kleider vom Leib gerissen hätte.

»Tja, das ist eine sensible Angelegenheit«, antwortete er nachdenklich. »Von Mauschelei wird immer mal wieder gemunkelt, warum also nicht? Du meinst, dass ein unzufriedener Kunde die Sache womöglich selbst in die Hand genommen hat?«, überlegte er ungläubig.

Per ließ seinen Blick lange auf Erika ruhen. Jegliche Farbe war aus ihrem Gesicht gewichen, ihre Augen wirkten wie zwei große Glaskugeln. Was sie wohl für eine Last mit sich herumtrug?

Erika wich seinem Blick aus und drückte die eingegipste Hand an sich, die sie wie einen lästigen Klumpfuß empfand.

»Ich bleibe dabei, dass sie nur eine Frau mit gewaltiger Langeweile ist, die ihren Mann verlassen hat, wollen wir wetten?«, lächelte Per und knuffte freundschaftlich ihre Schulter.

»Okay«, gab Erika nach. »Ich glaube, dass sie mit ihrer heimlichen Liebhaberin durchgebrannt ist«, antwortete sie scharf, gab ihre schroffe Haltung aber auf, als sie das Funkeln in Pers Augen sah.

»Dann kommt sie groß in die Klatschblätter, mit einem strahlenden Lächeln und der neuen Ehefrau an ihrer Seite. Ein neues Netzwerk entsteht: ›Lesbische Stadtbedienstete‹. Wir haben auch Rechte!«, sagte sie mit einem neckischen Lächeln.

Pers Gesicht erhellte sich zu einem breiten Grinsen. Erika verfolgte fasziniert, wie sein Gesicht vollkommen seinen Charakter veränderte, dass sich sogar die fast schwarzen Augen aufhellten.

»Was meinen Sie, Frau Kollegin, sollen wir's für heute gut sein lassen? Wir haben noch jede Menge Papierkram vor uns. Du machst einen ziemlich ermatteten Eindruck«, stellte er fest.

Erika nickte mechanisch, der Kloß in ihrem Hals schwoll ohne Vorwarnung an.

Da kam Vanja mit ein paar Kopien den Korridor herunter und überreichte sie ihnen mit einer schwer zu deutenden Miene. Per warf einen raschen Blick darauf und las etwa zehn Namen. Dann lachte er auf. Erika sah ihn erstaunt an.

»Du glaubst es nicht … da steht doch tatsächlich ein alter Bekannter auf der Liste, Göteborgs berüchtigtster Bandenchef. Das kann ja heiter werden!«

Kapitel 10

Torbjörn Stark zog eine Augenbraue hoch, starrte ungehalten auf das Telefon und wartete darauf, dass das Klingeln endlich verstummen würde. Er ließ seine Pranken resigniert auf den Papierstapel sinken. Demonstrativ gab er ein Stöhnen von sich und ging schließlich ans Telefon.

»Torbjörn Stark.«

»Hallo, Tobbe!«

Torbjörn setzte sich auf, die Stimme war unverkennbar.

»Göran. Lange nichts von dir gehört«, antwortete Torbjörn und vernahm selbst den angestrengten Ton seiner Stimme. Sein Rücken wurde steif, die Hand, die die Maus gehalten hatte, verharrte.

»Stimmt, aber ich kann ja nichts dafür, dass du in diesem gottverdammten Nest wohnst.«

Görans Stimme klang kalt, ohne eine Spur von Ironie.

»Was hältst du von einer Wiedergutmachung am Mittwoch bei einem Bier?«

»Mittwoch?«

»Ja. Ich habe etwas in Göteborg zu erledigen und dachte, dass du vielleicht für einen alten Kumpel noch ’n Bett frei hättest.«

Torbjörn fluchte innerlich. Er wollte nicht in irgendeinen Mist reingezogen werden, mit dem er nichts zu tun hatte, antwortete aber so freundlich, wie es eben ging, dass er natürlich für ein paar Nächte in seinem Gästebett schlafen könne und ein Bierchen mit einem guten alten Freund immer eine gute Idee sei. Sie verabredeten sich für Mittwochabend im »Bishop Arms« am Järntorget.

»Gut«, schnitt Göran ihm das Wort ab. »Es gibt ’ne ganze Menge, über das ich mit dir reden möchte, wie du vielleicht weißt. Meiner Frau ist es eine Zeitlang nicht so gut gegangen, aber dies, tja … du weißt schon. Es reicht jetzt. Sie braucht Hilfe, und ich werde zusehen, dass sie welche bekommt. Schließlich ist sie meine Ehefrau.«

Kapitel 11

Vanja Lankinen saß noch in ihrem Büro und ließ die Zeit verstreichen. Elisabeth schaute wie üblich herein. Bevor sie Feierabend machte, erinnerte sie daran, später den Alarm einzuschalten, plauderte einen Moment mit lebhafter Stimme und einer leicht aufgeregten Röte auf den Wangen von dem Besuch der Polizei und den Kunden, die Drohungen ausgesprochen hatten. Vanja hörte zu, ohne ein Wort von dem, was sie sagte, zu verstehen, und starrte mit weitgeöffneten Augen ins Leere.

Jetzt war der Ball ins Rollen gekommen. Sie sollte eigentlich Erleichterung und Schadenfreude empfinden, aber sie verspürte nur eine tiefsitzende Furcht. Vanja schluckte immer wieder gegen das Unwohlsein, das sie nach dem Besuch der Polizisten befallen hatte. Als sie eine Hand hob, bemerkte sie, dass sie zitterte. Sie musste eine Entscheidung treffen. Und handeln – jetzt.

Vanja sah vor ihrem inneren Auge die beiden Polizisten vor sich. Die Frau mit den blonden Locken und der Gipshand schien ziemlich ahnungslos zu sein. Eine angeschlagene Kreatur, entweder war sie in eine Schlägerei geraten oder aber sie hatte sich irgendeine Sportverletzung bei einem Training zugezogen, das sicher regelmäßig auf ihrer Tagesordnung stand. Aber der Mann mit den durchdringenden dunklen Augen, der war von einem ganz anderen Kaliber.

Vanja fasste einen Entschluss. Schweiß brach ihr bei dem Gedanken daran aus. Sie stemmte die Hände gegen den Schreibtisch und hievte sich hoch, stolperte, fing sich aber sogleich wieder, schlich zur Tür und sah hinaus. Die Zimmer lagen still und dunkel da, nur die Deckenlampen auf dem Korridor brannten. Sie legte die wenigen Schritte zu Barbros Büro zurück und schlüpfte so leise wie möglich hinein. Mit klopfendem Herzen blieb sie einen Augenblick hinter der Tür stehen und horchte.

Der bekannte Duft von Barbros teurem Parfüm umfing sie. Ein seltsam geformter Schatten im Dunkeln ließ ihr Herz einen Purzelbaum schlagen. Für einen flüchtigen Moment meinte Vanja, Barbro mit ihrem typisch selbstzufriedenen Lächeln an ihrem Schreibtisch sitzen zu sehen. Aber alles lag still und verlassen da, so wie seit Beginn der Weihnachtsferien.

Vorsichtig schlich Vanja zu dem großen Schrank hinüber, schloss ihn auf und fluchte durch die Zähne, als ihr eine Flut von Ordnern, Mappen und Akten entgegenkam, die sie mit ihrem Knie bremsen musste. Als sie den Haufen endlich zum Stillstand gebracht hatte, schob sie eine Hand bis zur Rückwand dazwischen und ertastete das dicke ledergebundene Buch. Grimmig zog sie es heraus, rückte die Stapel zurecht, drückte die Tür zu und schloss ab.

Eilends ging Vanja zurück in ihr Zimmer, riss ihren Mantel an sich und verließ das Büro. Erst als sie an der Bushaltestelle auf dem Marktplatz stand, Barbros Tagebuch fest an die Brust gedrückt, übermannte sie die Furcht erneut mit voller Kraft.

Kapitel 12

Erika öffnete die Tür, betrat die dunkle Diele und lauschte. Die Wohnung war ungewöhnlich still. Sie zog die Schnürstiefel aus, hängte ihre Jacke auf und tapste durch den langen Flur. Aus dem Wohnzimmer fiel ein schwacher Lichtschein. Anna war tief in die Polster des Sofas gesunken, als Erika hineinsah.

»Hallo! Wieso sitzt du hier so im Dunkeln?«

»Hallo!«

Anna richtete sich blinzelnd auf und sah sich verwirrt um.

»Ja, du meine Güte, wie dunkel es geworden ist!« Sie schlug das Buch zu, in dem sie seit einigen Stunden gelesen hatte. »Wie war dein Tag heute?«, fragte sie dann und gähnte dabei lautstark.

»Ganz o. k., es war nur ein langer Tag. Wir ermitteln in einer Vermisstensache, deshalb sind Per und ich zwischen Göteborg und Askim hin- und hergefahren.«

»Ach ja, die verschwundene Architektin! Krister meinte sofort, sie sei bestimmt von irgendeinem Bonzen gekidnappt worden, der nicht so bauen durfte, wie er wollte, und nun sitzt sie irgendwo mit einem Stift in der Hand, während ihr eine Pistole an die Schläfe gehalten wird«, sagte Anna schmunzelnd und machte den Nacken lang. Sie verzog das Gesicht und streckte und räkelte sich, begleitet von leisen genüsslichen Geräuschen. Erika gab einen zweifelnden Laut von sich, ohne die Worte zu kommentieren.

»Meinst du, es ist in Ordnung, wenn ich mal kurz an Kristers Rechner gehe? Ich möchte nur sehen, ob meine Schwester online ist«, ergänzte Erika schnell.

»Aber natürlich! Möchtest du etwas essen? Ich hatte noch nichts.«

»Unbedingt«, lächelte Erika, ging in Kristers Arbeitszimmer, machte Licht und schaltete den Computer ein. Sie hörte Anna in der Küche rumoren. Der Umgang mit ihr war einfach und unkompliziert. Trotz all der Jahre, in denen sie wenig Kontakt gehabt hatten. Es hatte sie Überwindung gekostet, Anna anzurufen und um einen Unterschlupf zu bitten, trotzdem war sie die Erste, ja sogar die Einzige, die ihr eingefallen war. Und Erika erkannte, dass sie sich in dieser Phase der Distanz und Funkstille nicht gerade mit Ruhm bekleckert hatte. Anna und Krister hatten sie ganz selbstverständlich mit offenen Armen empfangen. Trotzdem fühlte sie sich wie ein unverschämter Schmarotzer. Sie musste unbedingt ihr Unterkunftsproblem lösen, so schnell wie möglich.

Erika rief rasch ihre privaten E-Mails ab, unter denen sich jedoch nichts Aufsehenerregendes befand. Göran vermied es, E-Mails zu schreiben, er war nicht dumm. Sie loggte sich kurz auf Facebook ein, konnte aber kein Interesse dafür aufbringen, was ihre Freunde und Bekannten zum Frühstück aßen, in welchem Stau sie gerade standen oder mit welchen albernen Computerspielen sie sich abgaben.

Sie rief über Skype ihre Schwester an, die fast augenblicklich antwortete. Aber das Bild war verschwommen. Erika konnte Mia herumlärmen hören, bevor sie mit geröteten Wangen vor dem Computer Platz nahm. Ihre Haare waren zerzaust, und sie sah gehetzt, aber glücklich aus. Erika kniff die Augen zusammen, aber der Hintergrund kam ihr nicht vertraut vor. Da sah sie die Schlange, die auf den Schultern ihrer Schwester ruhte. Sie streckte neugierig den Kopf vor und zischte. »Hi, Schwesterchen, lange nichts gehört! Bist du jetzt in Göteborg?«, fragte Mia neugierig.

»Ja, ich wohne bei Anna und ihrem Mann. Und ich arbeite wieder«, lächelte Erika. Es war ein schönes Gefühl, das sagen zu können. »Und wo bist du?«

»Ich? Ach so, in den neuen Räumen. Wir haben letzte Woche alles hier hergebracht, und ich hatte schon meine ersten Patienten hier. Es wird super werden! Hoffe nur, dass auch meine alten Kunden hierherfinden.«

Mia lachte zufrieden in sich hinein. Erika lehnte sich zurück und betrachtete liebevoll ihre Schwester. Erika war die Jüngste in der Geschwisterschar, also Kind Nummer sechs. Zwischen ihr und Maria lagen beinahe vier Jahre. Sie war die Zweitjüngste, was hieß, dass sie eine Nachzüglerin war. Lang ersehnt, hatte ihre Mutter mit etwas übertriebener Begeisterung gesagt. Erika dagegen war überzeugt davon, dass sie ein Fehler, eine ungeplante Überraschung war, ein neckischer Denkzettel der Natur, wer wirklich das Sagen hatte. Sie hatte zwei Schwestern und drei Brüder. Maria, die Mia genannt wurde, war Tierärztin und hatte sich gerade mit einer Kleintierpraxis in neuen, frisch renovierten Räumlichkeiten selbstständig gemacht, die vormals eines der drei Infanterieregimenter von Östersund beherbergt hatten; ein Gebiet, das jetzt rasch zu einem neuen Stadtteil heranwuchs.

»Und hier haben wir einen meiner ersten zufriedenen Patienten, wenn ich so sagen darf.« Mia wackelte mit dem Kopf der Schlange vor dem Bildschirm. »Ein kleiner Eingriff an den Eierstöcken. Jetzt dürfen die Besitzer den Namen ihres Schützlings ändern, es war kein Malte, es ist eine Malta!«

Erika lachte leise. Sie genoss die Energie und die Begeisterung, die von ihrer Schwester ausging. Alle Geschwister waren Energiebündel, so wie es auch ihre Eltern gewesen waren. Aber mit Mia und ihrem jüngsten Bruder stand sie am engsten in Kontakt.

»Ich lege Malta kurz zurück ins Terrarium, damit sie nicht auch noch ’ne Lungenentzündung bekommt, ja?«, sagte Mia mit einem sichtlich zufriedenen Lächeln.

Sie verschwand aus dem Bild, im Hintergrund waren Mias Gemurmel und fröhliches Hundegebell zu hören, bevor sie zurück an den Computer kam.

»Aber du siehst mitgenommen aus, Erika, Süße. Und was sehe ich da, bist du etwa verprügelt worden …? Verdammt! Hat er etwa …«

Mia ließ murmelnd einen Strom von Flüchen los, bevor sie verstummte, um sich voll auf ihre Schwester zu konzentrieren. Bis auf ihren jüngsten Bruder war Mia die Einzige, der sie alles erzählt hatte – jedoch unter der Bedingung, dass sie ihren Eltern und übrigen Geschwistern davon nur eine abgemilderte Version erzählen würden. Mias Flüche mündeten in einen resignierten Seufzer.

»Verfluchtes Schwein«, knurrte sie. »Hat er sich schon gemeldet, seitdem du abgehauen bist?«

Erika schüttelte den Kopf und spürte plötzlich, wie hinter ihren Lidern Tränen brannten. Sie schluckte hart, senkte den Blick und spielte an ihren Haaren herum, um ihre feuchten Augen und die geröteten Wangen zu verbergen.

»Ich habe die Scheidungspapiere noch nicht eingereicht …«, sagte Erika mit einem Räuspern. »Wenn sie eintreffen, wird das seine Laune nicht gerade verbessern. Und dann haben wir ja auch noch das Haus. Ich habe mich schon einmal informiert, es dauert mehr als ein halbes Jahr, um einen Anwalt für die Aufteilung des Ehevermögens zu bekommen.«

Mia nickte, machte eine schnelle Geste, verschwand für einen Augenblick aus dem Bild und tauchte rasch wieder mit einem kleinen weißen Hund mit braunem Gesicht auf.

»Sag Hallo zu Morris, Schwesterherz«, sagte sie lächelnd und winkte mit der Hundepfote. Der Hund entdeckte Erika und machte einen ungestümen Satz nach vorn. Mia drückte den Hund lachend zurück auf ihren Schoß. Liebevoll betrachtete Erika das lebhafte Tier. Seine Schwanzspitze vibrierte vor neugieriger Erwartung. Ein weiterer Kandidat aus der süßen Patientenschar ihrer Schwester. Warum nur hatte sie sich nicht für einen Beruf mit Tieren und Natur entschieden statt für einen mit Menschen und Monstern – und ihren Nöten.

»Wir sind zumindest schon mal zwei, die dich lieben.« Mia lächelte wehmütig, wurde aber jäh wieder ernst. »Nee, also, der Kerl wird ja wohl kaum freiwillig das Haus verkaufen oder dich auszahlen. Aber dir gehört doch die Hälfte, oder?«

»Ja und nein«, bestätigte Erika mit einem bitteren Lächeln. »Mir gehört die Hälfte, ja. Aber ich habe einen unserer Juristen gefragt, und danach kann es bis zu drei Jahre dauern, bis eine Zwangsversteigerung stattfindet – wenn er sich weigert, die Papiere zu unterschreiben, und das wird er garantiert. Es wird in einen mittleren Weltkrieg ausarten und ebenso viel kosten. Ich muss mir also auf irgendeine andere Art eine Unterkunft organisieren«, stellte sie trocken fest. Mia nickte nachdenklich, sie sah besorgt aus.

»Aber seit wann geht das denn schon so, Schwesterherz? Seit wann ist er so? Ich kann's nicht begreifen! So war er doch nicht, als ihr euch kennengelernt habt. Er war doch wahnsinnig charmant, nett und fast verboten gut aussehend. Herrgott, wir dachten alle, du hättest den Fang deines Lebens gemacht! Ihr wart wie füreinander geschaffen, ich habe selten eine solche Übereinstimmung zwischen Ehepartnern gesehen. Ich habe noch wunderbare Aufnahmen davon, als wir in jenem ersten Sommer in Åre wandern waren. Ihr wart ein so schönes Paar. Und ihr saht so glücklich aus …« Erikas Gesicht verzog sich; ergriffen schluchzte sie gegen den Handrücken.

»Danke, Schwesterchen, du bist die Beste! Du weißt ja nicht, wie schön es ist, das zu hören. Dass ich nicht vollkommen von Sinnen war, als ich mich in ihn verliebt habe.«

Sie sehnte sich plötzlich danach, ihre Schwester, ihre Familie und all ihre Hunde um sich zu haben. Von Wohlwollen und Liebe umgeben zu sein. Einfach die Hand danach ausstrecken zu können. Wenn es einen dringend nach Nähe verlangte, konnte man einfach mit einem Tier schmusen.

»Ich habe das Gefühl, als ob mit mir etwas nicht stimmt. Dass ich es nicht gesehen, es nicht erkannt habe«, seufzte Erika resigniert und fuhr sich durch die wild vom Kopf abstehenden Locken. »Es ist ein verdammtes Glück, dass wir keine Kinder haben. Pures Glück! Stell dir vor, ich müsste ihnen erklären, warum sie einen Psychopathen zum Vater hätten!« Sie verstummte, alle Energie hatte sie verlassen.

Der Hund auf Mias Schoß bellte schwach und strampelte rastlos. »Sag mal, den Hund … hast du ihn mitgenommen?«, fragte Mia vorsichtig. Ein Schauer überlief sie, als ihre Schwester zögernd zu ihr hochsah.

»Nein. Göran war sehr misstrauisch. Er hat Boss in der letzten Zeit selten aus den Augen gelassen, hat ihn genauso bewacht wie mich. Er hat den Hund mit zur Silvesterparty genommen … ich bin sogar noch hingefahren und habe versucht, ihn zu holen – danach. Aber es hat nicht geklappt.«

Erika sah den bedrückten Blick ihrer Schwester auf dem Bildschirm, schloss die Augen und ließ ihren Tränen freien Lauf.

Kapitel 13

Torbjörn lief vor dem Brunnen auf dem Järntorget auf und ab. Er war warm angezogen, mit dicker Jacke, Wollpulli und Stiefeln, stand mit dem Rücken zum eisigen Wind und hatte die Hände tief in den Taschen vergraben. Trotzdem kroch die Kälte unter seine Kleidung und erfasste seinen Körper. Er fror, und allmählich machte sich Gereiztheit in ihm breit.

Er ließ den Blick über den Platz schweifen, zur Buchhandlung, der Imbissbude und den Cafés. Ein paar Raucher, die gegen die Kälte immun zu sein schienen, standen dichtgedrängt auf dem gepflasterten Platz, zogen abwechselnd an der Zigarette, unterhielten sich und liefen hin und her, um nicht auszukühlen.

Ein älterer Mann im elektrischen Rollstuhl, an den er sich vage erinnern konnte, fuhr lautlos an ihm vorbei und verfehlte dabei nur um Haaresbreite Torbjörns Schuhe. Der Mann hatte seinen Gehstock wie eine einsatzbereite Waffe hinter seinem Sitz befestigt, und seine Miene besagte, dass er kein Pardon kannte, falls sich ihm jemand in den Weg stellen sollte.

Torbjörn drehte sich um, als er ein paar kräftige Flüche hörte. Hinter dem Brunnen konnte er vier dunkel gekleidete Personen erspähen – Kontrolleure, die ausgestiegene Fahrgäste der Straßenbahn überprüfen wollten. Ein paar von ihnen fuchtelten aufgebracht mit den Armen. Torbjörn seufzte kopfschüttelnd. Dann entdeckte er Göran, der über den Platz auf ihn zukam, riss sich von seinen Gedanken los und ging ihm entgegen.

»Hallo, lange nicht gesehen«, stellte er fest und ergriff mit festem Händedruck Görans Pranke; sie umarmten sich flüchtig. Torbjörn trat einen Schritt zurück und musterte ihn kurz. Göran hatte sich überhaupt nicht verändert – groß und kräftig, mit breitem Lächeln, unglaublich blauen Augen und blondem dichten Haar. Raschen Schrittes steuerten sie einen Pub an und traten ins Warme, hängten die Jacken in der gemütlichen Schankstube über die Stuhllehne und bestellten sich ein Bier an der Bar. Sie redeten über das Wetter und Görans Zugfahrt, und als sie sich gesetzt hatten, spürte Torbjörn, dass mit seinem alten Schulkameraden irgendetwas nicht stimmte oder zumindest anders war als sonst.

Sie sprachen über dies und das und machten sich über die Zustände ihres Berufsstands lustig, in dem immer mehr Papiertiger und immer weniger echte Polizisten auf der Straße unterwegs seien, obwohl die Anzahl insgesamt gesehen gestiegen war, und über die Karrieristen, die sich heutzutage in der Organisation gegenseitig das Wasser abgruben. Auch die Unterschiede zwischen der Hauptstadt und der Westküste wurden erörtert. Nach einer Weile verstummte Göran, seine Gesichtszüge verhärteten sich. Torbjörn wartete gespannt, während Göran einen kräftigen Schluck Bier nahm. Als sich ihre Blicke trafen, wusste er, dass es jetzt ernst wurde.

»Ich weiß, dass Erika bei euch die Vertretungsstelle übernommen hat«, begann Göran bitter. »Und dass sie jetzt bei ihrer Freundin Anna wohnt. Nicht dass es besonders schwer gewesen wäre, das herauszufinden. Aber es ist kein schönes Gefühl, hintergangen worden zu sein, nicht nur von Erika selbst, sondern auch von ihrer Gruppenleiterin.«

Göran presste die Lippen aufeinander und schüttelte den Kopf.

»Ich nehme an, dass sie meinte, ihr damit einen Gefallen zu tun, dass sie ihr auf irgendeine verfluchte Weise dadurch geholfen hat …«

Torbjörn runzelte die Stirn, und Göran machte eine wegwerfende Handbewegung, nahm noch einen großen Schluck und räusperte sich kräftig, während er sich mit der Hand über den Mund fuhr. Einen flüchtigen Moment dachte Torbjörn, dass Göran gleich anfangen würde zu weinen, aber er starrte nur mit glasigem, starrem Blick vor sich auf den Tisch.

Nach einer Weile richtete er sich auf, strich sich den Pony aus der Stirn und ließ die Finger einen nach dem anderen knacken. Torbjörn verbarg seinen Ekel hinter einem Schluck aus seinem Glas. Als Göran fertig war, schnalzte er grimmig und begegnete Torbjörns fragendem Blick.

»Ich weiß nicht, wo ich anfangen soll. Nur dass ich natürlich schon längst jemandem davon hätte erzählen, früher hätte um Hilfe bitten sollen. Die letzten Jahre waren die reinste Hölle. Ich kann nur sagen, dass ich Angst hatte.«

Göran hob das Bierglas und trank gierig.

»Ich habe meinem Partner Martin ja schon einiges erzählt. Und natürlich habe ich mit meinem Chef gesprochen und auch einen Teil mit Pernilla, Erikas Chefin. Aber trotzdem behält man das meiste für sich, weil man nicht weiß, wie man damit umgehen soll. Wenn der, den man liebt, einen …« Göran geriet ins Stocken.

»Ich hole uns noch ein Bier«, sagte Torbjörn und ging erneut zur Bar. Aus dem Augenwinkel betrachtete er seinen Freund, der mit gebeugtem Rücken und hängendem Kopf dasaß. Ihm schwirrte der Kopf, es fiel ihm schwer zu glauben, was er da hörte. Er nahm das bestellte Bier, setzte sich wieder und musterte Göran schweigend. Göran griff mit einem gemurmelten Dankeschön nach dem Glas, bis er das Bier krachend abstellte.

»Mir fehlen irgendwie die Worte. Das klingt so krank, weißt du? Natürlich, eifersüchtig war sie von Anfang an, aber zuerst fühlte ich mich einfach nur geschmeichelt.« Ein schwaches

Lächeln huschte über sein Gesicht. Torbjörn nickte. Mehr um ihn zu unterstützen, als dass er verstand.

»Dann wurde es schlimmer. Es war, als ob sie mich einsperren wollte. Sie hat über alles Bescheid wissen wollen, die ganze Zeit. Hat mich richtiggehend verhört, verflucht noch mal! Dann bekam sie immer öfter diese Migräneanfälle. Fraß mehr und mehr Tabletten in sich hinein.« Göran warf Torbjörn einen düsteren Blick zu.

»Ja, ich weiß, was du denkst. Schmerzmittel sind nicht von Pappe, der Klassiker. War hier und da krankgeschrieben … ja, zum Teufel!«

Torbjörn lauschte schweigend Görans Erzählungen. Jedes Wort hätte genauso gut von ihrer Kundschaft stammen können – Streit aus Eifersucht, Misstrauen, zwei Menschen, die sich nicht länger vertrauten und den anderen stattdessen bewachten, seine Telefone und Terminkalender durchschnüffelten. Wenn der Umgang mit Freunden und Bekannten immer seltener wurde, man zunehmend isolierter und eingeschlossener in seine private Hölle war. Eine Beziehung, die auf der Stelle trat und nichts mehr mit Liebe gemein hatte.

»Ja, und dann natürlich unser Sexleben. Es war, als ob sie mich bestrafen wollte. Sie hat mich einfach nicht mehr rangelassen. Zuerst hatte ich noch Geduld mit ihr, dachte, dass es besser werden wird, wenn wir erst einmal im Urlaub sind, wenn wir dies und das im Haus in Ordnung gebracht hätten … du weißt, was ich meine?«

Torbjörn nickte und musste schlucken. Er wusste nicht, was er sagen sollte.

»Aber zuletzt bin ich beinahe durchgedreht, Mensch, ich bin schließlich ein Mann, verdammt!«

»Was ist passiert? Warum ist sie abgehauen?«, fragte Torbjörn.

Göran machte eine ratlose Geste und fuhr sich dann durch die Haare, schaute sich verlegen um, um sich zu vergewissern, dass niemand seinen Ausbruch gehört hatte. Aber keiner von den anderen Gästen im Lokal schien Notiz von der Unterhaltung der beiden Männer genommen zu haben. Resigniert schüttelte er den Kopf.

»Ich brauche verdammt noch mal einen Whiskey, wenn ich das durchstehen soll«, sagte Göran und verzog die Mundwinkel in dem Versuch, mit einem Scherz darüber hinwegzugehen. Er hielt Torbjörn mit einer Handbewegung zurück, der Anstalten machte aufzustehen, und ging selbst zur Bar. Torbjörn musterte seinen breiten Rücken. Der sonst so energiegeladene, starke Körper wirkte gebrochen und kraftlos. Kurz darauf kam Göran mit zwei Gläsern Single Malt und Wasser wieder.

»Hier«, sagte er und versuchte ein Lächeln, das aber nur zu einer flüchtigen Grimasse wurde. Er ließ sich lautstark auf den Stuhl fallen, trank einen großen Schluck und stöhnte.

»Ich glaube, es ist eine Kombination aus zwei Dingen«, sagte Göran nachdenklich. Seine hellblauen Augen waren trübe geworden. »Erika hatte sich zu einem Problem für die Gruppe entwickelt, ihre Chefin Pernilla wollte sie loswerden. Und Erika … sie hat vor allem einfach Reißaus genommen. Ich wollte zusammen mit ihr eine Therapie machen, dass sie Hilfe bekäme, um aus allem herauszukommen. Sie hat sich rundheraus geweigert. Der Tropfen, der das Fass zum Überlaufen brachte, war ihr Tobsuchtsanfall gegenüber einer unserer Kolleginnen. Man sollte sich vielleicht geschmeichelt fühlen …«

Torbjörn nahm weder die Ironie noch Schalkhaftigkeit in der Miene seines Freundes wahr, er sah nur Kummer und Erschöpfung. Und er selbst fühlte sich zum ersten Mal seit langer Zeit vollkommen hilflos.

Kapitel 14

Per zog die Tür des Konferenzraumes auf. Erika saß am Tisch, ihr eingegipster Unterarm lag auf einer aufgeschlagenen Seite der Göteborgs-Posten. Ihre zerzausten Haare verbargen ihre Augen, sie folgte den Zeilen mit einem Finger der unverletzten Hand. Sie nickte kurz und wandte sich schnell wieder ihrer Zeitung zu.

Per massierte sich den Nacken. Ein schneidender Kopfschmerz hatte hinter einem Auge Gestalt angenommen und saß wie eine dicke Larve in der Augenhöhle. Seine Zunge und der Gaumen waren trocken und der Hals wie zugeschnürt, obwohl er heute Morgen literweise kaltes Wasser getrunken hatte. Zum Frühstück hatte es nur einen Espresso gegeben.

Als nächster erschien Aleks. Seine Wangen waren gerötet. »Hallo«, schnaubte er, schmiss sich schelmisch lächelnd auf den Stuhl neben Per und blinzelte Erika zu. Ihr Blick begegnete seinen grünen Augen, und sie konnte nicht anders als lächeln.

»Mahlzeit«, fing Bengt sogleich an, als er mit dem Rest der Gruppe in den Raum kam. Er fuhrwerkte mit dem Stuhl herum und machte sich ein Bild von der um den Tisch versammelten Gruppe. Sie schienen etwas angespannt zu sein. Erika sah blass aus, Per verkniffen. Torbjörn hatte seinen versunkenen Blick aufgesetzt, der besagte, dass er sich gedanklich bereits mit der nächsten Aufgabe beschäftigte. Aleks und Erik wirkten als Einzige entspannt. Bengt seufzte innerlich. Manchmal fühlte er sich wie der Leiter einer Kindertagesstätte, der es mit einer Gruppe Dreijähriger, die kaum den Windeln entwachsen war, zu tun hatte.

Bengt warf einen raschen Blick auf Erikas Zeitung. Er war wütend und frustriert. Das Verschwinden der Architektin und die Spekulationen rund um die Drohungen gegen einzelne Staatsdiener waren sogar von der Abendpresse aufgenommen worden. Die Schlagzeilen bestanden aus so entzückenden Kombinationen wie »Spurlos verschwunden«, »Drohungen gegen Staatsdiener«, »Seit einer Woche vermisst« und suggerierten darüber hinaus, dass die Polizei die Sache nicht ernst nehmen würde.

Die Medienmeute witterte Extraausgaben und schlachtete alles genüsslich aus – und sie überschlug sich mit der Berichterstattung. Oder aber es lag an dem technischen Fortschritt, dem Internet, dass niemand mehr anonym war und Klatsch sich wie ein Flächenbrand in einem staubtrockenen Sommerwald ausbreitete. Twitter und wie der ganze Mist sich schimpfte. Unschuldige wurden sofort ins Internet gestellt, und eine klassische Gegenüberstellung mit einem Verdächtigen war eine Methode, die schon bald Geschichte sein würde.

Bengt fühlte sich gehetzt. Ein Mensch, der verschwand und bei dem nichts auf ein Verbrechen oder eine ernstzunehmende Drohung hindeutete, war das reinste Elend. Eine Ermittlung, bei der einem aufgrund von Geheimhaltung die Hände gebunden waren und die aus undurchsichtigen Gründen, über die er nicht spekulieren wollte, auf seinem Schreibtisch gelandet war. Und das ausgerechnet jetzt, wo sie schon mehr als genug zu tun hatten!

»Unsere Kollegen in Alingsås leisten uns Amtshilfe, weil unsere Architektin dorthinfahren sollte. Die Zeugenbefragung mit ihren Eltern liegt uns vor«, begann er und ließ die Hand auf einen Papierstapel hinabsausen. »Aber niemand scheint sie dort oder auf dem Weg dahin gesehen zu haben.

Die Kollegen wollen mit einer Hundestaffel an einem See bei Alingsås suchen, weil eine Frau angeblich beobachtet haben will, wie Barbro hineingewatet ist und sich ertränkt hat.« Bengt hielt inne, knirschte mit den Zähnen und fuhr fort.

»Wie üblich haben wir eine Menge telefonischer Hinweise bekommen. Die Qualität der Ausbeute ist leider sehr schlecht, aber zumindest an ein paar Hinweisen könnte etwas dran sein. Ein Familienvater und ein Siedler sollen vor Zeugen bei einem abendlichen Empfang damit gedroht haben, Barbro umzubringen. Und dann wären da noch zwei Personen, die auf Näset wohnen und gehört haben wollen, wie ihr Nachbar davon sprach, die vermisste Architektin umzulegen. Wir werden den Hinweisen nachgehen müssen. Also, was haben wir bislang?«

Bengt sah Per an, der rasch den Besuch bei ihrem Kollegen Nils zusammenfasste. Er berichtete, dass sich Barbro Nils' Einschätzung zufolge nicht in unmittelbarer Gefahr befinden würde sowie von dem Besuch beim Ehemann der Vermissten, von dem Zustand der Ohnmacht, in dem dieser sich befand, und seinem Griff nach der Flasche, um die Furcht zu betäuben.

Bengt unterband entschieden alle Spekulationen, bevor nicht alle Punkte durchgegangen waren, und bat Torbjörn zu schildern, was die Befragung im Umfeld der Werkstatt in Mölndal und der Nachbarschaft in Askim ergeben hatte.

»Gar nichts«, fasste Torbjörn mit grimmiger Miene zusammen.

»Wir haben uns mit dem Personal der Werkstatt unterhalten, niemand hat Barbro dort gesehen. Dagegen hat man Jan Olof wiedererkannt, als wir ihnen eine Aufnahme von ihm gezeigt haben, und das Mädchen am Empfang glaubte sich zu erinnern, dass sie ihn zur Mittagszeit allein in seinem schwarzen Audi von der Werkstatt hat wegfahren sehen. Genau wie er es ausgesagt hat.«

Sie hätten die Anrainer befragt, hätten leerstehende Räumlichkeiten und alte Verstecke durchsucht und seien sogar mit den Hunden den Mölndalsbach abgegangen, doch ohne die geringste Spur. Ihre Bekannten seien bis auf das befreundete Paar, das in der Nachbarschaft wohnte und sich im Ausland aufhielt, alle befragt worden. Und dann sei da noch die Freundin in Alingsås, die seit einer Woche ebenso wie Barbro vom Erdboden verschluckt sei.

»Wir haben die Aufnahmen von den Überwachungskameras der Werkstatt«, fuhr Torbjörn mit ruhiger Stimme fort. »Da der Zeitpunkt, an dem sie verschwunden ist, recht begrenzt ist, sind wir sie durchgegangen. Leider wurde die Kamera auf der Rückseite des Autohauses – also am Eingang zur Werkstatt – lahmgelegt. Mit irgendeiner Waffe zertrümmert«, stellte er fest und warf Erik, der bestätigend nickte, einen kurzen Blick zu. »Wir haben auch die Bilder der Überwachungskameras vom Västtrafik durchgesehen, haben die gesuchte Person aber in keinem öffentlichen Verkehrsmittel entdecken können.«

Torbjörn verstummte einen Augenblick und ging seine Aufzeichnungen durch, bevor er konzentriert fortfuhr.

»Weil die Kamera an der Rückseite der Werkstatt beschädigt ist, hätte Frau Edin Olofsson unbemerkt in ein Auto steigen und davonfahren können.« Er legte sich den Kautabak zurecht, sein Blick schweifte über die Kollegen im Zimmer und blieb an Erika hängen. Ihre Blicke trafen sich einen flüchtigen Moment. Sie schluckte und wich ihm nach ein paar Sekunden aus. Der harte und anklagende Ausdruck in seinen Augen war nicht zu übersehen. Aber Erika meinte trotzdem, ein kleines Fragezeichen darin entdeckt zu haben.

»Wir wissen …«, sprach Torbjörn in scharfem Ton weiter, »dass Barbro mit ihrem Mann zur Werkstatt gefahren ist.«

Er drückte eine Taste am Laptop, ein Projektor begann zu laufen und ein ziemlich unscharfes Bild eines dunklen Audis, der sich am rechten Bildrand bewegte, erschien. Auf der ersten Aufnahme war das Kennzeichen zu sehen. Torbjörn klickte weiter, und alle konnten deutlich Jan Olofs markantes Profil hinter dem Lenkrad erkennen. Neben ihm saß eine nach vorne gebeugte Gestalt in einem beigen Mantel und mit gemustertem Kopftuch. Das Gesicht war nicht zu erkennen.

»Was zum Teufel macht das Frauenzimmer da?«, brummte Aleks argwöhnisch. »Holt sie ihm einen runter?«

Alle musterten interessiert die Aufnahme.

»Ja, das sieht schon ziemlich seltsam aus«, stellte Torbjörn fest. »Aber irgendjemand sitzt in beigem Mantel und Seidenschal als Beifahrer neben Jan Olof. Die Kleidung stimmt gut mit der Beschreibung überein, die ihr Mann von seiner Frau am Tag ihres Verschwindens gegeben hat.«

»Sie wühlt in der Handtasche«, stellte Erika trocken fest, während sie ihre Augen auf das körnige Bild geheftet hatte. Bengt warf ihr einen kurzen, anerkennenden Blick zu und sah dann erneut Per an.

»Ihr Arbeitsplatz hat leider nicht viel ergeben«, sagte er. »Wir haben keinen Zugang zu Barbros Computer erhalten, aber ihre Kollegin hat bestätigt, dass es tatsächlich Drohungen gegen Frau Edin Olofsson gegeben haben soll. Wir haben eine Liste von ein paar Personen bekommen, die entweder wegen des schlechten Service oder den zu ihren Ungunsten ausgefallenen Beschlüssen empört waren; wir werden sie durchgehen. Interessanterweise ist ein alter Bekannter darunter, Kai Andrée.«

»Hahaha«, gluckste Erik zufrieden. »Now we're talking!

Nicht nur mit den Fingern im Honigtopf, sondern bis rauf zum Ellenbogen!«

Ein kurzes Nicken von Bengt brachte ihn zum Schweigen, auch wenn es sein befriedigendes Lächeln nicht vertreiben konnte.

»Gut. Dann haben wir zumindest etwas, mit dem wir weitermachen können.« Bengt blickte zu Erika.

»Du hast dich heute Vormittag mit innerer Ermittlung beschäftigt«, sagte Bengt. Er zog seine Augenbrauen hoch, eine scharfe Falte bildete sich zwischen ihnen. Erika zuckte zusammen, spürte, wie sich alle Blicke auf sie richteten. Sie schluckte und sah schnell hinunter auf ihre Aufzeichnungen.

»Barbro besitzt zwei Kreditkarten, eine Visa und eine Mastercard. Beide Karten wurden in der letzten Zeit nicht benutzt, auch nicht auf dem Weg von oder nach Alingsås. Auf dem einen Konto befindet sich kein besonders hohes Guthaben, nur knapp fünfzehntausend Kronen. Die Bank macht es uns nicht so leicht, das Bankgeheimnis«, fügte sie hinzu und spürte, dass sie errötete. Eine völlig unnötige Information. Sie räusperte sich.

»Ich habe mit ihrem Arzt im Krankenhaus gesprochen, den sie für ihre Routineuntersuchungen aufsuchte«, fuhr Erika fort und versuchte, ihre Stimme fester klingen zu lassen. »Ihm zufolge war sie kerngesund und psychisch stabil. Er hat sie nicht als suizidgefährdet eingestuft. Ich habe ebenfalls den Einzelverbindungsnachweis von Barbros Handy angefordert. Wenn es noch eingeschaltet ist, können wir es orten. Ich nehme an, dass es schwer wird, es anzuzapfen?« Erika sah rasch zwischen Bengt und Erik hin und her. Bengt schüttelte mürrisch den Kopf. Noch gab es keinen Hinweis auf ein schweres Verbrechen, so dass der Verbindungsnachweis reichen musste.

»Gut«, fuhr Erika fort. »Das Restaurant hat bestätigt, dass Jan Olof Olofsson einen Tisch für zwei Uhr bestellt und in der Bar auf sie gewartet hatte, aber nach ein paar Gläsern Wein und Whiskey aufgab und in ein Taxi gestiegen ist«, schloss sie atemlos.

Sie sah auf den letzten Punkt ihrer Aufzeichnungen. Geplant? Womöglich spielte Jan Olof ihnen auch nur etwas vor. Vielleicht wartete seine treue Ehefrau irgendwo auf ihn, wo sie gut von ihrer üppigen Lebensversicherung leben würden. So etwas hatte es schon früher gegeben. Oder eine Auslandsreise für eine Person ohne Rückflugticket.

»Ihr Ausweis fehlt«, bemerkte sie. »Er könnte, wie ihr Mann vermutete, durch Zufall noch in ihrem Beautycase liegen, aber sie kann sich natürlich auch schon längst ins Ausland abgesetzt haben.«

»Klar wie Kloßbrühe!«, rief Erik mit einem zufriedenen Grinsen aus. »Mit den Fingern in der Keksdose und mit dem Bestechungsgeld abgehauen. Das wissen doch alle, die sich wegen eines kümmerlichen Bretterzauns den Mund fusselig geredet haben, dass man sich auf dem Stadtbauamt nicht nach den Zeichnungen richtet.«

Erik sonnte sich in dem anerkennenden Gelächter. Erika musterte verstohlen ihre Kollegen. Sie hatte so ihre Schwierigkeiten mit dem Göteborger Humor, aber in Eriks Gesellschaft könnte sie sich wohl daran gewöhnen.

»Ich finde, dass das irgendwie geplant klingt, was ihr beschreibt«, fügte Per nachdenklich hinzu. »Sie hat gepackt und will ein paar Tage verreisen, hat den Ausweis dabei und ihr Mann reagiert erst, als sie schon über alle Berge ist. Entweder sie ist mit einem Neuen verreist oder aber sie ist abgehauen. Er wird bestimmt nicht der erste Ehemann sein, der seine Frau schlägt – oder ihr droht.«

Erika senkte den Blick, als Per sich zu ihr umdrehte, und gab vor, etwas aufzuschreiben.

»Hm, hm«, brummte Erik. Alle wendeten sich wieder ihm zu. »Unsere Architektin hat ein heimliches Verhältnis, sie will sich scheiden lassen, aber das will der Alte nicht – er bittet und fleht und droht.«

Erika sah fasziniert und eine Spur überrascht zu Erik auf. Sein Körper und seine Mimik hatten sich verändert, ein ganzes Theaterstück spielte sich vor ihren Augen ab. Sie ließ ihren Blick rasch über die Gesichter der Gruppe wandern; alle sahen ihn erwartungsvoll an. Es war offenbar nicht das erste Mal, dass Erik ein kleines Bühnenstück zum Besten gab.

»Oder sie will mehr von ihrem großen Gönner, die Ehe vielleicht?« Erik schwenkte dramatisch seine langen Arme. »Sie verlangt, dass er sich scheiden lässt und sie zur ehrbaren Frau, nicht nur zur Geliebten macht. Vielleicht ist er ein hohes Tier in der Gemeinde oder einem Unternehmen, ist der Verzweiflung nahe und schickt sie auf eine laaange Reise.«

Gelächter erklang am Tisch.

»Also, was haben wir?«, fiel Bengt ein, um das lustige Plauderstündchen zu beenden. Aber Erika registrierte ein flüchtiges Lächeln auf seinem Gesicht.

»Tjaaa«, verzog Torbjörn das Gesicht. »Frau Edin Olofsson wird von ihrem Mann zur Werkstatt mitgenommen, um ihr Auto abzuholen. Er setzt sie dort ab und fährt nach Hause, sie holt den Wagen nicht ab, sondern verschwindet über die Rückseite der Werkstatt. Der Ehemann befindet sich in dem Glauben zu Hause, dass Barbro zu ihren Eltern nach Alingsås fährt. Die Eltern warten vergeblich, rufen ihn an, erreichen Jan Olof aber nicht. Er macht sich ernstlich Sorgen, als sie drei Tage später nicht im Restaurant aufkreuzt. Ihr Mann erkundigt sich im Bekanntenkreis und bei der Arbeitsstelle nach ihr und meldet sie schließlich als vermisst. Und das ist, verflucht noch mal, alles! Wenn keiner der aufgebrachten Kunden des Bauamts weitere Hinweise liefert oder Alingsås sie im See findet«, konstatierte er.

Bengt warf seinem Team einen strengen Blick zu.

»Schön, schön, es ist ja gut, wenn die Herrschaften Theorien haben, aber wir müssen wohl stärkere Geschütze auffahren – Flugbuchungen, Züge und Fähren checken. Ihr kümmert euch weiter um das Bauamt und um die Kollegen, die wir bisher nicht zu fassen bekommen haben – und geht natürlich unseren Hinweisen nach. Verhört ihren Mann erneut. Und schaut euch noch ein paar Mal die Bilder von den Überwachungskameras an. Und ein bisschen dalli, dalli, bitte schön, damit wir die Dame endlich finden. Wir haben anderes zu tun, als einem Weibsbild hinterherzujagen, das sich im Süden in der Sonne aalt.

Kapitel 15

»Per? Hast du Zeit?« Bengt legte eine Hand auf die Schulter seines Kollegen.

Per unterbrach seine Arbeit und folgte seinem Chef in dessen Büro. Er stellte sich ans Fenster und starrte auf das Stadion und die Trädgårdsföreningen. Bengt ließ sich auf seinen Stuhl sinken und spielte mit einer Büroklammer.

»Ich hab mich noch ein bisschen genauer bei unseren Kollegen in Stockholm umgehört … wegen Erika«, sagte Bengt kurz.

»Aha, warum das denn?«, fragte Per erstaunt und drehte sich zu ihm um.

»Tja.« Bengt gab einen besorgten Laut von sich. »Da schwingt so etwas zwischen den Zeilen mit, etwas Unbestimmtes darüber, dass da so einiges nicht ganz reibungslos verlaufen ist, häufige Abwesenheit zu gewissen Zeiten. Es scheint Reibereien zwischen ihr und anderen im Dezernat gegeben zu haben.«

Bengt strich sich über den Kopf und lehnte sich auf dem knarrenden Stuhl zurück.

»Vielleicht ist da auch gar nichts dran, aber ich mache mir Sorgen, dass wir noch einmal dasselbe Problem wie schon einmal bekommen könnten. Mein Gott, was ist heutzutage nur mit den Frauen los? Ich möchte eigentlich keine reine Männertruppe haben, wenn ich es vermeiden kann, aber …«

»Konntest du Näheres darüber erfahren?«, wollte Per wissen.

»Nee, eigentlich nicht. Sie scheint immer mal wieder krank

gewesen zu sein, im letzten Jahr etwas häufiger. Und dann gibt es jede Menge Andeutungen, dass sie zu viele Alleingänge unternommen hätte und den Kollegen gegenüber nicht loyal gewesen wäre. Und viel Gerede darüber, dass sie Dinge an die Presse weitergegeben haben soll.«

»Mir ist dieser Klatsch auch zu Ohren gekommen. Aber hat es etwas Konkretes gegeben? Oder konnten die Stockholmer wieder mal nicht dichthalten?«

»Na ja. Andererseits war die werte Pernilla in Stockholm angeblich froh, sie los zu sein. So wird jedenfalls geredet … weiß der Geier.«

Per erwiderte nichts und musterte die besorgte Miene seines Chefs. Irgendetwas passte da nicht zusammen. »Was sind das für Verletzungen, die sie hat? Hat sie davon gesprochen?«, fragte Per. Bengt sah überrascht auf.

»Was willst du damit sagen? Dass sie hier und da in Schlägereien verwickelt war?«

Per lachte leise, trat wieder ans Fenster und lehnte sich mit dem Rücken gegen das Fensterbrett. Die Prellung war immer noch zu spüren. Er hatte beim Training kräftig Prügel einstecken müssen und fühlte sich erschöpft, aber auch zufrieden. Dieser verdammte Norweger! Er war doppelt so groß wie er und enorm durchtrainiert. Trotzdem war es eine bittersüße Herausforderung, es mit ihm aufgenommen zu haben, die finsteren Blicke und Schläge zu empfangen. Irgendwann würde er es ihm heimzahlen, mit schierem Willen, Technik und Gewandtheit. Per lächelte vor sich hin.

»Nee, sie macht nicht gerade den Eindruck, als sei sie ein Raufbold. Ich bin nur neugierig. Was ist passiert?«

»Sie ist in der Loipe gestürzt, hat den Sturz mit der Hand abgefangen und sich offenbar etwas gebrochen. Und dann war da noch die Sache mit dem Schlüsselbein.«

Per betrachtete einen Moment seinen Chef und verspürte große Sympathie für ihn. Dieser Mann trug nicht einen Funken Böses in sich. War liebenswürdig bis hin zur Naivität, hielt von allen nur Gutes, bis das Gegenteil bewiesen war, was ihn zu einem ausgezeichneten Polizisten machte. Aber manchmal behandelte er seine Gruppe mehr wie Kinder denn wie Erwachsene. Per schüttelte lächelnd den Kopf.

»Weißt du, was ich denke?« Per ging zu ihm hinüber und tätschelte Bengts Schulter.

»Ich finde, wir sollten dem Mädel eine reelle Chance geben, bevor wir anfangen, den Teufel an die Wand zu malen.«

Bengt nickte und gab nach einem Blick auf die Uhr ein hörbares Stöhnen von sich – es war Zeit für die Pressekonferenz. Das war das Einzige an seinem Job, das Bengt erwägen ließ, den Beruf zu wechseln. Er hasste Zeitungsschmierer und war der Meinung, dass sie entweder schon vor ihrer Journalistenausbildung verblendet und nicht ganz richtig im Kopf waren oder durch Gehirnwäsche zu sensationslüsternen, schmierigen Wesen wurden, die nur auf dicke Schlagzeilen aus waren, mit denen sie sich gegenseitig zu übertrumpfen versuchten. So schlimm war es um ihre Art bestellt. Bengt raffte seine Unterlagen zusammen, riss einen schäbigen Notizblock an sich und stiefelte davon.

Per ging den Korridor entlang, das nachdenkliche Lächeln lag immer noch auf seinem Gesicht.

»Warum grinst du so? Guten Sex gehabt, oder was?«

Annas Gesicht lugte hinter Pers Arm hervor. Er kniff ihr ins Kinn, sie schlug lächelnd seine Finger beiseite. Sie rangen einen Augenblick spielerisch miteinander, bevor Per sie um die Taille fasste und sie wie ein vierbeiniges Insekt gemeinsam den Korridor hinuntergingen.

»Du, Per«, sagte Anna mit ihrer treuherzigsten Stimme.

Per wich ihrem Blick aus, war darauf gefasst, teuer für einen der vielen Freundschaftsdienste, die er ihr schuldete, bezahlen zu müssen.

»Kümmere dich gut um Erika.«

Per blieb stehen.

»Wie? Sag nicht, dass ihr euch kennt?«

»Erika und ich waren in Sörentorp eng befreundet, hingen wie die Kletten aneinander, waren ganz schöne Feger. Aber das konntest du natürlich nicht wissen.«

Anna biss die Zähne zusammen, senkte den Blick, der freundschaftliche Griff um Pers Taille löste sich. Er ließ sie nicht los, hielt sie mit ausgestreckten Armen von sich.

»Nein, das wusste ich nicht. Wohnt sie etwa bei euch?« Per senkte den Blick. Anna lachte auf und boxte ihn in den Bauch. Pers Schlafzimmerblick hatte immer noch Macht über sie.

»Ja. Sei ein bisschen nett zu ihr, ja?« Ihr Lächeln erlosch. »Aber wenn du Platz hast, dann …« Erneut knuffte sie ihn freundschaftlich, und Per parierte ihre Neckereien.

»Wie kommst du eigentlich mit der Küche voran? Steigt bald die Einweihungsparty?«, zog Anna ihn fröhlich auf, um das Gesprächsthema zu wechseln.

»Kommt gar nicht in die Tüte, nicht du und dein Mann, keine Köche in meiner Küche«, protestierte Per. »Obwohl ich mir durchaus vorstellen könnte, meine Kollegen einen Abend zu mir einzuladen, damit sie eingeweiht wird. Was meinst du?«

»Klasse Idee. Es gibt keine Frau, die nicht schwach bei einem Mann wird, der weiß, was man mit einer Küche anfängt.«

Anna segelte mit ihrem süßesten Lächeln auf dem Gesicht durch die Tür zum Technischen.

Per blieb noch einen Moment kopfschüttelnd stehen.

Anna dachte immer noch, dass sie eine Frau für ihn finden musste, die das, was sie für ein einsames und dürftiges Junggesellendasein hielt, mit Leben füllen könnte. Was sie nicht begriffen hatte, war, dass sein Problem nicht darin bestand, eine Frau zu finden – sondern sie wieder loszuwerden.

Kapitel 16

»Hallo. Mein Name ist Erika Ekman, Inspektorin bei der Bezirkskriminalpolizei. Ich rufe wegen der Zeugenvernehmung mit dem Ehepaar Edin an, den Eltern der vermissten Frau.«

»Ja, ein Kollege und ich haben kürzlich mit ihnen gesprochen. Was möchten Sie wissen?«, antwortete eine muntere Stimme in Alingsås.

»Ich habe das Protokoll gelesen, aber es scheint so, als hätte das Gespräch nicht besonders viel ergeben?«

»Nein, das kann man wohl nicht behaupten.«

Erika wartete ab und ließ dem Kollegen Zeit, sich zu sammeln.

»Mein Kollege und ich hatten den Eindruck, dass das Verhältnis zu ihrer Tochter etwas angespannt war und dass sie vor allem kein nennenswertes Verhältnis zu ihrem Schwiegersohn hatten. Aber das hängt vielleicht zusammen. Barbro Edin ist in Alingsås nicht gesehen worden und auch nicht auf dem Weg dorthin. Und die Eltern hatten nicht viel beizusteuern.«

»Wirkten sie besorgt?«

»Ja, vor allem die Mutter, würde ich sagen. Sie hat immer nur lamentiert. Dass sie das schon lange hat kommen sehen, das Übliche eben. Aber sie schienen, wie gesagt, nichts zu wissen, das uns weitergebracht hätte.«

»Und Julia Lindmark, ihre Freundin? Habt ihr sie gefunden?«

»Nein, sie ist offenbar schon eine Weile nicht mehr zu Hause gewesen. Wir behalten ihre Wohnung im Auge. Sie ist eine ziemlich bekannte Persönlichkeit hier in der Stadt, wir werden sie also sicher bald ausfindig gemacht haben. So was wie ein Original hier in der Gegend, könnte man sagen. Aber trotz allem ist die Sache ein bisschen seltsam – ihre Nachbarin hat sie seit beinahe einer Woche nicht mehr gesehen, und im Briefschlitz steckte eine ganze Menge Post.«

»Halten Sie es für möglich, dass die beiden Frauen zusammen weggefahren sind?«, überlegte Erika.

»Ja, das ist sicherlich nicht ganz unwahrscheinlich. Wir werden uns noch ein bisschen genauer umhören und Einsicht in ihr örtliches Bankkonto nehmen. Ach ja – wir haben mit dem Draggen einen See vor der Stadt durchkämmt und aufgrund des Hinweises eine Hundestaffel losgeschickt, aber ohne die geringste Spur. Es hat sich also wie gewöhnlich nur um Hirngespinste gehandelt oder um jemanden, der sich wichtigmachen wollte.«

Erika bedankte sich und notierte, dass sie ein weiteres Gespräch mit den Eltern führen sollten und dass Barbros Jugendfreundin seit einer Woche nicht gesehen worden war. Vielleicht lagen sie ja an irgendeinem heißen Sandstrand, in der einen Hand einen Drink, in der anderen die Hand eines braungebrannten Jünglings.

Erika ließ sich zurück auf ihren Bürostuhl sinken und blinzelte müde auf den Papierbogen vor sich auf dem Schreibtisch. Noch immer schmerzte ihr Brustkorb unangenehm, und die eingegipste Hand juckte so, dass sie kurz davor war, verrückt zu werden. Sie reckte ihren steifen Körper und ließ den Blick aus dem Fenster schweifen. Seit sie in Göteborg war, war es immer nur grau und windstill oder grau, regnerisch und windig gewesen. Vielleicht war das Gerede über das schlechte Wetter in Göteborg überhaupt kein Gerücht? Ihr ganzes Dasein kam ihr so trist vor, und in der Zeit, die sie nun hier war, hatte sich die Sonne nur einige wenige Male gezeigt.

Eine große schwarze Schmeißfliege lief den Fensterrahmen entlang; sie blieb mit ihren behaarten Beinchen in den Tropfen Kondenswasser hängen, die an der Scheibe klebten. Erika verfolgte ihr langsames Fortkommen. Die olle Fliege musste in der stickigen Luft, die hier im Gebäude herrschte, wieder munter geworden sein, jetzt lief sie ziellos auf der Suche nach Nahrung oder womöglich einem Partner hin und her. Oder nur auf der Suche nach einer geeigneten Stelle, um ihre Eier abzulegen. Leider, meine werte Fliege, gibt's hier keine Leichen, kein verwestes Fleisch, in das du deine wimmelnden Larven ablegen könntest. Noch nicht jedenfalls, dachte sie grimmig.

Sie ging wieder dazu über, die Unterlagen zu sortieren, um etwas Struktur hineinzubringen. Die normale Routine zu Beginn einer Ermittlung, wo alles noch unzusammenhängend und ein wildes Durcheinander war und eine ungefilterte Menge an Informationen über sie hereinbrach. Diese wurden dann im Laufe der Ermittlungen gesichtet und aussortiert, manchmal so weit, bis gar nichts mehr davon übrig war. Ihr flatterten vor Müdigkeit die Lider, sie schob die Maus hin und her, der Bildschirm knisterte und leuchtete wieder auf.

Der erste Schritt war getan. Sie war Göran entkommen, war einfach aus der Tür gegangen. Wovon sie so viele Nächte geträumt hatte, als sie neben ihrem schnarchenden Mann gelegen hatte, an die Decke gestarrt und kaum zu atmen, geschweige denn sich zu rühren gewagt hatte. Es hatte sie alle Kraft gekostet, sich auf die Vertretungsstelle in Göteborg zu bewerben. Ihre Gruppenleiterin in Stockholm hatte sie unterstützt und ihr Vorhaben so gut wie möglich verschleiert. In der Tat hatte sie selbst den Vorschlag gemacht, und Erika war ihr dankbar dafür gewesen. Obwohl Pernilla sie durch das, was sie getan hatte, im Grunde im Stich gelassen und sich auf eine einfache Art eines Problems entledigt hatte.

Als Polizistin begegnete Erika fast tagtäglich Frauen, die in derselben Lage waren wie sie – die bis zum Hals im Dreck steckten, und von den Kollegen mit einer müden und fast mitleidsvollen Resignation bedacht wurden. Ständige Auseinandersetzungen, ein Zuhause, das in Auflösung begriffen war, Missbrauch und Arbeitslosigkeit, Ohnmacht, gesellschaftliche Isolation, weinende Kinder, windelweich geprügelte Frauen, die unter Tränen versuchten, Abläufe zu schildern, die zumeist chaotisch, brutal und so unlogisch waren, dass sie sich kaum noch daran erinnern konnten.

Frauen, die dennoch blieben, sich in sich zurückzogen, buckelten und in der Gruppe Anlass zu kollektivem Aufstöhnen gaben. Frauen, die in einen üblen Kreislauf geraten waren, die Anzeige erstatteten, wenn sie akut Gewalt ausgesetzt waren, nur um sie dann zurückzuziehen, weil ihre Furcht zu groß war, weil sie nicht wussten wohin, kein Einkommen hatten, mit dem sie nach einer Trennung zurechtkämen, weil ihnen mit dem Tode gedroht wurde und sie darüber hinaus um das Leben ihrer Kinder fürchteten. Aber keine der Frauen, denen Erika jemals begegnet war, war Polizistin gewesen.

Die Wochen vor dem Jahreswechsel, als sie darauf gelauert hatte, dass sich in dem goldenen Käfig, den Göran um sie errichtet hatte, ein Schlupfloch bieten würde, hatte sie sich wie auf dünnem Eis bewegt. Sie war freundlich, nachgiebig und liebreizend zu ihm gewesen, wenngleich nicht zu sehr. Er durfte nicht misstrauisch werden. Die kleinste Veränderung in ihrem Verhalten hätte ihn gewarnt.

Göran hatte vor der Silvesterfeier neue Unterwäsche für sie gekauft. Eine glänzende Korsage aus schwarzer Seide, die sie gleich, nachdem er damit nach Hause gekommen war, hatte anprobieren müssen. Er hatte die Schnürung so festgezogen, dass sie kaum atmen konnte, und sie dann brutal auf dem Küchentisch genommen, sie schmerzhaft an den Haaren gepackt, während er in sie eindrang.

»Das musst du auf der Party tragen, Darling, und die Strümpfe«, hatte er anschließend gesagt, »aber kein Höschen.«

Er hatte gelächelt, dieses schiefe, in sich gekehrte Lächeln, bis die Schärfe wieder in seine Augen getreten war. Er hatte sie grob an den Schultern gepackt, sein Gesicht hatte sich vor Verachtung verzerrt.

»Und geh, verflucht noch mal, endlich zum Friseur, Erika. Du siehst ja abscheulich aus! Das hab ich dir doch schon mal gesagt. Du musst mir endlich mal zuhören, verdammt!«

Als sie bei ihrer Friseurin gesessen und diese begleitet vom üblichen Klatsch und Tratsch zum Schneiden angesetzt hatte, hatte plötzlich Göran die Tür aufgerissen und den ganzen Türrahmen ausgefüllt. Er war wie ein Betrunkener näher gekommen, hatte Erikas Nackenhaar gepackt, es zusammengefasst und ihr im Spiegel in die Augen gestarrt.

»Dass du nie auf das hörst, was ich dir sage! Warum behandelst du mich immer wie ein Stück Dreck, Erika? Ist es denn zu viel verlangt, dass du mir wenigstens einmal zuhörst? Habe ich dir nicht gesagt, dass du die Haare aus dem Gesicht tragen sollst, he?«

Brutal hatte er ihre Haare nach vorne ins Gesicht gestrichen und es der Friseurin gezeigt.

»Sehen Sie? Das sieht doch beschissen aus! Es soll aus dem Gesicht, hab ich gesagt, dass man immer hinter dir her sein muss!« Göran hatte die Mundwinkel zu einem höhnischen Lächeln verzogen, aber sein Blick war kalt geblieben. Schwarze, leere Augen, wie bei einem Hai.

Göran hatte der Friseurin ein wenig fester als üblich die

Wange getätschelt und dann mit festem Griff seine Finger in Erikas Wangen gebohrt, hineingekniffen und Handküsse in ihre Richtung geworfen, bevor er wieder verschwand. Die Friseurin hatte angefangen zu weinen. An die Frisur konnte Erika sich hinterher nicht mehr erinnern. Nur noch daran, dass sie Angst gehabt hatte, dass sie Göran nicht gefallen könnte. Ihre Friseurin hatte sie anschließend gebeten, nie wieder zu ihr zu kommen, sie hatte noch nicht einmal Geld nehmen wollen.

Erika zuckte zusammen, riss sich von den Gedanken los, schniefte und schluckte. Per und sie sollten mit Jan Olofs Partner in der Firma sprechen und sich weiter mit den Hinweisen und Namen abmühen, die sie von Barbros Arbeitskollegin Vanja erhalten hatten.

Sie fühlte sich schläfrig, schwindelig und schlapp und stellte fest, dass eine weitere SMS auf ihrem privaten Handy eingegangen war, die sie aus ihren Träumen gerissen hatte. Sie hatte sie ignoriert, wollte nicht die anwachsende Liste mit Nachrichten von Göran sehen, in denen er beteuerte, dass es ihm leidtäte; traurige, klägliche, flehende und manchmal wütende Nachrichten.

Hinter diesen freundlichen Worten konnte sie ihn nicht wiedererkennen. Sie waren bewusst harmlos und zu Tränen rührend gewählt und sollten sie als hartherzig und grausam darstellen, falls jemand sie zufällig lesen würde. Für Erika aber waren es Chiffren, denen eine ganz andere Bedeutung zugrunde lag.

Nach kurzem Zögern öffnete Erika die Nachricht und las die SMS: Sie stammte nicht von Göran, sondern von ihrem Cousin Karl. In den letzten Tagen hatte sie mehrere neue SMS von derselben Nummer erhalten, es aber erst einmal aufgeschoben zu antworten. Karl wohnte nördlich von Göteborgs Innenstadt, in Backa auf Hisingen. Irgendwie hatte er davon erfahren, dass sie nach Göteborg gezogen war.

Sie las die SMS. Sie war freundlich, aber etwas kindlich formuliert. Er hätte gerne wieder Kontakt zu ihr, ob sie sich nicht auf einen Kaffee treffen wollten? Erika las die Nachricht wieder und wieder. Sie fühlte sich seltsam hin- und hergerissen. In seinen Worten lag nichts Berechnendes, Vorwurfsvolles, ja nicht einmal Enttäuschung war zu spüren. Die wenigen Male, die sie sich gesehen hatten, waren an einer Hand abzuzählen und bestanden aus ein paar Sommern am Ufer des Storsjöns in Orrviken auf dem Hof ihrer Großeltern mütterlicherseits – und ein paar steifen Treffen, als Erika frisch nach Stockholm gezogen war und Karl dort gewohnt hatte.

Er hatte sie damals sogar auf eine unbeholfene Art und Weise anzugraben versucht, aber Erika hatte ihn freundlich und entschieden abgewiesen. Und Karl war sauer gewesen, ja geradezu empfindlich gekränkt. Gleich darauf war er nach Göteborg gezogen, und seitdem hatten sie keinen Kontakt mehr gehabt. Aber Erika verspürte ab und zu immer noch Gewissensbisse. Ihre Nummer herauszufinden war nicht schwer. Trotzdem bereitete ihr sein Versuch, Kontakt mit ihr aufzunehmen, Unbehagen.

Sie sah unentschlossen auf die Anzeige des Handys, doch dann rief sie ihren Cousin an. Er klang erfreut. Fragte, wie es ihr gehe und ob sie nicht Lust auf einen Kaffee in der Stadt hätte. Wenn sie wolle, könne er ihr ein bisschen die Gegend zeigen, schließlich seien sie ja verwandt. Seine Stimme klang seltsam vertraut und doch fremd, und Erika lauschte zerstreut seinem langatmigen Geplauder.

»Es ist furchtbar nett, dass du dich gemeldet hast«, sagte sie nach einer Weile und versuchte, ihrer Stimme einen freundlichen und neutralen Klang zu verleihen. »Aber ich bin, wie gesagt, gerade erst angekommen und habe es noch nicht geschafft, mich ganz einzurichten, und bei der Arbeit gibt es auch gerade viel zu tun. Also nicht sofort. Aber vielleicht später, wenn alles etwas zur Ruhe gekommen ist?«

Er klang nicht übertrieben enttäuscht, sie war erleichtert.

»Das ist vollkommen in Ordnung, Erika! Wir müssen einfach in Kontakt bleiben, wo wir doch so viel gemeinsam haben«, gluckste er, als ob sie ein Geheimnis miteinander teilen würden.

Erika schüttelte den Kopf. Gemeinsam? Sie hoffte, dass er ihre vage Verabredung schon bald vergessen haben würde, denn sie war, wenn sie ehrlich sein sollte, nicht sonderlich erpicht darauf, wertvolle Zeit mit jemandem zu vergeuden, den sie kaum kannte und darüber hinaus nicht sonderlich mochte. Es war vielleicht einmal an der Zeit, dass sie etwas mehr an sich dachte und nicht nur für andere da war? Und nicht sofort alles für andere stehen und liegen ließ, dachte sie grimmig.

Als sie hinaus in den Korridor trat, vernahm sie muntere Stimmen und Gelächter aus der Pantryküche. Der Duft von Kaffee, etwas Süßem und ein schwacher Hauch von Schweiß und feuchter Kleidung waberten in den Flur. Die fröhlichen Stimmen brachten sie zum Schmunzeln, und sie wollte gerade sehen, ob Per darunter war, als sie Torbjörns markante Gesichtszüge durch den Türspalt erkannte.

Sie erstarrte. Etwas an der Art, wie sie redeten, ließ sie die Ohren spitzen. Als sie genau hinsah, erkannte sie Torbjörns breite Schultern, sein schiefes Lächeln, mit dem er gerade einen dreckigen Witz gemacht hatte. Eine Stimme, eine Tonlage schälte sich heraus.

Ihr wurde plötzlich klar, dass ihre Sinne sie bereits registriert hatte, auch wenn ihr Bewusstsein es noch nicht akzeptieren wollte. Eine vertraute Stimme, die Anwesenheit von jemandem, den sie nur zu gut kannte. Beklemmung überfiel sie, die Haut unter dem Gips brannte. Sie machte noch einen Schritt nach vorn und streckte sich, um besser sehen zu können, um begreifen zu können, dass das, was sie erwartet und gefürchtet hatte, tatsächlich eingetreten war – Göran.

Sie spähte hinein. Er saß wirklich da. In ihrem Pausenraum und redete dummes Zeug mit ihren Kollegen, scherzte und tratschte. Erika schluckte hart und starrte auf Görans attraktives Gesicht, das sorgfältig gebügelte Hemd, die schicken Jeans, seine lässig zurückgelehnte Pose auf dem Stuhl, träge und charmant lächelnd.

Erika schwankte, machte ein paar Schritte rückwärts, drehte sich um und tastete sich zurück in ihr Büro, riss die Jacke an sich und nahm eilends den Fahrstuhl in die Garage.

Kapitel 17

Erika wurde in das Wirtschaftsprüfungsbüro am Askims torg gebeten. Es war ein ziemlich kleines anonymes Büro mit zwei hintereinanderliegenden Arbeitszimmern, aber die Möbel aus dunklem Holz, hohe Bücherregale, die sich bis zur Decke erstreckten, und ein paar altmodische Palmen in Tonkrügen verliehen den Räumlichkeiten etwas Ansprechendes und Gemütliches.

»Guten Tag, Erika Ekman, Bezirkskriminalpolizei.«

»Willkommen! Ingemar Nordlund, Wirtschaftsprüfer.« Der Mann lächelte schelmisch.

Die Wärme, die von ihm ausging, ließ ihre Anspannung etwas abfallen. Jan Olofs Kollege und Partner war ein mittelgroßer, schlanker Mann mit dunklen Haaren und freundlichen Lachfältchen. Sie schätzte, dass er jenseits der fünfzig sein musste, auch wenn er einen bedeutend jüngeren Eindruck machte. Er schien vor Gesundheit nur so zu strotzen, wirkte offen und interessiert.

»Bitte, nehmen Sie doch Platz!«

Ingemar zog einen schweren Lehnstuhl für sie heran. Plötzlich verdunkelte sich seine Miene, und er wirkte mit einem Mal traurig.

»Ja, das ist eine schreckliche Geschichte, dieser Vorfall«, sagte er langsam.

»Barbro. Wann haben Sie …?«

Erika hantierte unbeholfen mit ihrem Notizblock.

»Mal sehen … Barbro habe ich wohl zuletzt irgendwann im Dezember gesehen.« Er nickte leicht. »Jan Olof und ich, nun, wir arbeiten ja schon viele Jahre zusammen, kennen einander in- und auswendig, könnte man sagen.« Er lächelte wehmütig.

»Er war zwischen Weihnachten und Neujahr ziemlich oft im Büro. Seine Frau fährt um diese Zeit meistens für ein paar Tage zu ihren Eltern, das war also nicht weiter seltsam. Er nimmt dann die Gelegenheit wahr, ein bisschen Arbeit wegzuschaffen. Es liegt dann ja auch immer eine ziemlich hektische Zeit vor uns, mit Bilanzen und Jahresabschlüssen und so. Ja, was soll ich Ihnen sagen?«

Ingemar schüttelte resigniert den Kopf und ließ den Blick durch das vollgestopfte Büro wandern. Er seufzte schwer und fuhr dann entschiedener fort.

»Jan Olof kam am Sonntag hierher, ich war auch da. Wir haben ein paar Stunden gearbeitet, bis ich nach Hause gefahren bin. Jan Olof blieb noch. Er sagte, er wolle die Gelegenheit nutzen und ein bisschen abarbeiten, solange Barbro unterwegs sei. Er hatte für den Abend einen Tisch in ihrem Lieblingsrestaurant reserviert. In der Linnéstaden«, fügte Ingemar hinzu, als Erika nicht sofort zustimmend nickte. »Ein Stadtteilrestaurant mit vielen Stammgästen, gutem Essen. Jan und Barbro gehen öfters dorthin.« Er verstummte, sein Blick blieb an etwas auf dem Tisch hängen. Nach einem Augenblick sammelte er sich wieder und begegnete Erikas Blick.

»Dann rief er mich an, um mir zu sagen, dass seine Frau nicht nach Hause gekommen und er besorgt sei. Er hätte abends seine Schwiegereltern angerufen und war ziemlich schockiert, als er erfuhr, dass Barbro gar nicht bei ihnen aufgetaucht war, bedeutete das doch, dass sie schon seit ein paar Tagen verschwunden war. Und ans Handy ging sie auch nicht.« Ingemar schüttelte sorgenvoll den Kopf.

»Hat er gesagt, ob er versucht hatte, seine Frau schon früher zu erreichen?«

»Nein. Ich glaube nicht, dass er das getan hat. Sie wollte ja nur für ein paar Tage zu ihren Eltern.«

Erika nickte. Vielleicht waren sie ein Paar, das sich nicht ständig gegenseitig kontrollieren musste. Trotzdem kam ihr das Ganze seltsam vor.

»Ich habe ihm meine Hilfe angeboten, wollte bei ihm bleiben, ihm mit was auch immer zur Hand gehen, aber er hat abgelehnt. Sagte, dass er zurechtkäme, dass es ihm gutgehe und er zu Hause sein wolle, wenn seine Frau wiederkäme.«

Ingemar ließ den Kopf sinken. Erika nickte und wartete ab. Nach einer Weile richtete er sich auf, seine Augen waren rotgerändert.

»Ja, ich muss sagen, dass mich das sehr getroffen hat. Wirklich sehr getroffen. Jan Olof ist seither natürlich nicht im Büro gewesen. Ich versuche, ohne ihn alles irgendwie am Laufen zu halten, ich weiß ja, wie schlecht es ihm geht. Und dadurch, dass die Presse in seinem Garten herumtrampelt und versucht, durch die Fenster zu glotzen, wird es nicht besser. Und dann noch die Nachbarn, die jede Menge Unfug reden. Man hört ja so manches, dass immer der Ehemann der Schuldige ist und …« Sein liebenswürdiges Gesicht überzog eine Blässe, er wirkte abgekämpft. Jan Olofs Partner ballte die Hand zur Faust.

»Welchen Eindruck hat Jan Olof vor Barbros Verschwinden auf Sie gemacht?«, wollte Erika wissen.

»Mir fällt dazu nichts ein«, erwiderte Ingemar ernst. »Er war so wie immer. Freute sich auf den Restaurantbesuch und auf die Rückkehr seiner Frau. Und jetzt … nun, ich hoffe wirklich, dass er nicht seine Gesundheit ruiniert, so wie er sich grämt. Er trinkt hemmungslos und hat sich hinter zugezogenen Gardinen in seinem Haus verschanzt. Aber ich mache ihm keine Vorwürfe, ich weiß nicht, ob ich an seiner

Stelle nicht genauso gehandelt hätte. Er kann ja auch nichts tun, nur abwarten und auf das Beste hoffen.«

Erika fand keine Worte. Sie starrte auf ihre Notizen, fühlte sich leer und ausgelaugt. Sein Kummer nahm sie stärker mit, als gut für sie war. Sie räusperte sich und fuhr fort.

»Wie würden Sie die Ehe der beiden beschreiben?«

»Als gut, würde ich sagen.« Die Antwort war aufrichtig und direkt, ohne falschen Unterton. »Natürlich haben sie darunter gelitten, keine Kinder bekommen zu haben. Aber sie hatten so viel gemeinsam, sind so lieb miteinander umgegangen. Vielleicht haben sie sich ein bisschen zu sehr eingeigelt, so kommt es mir jedenfalls manchmal vor. Ein bisschen zu viel Zweisamkeit, Sie wissen, was ich meine? Obwohl Barbro ja auch noch ihre Katzen hatte. Sie waren ihre Kinder, denke ich mir.« Er lächelte leicht verlegen.

Erika nickte verständnisvoll. Vielleicht war es so für kinderlose Paare, dass sich alles auf die Beziehung konzentrierte, auf die Zweisamkeit. Und dass Haustiere ein Ersatz waren, die man mit Liebe überschüttete. Das war an und für sich ja auch nicht verboten. Nichts in Ingemars Gesicht deutete darauf hin, dass er nicht gemeint hätte, was er soeben gesagt hatte.

»Ihre finanzielle Situation scheint sehr gut zu sein?« Erika versuchte, ihre Stimme so neutral wie möglich klingen zu lassen, aber da war etwas am Lebensstil des Paares, was sich nicht mit ihren Einkünften in Einklang bringen ließ. Vielleicht war es das Gerede über Bestechungsgelder und Mauscheleien, die sie auf diesen Gedanken gebracht hatte. Barbros Steuerveranlagung wies auf ein durchschnittliches Einkommen hin, während ihre Kleidung, ihr Schmuck, die Autos und Reisen den Eindruck von luxuriösem Überfluss entstehen ließen.

Ingemar runzelte die Stirn und schien zunächst nicht zu verstehen, worauf sie hinauswollte. Dann kaute er auf der Unterlippe herum und überdachte ihre Bemerkung.

»Hm, ich verstehe. Nun, zum einen hat man als Selbstständiger ja ganz andere Möglichkeiten, um einen größeren Handlungsspielraum auszunutzen – es geht auch nicht ohne Prestige, nun, mit Autos und so –, und sie hatten keine Nachkommen, da hat man einen ganz anderen Betrag zur Verfügung. Und dann würde es mich nicht wundern, wenn ein Teil der goldenen Löffel von Barbros Vater gekommen wäre. Er hatte immer eine Schwäche für seine Tochter, und sie entstammt keiner armen Familie. Papa Edin ist einer der erfolgreichsten Unternehmer von Alingsås.« Ingemar verzog vielsagend das Gesicht.

Etwas ratlos stand Erika auf dem Marktplatz, nachdem sie die Kanzlei verlassen hatte. Wenn jemand über Jan Olof Bescheid wusste, dann sein Partner, aber die Unterredung hatte nicht viel ergeben, an das sich anknüpfen ließ. Nichts an Jan Olofs Verhalten deutete darauf hin, dass etwas nicht stimmte, dass er besorgt gewesen oder die Ehe nicht in Ordnung gewesen wäre.

Sie sah über den vernachlässigten winzigen Platz, mit dem schmuddeligen Lebensmittelladen und seinen durchweichten Pappschildern, mit einem Fischhändler, einem Süßwarenladen und einem Ärztehaus. Und natürlich einer Pizzeria und einem Stadtteilrestaurant, das sich wahrscheinlich nur mit dem Bierkonsum der Bevölkerung über Wasser hielt.

Erika ging zu ihrem Wagen und versuchte sich an den Rückweg zu erinnern. Frust flammte erneut in ihr auf. Die ganze Zeit schon hatte sie das Gefühl, einen Schritt hinterherzuhinken – nie fand sie etwas auf Anhieb, kannte ihre Kollegen kaum, kannte die ungeschriebenen Codes nicht und hatte ganz einfach keinen Plan. Anna hatte sie beschwichtigt und ihr erklärt, dass sie ja gerade erst seit drei Wochen in Göteborg wohnen würde und Geduld mitbringen müsse, aber das Gefühl der Unterlegenheit, das sie verspürte, wollte nicht weichen, trotz der wohlmeinenden Aufmunterungen ihrer Freundin.

Und jetzt war sie auch noch davongeschlichen und hatte im Alleingang eine Person verhört, ohne ihren Kollegen zu informieren. Sie würde Per ihr seltsames Verhalten erklären und ihm klarmachen müssen, dass sie immer noch alle fünf Sinne beisammen hatte.

Kapitel 18

»Hallo, Erika, du hast Besuch!«, verkündete ihr Astrid am Empfang, als sie außer Atem das Gebäude betrat. Erika erstarrte, schon auf das Schlimmste gefasst.

»Meyer, Ingrid und Carl«, soufflierte Astrid und zeigte auf ein Paar, das angespannt und sich mit großen Augen umsehend in der Nähe des gläsernen Eingangs saß. Erika atmete erleichtert aus. Das ordentliche Ehepaar, Jan Olofs und Barbros engste Freunde, wirkte nervös, als Erika sie freundlich zu den Fahrstühlen geleitete. Vorsichtig nahmen Herr und Frau Meyer Platz in ihrem Büro.

»Also, wir haben den Zettel in unserem Briefkasten gefunden und dachten, dass wir ebenso gut gleich herfahren könnten«, sagte Carl schnell und atemlos. Erika nickte freundlich und sah sie interessiert an, da sie offenbar eine der wenigen Personen waren, die das Paar Olofsson näher gekannt hatten. Beide waren blond und sonnengebräunt und trugen sportliche Freizeitkleidung. Carl erklärte, dass sie soeben von einer Golfreise aus Spanien zurückgekommen seien.

»Ja, das war ein bisschen spontan, wir haben eine preiswerte Reise gefunden und zugeschlagen. Wenn man nicht gerade am Wochenende fährt, ist das sehr günstig.« Er lächelte entschuldigend.

»Schön, dass Sie so schnell hergekommen sind. Sie wissen ja vielleicht, dass Jan Olof Olofsson seine Frau als vermisst gemeldet hat?«, begann Erika. Das Paar nickte einvernehmlich.

»Jan Olof hat uns angerufen«, gab Carl bereitwillig Auskunft. »Wir waren gerade am Packen und wollten zum Flughafen.« Er warf seiner Frau einen hastigen Blick zu. »Ja, wir waren, ehrlich gesagt, ziemlich schockiert. Jan Olof war vollkommen außer sich, beinahe schon aggressiv. Und er hatte getrunken. Meine Frau und ich haben im Urlaub kaum über etwas anderes gesprochen. Wir haben ihn jeden Tag angerufen, aber er wollte nicht reden, behauptete, dass er in Ordnung sei.«

»Sie kennen die beiden gut?«

Sie nickten.

»Ja, das kann man so sagen.«

Erika sah Ingrid Meyer erstaunt an. Sie konnte also auch sprechen. »Als Sie sich das letzte Mal getroffen haben, war Barbro da anders als sonst? Wirkte sie niedergeschlagen oder so, als stünde sie unter Druck?«

»Nein, ganz und gar nicht«, sagte Ingrid. Sie warf ihrem Mann einen schüchternen Blick zu, er räusperte sich.

»Nein, sie haben überhaupt nicht anders gewirkt. Sie hatten Champagner und Pralinen und ein paar Mitbringsel von ihrer New-York-Reise dabei … sie hatten dort Weihnachten verbracht«, fügte er hinzu.

»Möglicherweise war Barbro etwas geistesabwesender als sonst«, fuhr er etwas zögerlich fort, »etwas unruhig vielleicht.«

»Wie meinen Sie das?«

»Ach, das war sicherlich nichts von Bedeutung. Aber ich hatte so ein Gefühl, als ob sie etwas beschäftigt hätte. Ich weiß es wirklich nicht, ich kann mich irren.«

Erika nickte und musterte interessiert den Mann vor sich, fand aber keinen Grund, stärker nachzubohren.

»Wissen Sie, wie lange sie verheiratet waren?«, fragte Erika und spürte, dass ihre Frage albern klang. Das Ehepaar Meyer wechselte einen kurzen Blick.

»Ich glaube, dass es fast 25 Jahre sind«, antwortete Ingrid, eine leichte Röte war ihr in die Wangen gestiegen. »Man könnte sagen, dass es ihnen gelungen ist, die Leidenschaft über viele Jahre am Leben zu erhalten.«

Leidenschaft. Erika machte sich eine entsprechende Notiz. Das Wort Leidenschaft war kein Wort, das den staubtrockenen Jan Olof treffend beschrieb, vielleicht seine Frau.

»Sie haben erwähnt, dass Jan Olof nicht nüchtern war, als Sie miteinander telefoniert haben«, fragte Erika weiter. »Trinkt er regelmäßig?«

Das Paar tauschte wieder einen schnellen Blick, und Erika verlor allmählich die Geduld, weil sie sich ständig miteinander abstimmen mussten, bevor jemand von ihnen den Mund aufmachte. Carl schnitt eine Grimasse und drehte und wand sich ein wenig.

»Ich weiß nicht so genau … Ich würde Jan Olof nicht als Alkoholiker bezeichnen, aber sie nehmen schon mal gerne ein Glas. Wenn man ihnen etwas anbietet, lehnen sie selten ab. Jan Olof und Barbro sind zwei sehr lebensfrohe Menschen, sie sind kein Kind von Traurigkeit. Sie lieben es, zu reisen, gut zu essen und zu trinken. Sie genießen das Leben wirklich in vollen Zügen. Und finden auch Genuss aneinander, könnte man wohl sagen.«

Carls Ohren überzog ein rosafarbener Schimmer, und das Gesicht seiner Frau brannte.

»Wir mögen Jan Olof und Barbro wirklich«, ergänzte Ingrid. »Sie sind amüsant, abenteuerlustig und mögen gerne etwas unternehmen. Sie sind unerhört großzügig und umsichtig. Leidenschaftlich. Ja, soweit wir wissen, führten sie ein ziemlich leidenschaftliches Sexleben. Sie liebten sich wirklich. Das Ganze ist furchtbar. Wir können nicht glauben, dass es wahr ist, dass ihr etwas passiert sein soll.«

Erika sah die Frau lange an. Ihre blauen Augen funkelten,

und ihre Wangen waren vor Erregung gerötet. Sie genoss offensichtlich die Dramatik des Augenblicks, obwohl ihre Freundin vermisst wurde. Erika schob den Gedanken beiseite und konzentrierte sich auf ihre Notizen.

»Sie haben sicher in der Presse darüber gelesen, dass sie bei ihrer Arbeit bedroht worden sein soll«, fuhr sie fort. »Hat Barbro dahingehend etwas erwähnt?«

»Nein, von Drohungen hat sie nie gesprochen«, erwiderte Carl schnell. Ein wenig zu schnell? Erika vermerkte eine Notiz auf ihrem Block.

»Dafür hat sie ein bisschen über ihre Kunden im Stadtbauamt gescherzt. Darunter scheinen sich ja so manche seltsamen Wesen zu befinden«, fügte er hinzu, als ob er Erikas Gedanken gelesen hätte.

»Wie meinen Sie das?«

»Nun, ein Teil scheint recht merkwürdige Vorstellungen davon zu haben, was erlaubt ist, wenn man baut. Besonders solche mit viel Geld.«

»Gab es jemanden, vor dem Barbro Angst hatte?«

»Nee«, gluckste Carl. »Barbro ist kein Mensch, der sich so leicht ins Bockshorn jagen lässt. Wir hatten den Eindruck, dass Barbro sehr professionell bei ihrer Arbeit ist. Und dass Menschen, die meinen, ihren Willen durchsetzen zu können, wenn sie nur mit einem Geldbündel winken oder etwas lauter werden, bei ihr an der falschen Stelle waren.«

Das Paar lächelte übereinstimmend und sah sich zufrieden an. Erika stellte ein paar abschließende Fragen, fasste ihr Gespräch zusammen, begleitet von den üblichen Floskeln, dass Barbro sich bestimmt bald wieder einfinden würde, und begleitete das Ehepaar Meyer hinaus.

Als sie in ihr nüchternes Büro zurückkehrte, setzte sie sich und betrachtete die weiter anwachsende Mindmap, die sie immer anlegte – sie war ein ausgesprochener Bildermensch. Sich ein übersichtliches Bild von allen Fakten zu machen, etwas davon wegzunehmen und hinzuzufügen, half. Es fiel ihr so leichter, Zusammenhänge zu erkennen und einen Überblick zu bekommen.

In der Mitte hatte sie ein Oval gemalt, in das sie Barbros Namen geschrieben hatte. Ringsum hatte sie eine Anzahl weiterer Ovale angelegt, in denen die Namen Jan Olof, der Freundin Julia aus Alingsås, der Arbeitskollegin Vanja und Barbros Chef Sten, die Eltern, das befreundete Paar Meyer und Olofs Partner Ingemar standen. Und dann eine Gruppe Ovale, die für Barbros Kunden standen.

An den Rand schrieb sie stichpunktartig Gedanken, die ihr gekommen waren, und Fragen, die sich ergeben hatten – Geld, Bestechungsgelder, Freundschaft, Leidenschaft und mögliche Feinde. Fast alle Gewaltverbrechen wurden von Personen verübt, die sich auf die eine oder andere Art kannten. Der Täter befand sich meist in unmittelbarer Nähe.

Sie verband das Ehepaar Meyer mit Barbro durch einen dicken Strich und malte ein Herz auf den Strich zwischen Barbro und ihrem Ehemann Jan Olof, setzte aber nach kurzem Zögern ein Fragezeichen dahinter.

Erika ordnete den Papierstoß vor sich und atmete tief ein. Ihr Blick wanderte im Zimmer umher. Im Geiste gehörte es ihr nicht, es war nur geliehen. Trotzdem könnte sie sich ruhig ein paar Pflanzen anschaffen. Bisher hatte sie nur das Foto von Boss auf den Schreibtisch gestellt. Zu Hause in Enskede hatte sie noch mehr Motive, von ihrer Familie in Östersund, ihrer Schwester und deren Hunden und sehr schöne Aufnahmen von Orrviken. Die Möglichkeit, dass diese Fotos vielleicht für immer für sie verloren waren, verursachte ihr einen Druck auf der Brust.

Erika schnappte sich ihre Jacke und ging eilig den Korridor zu Pers Zimmer hinunter. Es war an der Zeit, die Verhöre fortzusetzen. Als sie die Ecke zum angrenzenden Korridor umrundete, überfiel sie erneut ein beklemmendes Gefühl. Sie blieb stehen. Ihr Brustkorb war wie zugeschnürt. Sie bekam keine Luft mehr, und mit einem Mal wurde ihr klar, dass sie seinen vertrauten Geruch und seine Gegenwart bereits wahrgenommen hatte. Sie stand reglos da und spürte Görans Körperwärme und Atemzüge auf ihrer Haut.

»Erika, mein Schatz … da bist du ja.«

Erika atmete ein, drehte sich langsam um und begegnete seinem klaren, kalten Blick. Ihre Hände begannen zu zittern, und sie fluchte innerlich. Dann spürte sie Eriks Anwesenheit. Er hatte geräuschlos den Flur betreten und stand jetzt schräg hinter ihr. Göran warf ihm einen hastigen Blick zu, heftete ihn im nächsten Moment aber wieder auf Erika.

»Ja, hier bin ich Göran, aber das wusstest du ja schon«, antwortete Erika so fest, wie sie konnte.

Ein honigsüßes Lächeln breitete sich auf Görans Gesicht aus. Vertraulich streckte er einen Arm aus, um sie an sich zu ziehen. Sie wich instinktiv zurück, aber Göran ignorierte ihre Reaktion und griff nach ihr; harte Finger schlossen sich um ihren Nacken. Er vergrub sein Gesicht in ihren Haaren und streichelte sie, während sein anderer Arm ihren widerstrebenden Körper wie in einem Schraubstock hielt.

»Ich habe dich so sehr vermisst, mein Liebling. Ich möchte nur, dass du wieder nach Hause kommst.«

Görans Stimme verlor sich zu einem leisen Flüstern. Er entließ sie aus seinem Griff. Erika sah ihn an, nahm seine scharfen, männlich harten und doch so jungenhaft entwaffnenden Züge in sich auf. Das strahlende breite Lächeln, das seine Augen nicht erreichte. Plötzlich fror sie. Ein scharfer

Schmerz durchzuckte sie und strahlte von dem verletzten Finger in ihren Arm aus.

»Ich will nicht mehr mit dir leben, Göran. Ich arbeite hier und ich bleibe hier«, flüsterte sie heiser.

Torbjörn erschien im Korridor, hielt mit langen Schritten auf sie zu und baute sich mit verschränkten Armen und einer Armlänge Abstand hinter Göran auf. Er sog an seinem Kautabak und betrachtete sie beide wie Insekten unter einem Mikroskop. Per, der die Stimmen auf dem Flur vernommen hatte, kam dazu, stellte sich etwas abseits und beobachtete das, was sich da vor ihm abspielte, mit sichtbarer Unentschlossenheit, so als ob das, wovon er Zeuge wurde, zu privat wäre.

»Bitte, Schätzchen. Tu mir das nicht an …«, bat Göran sie mühsam und räusperte sich rau. Sein Kopf fiel herab und blieb wie eine verwelkte Blume hängen.

»Hör auf, Göran! Du kannst nicht einfach herkommen und mich bedrohen«, zischte Erika zwischen starren Lippen hervor, so dicht an seinem Gesicht wie möglich, in der Hoffnung, dass niemand von den anderen es hören konnte. Sie bereute sofort, dass sie etwas gesagt hatte, als sie sah, wie es in Görans hellen Augen aufglomm.

»Dich bedrohen?«

Göran hob den Kopf und suchte mit einem verwirrten Gesichtsausdruck Erikas Blick. Er fuhr zusammen, als ob sie ihm eine Ohrfeige verpasst hätte.

»Aber Liebling … was sagst du da? Ich … ich verstehe nicht.«

Er schlug die Hand vor den Mund und starrte sie ungläubig an, während ein Schimmer in seine Augen trat. Er machte einen zögernden Schritt auf sie zu, erstarrte aber in der Bewegung, und seine Hand blieb in einer jämmerlichen Geste in der Luft hängen.

»Meine geliebte Erika«, flüsterte er leise. »Tu mir das um Gottes willen nicht an. Ich will dir doch nur helfen.«

Er schluckte hart und schlug erneut den Blick nieder, um sich dann rasch verlegen nach den anderen umzudrehen, die wie gebannt auf die Szene vor sich im Flur starrten.

Göran wandte sich vorsichtig wieder Erika zu, hob mühsam den Arm, als ob er übermächtig schwer geworden wäre, und streckte ihn ihr entgegen. Eine gefühlte Ewigkeit stand er so da, den Blick auf ihr Gesicht geheftet, während sich seine Augen langsam mit Tränen füllten. Dann fiel sein Arm herab und blieb schlaff neben seinem Körper hängen.

Erika registrierte, dass ihr Mund weit offen stand. Erik stand hinter ihr und starrte mit grimmiger Miene auf Göran und Torbjörn. Per war still hinter sie getreten und beobachtete das, was sich abspielte, mit ausdruckslosem Gesicht. Zwei Kolleginnen, die den Korridor herunterkamen, verlangsamten ihre Schritte, guckten neugierig und fragend.

Es war, als hätte jemand den Stecker aus Erikas Bewusstsein gezogen. Alles stand still, sie konnte nicht einen einzigen logischen Gedanken fassen, obwohl sie das, was gerade geschah, erwartet oder vielmehr gefürchtet hatte. Görans trauriges Gesicht, seine Augen, in denen Tränen standen, jagten ihr Angst ein, mehr als alles, was sie in den grausamen Jahren ihres Zusammenlebens erlebt hatte.

In seinen Augen lag eine Eiseskälte, die sie noch nie darin gesehen hatte. Und jäh begriff sie, dass sie seine ganze Existenz herausgefordert, ihn ans Licht gezerrt hatte und ihn jetzt dazu zwang, seine verlorene Ehre und sein rechtmäßiges Eigentum, seine Frau, wiederzugewinnen. Die Frau, die vor Gott geschworen hatte, ihn in guten wie in schlechten Tagen zu lieben. Jetzt hatte sie ihn entehrt, ihn angespien und die Sache an die Öffentlichkeit gebracht.

Die beiden Polizistinnen gingen weiter und bogen um die Ecke. Erik schwankte und warf Erika einen fragenden Blick zu, den sie mit einem vertrauenerweckenden Lächeln zu begegnen versuchte, doch kein Muskel in ihrem Gesicht wollte ihr gehorchen. Erik zog sich mit einem grimmigen Nicken und einem eindringlichen Blick auf Göran zurück. Per rührte sich nicht, sondern beobachtete konzentriert Göran und Torbjörn, der wie ein grimmiger Leibwächter hinter seinem Freund stand.

»Ich bleibe hier. Ich lebe nicht mit einem Mann zusammen, der mich schlägt«, sagte Erika mit belegter Stimme.

Sie presste eine Hand gegen ihren Schenkel, das Bein zitterte. Göran lachte heiser und wischte sich mit einer groben Bewegung die Tränen aus den Augen.

»Was behauptest du da? Dass ich meine Frau schlagen würde? Ich, ein Polizist? Nein, weißt du, ich bin doch nicht lebensmüde.«

Göran lächelte schwach, schluchzte auf, legte erneut den Arm um Erikas Nacken und zog sie an sich. Mit einem Finger strich er ihr über die Wange.

»Ich bin doch nicht verrückt, ich weiß doch, mit was für einer Löwin ich verheiratet bin«, murmelte er mit belegter Stimme. Er verzog die Mundwinkel in dem Versuch zu lächeln, aber es ähnelte viel mehr einer Grimasse. Er ließ sie los, in seinen Augen erlosch etwas.

»Ich wollte nur sehen, wie es dir geht, ob du okay bist«, murmelte er kaum hörbar. »Und dich bitten, wieder nach Hause zu kommen. Wir machen uns alle große Sorgen um dich. Wir wissen ja, dass du eine schwere Zeit hinter dir hast, nicht du selbst warst.« Göran hielt ihr in einer bittenden Geste die Hände entgegen. Erika starrte sie an, als sähe sie eine Giftschlange.

»Bitte, komm nach Hause, mein Schatz! Ich bitte dich.«

Göran verstummte, sein Mund blieb einen Augenblick, ohne etwas zu sagen, offen stehen. Dann zuckte er zusammen und räusperte sich.

»Ich wohne ein paar Tage bei Torbjörn.« Er deutete auf seinen Freund.

»Ich habe erst abgewartet, dachte, dass du wieder nach Hause kommen würdest, nachdem du etwas bei Anna gewesen wärst, dass du nur ein bisschen Zeit brauchen würdest …«

Ihm schienen die Worte zu fehlen. Er presste die Lippen aufeinander und sah zu Boden. Nach einem Moment sah er mit feuchten, rotgeränderten Augen wieder zu Erika hoch.

»Du weißt, wo du mich finden kannst«, sagte Göran mit zitternder Stimme. »Und du musst dich nicht schämen für das, was du getan hast. Alles wird wieder in Ordnung kommen, du wirst schon sehen.«

Göran verabschiedete sich von Torbjörn und Per und ging zum Aufzug. Erika schlug die Hand vor den Mund und starrte die Fahrstuhltür an, die sich hinter ihm schloss, nicht in der Lage, den Blick von ihr zu wenden. Sie spürte die fragenden Blicke der Kollegen in ihrem Rücken, schaffte es aber nicht, ihnen zu begegnen. Gegen die Tränen ankämpfend blieb sie stehen, ihr war schwindelig und übel. Kurz darauf war sie allein im Flur.

Kapitel 19

Erika griff nach der Landkarte. Allmählich erschloss sich ihr die Küstengegend, in der Barbro wohnte. Per fuhr über die Älvsborgsbron, die von Hisingen zurück aufs Festland führte. Die Aussicht, die sich von der Brücke auf die Stadt, aber vor allem zur Hafeneinfahrt bot, machte sie schwindelig. Endlich einmal regnete es nicht. Hochaufgetürmte schwarze, blaue und leicht orangefarbene Wolken zogen am Himmel. Die Sonne fand ein Schlupfloch, und eindrucksvoll ergossen sich ihre Strahlen auf das Meer.

Per wechselte routiniert die Spuren. Als sie mehrere Einfamilien- und Reihenhausgegenden passiert hatten, bog er plötzlich nach links Richtung Meer ab.

»Wir müssen nach Näset«, sagte er mit einem Lächeln. »Interessant, diese Sache mit dem ›auf‹ oder ›in‹ wohnen, oder? Die Bewohner von Näset sagen, dass sie auf Näset wohnen – was ja auch logisch ist, da es sich um eine Halbinsel handelt –, und die, die nicht hier leben, sagen in und verärgern damit die Inselbewohner.« Er grinste fröhlich, dann erlosch sein Lächeln.

»Erika … verzeih, falls ich indiskret bin, … aber was zum Henker war das da im Polizeigebäude? Das war dein Mann, oder?«

Erika nickte. Ihr Ehemann – so war es. Erika schloss die Augen, um Pers durchdringendem Blick zu entgehen.

»Ich habe Göran verlassen«, presste sie kaum hörbar hervor, räusperte sich und versuchte, ihrer Stimme mehr Nachdruck zu verleihen.

»Bin vor ihm geflohen, wenn du so willst. Ich bin nicht

stolz darauf, aber ich habe keine andere Möglichkeit gesehen, es zu beenden.«

Per musterte sie eindringlich, wandte nach einer Weile aber den Blick ab und starrte kommentarlos durch die Windschutzscheibe.

Erika schluckte alles hinunter, was heraus wollte, all die Worte der Verteidigung und Erklärungen, dass Göran weder traurig, verletzt noch am Boden zerstört war. Dass er ein eiskalter Psychopath war, der sie schlug und demütigte, sie mit wenigen Worten, kleinen Gesten und einem Blick, der so tödlich wie eine geschärfte Waffe war, gefügig machte. Dass alles, was sich auf dem Korridor zugetragen hatte, ein ausgekochtes Spiel, ja, Theater war, das er von klein auf bravourös beherrschte. Und dass sein Mangel an Mitgefühl und Empathie ihn zum eiskalten Lügner machte, der weder Reue noch Scham kannte.

Stattdessen sah sie auf ihre Notizen und die Karte auf ihrem Schoß hinunter. Sie und Per waren dem ersten von zwei ernstzunehmenden Hinweisen aus der Bevölkerung nachgegangen und hatten einer jungen Familie mit zwei kleinen Kindern, die auf einem alten Sommerhausgrundstück auf Näset bauten, einen Besuch abgestattet. Der Ehemann sollte bei einem abendlichen Empfang in betrunkenem Zustand seiner Frustration über die Hindernisse, die ihnen in den Weg gelegt worden waren, freien Lauf gelassen haben. Sie hatten den jungen Mann auf seiner Arbeitsstelle auf Hisingen aufgesucht. Und er war wütend gewesen, mit Recht, wie sich herausgestellt hatte.

Wie alle anderen, mit denen sie bisher gesprochen hatten, berichtete er von langen Bearbeitungszeiten, nicht eingehaltenen Versprechungen, Terminen, die Barbro hatte platzen lassen, und dass ihnen die Zeit davongelaufen war und jeder

Tag Geld gekostet hatte. Er gab bereitwillig zu, dass er sowohl die Stimme gegen sie erhoben als auch geflucht und sie verwünscht, ja, ihr auch gedroht hatte – nicht mit körperlicher Gewalt, sondern damit, sie anzuzeigen und gerichtlich wegen Amtsmissbrauchs gegen sie vorzugehen und sich an den Ombudsmann des Parlaments zu wenden. Aber mehr auch nicht. Er erläuterte in einfachen Worten, wie es war – dass nur die wenigsten die Kraft besäßen, weiterzugehen und ihren Vergeltungen und Drohungen Taten folgen zu lassen, nachdem sich die erste Aufregung gelegt hatte. Wie die meisten hatten sie einen Seufzer der Erleichterung ausgestoßen und sich dem gewidmet, was wirklich wichtig war – der Familie, zu bauen und umzuziehen. Darüber hinaus hatte er ein Alibi für die Tage um das Datum herum, an dem Barbro verschwunden war. Er hatte im Krankenhaus am Bett seines Sohnes gewacht, der an einer Hirnhautentzündung erkrankt gewesen war.

»Als wir in sein Zimmer kamen, waren seine Hände und Füße ganz blau. Er war apathisch, wollte nicht gestillt werden, gar nichts. Wir hätten ihn beinahe verloren! Wenn ich ehrlich sein soll, der Teufel soll diese Frau holen. Der ganze Mist, den sie …« Er war verstummt und hatte sich für seinen Ausbruch entschuldigt, nachdem er sich ein wenig beruhigt hatte.

»Kann ich ihnen sonst noch irgendwie helfen, oder darf ich den ganzen Scheiß jetzt endlich mal vergessen?«, hatte er mit Tränen in den Augen gesagt.

Per und Erika kamen an Siedlungen mit immer größeren Häusern vorüber, und nach einer Weile konnte Erika das Meer wie einen farblosen Streifen am Ende der Straße schimmern sehen. Sie stiegen aus dem Auto und betrachteten die Einfamilienhausgegend, die im Winterschlaf zu liegen schien.

Schwarzlila Wolkenfetzen, zwischen denen ein Stück hellblauer Himmel aufblitzte, hingen über der leicht aufgerauten Fläche des Meeres. Wann immer sie einen Flecken blauen Himmels sah, erfasste sie eine drängende Sehnsucht nach Luft und Licht, Weite und freier Sicht. Aber wenn sie die Luft einatmete, war sie immer wieder gleichermaßen enttäuscht. Sie roch stickig, klamm und nach etwas Stillstehendem, Vermodertem. Sie fragte sich, ob sie sich jemals an den Geruch von Meer und Salz oder an das Wetter hier gewöhnen würde, das aus einer schier endlosen Anzahl von Tagen mit bedecktem Himmel bestand, an denen es entweder ergiebig regnete oder sich dicht und undurchdringlich der Nebel hielt.

Sie blickte über die Straße, an der buntgemischt Häuser verschiedener Baustile und Größen standen und die sich bis zum Meer hin erstreckten. Am Ufer der Bucht lagen Boote, die mit Planen geschützt waren. Eine Anzahl rotgestrichener Bootsschuppen kauerte sich an der Kailinie dicht aneinander, und ein halb aufgeweichtes Schild, das von einer Gartenpforte baumelte, verkündete, dass es nur Mitgliedern des Strandbades gestattet sei, hier zu baden. Erika fröstelte.

Sie waren offensichtlich in einem ehemaligen Sommerhausgebiet gelandet. Ein paar kleinere Häuser standen auch heute noch und wiesen liebevoll gepflegte Gärten auf, andere schienen schon seit langem verlassen zu sein. Die Häuser waren eine Mischung aus Eigenheimen der 60er Jahre und später, aber auf den meisten Grundstücken standen gesichtslose und austauschbare Neubauten.

Der zweite Hinweis führte sie zu einem Mann, der angeblich gehört hatte, wie sein Nachbar damit drohte, Barbro Edin Olofsson umzubringen. Der Mann war weder Alkoholiker, Junkie noch einer der ihnen bekannten Lügenbolde, die immer in der Hoffnung auf eine Belohnung anriefen oder weil sie jemandem ihr Herz ausschütten und etwas Aufmerksamkeit bekommen wollten. Er wohnte in einer gutsituierten Gegend und war polizeilich bisher nicht weiter groß in Erscheinung getreten, hatte sich nur eine beeindruckende Anzahl an Strafzetteln wegen Falschparkens zuschulden kommen lassen.

Der Mann, der ihnen bei der protzigen Villa am Meer die Tür öffnete, machte einen strengen und theatralischen Eindruck. Seinem Geburtsdatum zufolge war er über sechzig, aber seine blasse Gesichtshaut war merkwürdig glatt und zart für sein Alter. Er trug einen gutgeschnittenen Anzug, ähnelte aber aufgrund seines Buckels und seines Kinns, das er beim Sprechen vorschob, vielmehr einem verkleideten Schimpansen.

Voller Ernst erzählte er, dass seine Frau und er sich darüber geärgert hatten, dass ihr Nachbar sonntags hämmerte. Als es ihnen reichte, hätten sie sich bei ihm beschwert, und daraufhin sei eine, wie er selbst es ausdrückte, lebhafte Diskussion entbrannt. Wie sie auf das Thema Garagenausbau zu sprechen gekommen waren, wusste er nicht mehr, aber er erinnerte sich noch sehr gut daran, dass sein Nachbar gesagt habe, dass er für die Behörden und ihre Art, wie sie Normalsterbliche behandelten, nur Verachtung übrig hätte und er beabsichtigte, Barbro Edin bei passender Gelegenheit den Hals umzudrehen.

Wie zufällig stand plötzlich seine Frau in der Tür und stimmte giftig und zänkisch in die Vorwürfe ihres Mannes ein. Indigniert berichtete sie, dass ihr Nachbar auch bei anderen Gelegenheiten ins selbe Horn gestoßen hätte.

»Du liebe Zeit …«, stöhnte Erika, als sie die Straße entlanggingen, um den Nachbarn aufzusuchen, der Barbro gedroht haben sollte. »Das Weibsstück hat mich an diese Xanthippe aus den ›Hexen von Eastwick‹ erinnert, die mit dem gebrochenen Bein, die Kirschkerne ausgespuckt hat …«

Per lächelte, und Erika merkte zu ihrer eigenen Überraschung, dass sie errötete.

Carl Erik Djurberg wohnte auf einem Ufergrundstück mit eigenem Steg und Bootshaus, wenngleich das Haus selbst keinem der anderen in der kurzen Seitenstraße ähnelte. Sie blieben vor einer struppigen, wild wuchernden Hecke stehen und musterten fasziniert die verschnörkelte Eisenpforte, die in der Mitte ein großes goldfarbenes Ornament zierte. Erika staunte nicht schlecht, als sie aufblickte.

»Na, das nenn ich ein Sommerhaus«, sagte sie und pfiff durch die Zähne. Das Haus war ganz und gar aus Holz und offenbar von einem Bauherrn der originelleren Sorte mit üppigen Schnitzereien verziert worden. Die Dachvorsprünge schachtelten sich übereinander, und die Anbauten schienen in unterschiedlichen kreativen Schüben während des eigentlichen Baus errichtet worden zu sein. Überall, auf dem Dach und an den Regenrinnen des Hauses, saßen grotesk starrende Figuren, alles mythologische Wesen; andere waren zweifellos kleine Teufel mit Hörnern und Schwänzen, die den Besuchern, die sich zum Haus vorwagten, die Zunge herausstreckten. Einige der Wesen blinzelten mit freundlichen Kulleraugen, umrahmt von Pausbacken, aber die meisten schienen bösartig und bereit zum Angriff zu sein. Die Regenrinnen hatten eine verschnörkelte Ablaufkette, und das Dach war mit Kupferschindeln gedeckt.

Auf der Spitze des bräunlichen Gebäudes saß ein grellroter Turm, der wie ein Leuchtturm anmutete, den man in einer Nacht- und Nebelaktion geklaut und hier wiedererrichtet hatte. Neugierig griff Erika nach dem Klopfer an der Haustür, der aus dem Maul eines grinsenden Wolfes oder Werwolfes herabhing, und ließ ihn mit dumpfem Knall fallen. Plötzlich stand ein Mann Mitte 50 in der Tür und lächelte freundlich. Er trug Jeans und ein einfaches Baumwollhemd mit einem Seidenschal. Er hatte einen sorgfältig gepflegten Spitzbart, der seinem liebenswürdigen Gesicht einen dämonischen Zug gab und gut in diese Umgebung passte, wie Erika fand.

»Ja, bitte?«

»Wir möchten gern zu Carl Erik Djurberg. Erika Ekman und Per Henriksson, Bezirkskriminalpolizei.«

Per holte seine Dienstmarke hervor, aber Carl Erik Djurberg schaute kaum hin. Verblüfft starrte er die beiden an, fing sich aber rasch und strahlte über das ganze Gesicht.

»Wie nett, was verschafft mir die Ehre?«

»Dürfen wir hereinkommen?«, fragte Erika leise.

»Aber ja, natürlich.« Der Mann trat einen Schritt zurück und bat seine Besucher höflich hinein. Die Diele war langgezogen und wies allerlei Türen und Nischen aus schwerem dunklen Holz auf. Am Ende stand ein beinah mannshoher Kamin, die Kamineinfassung hielten zwei muskulöse Männer aus Stein. Schmale hohe, in Blei eingefasste Buntglasfenster befanden sich in regelmäßigen Abständen auf der rechten Seite der Diele. Mäntel und Jacken, ein Haufen Schuhe und diverse Golfutensilien lagen im Eingangsbereich herum. Die Atmosphäre war trotz der schweren dunklen Möbel gemütlich und einladend.

Carl Erik erzählte fröhlich, dass er zu Hause sei, um eine Forschungsarbeit zu beenden, mit der er sich schon viel zu lange beschäftigt habe, und dass seine Kinder und seine Frau in der Schule beziehungsweise bei der Arbeit seien. Er öffnete eine versteckte Tür in der mit Holzpaneelen verkleideten Wand und geleitete Per und Erika in einen Gang mit gewölbter Decke. Der Duft von frisch gebackenem Brot strömte ihnen entgegen.

»Das ist eine kleine Abkürzung zur Küche. Weiß der Geier, wozu sie früher diente. Aber der ehemalige Hausherr soll ja komplett verrückt gewesen sein, wie Sie sich denken können. Ich persönlich glaube ja, dass er an paranoider Schizophrenie litt. Sie haben bestimmt die vielen Figuren auf dem Dach bemerkt?«

Carl Erik schmunzelte vergnügt, während er zwei Stühle für seine überraschend eingetroffenen Gäste herbeizauberte. Sie nahmen Platz, und Erika sah sich rasch in der riesigen Küche um. Sie war fast quadratisch, hatte eine hohe Decke, und den Mittelpunkt bildeten ein AGA-Herd und eine lange Arbeitsplatte aus hellem Marmor. Ein Meer von Küchenutensilien hing von einer langen Stange über der Küchenbank und unter einer ausladenden kupfernen Dunstabzugshaube. Ein großer französischer Bauernschrank stellte schönes Porzellan zur Schau, und auf den weißgestrichenen Bodendielen lagen farbenfrohe Flickenteppiche. Der Duft, der den Raum erfüllte, rührte von zwei großen goldbraunen Brotlaiben her, die auf der Arbeitsfläche lagen. Carl Erik hatte eine Scheibe abgeschnitten und das warme frisch gebackene Brot mit Butter bestrichen. Sie war geschmolzen und auf die Platte gelaufen.

»Erzählen Sie mir, warum Sie hier sind, ich platze vor Neugier«, sagte er und lächelte erwartungsvoll.

»Wie Sie vielleicht wissen, wird die Bezirksarchitektin Barbro Edin Olofsson vermisst, und wir haben erfahren, dass Sie damit gedroht haben, sie umzubringen«, sagte Per liebenswürdig und betrachtete interessiert den Mann, der dieses merkwürdige Haus besaß.

Zuerst sah Carl Erik aus wie ein leibhaftiges Fragezeichen, dann brach er in schallendes, herzerfrischendes Gelächter aus und schlug die Faust mit solcher Wucht auf den Tisch, dass sein Kaffee in der Tasse erzitterte.

»Ha! Na, dann ist es ja nicht weiter verwunderlich, dass nichts vorangeht. Vermisst, sagen Sie? Ja, dass sie nie da war, wusste ich ja, aber dass sie außerdem noch verschwunden ist …«

Er lachte so, dass ihm Tränen in die Augen traten, und klopfte vielsagend mit einem Finger gegen die Schläfe. Erika versuchte ein Lächeln zu unterdrücken.

»Verzeihen Sie«, keuchte er und trocknete sich die Augen, »aber ich hatte keinen blassen Schimmer, dass meine werte Architektin verschwunden ist. Seit wann wird sie denn vermisst?«, fragte Carl Erik in einem Ton, der nach aufrichtigem Interesse klang.

»Lesen Sie denn nicht die Zeitungen oder sehen die Nachrichten?«, erkundigte sich Per.

Carl Erik schnalzte nachdenklich.

»Also, um die Wahrheit zu sagen, tue ich das selten, da steht ja eh nur jede Menge Mist drin.«

»Leider verhält es sich so, dass Barbro Edin Olofsson als vermisst gemeldet wurde und zwei Personen ausgesagt haben, dass Sie damit gedroht hätten, sie zu ermorden.« Per sah Carl Erik Djurberg durchdringend an, aber seine Reaktion war anders als erwartet.

»Lassen Sie mich raten, Frau Ahlström von nebenan viel leicht?«

Carl Erik legte den Kopf schief und lächelte entzückt.

»Warum nehmen Sie das an?«

»Weil sie eine schreckliche Person ist, die ein leeres und ereignisloses Leben mit viel zu vielen pikanten Drinks führt und deren einziges Vergnügen darin besteht, dummes Zeug zu reden. Ich habe eine Reihe von Flüchen in Gegenwart der werten Frau Nachbarin, Barbro Edin Olofsson betreffend, von mir gegeben und ganz richtig gesagt, dass ich ihr den Hals umdrehen würde. Aber, meine werten Kriminalinspektoren, das war doch nur ein schlechter Scherz. Sie stimmen mir doch hoffentlich zu?«

Erika warf einen raschen Blick zu Per hinüber und sah den resignierten Schimmer in seinen Augen.

»Warum haben Sie gesagt, dass Sie sie ermorden wollten?«, fragte Erika.

»Na, um die scheißvornehmen Ahlströms zu ärgern, natürlich! Nichtsdestotrotz ist die werte Barbro glatt wie ein Aal, und ich kann nicht behaupten, dass unser Verhältnis besonders gut gewesen ist. Sie hat sich ganz einfach quergestellt und meinen Bauantrag wohl ganz zuunterst in der Schublade verschwinden lassen, jedenfalls kam es mir so vor.«

»Sie mochten sie nicht«, stellte Erika fest.

»Nein. Ich war ganz einfach stinksauer auf sie. Sie ist eine Expertin für Worthülsen, redet, ohne das eine noch das andere zu sagen, und lässt es trotzdem verlässlich klingen.«

Zum ersten Mal war Herr Djurberg nicht zu Scherzen aufgelegt, sondern sah erbost und enttäuscht aus.

»Und als ich das letzte Mal bei ihr auf dem Stadtbauamt war, glaubte ich zwischen den Zeilen herauszuhören, dass – wenn ich ihr irgendwie entgegenkäme – mein Antrag zügig und zu meiner Zufriedenheit behandelt werden würde. Ja, Sie wissen schon, was ich dachte. Bestechungsgeld oder irgendein Freundschaftsdienst.«

Er sah die Frage, die in Erikas Augen stand, schüttelte aber den Kopf und schob nachdenklich die Lippe vor.

»Nein, etwas Konkretes hat sie nie gesagt. Ich habe ihr im Grunde aber auch gar keine Gelegenheit dazu gegeben.«

Per fragte ihn, wo er zum fraglichen Zeitpunkt gewesen

sei, und erhielt zur Antwort, dass er mit seiner Frau und guten Freunden in Barcelona gewesen war, um Fußball zu gucken und shoppen zu gehen.

»Urlaub von meinen lieben Patienten. Ja, ich bin Psychiater. Nicht Psychologe, das muss ich wohl betonen. Und meine Frau war es, die fürs Shoppen zuständig war, während ich zugesehen habe, wie erwachsene Männer einem Ball auf einer großen Rasenfläche hinterhergejagt sind.«

Er lächelte zufrieden, wurde aber sofort wieder ernst, als er Pers Blick begegnete.

»Also, Barbro Edin Olofsson ist verschwunden, und Sie glauben, dass sie zufällig in meine oder in die Hände eines meiner kommenden Patienten geraten ist?«, sagte Carl Erik nachdenklich.

»Wir glauben gar nichts, wir halten uns nur an die Fakten«, antwortete Per grimmig, aber seine Gesichtszüge zuckten vor unterdrückter Heiterkeit.

Per und Erika wurden wieder durch den engen Gang hinausgeleitet, nachdem der Psychiater ihnen die Namen der Freunde mitgeteilt hatte, mit denen sie gemeinsam in Spanien gewesen waren.

»Sie war hier, wissen Sie, Barbro also. Obwohl das schon eine Zeitlang her ist. Ich kann mich nur nicht mehr daran erinnern, wann das war.«

Erika drehte sich um und musterte die grüblerische Miene des Psychiaters. Er fuhr sich durch den Bart, während er den Blick an die Decke richtete.

»Ich habe mir nicht viel dabei gedacht. Sie hat mich von sich aus angerufen. Ich dachte natürlich, dass es mit meinem Antrag zu tun hätte, aber sie wollte nur, dass ich über das Vorhaben eines Nachbarn Bescheid wisse – sagte sie. Zuerst schien sie mich kaum wiederzuerkennen. Dann hat sie sich, glaube ich, an mich erinnert. Peinlich, muss ich sagen. Sie kann meinem Antrag nicht viel Aufmerksamkeit geschenkt haben, wenn ihr nicht einmal bei dem Haus und der Adresse ein Licht aufgegangen ist. Ich meine, die Hütte ist ja nicht ganz gewöhnlich, könnte man sagen.« Er verzog das Gesicht.

»Sie machte es kurz, hat nur etwas von den Umbauten des Nachbarn gesagt und dass ich dagegen eine Anfechtungsklage erheben könne, falls ich das wolle. Warum, verstehe ich immer noch nicht. Ich hatte seine Papiere schließlich unterschrieben, es gab schließlich keinen Anlass, sie nicht zu billigen.«

»Um welchen Nachbarn handelte es sich?«

»Um ihn hier nebenan«, sagte Carl Erik Djurberg und zeigte zur gegenüberliegenden Straßenseite.

»Er ist Architekt, Stefano Canneto. Baut einen alten Schuppen aus den 60er Jahren um. Das sieht man dem Haus jetzt nicht mehr an, das wird mal richtig schön. Finde ich jedenfalls.«

Kapitel 20

»Erika.«

Erika reagierte zuerst nicht. Bengt holte sie auf dem Korridor ein, fasste sie leicht an der Schulter und bedeutete ihr, ihm zu seinem Zimmer zu folgen. Der stille Gang machte den Flur endlos, und Erika bewegte sich wie in Zeitlupe.

»Setz dich, Erika. Und erzähle mir das, was du mir vielleicht von Anfang an hättest erzählen sollen«, sagte Bengt. Eine große Resignation schwang in seiner Stimme mit. Er hatte ein überraschendes Gespräch mit Göran Frank, Erikas Mann, geführt. Bengt befand sich immer noch in einer Art Schockzustand, war verwirrt, wütend und enttäuscht. Göran war höflich, freundlich und offenbar besorgt um seine Frau gewesen. Und er hatte nicht ein schlechtes Wort über Erika gesagt. Aber das, was Bengt zwischen den Zeilen herausgehört zu haben meinte, hatte ihm einen Schauer über den Rücken gejagt.

»Ich weiß, dass ich es hätte sagen sollen, aber ...«

»Aber?!« Bengt sah Erika scharf an.

»Göran hat mich über viele Jahre misshandelt, psychisch und physisch. Ich habe ihn verlassen. Bin vor ihm geflohen, wenn du die Wahrheit wissen willst.«

Die letzten Worte brachte sie kaum über die Lippen. Es klang so banal und jämmerlich. Kaum Worte, die man aus dem Mund einer Polizistin zu hören erwartete. Erika lugte unter ihrem Pony hervor, betrachtete ihren neuen Chef und spürte, wie sich zwischen ihnen ein Abgrund auftat und sie sich zunehmend auf unsicherem Boden bewegte.

»Hast du die Misshandlungen angezeigt?«, fragte Bengt.

Die Falten auf seiner Stirn waren ausgeprägter als sonst. Erika nickte schweigend.

»Und?«

»Ich habe ihn mehrfach wegen Bedrohung und Misshandlung angezeigt«, antwortete sie atemlos, »zum ersten Mal vor mehreren Jahren.« Erika schluckte, sie biss so fest die Zähne zusammen, dass ihr der Kiefer weh tat. Ihr Gipsarm schmerzte. Sie ertappte sich dabei, wie sie sich auf dem Gips kratzte.

»Die Anzeigen verschwanden in der Schublade oder wurden nie aufgenommen«, sagte sie. Das war ein ungeheuerlicher Vorwurf gegen ihre ehemaligen Kollegen. Aber man musste den Tatsachen ins Auge sehen.

Bengt sagte nichts. Er betrachtete sie finster.

»Göran arbeitet auch bei der ...«, setzte Erika an, verstummte aber jäh, als Bengt ihre Erklärung mit einem Zug offensichtlicher Missbilligung um den Mund abtat.

»Ich weiß, Erika. Dein Mann war hier und hat es mir erzählt. Und ich bin bestürzt, ehrlich bestürzt, dass du mir das nicht früher erzählt hast, weitaus früher! Ich bin mir wohl bewusst, dass das nichts mit deiner beruflichen Kompetenz zu tun hat, aber aus welchem Grund dachtest du, dass ich nicht erfahren müsse, was vorgefallen ist?«

Bengt verzichtete auf den Rest, den er noch hatte sagen wollen, stöhnte hörbar, schlug eine Handfläche gegen die Stirn und rieb sich über den Kopf, dass die stoppeligen Haare knisterten.

Erika schloss die Augen, ein kräftiger Schwindel erfasste sie – sie hatte geschwiegen. Nicht bewusst, aber sie hatte das vor sich hergeschoben, was sie sofort hätte ansprechen müssen. Sie konnte es auf ihre Erschöpfung, ihre Angst, auf wer weiß was schieben. Aber das war keine Entschuldigung, es war unprofessionell gewesen – unprofessionell und feige.

»Ich weiß, dass es keine Entschuldigung dafür gibt. Ich hätte dir sofort alles erzählen sollen. Aber …« Erikas Stimme klang hohl, als ob sie aus einem tiefen Brunnenschacht käme.

»… ich hab mich geschämt!«

Bengt lehnte sich auf dem Stuhl zurück, der leise knarrte, und verschränkte die Arme vor der Brust, während er schweigend überdachte, was sie soeben gesagt hatte. Er betrachtete den Gipsarm, deutete beinahe unmerklich darauf und erhielt ein leichtes Nicken zur Antwort. In der Loipe war sie also nicht gestürzt. Zum Teufel aber auch … Er war innerlich zerrissen. Ein Teil von ihm sah eine Misshandlung und eine gehetzte Frau vor sich, eine Kollegin, die er vom ersten Augenblick an gemocht hatte, die unerschrockene und professionelle Mitarbeiterin, die er gesehen zu haben glaubte, als er ihr die Vertretungsstelle angeboten hatte. Und er wusste sehr wohl, wie man mit einer misshandelten Frau umging. Die Scham und die Angst waren bei ihr ja nicht anders, nur weil sie Polizistin war.

Der andere Teil sah eine ganz andere Version dessen, was sich zugetragen hatte, und diese Ursache für ihre Flucht und ihre Verletzungen war alles andere als schmeichelhaft. Der hochgewachsene Polizist hatte auf ihn den Eindruck gemacht, dass er ernstlich um seine Frau besorgt war und ihr helfen wollte.

»Ich bin furchtbar enttäuscht darüber, dass du mir gegenüber nicht aufrichtig warst. Ich habe versucht, es dir gegenüber zu sein«, knurrte Bengt zwischen den Zähnen hindurch. Erika schwieg und konnte nur zustimmend nicken.

»Hast du Angst vor ihm?«, fragte Bengt schnell. Erika leckte sich die Lippen. Sie wollte sagen, dass sie keine Angst habe, dass sie sich in der Gruppe sicher fühlte und sie stark sei. Aber die versteckte Furcht, die sie empfand, besagte etwas ganz anderes.

»Ich fühle mich hier gut aufgehoben in Gesellschaft meiner Kollegen. Aber es ist kein schönes Gefühl, dass er hier war«, antwortete sie schnell.

»Hm, ich verstehe. Aber ihr müsst euch einigen. Ihr seid schließlich immer noch vertraglich aneinander gebunden. Und was immer das ist, das du ihm zufolge getan haben sollst, ich möchte, dass du es unverzüglich mit Pernilla Krans in Stockholm besprichst. War das deutlich genug?«

Bengt musterte das verkrampfte blasse Geschöpf vor sich. Was sollte er nur machen, verflucht?

»Wir finden eine gemeinsame Lösung, Erika«, sagte Bengt. Er versuchte, seiner Stimme einen beruhigenden Ton zu verleihen, hörte aber selbst, wie fadenscheinig das klang. Er erhob sich und stellte sich neben sie. »Danke«, flüsterte Erika mit gesenktem Blick.

»Fein«, sagte Bengt und versuchte ein aufmunterndes Lächeln. Unbeholfen tätschelte er ihre Schulter.

»Ach ja, dein Mann hat eine Tasche für dich dagelassen, mit Kleidung und Dingen, die du vielleicht gebrauchen könntest, wie er meinte«, fügte Bengt hinzu.

Erika sah ihren Chef verblüfft an. Sie stand schwerfällig auf, nahm die Reisetasche und verließ mit einem leisen Dankeschön das Zimmer.

Nachdem sie gegangen war, schloss Bengt die Tür und setzte sich wieder hinter den Schreibtisch. Er ließ eine Serie von Flüchen los und wählte die Nummer von Erikas ehemaliger Chefin in Stockholm.

Kapitel 21

Per schloss die Wohnungstür auf und ließ die Sporttasche zu Boden fallen. Seine Post hatte sich wie eine Schneewehe hinter der Tür aufgehäuft. Er bückte sich und ging rasch den Stapel durch, das meiste davon der übliche Scheiß und ein paar Rechnungen. Und ein rosafarbenes duftendes Kuvert. Er seufzte, riss es auf und warf nur kurz einen Blick auf die krakelige Handschrift, ohne den Brief überhaupt näher in Augenschein zu nehmen, wusste er doch auch so schon, was drinstand. Würde sie denn niemals aufgeben? Sie hatten sich zufällig in einer Bar kennengelernt, waren eine Zeitlang miteinander ausgegangen. Dann hatte er genug gehabt. Und jetzt, noch ein halbes Jahr später, schrieb sie ihm endlose Liebeserklärungen. Versteh einer die Frauen!

Per ging zum Vorratsschrank, schenkte sich ein Glas gut abgelagerten Grappas ein und schaute aus dem Küchenfenster. Er blickte auf die Hafeneinfahrt, ohne das Glas anzurühren. Die Lichter der Fährterminals gaben dem hauchdünnen Nebel, der vom Heizkraftwerk bei Rosenlund herübergeweht kam, eine orangeblaue Färbung. Das durchscheinende Abendlicht spiegelte sich im Fluss, und er folgte dem flüchtigen Schimmer bis hin zur Mündung und den vorgelagerten Inseln.

Vom Heizkraftwerk bis nach Klippan war die ganze Küstenregion von der Reederei Stena Line okkupiert, irgendeine seltsame Übereinkunft, die zur Folge hatte, dass morgens und abends der Schwerlastverkehr mitten durch die Innenstadt donnerte. Eine Tatsache, die von der Stadtvertretung noch nicht einmal diskutiert wurde. Kein Wort davon, der Bevölkerung den Landstrich zurückzugeben und allen Einwohnern einen Zugang zum Meer zu ermöglichen – jedenfalls nicht dort.

Wenn die wüssten, dass jede Woche Lkws mit hochexplosivem Sprengstoff durch das Zentrum fahren, dachte Per und betrachtete mürrisch das erleuchtete Parkhaus und die zu allen Seiten aufragenden Terminals mit Schiffen, die das Fassungsvermögen kleinerer Ortschaften hatten und mit laufendem Motor auf die nächste Fahrt warteten. Wenn es zur Explosion käme, wäre der Stadtteil Majorna nur noch Geschichte.

Per lehnte die Stirn gegen die angenehme, betäubende Kühle der Scheibe, um seine Spannungsfalten zu lindern. Er legte die Hand auf das Fensterglas und spürte die Kälte auf der anderen Seite. Er musste an Erika denken. An das intensive Blau ihrer Augen, das durch die dunkle Umrandung der Iris noch unterstrichen wurde. Die unförmige und burschikose Kleidung, die sie wie eine schützende Hülle trug. Das kaum sichtbare Make-up, aufgetragen, um die blauen Flecken und Schrammen zu verbergen.

Sie arbeitete schweigend emsig vor sich hin, verbissen und auf der Hut. Körperlich anwesend, aber nicht geistig. Er musste zugeben, dass ihre distanzierte Art ihm allmählich auf die Nerven ging. Warum entschied sie sich für eine fremde Stadt und übernahm dann bloß eine Vertretungsstelle für ein halbes Jahr? Warum tat sie sich das an? Es wäre ein Leichtes, Torbjörns Argumentation zu folgen, dass sie etwas zu verbergen hatte, dass ihr Verhalten verdächtig war, dass sie sich entschieden hatte, vor ihren Fehlern davonzulaufen. Aber es gab auch ein anderes vorstellbares Szenario, das ihr seltsames Auftreten erklären könnte.

Er drückte auf die Fernbedienung. Der Fernseher im Wohnzimmer sprang mit einem Knistern an, und abgehackte

Wortfetzen prasselten auf ihn ein. Er löste sich von der Fensternische, ging hinüber und starrte auf den breiten Bildschirm, der das Gesicht des bedeutendsten Kommunalrats in Großaufnahme zeigte.

»Uns macht das große Sorgen«, schnaubte das fleischige Gesicht empört. Seine kleinen rotgeränderten Augen glotzten gereizt in die Kamera, als ob gegen ihn persönlich Drohungen gerichtet worden seien, »… dass Politiker und Amtsträger nicht mehr sicher sind, ist ein Skandal. Wir werden uns der Sache annehmen. Wir werden nicht dulden, dass …«

Per stöhnte und drückte erneut auf die Fernbedienung. Das fleischige Gesicht des Kommunalrats verlor sich zu einem kleinen elektronischen Punkt auf dem Bildschirm. Rein gar nichts, das sie bislang herausgefunden hatten, deutete darauf hin, dass hinter dem Verschwinden Drohungen gegen Politiker und Angestellte des Staates steckten. Dagegen schien es jede Menge unzufriedene und unter Druck stehende Kunden zu geben, die das Pech gehabt hatten, Barbro als Sachbearbeiterin bekommen zu haben. Menschen, die ziemlich rachsüchtig oder verzweifelt gewesen waren. Oder aber alles war noch viel komplizierter, als sie dachten.

Ein Haus, ein Eigenheim. Der Traum vom Glück und dem perfekten Leben in der perfekten Idylle, das, wonach alle Elterngenerationen strebten – ihren Kindern ein besseres Leben zu ermöglichen, als man es selbst gehabt hatte. Viel frische Luft, ein Rasen, auf dem sich Ball spielen ließ, eine eigene Sandkiste und eine Schule ohne Rowdys. Das Ideal war seit den Werbeplakaten für Fertighäuser in den 50er Jahren immer noch das gleiche – die glücklich lächelnde, quietschsaubere und glattgebügelte Kernfamilie.

Aber auch die Gier nach Besitz und das Verlangen nach Ansehen und Status. Es musste das richtige Grundstück, die richtige Adresse mit einem ausreichend großen Haus und den richtigen Autos in der Einfahrt sein. Und es musste ein richtiger Architekt sein, der das Haus entworfen hatte. Nicht irgendein Möchtegernfuzzi einer Fertighauskette, sondern ein Architekt, der sich einen Namen gemacht hatte, der sein Geld wert war. Per erhob sein Glas.

»Ein Hoch auf die perfekte Familie.«

Er nahm einen ordentlichen Schluck und musterte beifällig die klare Flüssigkeit. Wenn das kein Grappa war! Er betätigte erneut die Fernbedienung, um nach einem seiner Lieblingsfilme zu suchen. *Blade Runner*? Auf jeden Fall – Director's Cut. Der Film, der Visionen von der Machtausübung in der Zukunft und der zerbrechlichen Schönheit des Lebens zeigte, melancholisch schön und grandios gedreht. Der zeigte, wie die mächtige Elite sorgenfrei in luftiger Höhe über der Stadt thronte, weitab vom dreckigen Moloch und dem täglichen Kampf ums Überleben. Das Nachrichtengewitter prasselte erneut auf ihn ein.

»… haben im Laufe des Tages aufgedeckt, dass mehrere Betriebsratsvertreter Geld für Restaurantbesuche, Alkohol, zollfreie Waren und Bordellbesuche veruntreut haben. Einige weibliche Mitglieder haben ausgesagt, es habe sexuelle Übergriffe auf sie gegeben und sie hätten auf erniedrigende Weise Sexspielzeuge aufgezwungen bekommen. Die Spitze des Betriebsrates …«

Per schnaubte und lächelte befriedigt. Bengts Sorgen würden endlich ein Ende haben, und das schneller als erwartet. Die Presse würde ihre Aufmerksamkeit auf die nächste Sensation richten. Die Medien waren wie Saurons Auge – einäugig starrten sie immer nur auf eine Sache. Per fühlte sich plötzlich unglaublich müde und zerschlagen und entschied sich, lieber sofort ins Bett zu gehen und zu lesen.

Er schaltete den Fernseher aus, zog das zuunterst liegende Buch aus dem Stapel und wollte gerade ins Badezimmer gehen, als er zwischen brausendem Verkehr, Stimmengewirr und Hundegebell das Klingeln seines Handys wahrnahm. Per warf einen trägen Blick auf das Display, das im Dunkeln wie ein Leuchtfeuer wirkte. Er nahm an, dass es die Rothaarige sei, die sich fragte, warum er sich nicht meldete. Das Handy brummte hartnäckig und wanderte auf dem Couchtisch. Per seufzte und ging ran.

»Per hier.«

»Hallo, Per, hier ist Tomas.«

Per erstarrte. Tomas? Die Stimme war ihm so nah und vertraut, trotzdem konnte er nicht glauben, dass es wirklich sein kleiner Bruder am anderen Ende der Leitung war.

»Hallo«, antwortete Per tonlos.

»Ich weiß, es ist schon eine Weile her …«, setzte Tomas an. Per dachte, dass die Stimme sich verändert hatte, dass die Jahre sie härter und reifer hatte werden lassen.

»Mutter geht's schlecht, Per. Sie liegt in Östersund im Krankenhaus. Ich möchte, dass du herkommst.«

Per schwankte. Er hatte es natürlich geahnt, aber den Gedanken immer beiseitegeschoben. Trotzdem traf ihn die Nachricht vollkommen unvorbereitet. Er telefonierte jede Woche mit seiner Mutter, mindestens einmal, meistens sogar zweimal. Trotzdem hatte er das Gefühl, dass sie selten wirklich miteinander sprachen, das alles unter der Oberfläche blieb, in der Stille zwischen den Worten hängend. Jetzt kam es ihm mit einem Mal so vor, als hätten sie sich gar nichts gesagt, nur Höflichkeitsfloskeln und leeres Gerede über das Wetter ausgetauscht.

»Aha«, krächzte er.

»Ich finde, du solltest herkommen, ich meine es ernst.«

Per hörte seinen Bruder schlucken. Er bemühte sich, seine Stimme neutral klingen zu lassen und die Wut zu unterdrücken, die Per hinter der formellen Fassade ahnte.

»Es ist gut, dass du angerufen hast, Tomas. Ich komme, so schnell ich kann. Wo liegt sie?«

»Auf der Inneren, sie hat Krebs.«

Das Wort »Krebs« traf ihn mit voller Wucht. Sie beendeten das Gespräch, steif und mit wenigen Worten. Per starrte auf das Telefon. Seine Mutter würde sterben. Das hatte Tomas gesagt. Jetzt, bald … würde sie sterben. Er musste hin. Morgen würde er fahren. Oder übermorgen? Nein, so schnell es nur ging. Verflucht aber auch! Er hatte keine Winterreifen aufgezogen, er bewegte die Schrottkarre ja kaum. Per schenkte sich nach und ergriff mit derselben Bewegung die ganze Flasche, knipste die Stehlampe an und sank in seinen verschlissenen Corbusierstuhl. Der Nebel hatte sich in dichten Sprühregen verwandelt, und der Himmel wurde immer dunkler. Die Leere in ihm ließ sich nicht mit Alkohol füllen, er schien einfach nur durch die Kehle zu rinnen, sich hineinzubrennen und zu verdunsten. Morgen, dachte er. Morgen regle ich das mit den Reifen und fahre nach Östersund.

Kapitel 22

Erika wurde wach. Sie hatte sich gerade im Bett umdrehen wollen, als sie plötzlich erstarrte. Etwas hatte sie im Schlaf gestört, ein fremdes Geräusch, etwas, das sich von den sonstigen Geräuschen unterschied. In der Vasastaden war es nie richtig still, ständig das Rauschen des Verkehrs, Stimmengewirr, Geschepper und das Rattern, wenn die Straßenbahn bei der Handelshögskolan abbog.

Sie hielt den Atem an. Konzentriert lauschte sie und suchte nach ihrem Handy, um auf die Uhr zu gucken. Etwas knarrte im Flur, ein leises Rascheln von Kleidung war zu hören, dann die Kühlschranktür, die mit einem Schmatzen aufging, und leises Klirren.

Erika atmete auf. Vermutlich suchte Krister im Kühlschrank nach etwas zu trinken. Sie sank zurück aufs Kopfkissen, betrachtete den kalten bunten Lichtschein, der durch den Spalt zwischen dem Fenster und dem Rollo fiel, und den langen, ovalen Schatten, den die Stuckrosette an die Decke warf.

Die Reisetasche, die Göran im Polizeigebäude gelassen hatte, hatte sie erst hier ausgepackt. Was sie erwartet hatte, konnte sie eigentlich nicht sagen, sie war nur voll kindlicher Vorfreude gewesen, als sie den Reißverschluss aufgezogen und den Duft ihres Parfüms gerochen hatte. Als sie die ersten Kleidungsstücke herausgenommen hatte, war sie mit einem Schlag ernüchtert gewesen.

Ihre schönsten Partykleider, Blusen, Kostüme, lange Kleider und Dessous bildeten ein Knäuel und waren zerrissen oder zerschnitten. Und die zunächst so zarten Düfte ihrer

Lieblingsparfüms hatten sich plötzlich in eine erstickende Wolke übler Gerüche verwandelt.

Die Parfümflaschen hatten geöffnet oder zerbrochen auf dem Boden der Tasche gelegen, sie waren ausgelaufen und von der Kleidung und der Tasche aufgesogen worden. Anna hatte ihr geholfen, den Inhalt zu sortieren, um zu schauen, ob noch etwas von ihrer Kleidung zu retten war, aber sie hatten alles wegwerfen müssen.

Anna hatte die Sache mit Humor genommen: »Wohlriechenderen Müll wirst du in der Stadt kaum finden.« Aber sie hatte mit ihrem fröhlichen Lächeln ihre angeekelte und schockierte Miene nicht vertreiben können. Erika fuhr zusammen, sie spürte einen Luftzug neben ihrem Bett. Die Tür glitt auf, und ein dunkler Schatten kam ins Zimmer, er verharrte regungslos. Sie hörte die Atemzüge, machte sich ganz steif und hielt den Atem an. Ein Klicken von Metall war zu hören, das zischende Geräusch, als eine Bierdose geöffnet wurde. Göran trat in den schmalen Lichtkegel, der vom Fenster hereindrang, kam einen Schritt näher, blieb stehen und trank in langsamen Zügen.

Sie konnte seine Augen im schwachen Dämmerlicht glänzen sehen. Er rülpste, verschüttete das restliche Bier auf dem Fußboden und ließ die Dose auf den Läufer fallen, trat ans Bett und beugte sich über sie. Sie registrierte den Geruch von Leder, einer leicht süßlichen Rasierwassernote, Seife und herbem Bier. Er rülpste ein weiteres Mal, ihr direkt ins Gesicht.

»Ich wollte nur mal schauen, ob es dir gutgeht, mein Liebling«, sagte er weich. Erika konnte hören, wie er lächelte. Er ließ sich langsam auf der Bettkante nieder und strich ihr langsam über die Wange. Sie rührte sich nicht, atmete nur flach und leise und ließ sein Gesicht nicht aus den Augen.

»Meine kleine Tigerin …« Er klang beschwipst. Ein Lichtstrahl vom Fenster erhellte sein Gesicht. Seine Pupillen waren geweitet und verschwommen, aber seine Mundwinkel waren verzerrt und ließen sein Lächeln steif und unnatürlich wirken.

»Ich wollte dir nur erzählen, dass es Boss nicht so gutgeht«, sagte er mit heiserer und belegter Stimme. »Etwas mit der Hinterpfote, nur damit du Bescheid weißt. Ich weiß ja, wie sehr dir das Tier am Herzen liegt, mein Schatz. Aber es geht ihm nicht mehr so gut, er vermisst dich, Liebling.«

Göran richtete sich auf, so dass sein Gesicht wieder im Schatten lag und Erika es nicht länger erkennen konnte. Aber sie wusste, dass das Lächeln erloschen war und einer harten Maske Platz gemacht hatte. Sie wollte am liebsten laut aufschreien. Nein, nicht Boss! Bitte, bitte nicht er.

»Ich komme nicht zurück, Göran«, presste sie hervor, ihre Muskel waren angespannt und zum Sprung bereit. Göran streckte wieder die Hand nach ihr aus, sie blieb eine gefühlte Ewigkeit in der Luft über ihr hängen, bevor er ihr erneut mit einer trägen, federleichten Bewegung über die Wange fuhr.

»Wir werden sehen. Ich glaube ja nicht, dass du noch lange ungehorsam sein wirst.«

Göran erhob sich mit leisen und geschmeidigen Bewegungen und blieb einen Moment im Türrahmen stehen. Sein eiskaltes Lächeln flackerte kurz im Lichtschein auf, dann war er fort. Nur ein leises Klicken an der Haustür war zu hören, sonst nichts.

Erika rollte sich zusammen und weinte, das Kissen wie ein Schalldämpfer gegen das Gesicht gedrückt. Als keine Tränen mehr kamen, lag sie unbeweglich im Bett und wartete mit starrem Blick auf die Morgendämmerung.

Kapitel 23

Erika zog die Tür auf, sie war ein paar Minuten zu spät. Der Konferenzraum war schon fast voll. Sie bat um Verzeihung und setzte sich schnell auf den nächstgelegenen Stuhl neben dem Eingang. Quer durch den Raum spürte sie Pers Blick, ihre Augen trafen sich nur kurz, aber das reichte schon, um zu erkennen, dass etwas nicht stimmte – ganz und gar nicht stimmte.

Die Sitzung begann, aber es hing eine Spannung im Raum, die sie noch nie zuvor erlebt hatte. Sie hatte das unangenehme Gefühl, beobachtet zu werden, nicht nur heimlich oder verstohlen, sondern geradezu unverhohlen. Da hörte sie mit einem Mal die Worte des Dezernatsleiters.

»Die Razzia, über die wir euch Anfang dieser Woche unterrichtet haben, ist also total in die Hose gegangen. Wir wissen noch nichts Genaues, aber wir vermuten eine undichte Stelle. Hier im Haus.«

Erika spürte, wie ihr die Haare zu Berge standen. Sie begegnete dem harten, vorwurfsvollen Blick des Dezernatsleiters.

»Wir müssen das selbstverständlich genauestens untersuchen. Bei mehreren Hausdurchsuchungen waren die Vögel bereits ausgeflogen, von der Beute keine Spur, und bei einer empfing uns schon die Presse. Um Klartext zu reden: Jemand muss sowohl der Bande als auch der Presse einen Tipp gegeben haben. Und deshalb können wir uns jetzt auf einen Spießrutenlauf gefasst machen. Wir …«

Der Dezernatsleiter hatte die Hände zu Fäusten geballt, und sein Mund stand halb offen, als er seinen Blick über alle Anwesenden schweifen ließ, die sich im Raum zusammendrängten.

»Ich kann nicht genug betonen, wie wichtig mir die Transparenz hier im Haus ist, aber es muss selbstverständlich sein, dass kein Wort davon nach außen dringt, schon gar nicht zu den Verdächtigen. Wir sind hier nicht in der Hauptstadt, wo undichte Stellen an der Tagesordnung sind!«

Die letzten Worte feuerte er mit unbändiger Kraft auf Erika ab. Unwillkürlich ging ihr Blick durch den Raum; Neugier, Verwunderung und pure Verachtung schlugen ihr entgegen. Bis zum Ende der Besprechung sah sie nicht mehr von ihren Händen auf, war nicht in der Lage, zuzuhören oder etwas in sich aufzunehmen.

Sie blieb so sitzen, bis der Letzte den Raum verlassen hatte. Bengt fing sie ab, als sie in ihr Büro wollte. Mit kurzen Schritten folgte sie ihm, den Blick auf seinen Rücken geheftet. Die Luft auf dem Korridor kam ihr stickig vor, und Staubteilchen glitzerten im schwachen Gegenlicht.

»Setz dich!«

Bengt ließ sich auf seinen Stuhl fallen, griff nach einer Büroklammer und bearbeitete sie gnadenlos, während er Erika fixierte. Wie gebannt starrte sie auf seine Finger, die an der Klammer herumbogen, bis sie schnurgerade war, nur um sie gleich darauf wieder zusammenzudrücken und sie in den Papierkorb zu werfen. Dann lehnte er sich vor und ließ sie nicht aus den Augen.

»Bei einem der Verdächtigen in dieser Geschichte handelt es sich um deinen Cousin, einen Karl Petersson, der in Backa wohnt. Die Stimmung ist nicht gerade bombig, um es milde auszudrücken«, fügte Bengt hinzu.

»Außerdem ist deine private Handynummer auf den Einzelverbindungsnachweisen aufgetaucht, die das Nachrichtendezernat ermittelt hat, Erika.«

Ohne zu blinzeln starrte Erika ihren Gruppenleiter an. Sie

hatte mit einem Mal einen üblen Geschmack im Mund. Bengts Worte drangen nicht zu ihr durch, blieben in der Luft hängen.

»Ich weiß nicht so recht, wie ich das formulieren soll, aber du brauchst an den kommenden großen Sitzungen nicht mehr teilzunehmen«, fuhr Bengt schonungslos fort. »Du kannst dich stattdessen auf unsere entlaufene Architektin konzentrieren.«

Erika senkte den Kopf und starrte auf ihre Nägel, auf den abgeblätterten alten Lack und die eingerissene Nagelhaut. Der über die linke Hand ragende Gipsrand war dreckig und ausgefranst.

»Hast du etwas dazu zu sagen?« Bengts Augen glühten; Erika holte tief Luft.

»Ich habe von meinem Cousin mehrere SMS bekommen, als ich nach Göteborg gekommen bin«, antwortete sie rau und hörte, wie ihre Stimme kurz davor war zu brechen. Sie schluckte und sah beschämt zu Bengt auf.

»Ich habe ihn angerufen«, fuhr sie heiser fort. »Er wollte mir die Stadt zeigen, sich mit mir treffen … aber ich habe abgelehnt.«

»Kennst du diesen Cousin gut? Trefft ihr euch noch?«

»Nein. Wir sind uns ein paar Mal in Stockholm begegnet, vor mehreren Jahren, als ich neu dorthingezogen war. Bis auf Familienfeierlichkeiten und die Ferien hatten wir mit diesem Zweig der Verwandtschaft keinen Kontakt, manchmal kamen sie im Sommer nach Östersund. Nein, ich kenne ihn nicht näher. Wir sind verwandt, das ist alles.«

»Du kannst dir sicher vorstellen, dass du dazu noch ein paar Fragen der internen Ermittlung beantworten musst. Dein Cousin scheint keine saubere Weste zu haben. Und, Erika …«

»Ja?«

»Ich möchte über alles informiert werden, ja«, fügte Bengt in scharfem Ton hinzu. »Egal, ob es die Ermittlungen betrifft oder nicht. Hast du mich verstanden?«

»Ja«, antwortete Erika kaum hörbar.

»Die Arbeit ruft«, fügte Bengt mit einem Stoßseufzer hinzu. Er erhob sich abrupt und ging zur Tür. Erika folgte ihrem Gruppenleiter schweigend in den Konferenzraum für eine weitere Besprechung innerhalb ihrer Gruppe. Die Atmosphäre im Zimmer war zum Schneiden. Noch nicht einmal Erik unternahm einen Versuch, die Stimmung aufzulockern.

»Also, wie weit sind wir mit der Architektendame?«, forderte Bengt die Gruppe zum Sprechen auf und sah gestresst auf seine Armbanduhr.

Unter Lärm und Getöse setzten sich alle und warfen heimliche Blicke in Erikas Richtung. Torbjörn ließ sie nicht einen Moment aus den Augen.

Die Besprechung verlief monoton und gehetzt. Abermals fassten sie ihre Ermittlungsergebnisse im Fall der vermissten Architektin zusammen, die mehr als dürftig waren. Sie konnten nur mit grundsolider Ermittlungsarbeit weitermachen und alle überprüfen, die mit Barbro aneinandergeraten waren und eventuell einen Hass auf sie hatten – oder mit ihr verreisen wollten.

Erika kehrte in ihr Büro zurück, breitete mechanisch ihre Unterlagen vor sich aus, betrachtete ihre Mindmap und zwang sich dazu, mit der Arbeit anzufangen. Blicklos starrte sie auf das Muster, das die verschiedenen Personen bildeten. Es war ein graphisches, ziemlich seltsames Gewächs mit Verästelungen, an denen traubenweise Namen hingen.

An den äußeren Rand der Mindmap malte sie ein neues Oval, versah es mit einem Fragezeichen und kritzelte gedankenverloren einen Moment vor sich hin, bis sie sah, dass sie eine kleine Insel mit einer Palme und ein paar Wellen gezeichnet hatte. Aus Spaß schrieb sie Cayman Islands darüber.

Sie fügte auch den Architekten Stefano Canneto hinzu. Als sie seinen Namen googelte, fand sie heraus, dass er einer der angesagtesten Architekten der Stadt war und einem der neuesten und schillerndsten Architekturbüros angehörte. Erst vor kurzem gegründet, aber schon mit Auszeichnungen überschüttet. Und dass einer der Mitbegründer des Büros auf Vanja Lankinens Liste mit den Namen der Personen stand, deren Anträge nicht ordnungsgemäß bearbeitet worden waren. Sie griff nach ihrem Handy und sah, dass mehrere Anrufe von einer Nummer eingegangen waren, die ihr vage bekannt vorkam. Als sie zurückrief, fiel ihr ein, dass es sich um die Assistentin des Stadtbauamtes handeln musste.

»Hallo, ich habe gesehen, dass Sie …«

Mehr konnte Erika nicht sagen, bevor ein Wortschwall auf sie einprasselte.

»Kai Andrée … er ist hier, jetzt gerade! Er ist in Stens Büro geplatzt und da drinnen wird höllisch gestritten. Er ist einfach hineingegangen, wissen Sie, wirkte völlig außer sich. Sie müssen kommen, bevor er jemandem etwas antut!«

Erika bat Elisabeth, in der Leitung zu bleiben, und nahm Kontakt mit der Leitstelle auf. Wenn sie Glück hatten, würden sie den berüchtigten Unternehmer endlich zu fassen bekommen, um ihn wegen seiner Drohungen zu verhören.

»Sind Sie noch dran, Elisabeth?«

»Ja«, wurde am anderen Ende der Leitung geflüstert.

»Sind Sie in Ordnung?«

»Ja, schon … Kai ist noch da. Aber jetzt klingt es so, als ob jemand eine Tür einschlägt? Du meine Güte, wie die brüllen! Hören Sie?«

Erika horchte und hörte zwei Männerstimmen, die durcheinanderschrien. Es war nur der eine oder andere saftige Fluch zu verstehen. Sie hoffte, dass die Streife rechtzeitig eintreffen würde, bevor Kai ihnen wieder durch die Lappen ging oder die beiden Streithähne handgreiflich geworden waren. Erika versuchte Elisabeth zu beruhigen und sagte klar und deutlich, dass ein Wagen unterwegs sei.

»Eigentlich habe ich wegen etwas ganz anderem angerufen«, zischte sie leise in den Hörer. Erika hörte, wie sie schluckte.

»Ach? Weshalb denn?«

»Also … ich weiß, dass, … also, dass Barbro und Sten ein Verhältnis hatten. Alle wussten das. Sie haben es ja noch nicht mal verheimlicht! Es tut mir furchtbar leid, dass ich das nicht gleich gesagt habe, aber in diesen Hallen ist man diskret, das sind schließlich Amtsträger, Sie wissen schon.«

Elisabeth bat um Verzeihung und legte hastig auf.

Kurze Zeit später klingelte Erikas Telefon, und eine Streife teilte ihr mit, dass es ihnen beinahe gelungen sei, Kai Andrée zu fassen, man ihn aber in den schmalen Gassen hinter dem Stadtbauamt verloren hätte. Erika fluchte und starrte auf ihre Mindmap. Sie zog eine Verbindungslinie zwischen Sten und Barbro und versah sie mit einem Fragezeichen. Untreue? Und offenbar hatten sie daraus kein Geheimnis gemacht. Sie rief Vanja an, die sich mit freundlicher Stimme meldete, aber sofort angespannt klang, als ihr klar wurde, wer da am anderen Ende der Leitung war.

»War Stefano Canneto eventuell einer von Barbros Kunden?«, fragte Erika.

»Ja, das war er. Er baut ein Haus auf Näset um, eines aus den 60er Jahren, und renoviert es selbst.«

»Können Sie mir etwas über die Angelegenheit erzählen?«

»Natürlich, was möchten Sie wissen?«

»Wie es gelaufen ist. Ob es Konflikte gab. Der Name hat ja nicht auf Ihrer Liste gestanden.«

Erika hörte, wie Vanja sich räusperte und in den Unterlagen blätterte.

»Ich bedauere, aber mit dem Projekt bin ich nicht vertraut, sehe aber hier in den Unterlagen, dass es zurzeit ruht. Ihm wurden von Barbro eine Reihe kleinerer Abweichungen vom Entwurf bewilligt, aber … es scheint, als ob nahezu alle Nachbarn dagegen eine Anfechtungsklage erhoben hätten.«

»Sie wissen nicht, ob er zu denen gehörte, die Barbro gedroht haben?«

»Nein, leider nicht.«

»Wissen Sie, wie Barbro seinen Antrag behandelt hat?«

»Nein, dazu kann ich nichts sagen. Ich glaube, dass er zufrieden damit war, wie sie sich darum kümmerte. Dass die Nachbarn dagegen klagen, kann ja niemand ahnen, von vornherein, meine ich.«

Erika bedankte sich und beendete das Gespräch. Es gab also eine Verbindung zwischen dem Architekten mit dem italienischklingenden Namen und einer der Personen auf Vanjas Liste. Einer der Vorgänge, die ihr zufolge nicht korrekt gelaufen waren. Toni Christensen, ebenfalls Architekt und einer der Mitbegründer des neuen erfolgreichen Architekturbüros *EQ Architekten*. Sie gab den Namen des dänischen Architekten ebenfalls in die Suchmaschine ein und erfuhr zu ihrer Überraschung, dass er im Alter von 43 Jahren gestorben war. Sein Tod war erst zwei Monate her, er war kurz vor Weihnachten verstorben.

Es klopfte leise an der Tür, sie fuhr zusammen und warf einen hastigen Blick auf ihr Mobiltelefon. Zwei Stunden waren in einer Flut von Arbeit vergangen. Sie bat den Besucher mit einem kurzen »Ja, bitte« herein und sah erstaunt, dass es Per war. Ohne zu fragen setzte er sich.

»Wie geht es dir?«, erkundigte er sich mitfühlend.

»Wenn du mich so fragst, furchtbar«, sagte sie wahrheitsgemäß und legte eine Hand über den Mund, um das Zittern ihrer Unterlippe zu verbergen. Per nickte.

»Was geht hier nur vor, Mädchen?«

Erika presste die Hände gegeneinander und versuchte ihre Gedanken zu ordnen. Dann sah sie langsam auf und sagte ihm, wie es war – dass es eine Verbindung zwischen ihr und einem der Verdächtigen der Razzia gab, diese aber privater Natur und purer Zufall sei. Nichts in Pers Gesicht gab Aufschluss darüber, was er dachte, ob er ihr glaubte oder nicht.

»Ich habe jede Menge Gerede darüber gehört, dass du Interna an die Presse weitergegeben haben sollst. Und noch viele andere Dinge …«

Erika bestätigte leise, dass solche Gerüchte auch schon in Stockholm über sie im Umlauf gewesen seien.

»Aber ich war es nicht«, sagte sie leise.

Per nickte schweigend. Er stand auf, kam um den Tisch herum und legte ihr tröstend eine Hand auf die Schulter. Erika schloss die Augen, sie hatte nicht die Kraft, seinem Blick zu begegnen oder etwas zu sagen. Dann ging er wortlos aus der Tür.

Kapitel 24

Erika blieb noch lange im Polizeigebäude. Draußen herrschte undurchdringliche Finsternis. Nebel zog vom Meer herein und kroch in jeden Winkel, jeden Spalt und unter die Kleidung. Die Fensterscheibe war benetzt von glitzernden Tropfen, die wie kleine Glasperlen aussahen. Die Scheinwerfer der Autos tränkten die Tropfen mit Licht, das in allen Farben von Blau über Gelb und kräftigem Rot schimmerte. Sie starrte hinaus.

In Göteborg war die Dunkelheit aufdringlicher, länger anhaltend und bedrohlicher. Äußerst selten fiel etwas Schnee, der alles aufhellen und das wenige Licht reflektieren konnte. Erika rieb sich die Augen, ihr Rücken und ihre Schultern fühlten sich verspannt an. Die Unterredung mit Bengt ging ihr immer noch nach. Sie hatte keine Schwierigkeiten mit Autoritäten und damit, einen Mann zum Chef zu haben, im Gegenteil. Aber während des Gesprächs mit Bengt war sie sich wie ein zurechtgewiesenes Schulmädchen vorgekommen. Ertappt und gedemütigt.

Sie war Göran entkommen, hatte es geschafft, aus ihrer persönlichen Hölle zu fliehen. Und solange sie arbeitete oder in Gesellschaft von Kollegen war, würde er ihr nichts tun, zumindest körperlich nicht. Allerdings würde sie ihn nicht daran hindern können, mit ihren Kollegen zu sprechen, sie zu manipulieren, ihnen zu drohen oder ihnen Lügenmärchen zu erzählen. Sie hatte keine Unterkunft, und es würde noch eine ganze Weile dauern, bis sie Geld aus dem Hausverkauf in Enskede erhalten würde. Und ohne Görans Unterschrift konnte sie eine Hypothek vergessen. Die Vertretungsstelle wäre sie in fünf Monaten los, dann stünde sie im letzten Hemd da, und das buchstäblich.

Erika griff nach ihrem Handy und rief ihre Schwester an, aber Mia ging nicht ans Telefon. Vielleicht war das auch gut so. Zu jammern und die Sache immer und immer wieder durchzukauen, brachte nichts. Sie musste zum Gegenangriff ausholen. Und so viele Fakten wie möglich zusammentragen, bevor die internen Ermittlungen ernsthaft in Gang kamen.

Sie notierte die Nummer, von der ihr Cousin sie angerufen hatte, und erstellte eine neue Mindmap für Karl Petersson. Er wohnte in Backa, angeblich sollte er dort auch aufgewachsen sein, hatte jedoch ein paar Jahre in Stockholm gelebt. Warum beziehungsweise was er dort gemacht hatte, wusste sie nicht. Ihre Familien hatten zwar die Sommer in Orrviken auf dem großelterlichen Hof verbracht, wo sie oberflächlichen und netten Umgang miteinander gepflegt, an traditionellen Festtagen und den Arbeiten, die auf dem großen Hof anfielen, teilgenommen hatten, aber ohne dass ein besonders enges Band zwischen ihnen bestanden hätte.

Erika wurde klar, dass sie über seine Familie kaum etwas wusste. Sie suchte ihren Cousin im Netz, fand seine Adresse und Kontaktinformationen und eine Facebookseite. Sein Name war so gewöhnlich, dass die Googlesuche nicht viel ergab. Seine anderen Cousins und seine Eltern wohnten alle in unmittelbarer Nähe auf Hisingen.

Erika loggte sich in sein polizeiliches Register ein und stellte schnell fest, dass er ein handfester Kleinkrimineller mit Hobbys wie Einbruch, Autoklau und einigen Drogenvergehen war. Er war jedoch auch in ein paar Fälle von Misshandlung verwickelt gewesen, aus denen er gerade noch so mit einem blauen Auge davongekommen war. Außerdem wurde er verdächtigt, in Verbindung zu einer bekannten kriminellen

Bande in den östlichen Stadtteilen Göteborgs zu stehen. Es konnte alles nur ein seltsamer Zufall sein, aber weshalb hatte er dann ausgerechnet jetzt Kontakt zu ihr aufnehmen wollen?

Erika raffte ihre Unterlagen zusammen und fügte ein paar kleinere Anmerkungen hinzu. Sie warf einen raschen Blick auf die Uhr – es war kurz nach halb elf. Zeit, sich zu Anna und Krister und ihrer Mädchenkammer in der Vasastaden zu begeben.

Ein dichter Sprühregen hatte sie rasch durchnässt, so dass ihr schon nach wenigen Metern das Wasser von der Nasenspitze rann. Sie überquerte schnell und stramm den sumpfigen Kies von Heden, ging über die Avenyn, unter den Bäumen der Vasagatan entlang und bog dann hastig in die Nedre Fogelbergsgatan ein, nahm im Treppenhaus immer zwei Stufen auf einmal und schüttelte sich wie ein Hund, bevor sie durch die schön geschnitzte Doppeltür trat. Sie wollte gerade die Jacke ausziehen, um sie im Badezimmer aufzuhängen, als ihr beinahe das Herz stehenblieb.

Ein dumpfes Geräusch drang aus der Küche, ein leises Quietschen wie von Holz und dann ein deutlich schmerzhafter Ausruf. Anna?! Erika stand mucksmäuschenstill, horchte eingehend und hielt die Luft an. Das Geräusch erklang abermals, und jetzt war sie sich sicher – es war Annas Stimme, die die Stille durchschnitt. Da, ein gequältes Stöhnen.

Mit wenigen Schritten durchquerte Erika den Flur, schüttelte rasch die Jacke ab und ging Richtung Küche, betätigte den Lichtschalter und blieb stumm und zitternd stehen, während ihr der Puls bis zum Hals klopfte.

Auf dem großen robusten Küchentisch lag Anna, Top und BH waren halb hochgeschoben, ihr Mann Krister war über sie gebeugt, ihre Arme waren miteinander verflochten und ihre nackten Beine umschlangen seinen Körper. Überrumpelt und erschrocken starrten sie Erika an, die bebend und den Tränen nahe in der Tür stand. Anna reagierte zuerst, brach in hysterisches Gelächter aus und vergrub das Gesicht in der Halsbeuge ihres Mannes.

Erika wurden die Knie weich, sie musste sich gegen den Türrahmen lehnen und schlug sich die Hände vor das Gesicht.

»Es tut mir so leid, ich dachte …«

Kurz darauf saßen sie gemeinsam am Küchentisch, tranken Wein und aßen Käse und Salzgebäck. Erikas Herzschlag beruhigte sich allmählich.

»Jetzt hör schon auf, dich so anzustellen, Erika. Du hast dich doch schon eine Million Mal entschuldigt. Du liebe Zeit! Wir hatten doch nur Sex.«

Anna kicherte. Krister schüttelte mit einem schelmischen Funkeln in den Augen den Kopf und nippte zufrieden an seinem Wein.

»Hmm, meine werte Ehefrau hat recht. Eigentlich müssten wir dich um Entschuldigung bitten, dass wir nicht daran gedacht haben abzuschließen.«

Krister wirkte nicht im Geringsten geknickt, sondern vielmehr amüsiert. Erika konnte sich schließlich nicht länger ein Grinsen verkneifen. Sie tranken ihre Gläser aus, räumten die Sachen weg und wünschten sich gute Nacht. Erika schlich in ihre kleine Kammer, ließ die Tür zum Flur aber einen Spalt offen stehen. Lange lag sie so da und sah ins Leere, den Geräuschen der Stadt lauschend, die immer unregelmäßiger kamen und entfernter klangen. Sie sank zurück auf die Kissen, betrachtete die Rosette an der Zimmerdecke und den Lichtschein, der zwischen dem Fenster und dem Rollo hereinfiel.

Sie konnte nicht bei Anna und Krister wohnen bleiben, sie musste sich eine eigene Unterkunft suchen, wenn auch nur vorübergehend. Erika sah plötzlich das Haus in Enskede vor sich, die großen Räume und den Holzfußboden. Sie konnte die Pfoten des Hundes auf den Holzdielen hören und die Wärme des Kamins spüren, die Düfte aus dem Garten im Sommer riechen …

Plötzlich richtete sich Erika im Bett auf und starrte mit vor Müdigkeit brennenden Augen ins Dunkel. Göran! Was wusste er über Karl? Dass er ihr Cousin war. Sie hatte eine schwache Erinnerung daran, dass sie ihm davon erzählt hatte, von ihren seltsamen Verwandten und ihren sommerlichen Treffen in Orrviken. Und von Karls linkischer und peinlicher Art, sie in Stockholm anzugraben. Ja, sie und Göran hatten darüber gelacht. Die Erkenntnis traf sie wie ein Schlag. Göran hatte wie sie Zugriff auf alle polizeilichen Datenbanken. Und er war natürlich über alles, was sich in Stockholm und Göteborg ereignete, informiert – über alle Razzien, alle größeren Vorhaben.

Ihr Zornausbruch kam wie aus dem Nichts. Erika ballte die Hand zur Faust. Verflucht sollst du sein, Göran, verflucht!

Kapitel 25

Per und Erika saßen im Wagen mit Blick aufs Meer, das sich nahezu still und wie eine schraffierte Steinplatte vor ihnen erstreckte. Vom Parkplatz am Ende der neugebauten Straße bot sich ihnen ein freier Blick auf die Inseln.

Per aß genüsslich Sushi mit Stäbchen. Erika spießte aus ihrer Sushi-Box ein Röllchen auf ihre Gabel und musterte es kritisch. Dem Fisch haftete noch der schwache Geruch des Meeres an, und es hatte eine schöne, fast blutrote Farbe. Sie tunkte den Bissen in die Sojasoße und nahm eine ordentliche Portion Wasabi dazu.

»Wusstest du, dass der Blauflossen-Thunfisch vom Aussterben bedroht ist, weil bald die ganze Welt Geschmack an Sushi gefunden hat?«, sagte sie nachdenklich. Per sah seine Kollegin aus genießerisch halbgeschlossenen Augen an.

»Mmh … im Augenblick schmeckt es einfach nur nach mehr«, sagt er schmunzelnd, verschlang den letzten Bissen mit einem demonstrativen Laut des Wohlbehagens, klappte seine Schachtel zu und schob sie unter den Sitz.

»Und die Styroporkartons verschmutzen die Weltmeere, und wir werden, noch bevor unsere Kinder erwachsen sind, auf einer Müllhalde wohnen. Ich wusste ja gar nicht, dass du so ein Ökofanatiker bist«, neckte er sie, musste unerwartet aufstoßen, schlug die Hand vor das Gesicht und bat mit betretener Miene um Verzeihung. Erika lächelte, nahm ihr letztes Stück Sushi in Angriff und kaute hungrig. Per vertiefte sich kurz in die Namen- und Adressliste, bevor er zu Erika aufsah.

»Dein Mann …« Per spürte, wie sie erstarrte. Er fuhr hartnäckig fort. »Wart ihr lange verheiratet?«

Erika schaute ihn böse an. Ihr Blick wurde milder, als sie sah, wie betreten er auf der Unterlippe kaute. Sie nickte stumm. Die Schreie von ein paar zänkischen Möwen durchbrachen die Stille.

»Viel zu lange«, antwortete Erika schließlich und hörte, wie verbittert und hart ihre Stimme klang.

»Wie …?« Per verlor den Faden.

Erika sah einer Sturmmöwe nach, die unbeholfen mit einer Papiertüte im Schnabel abhob, wandte sich Per zu und fing an zu erzählen. Vom Zustand trunkener Verliebtheit, den ersten schönen Jahren und ihren Träumen von einem guten Leben. Was sie beschrieb, klang so fremd, so unwirklich und naiv, wenn man in Betracht zog, dass sie ihn jetzt als gewalttätigen Schläger und als Psychopathen bezeichnete.

Sie habe die Warnsignale ignoriert, seine Wutanfälle kleingeredet, alles rosarot gesehen, weil sie es nicht hatte erkennen und wahrhaben wollen. Denn wer will schon eine Wahrheit anerkennen, die einem alles unter den Füßen wegreißt, die die Liebe zerstört, das Vertrauen und alle Träume. Und durch die man sich selbst lächerlich macht.

»Es war diese Art, wie er mit mir umging, mich belauerte wie ein Hund«, fuhr sie fort.

Per nickte ihr aufmunternd zu.

»Dann kamen seine Wutausbrüche, vollkommen irrational und unvorhersehbar. Mit der Zeit entwickelte ich ein Gespür dafür und nahm jede Veränderung seiner Bewegungen, seiner Gemütsstimmung, ja sogar, ob er gereizt wurde, wahr, noch bevor er es selbst wusste. Und ich schwankte zwischen Selbstverachtung und nackter Angst.« Erika seufzte tief und zwirbelte eine lockige Ponysträhne.

»Und deshalb hast du die Vertretungsstelle angenommen und die Flucht nach vorn angetreten?«

Erika nickte zustimmend.

»Ich nehme an, du weißt, dass über dich getuschelt wird?«, sagte Per leise.

Erika nickte abermals, hinter ihren Lidern brannten Tränen. Sie hatte es nicht gewusst, aber den kalten Hauch in ihrem Rücken gespürt, und die verstohlenen Blicke und die distanzierte Haltung ihr gegenüber sprachen Bände. Die Kollegen waren reserviert und kurz angebunden. Doch, sie wusste, dass sie über sie redeten, dass sie geschnitten wurde. Um das zu wissen, brauchte man keine Leuchte zu sein.

»Ich hatte keine Wahl …«, wisperte Erika mit gepresster Stimme. »Das klingt so verdammt erbärmlich, ich weiß. Wenn es jemand …, zumindest hätte ich es ahnen …«

Die Worte blieben ihr im Hals stecken, und die Tränen begannen lautlos und unaufhaltsam zu fließen. Per zog Erika an sich. Vorsichtig lehnte sie den Kopf gegen seinen Oberarm. Zum ersten Mal seit ihrer Flucht ließ sie den Schmerz und die Tränen zu. Per fädelte zerstreut die Finger in ihre krausen Nackenhaare und starrte vor sich hin aufs Meer. Allmählich wurde ihr Kopf immer schwerer, sie fasste Vertrauen. Erschöpfung überfiel sie. Wie lange sie geweint hatte, wusste sie nicht. Schließlich richtete sie sich auf, schnäuzte sich und wischte sich die Tränen ab.

Als Erika sich beruhigt hatte, stiegen sie aus und gingen zu der neuen Straße, die sich zwischen Kiefern und Laubgehölz auftat.

»Und wie geht's jetzt weiter?«, fragte Per, während er den Blick in die Ferne richtete.

»Ich weiß es nicht«, gab sie zu und war selber überrascht. Das stimmte – sie hatte keine Ahnung, was sie tun sollte, um sich zu wehren. Göran war ihr offenbar nicht nur einen Schritt voraus, sondern gleich mehrere. Der einzige Fixpunkt, den sie hatte, war ihr Arbeitsplatz, und selbst dort setzte er alles daran, ihr das Leben schwerzumachen.

»Vielleicht solltest du dir Hilfe holen?«, schlug Per vor.

Erika starrte auf seinen lockigen Nacken, das glattrasierte Kinn, an dem die dunklen Bartstoppeln erkennbar waren, die breiten Schultern unter der Lederjacke. Wut und Frustration wallten in ihr auf.

»Und wer wird mir wohl zu Hilfe kommen wollen, denkst du?«, zischte sie und war von der Härte in ihrer Stimme selbst überrascht.

Per drehte sich langsam mit einem undeutbaren Ausdruck in den Augen zu ihr um. Ihre Blicke trafen sich für eine gefühlte Ewigkeit. Erika schloss die Augen, um seinem durchdringenden Blick zu entgehen und fluchte innerlich. Sie bereute ihren harten Ton und spürte, wie ihr schon wieder die Tränen kamen.

Per erwiderte nichts auf ihren aggressiven Ausbruch, zog die Jacke enger um sich, machte auf dem Absatz kehrt und schlug den matschigen Weg zu einem der Häuser ein, die sich gerade im Bau befanden – dem unfertigen Haus von Toni Christensen und seiner Frau.

Kapitel 26

Die Sonne fühlte sich warm auf der Haut an. Helene Christensen sah misstrauisch zu der gelben Scheibe hoch, die sich zwischen den Dunstwolken zeigte, und spürte, wie der Schweiß zwischen ihren Brüsten hinunterrann. Einen flüchtigen Moment Sonnenwärme auf der Vorderseite des Hauses; aber nur ein paar Schritte entfernt, auf der Rückseite, würde sie die gespeicherte frostige Kälte des Bodens erschauern lassen. Das Frühjahr war noch weit entfernt.

Sie streckte den Rücken durch, verzog schmerzhaft das Gesicht und stützte eine Hand ins Kreuz. Sie nahm ihr Werk in Augenschein. Bald würde sie vor der Tür die Platte gießen und die verfluchten Klinkerplatten legen können, dann fehlten nur noch das Schrägdach und natürlich die Lampen. Und die Farbe. Sie musste besser darin werden, sich für das, was sie erreicht hatte, selbst auf die Schulter zu klopfen, statt immer nur das zu sehen, was noch nicht erledigt war. Um die Planierung des Bodens sollte sich allerdings jemand anderes kümmern, da würde sie drauf pfeifen!

Sie riss sich den Pulli herunter, wischte sich den Schweiß von der Stirn und zwischen den Brüsten ab, schmiss den Spaten in die Schubkarre, fuhr zurück zum Schotterhaufen und belud die Schubkarre erneut. Das prasselnde Geräusch hallte von den Hauswänden wider und wurde in die Bucht hinausgetragen. Die Akustik im Tal war irgendwie seltsam, so als ob sie sich in einem Resonanzkörper befanden. Jeder Laut wurde verstärkt, das war ihr bewusst geworden, als ihr Nachbar Kai Andrée seine Einweihungsparty auf seinem riesigen Anwesen gefeiert hatte – das Planschen im

Jacuzzi zu nächtlicher Stunde war im ganzen Tal zu hören gewesen.

Helene hatte damals in eine Daunenjacke und eine Wolldecke gehüllt mit einem Glas guten Chablis' an der Hauswand gesessen, wo sie nicht zu sehen war, und dem Treiben gelauscht. Bekannte Personen waren durchgehechelt worden, und natürlich war auch der Name ihres Mannes – und sogar ihr eigner – gefallen. Man hatte sie nicht sonderlich positiv beschrieben. Dumme Bemerkungen über das Stadtbauamt und hohe Tiere bei der Stadt waren gefallen. Gewagte Drohungen, Prahlerei. Interessant im Detail, aber insgesamt nur ein Haufen besoffenes Gefasel.

Danach hatte sie aufgepasst, was sie sagte, wenn Handwerker oder Freunde vorbeigeschaut hatten. Vor dem Haus kamen immer Spaziergänger vorüber, vor allem an den Wochenenden, da uferte es in die reinste Völkerwanderung aus. So manche blieben stehen und unterhielten sich über die Häuser, die hier im Entstehen begriffen waren. Viele der Spaziergänger waren gegen die Veränderung – oder gegen Veränderungen im Allgemeinen. Andere wiederum fanden es gut, dass einer alten alteingesessenen Siedlung neues Leben eingehaucht wurde und dass die schicken Häuser, die auf den Grundstücken entstanden, auch den Marktwert der benachbarten Häuser steigerten. So manche rühmten spontan das Haus der Christensens, während andere mit Beleidigungen nicht sparten. Eine ältere Dame hatte Helenes Haus eine ganze Weile betrachtet und war dann extra näher gekommen, um ihr zu sagen, dass dies das hässlichste Haus sei, das sie jemals gesehen habe.

»So ein neumodischer Kram hätte hier draußen niemals gebaut werden dürfen, soll wohl mal eine Freikirche werden, oder was?«, hatte sie gesagt und war hämisch grinsend mit ihren Freunden davonspaziert. Helene hatte entgegnen wollen, dass Funkis als Architekturstil schon im späten 19. Jahrhundert entstanden sei und in den 30er Jahren auf der Weltausstellung in Stockholm seinen großen Durchbruch gehabt habe, erkannte aber mit einem einzigen Blick auf die selbstgefällige Dame, dass bei ihr Hopfen und Malz verloren war.

Helene belud die Karre ein letztes Mal, schob sie schnell Richtung Tür und kippte sie schwungvoll um. Der Trick war nicht das Gleichgewicht, sondern die Geschwindigkeit. Als sie die Schubkarre wieder herunterließ, spürte sie, dass sie beobachtet wurde.

Helene kippte die letzten Bröckchen der Steinmasse aus, bevor sie sich zu den Personen umdrehte, die zu ihr aufsahen. Eine junge Frau ihres Alters, dreißig plus irgendwas, in ausgeblichenen Jeans und langer Sportjacke, mit natürlichen blonden Locken. Sie hatte ebenmäßige Gesichtszüge und klarblaue Augen. War blass. An einer Hand trug sie einen Gips. Und ein Mann im ungefähr gleichen Alter, attraktiv gekleidet mit dunklen Jeans und Lederjacke, von mittlerer Größe, der sich geschmeidig bewegte. Er hatte die dunkelsten Locken, die sie jemals bei einem Mann gesehen hatte.

»Hallo, sind Sie Helene Christensen?«, fragte die Frau.

Helene wischte sich die schweißnassen Hände an ihrer Arbeitshose ab.

»Ja«, antwortete sie zögerlich.

»Erika Ekman und Per Henriksson, Bezirkskriminalpolizei«, stellte die blonde Frau sich vor. Helene zog fragend eine Augenbraue hoch und zuckte dann resigniert mit den Schultern.

»Aha. Geht es um die Diebstähle?«, fragte sie zweifelnd.

»Die Diebstähle?«

Ein bitteres Lächeln huschte über Helenes Gesicht.

»Das hätte mich auch gewundert.«

»Haben Sie denn etwas als gestohlen gemeldet?«, fragte Erika nach.

Helene nickte zur Antwort.

»Aber nicht, weil mir etwas gestohlen wurde.«

Sie zeigte die Straße hinunter, die den einfallslosen Namen Nya Badvägen erhalten hatte, und zu einem der beiden neuen Holzhäuser.

»Was wurde denn gestohlen?«

»Sie sind abends gekommen, haben direkt vor dem Haus geparkt, haben ausnahmslos alle größeren Haushaltsgeräte und den Boiler herausgeholt, alles aufgeladen und sind davongebraust. Genau die gleiche Masche, die sie eine Woche zuvor nebenan abgezogen haben.

»Sie?«, hakte Erika nach.

Helene gab ein freudloses Lachen von sich.

»Die Baufirma.«

Sie sahen sich an, Erika begriff nicht. Helene lächelte und schüttelte leicht den Kopf.

»Die Baufirma stellt den ganzen Krempel rein, und dann fahren sie hin und holen alles wieder raus, bringen es ins nächste Haus und lassen die Versicherung für den Diebstahl blechen. Tja, und so geht's immer weiter«, erklärte sie.

»Du meine Güte, wie abgedroschen!«, stöhnte Erika und konnte sich ein Lachen nicht verkneifen.

»Willkommen im Leben«, seufzte Helene und fuhr sich über die Stirn, wo sich schon wieder ein Schweißfilm gebildet hatte.

»Eigentlich sollte die ganze Bande ›Firma L. UG & B. TRUG‹ heißen. Aber Sie sind wegen etwas anderem gekommen?«

Erika nickte. Helene seufzte und bat sie zum Haus, während sie einen langen Blick zurück auf den Schotterhaufen und die Mörtelsäcke warf. Egal – sie brauchte eine Pause, und wie immer gab es ja auch noch die Nacht.

»Eine Tasse Kaffee oder Tee?« Helene bat sie hinein.

Erika und Per traten durch die provisorische Türöffnung in das, was einmal der Eingang des Erdgeschosses werden sollte. Bisher war dort nur ein kahler Raum aus Beton, in dem eine klapprige Leiter, die aus Resten von Baumaterial zusammengezimmert war, statt einer Treppe ins Obergeschoss führte.

Als Erika sie erklommen hatte, sah sie, dass das Obergeschoss weiter gediehen war als das Untergeschoss. Eichendielen, Türen – an manchen Stellen noch ungestrichen –, aber die Leisten und Klinken waren schon dran, Schränke und Kleiderschränke fertig aufgebaut. Sie zogen ihre Schuhe auf der Plastikfolie aus, die den Dielenboden bedeckte, und tapsten in die Küche.

Erika staunte nicht schlecht, als sie ins Wohnzimmer blickte – Küche und Wohnzimmer waren ein einziger riesiger Raum, die Fläche betrug bestimmt an die sechzig Quadratmeter. Ein aufrechter offener Kamin stand zwischen den beiden größten Fenstern, die zum Meer zeigten. Der Ausblick war überwältigend, obwohl das Wetter trist und grau war. Es roch gut nach Holzöl und aromatisiertem Tee. Schleifstaub wirbelte vom Boden auf, kitzelte Erika in der Nase und brachte sie zum Niesen. Helene warf ihr einen müden Blick über die Schulter zu, als sie Tee einschenkte.

»Ja, ich weiß, hier ist es staubig. Ich verspreche hoch und heilig, in meinem Leben nie mehr etwas mit Betonstaub zu tun zu haben«, seufzte sie.

Erika rieb sich die Nase. Helene kam mit zwei großen Bechern dampfend heißen Tees, einer kleineren Tasse Kaffee und einem Honigglas herbei. Sie bedeutete ihnen, an dem großen Eichentisch Platz zu nehmen, setzte sich und betrachtete abwartend ihre Besucher, während sie vorsichtig pustete, um den Tee abzukühlen. Erika warf ihr einen anerkennenden Blick zu, sie verabscheute kleine Teetassen. Sie rührte einen großen Löffel Honig hinein und genoss den angenehmen Geruch.

»Wir müssen mit Ihnen über Ihre Sachbearbeiterin im Bauamt, Barbro Edin Olofsson, sprechen. Ich nehme an, dass Sie von ihrem Verschwinden wissen?«, leitete Erika das Gespräch ein.

Helene nickte bekräftigend und nippte vorsichtig an ihrem Tee. Sie wirkte nicht im mindesten überrascht, nur nachdenklich.

»Ja, ich weiß, dass sie vermisst wird, zum einen hat ja jede Menge darüber in den Zeitungen gestanden, zum anderen hatten wir sie, wie gesagt, als Sachbearbeiterin, ich weiß also Bescheid.«

»Soweit mir bekannt ist, sind Sie und Ihr Mann mit Ihrem Nachbarn Kai Andrée in Konflikt geraten?« Erika deutete zu Andrées Riesenvilla hinüber, die auf der anderen Straßenseite aufragte. »Können Sie uns mehr darüber erzählen?«, bat Erika sie.

»Es hat damit angefangen, dass Kai Andrée mit seiner Baugenehmigung hier antanzte, die wir abzeichnen sollten, und zwar auf der Stelle. Als wir sagten, dass wir uns die Papiere erst einmal ansehen wollten, ging er an die Decke. Ich glaube, dass der Kerl nicht ganz nüchtern war, zumindest war er es bestimmt nicht, als wir uns weigerten zu unterschreiben und er hereingeschneit kam und von Anwälten und Gerichten und Gott weiß was herumzukrakeelen begann.«

»Haben Sie schließlich unterschrieben?«

Helene schien abzuwägen, ob und wie viel sie erzählen

sollte. Dann spitzte sie entschlossen die Lippen, stand auf und kehrte kurz darauf mit einer Rolle Bauzeichnungen wieder, die sie auf dem Fußboden ausbreitete.

»Zunächst einmal ist der Bebauungsplan für die andere Straßenseite, wo Kai sein Haus errichtet hat, noch nicht fertiggestellt.« Sie zeigte rasch zum Fenster hinüber, durch das man sein Haus sehen konnte.

»Das Verfahren läuft, wie es heißt. Also ist das neue Zuhause der Familie Andrée im Grunde genommen ein gigantischer Schwarzbau, bis der neue Bebauungsplan auch für die andere Straßenseite in Kraft getreten ist, wenn er denn überhaupt geändert wird …«

»Ist es üblich, eine Baugenehmigung vor Fertigstellung des Bebauungsplans zu erteilen?«, fragte Erika.

»Nein, das ist zwar schon vorgekommen, aber definitiv nicht üblich«, sagte Helene lächelnd.

Erika machte sich Notizen. Noch war sie nicht genügend mit dem Thema vertraut, aber ihr wurde allmählich klar, dass vieles an der Art, wie Barbro mit ihren Kunden umgesprungen war, mehr als seltsam war. Erwartungsvoll sah sie Helene an, deren Gesicht blass geworden war und härtere Züge bekommen hatte.

»Selbst wenn man davon ausgeht, dass der Bebauungsplan durchgeht und es derselbe ist, der für uns auf dieser Straßenseite gilt, war da so einiges, das mit Kais Baugenehmigung nicht stimmte. Zum einen war es die Grundhöhe des Hauses, dann war nirgends auf den Plänen die Höhe der Bodenplatte festgesetzt, was bedeutet, dass das Fundament auf einen Berg von Sprengstein hätte errichtet werden können, falls er das gewollt hätte. Uns war schließlich bewusst, dass Kai viel Wert auf den Ausblick legte, und wir machten uns natürlich Sorgen, dass er den Boden künstlich aufschütten könnte. Er hat seine Leute sogar auf Gemeindegrund Rodungen durchführen lassen ...«

Helene streckte missbilligend zwei Finger hinter ihrem Kopf in die Höhe, um ironisch Hasenohren anzudeuten, und zeigte auf das Gelände zwischen Kai Andrées Haus und den Felsklippen am Meer.

»Als Kai Andrée seine Leute hier hatte, um die Bäume auf seinen beiden Grundstücken zu fällen, nahmen sie die Gelegenheit wahr, auch den Wald der Gemeinde abzusägen. Eines Morgens waren die Bäume plötzlich weg. Sie sind auch auf eines der Sommerhausgrundstücke gegangen und haben eigenmächtig ein paar Obstbäume heruntergeschnitten. Der Mann, der dort wohnt, Einar Andersson, hat ihn bei der Polizei angezeigt.«

»Und was ist dann passiert?«, fragte Erika.

Helene starrte eine Weile auf ihre Finger. Plötzlich seufzte sie, richtete sich auf und trank den restlichen Tee aus.

»Wir haben, wie gesagt, nicht unterschrieben, und Kai hat dem Nachbarn die Apfelbäume ersetzt.

Dann traf ein Brief vom Stadtbauamt ein, in dem behauptet wurde, dass wir vom Bebauungsplan abgewichen seien, was die Grundhöhe unseres Hauses anbelangte. Wir sollten auf der Rückseite des Hauses exakt um achtzehn Zentimeter abgewichen sein und wurden aufgefordert, es entweder abzureißen oder eine Geldstrafe von fast zweihundertfünfzigtausend Kronen zu zahlen. Wir haben das natürlich als Erpressung empfunden – dass die angeführte Abweichung uns zum Einlenken bewegen sollte, doch noch Kai Andreés Papiere zu unterschreiben«, fuhr sie grimmig fort. »Wir haben Widerspruch eingelegt.«

»Und?«, drängte Erika.

Sie schrieb fieberhaft mit und spürte, wie ihr der Kopf vor

lauter Fragen schwirrte, verspürte aber auch eine aufkeimende Neugier. Sie sah Per an, der an das Fenster getreten war und hinausschaute.

»Die Bußgelddrohung schwebt immer noch über mir, sie wurde ins Grundbuch eingetragen und mein Mann ist gestorben – das ist passiert«, antwortete Helene, und ihre Lippen verzogen sich vor Abscheu. Gedankenverloren hob sie die Tasse an.

Erika schwieg. Langsam begriff sie die Tragweite dessen, was die Frau neben ihr da gerade gesagt hatte – Helene hatte einen geliebten Menschen verloren. Sie wohnte in einem halbfertigen Haus, während ihr eine Geldbuße drohte. Sie arbeitete allein daran, es fertigzubauen und bewohnbar zu machen, rackerte sich ab. Langsam wandte sich Helene wieder Erika zu, Tränen glitzerten zwischen ihren blonden Wimpern.

»Ich glaube nicht, dass sich irgendjemand vorstellen kann, wie furchtbar es ist, den zu verlieren, den man liebt … und darüber hinaus auch noch verdächtigt zu werden, ihn eigenhändig umgebracht zu haben.«

Erika hörte schweigend zu, als Helene ihnen von ihrer für sie nicht ganz neuen Erfahrung berichtete – eine Situation, in der sich das Opfer inmitten von Kummer und Schock in Frage gestellt, unter Druck gesetzt und verdächtigt fühlte.

Die Lebensversicherungen, das Haus, das ein kleines Vermögen wert sein würde, wenn es erst einmal fertig wäre, die Teilhaberschaft ihres Mannes in einem neugegründeten und erfolgreichen Architekturbüro, gepaart mit einer guten Portion Neid, hätten einen guten Nährboden für bösartigen Klatsch und Tratsch abgegeben, obwohl es keinen Anlass für solche Verdächtigungen gab.

»Mein Mann Toni ist an einem geplatzten Magengeschwür

gestorben, so entsetzlich dumm wie unnötig«, schluchzte Helene. »Und ich habe alles geerbt – die Schulden, die Auseinandersetzungen, eine mögliche Geldbuße oder den Abriss. Und einen unfertigen Traum …« Helenes Stimme wurde immer rauer, bis sie nur noch ein heiseres Flüstern war.

»Was hielten Sie von Barbro?«, fragte Per, der nun wieder am Esstisch stand. Helene seufzte schwer.

»Ich habe sie verabscheut.«

»Weshalb?«

»Weil sie desinteressiert, rücksichtslos und allgemein unfreundlich war. Einigen ihrer Kunden kam sie mehr entgegen als anderen, wie Kai Andrée, wieder andere kümmerten sie einen feuchten Kehricht, oder sie setzte sie unter Druck, so wie uns.«

»Haben Sie irgendwelche konkreten Beweise für das, was Sie da sagen?«

»Nein, eigentlich nicht. Dass Kais Baugenehmigung nur so von Fehlern und Ungereimtheiten wimmelte, ist wohl kaum ein Beweis für etwas. Und wie soll ich nachweisen, dass die Geldstrafe irgendwie damit in Zusammenhang stehen könnte, dass wir nicht die Papiere unseres Nachbarn unterschrieben haben? Das ist ja auch das Problem – dass wir für das, was vorgeht, nur unser Bauchgefühl haben. Zwei Welten stoßen aufeinander – eine, deren Wirklichkeit von Paragraphen und Politik bestimmt wird – was schon ein Paradox an sich ist –, und ein rosaroter Traum von einem besseren Leben, dem Idyll, in dem alle schön und glücklich sind.«

Helene presste ein bitteres Lächeln hervor.

»Wer von Ihnen stand in Kontakt mit Barbro?«, wollte Per wissen.

»Mein Mann«, antwortete Helene kurz angebunden. Sie saß immer noch breitbeinig auf dem Boden, mit geradem, aber dennoch entspanntem Rücken. Yoga, dachte Erika. Sie legte den Kopf in den Nacken und spürte das verspannte Knirschen in der Wirbelsäule.

»Und was hielt Ihr Mann von ihr?«

Eine schwache Röte stieg in Helenes blassem schmutzgerändertem Gesicht auf.

»Er hat sie verabscheut. Aber wir konnten die Lage ja nur akzeptieren. Er hat die Zähne zusammengebissen und mitgespielt.«

Erika notierte »mitgespielt«. Wie und vor allem wie lange, hätte sie nur zu gerne wissen wollen. Aber die Frage hob sie sich für später auf.

»Stefano Canneto ist ein Kollege Ihres Mannes«, fügte Erika mit leichter Stimme hinzu.

Helene fuhr zusammen. Sie warf Erika einen schnellen, beunruhigten Blick zu, ließ dann aber wieder die Schultern sinken.

»Ja. Wir sind eng befreundet. Stefano und mein Mann haben sich schon zu Schulzeiten gekannt. Ihre Familien haben viele Jahre Kontakt gehalten. Stefano hat Toni auch überredet, hierher nach Schweden zu ziehen und mit ihm ein eigenes Unternehmen zu gründen.«

»Sie sprechen vom Architekturbüro EQ?«

»Ja«, antwortete Helene resigniert. Gedankenverloren pulte sie die abblätternde Farbe und den Mörtel von ihren Händen.

»Barbro ist auch Stefanos Sachbearbeiterin, nicht wahr?«, fragte Erika nach.

»Ja. Stefano ist schon ziemlich bald mit Barbro aneinandergeraten. Er ist nicht ganz so diplomatisch, wie mein Mann es war, sein italienisches Temperament. Deshalb fragen Sie doch, oder?«

Sie sah traurig zu Erika auf, die schwieg und darauf wartete, dass Helene weiterreden würde.

»Barbro hat ihm bei seinem Umbau ein paar kleinere Abweichungen vom Plan bewilligt«, fuhr Helene fort. »Wir haben ihn natürlich gewarnt. In einer Gegend wie dieser sind die Leute unglaublich empfindlich und erheben gerne Klage, um ihre Interessen zu wahren. Aber er hat nicht auf uns gehört. Und jetzt hat er zig Verfahren am Hals. Die ganze Nachbarschaft ist gegen ihn, und alle halten ihn für einen Betrüger, der seine Rolle als Geschäftsmann ausgenutzt und seine Kontakte spielen lassen hat. Er sitzt ordentlich in der Patsche und wird da wohl nie mehr rauskommen.«

Erika ließ sich einen flüchtigen Moment Helenes Worte durch den Kopf gehen. Konnte es sich so abgespielt haben? Dass Barbro Kunden mit Sondergenehmigungen entgegengekommen war, dass sie die Regeln gegen Geld ausgeweitet hatte, und wenn nicht gezahlt wurde, ja, dann damit hausieren ging und den Pöbel die Arbeit für sie machen ließ? Listig, ja geradezu genial …

»Und Sie … Sie werden also mit allen sprechen, die sich mit Barbro überworfen haben?«, fragte Helene grüblerisch. »Na, da werden Sie ja alle Hände voll zu tun haben.«

Kapitel 27

Erika warf die Jacke auf den Stuhl, stellte sich ans Fenster und starrte auf den geschwungenen Umriss des Ullevi-Stadions. Sie fühlte sich ausgelaugt nach ihrer Rundreise in den schwedischen Westen, und vor allem von ihrem letzten Besuch bei Jan Olof Olofsson. Der Anblick des ausgemergelten Mannes und die angstbesetzte Atmosphäre, die von ihm ausging, hatten ihr mehr zugesetzt, als sie zugeben wollte.

Per und sie hatten bei Jan Olof vorbeigeschaut, um ihn noch einmal genauer zu befragen.

Als er ihnen die Tür geöffnet hatte, war Erika erschrocken zurückgewichen. Sein ganzer Körper schien in kürzester Zeit von der Schwerkraft nach unten gezogen worden zu sein, so gebückt stand er vor ihnen. Seine Augen waren rotunterlaufen, er hatte starke Augenringe und war aschgrau im Gesicht. Zwar war er noch schick und gepflegt gekleidet, aber seine aufrechte Haltung hatte er verloren. Sie hatten sofort bemerkt, dass er nicht mehr ganz nüchtern war.

Als sie ihm ins Haus gefolgt waren, hatte er sich völlig ungeniert an den Küchentresen gesetzt und dem Whiskey weiter zugesprochen.

Sie hatten ihn nach Barbros Freundin Julia gefragt, doch Olof hatte bis auf eine einzige Begegnung und ein kürzlich geführtes Telefongespräch nie Kontakt zu ihr gehabt. Er hatte gehofft, dass seine Frau unterwegs bei ihrer Jugendfreundin hereingesehen und ganz einfach die Zeit vergessen hätte.

Sie hatten ihm Fragen zu Barbros Arbeit gestellt, was er über ihre Kunden wusste, aber zur Antwort erhalten, dass sie selten über ihre Arbeit sprächen und er daher nicht besonders viel darüber wisse. Vielleicht interessierte es ihn auch einfach nicht.

Erika war mit ihm mühsam Frage für Frage durchgegangen, hatte aber nur einsilbige Antworten erhalten oder war auf Schweigen gestoßen.

Jan Olof ging nicht zur Arbeit, er war krankgeschrieben. Abgesehen von gelegentlichen Einkäufen mit dem Auto schien er nichts zu unternehmen, er verfolgte nur, was im Internet und in der Presse über den Fall geschrieben wurde. Im Wohnzimmer lag ein Meer von Zeitungen mit riesengroßen Schlagzeilen über die vermisste Architektin und den Verdacht der Untreue und Drohungen gegen Volksvertreter.

Jan Olofs Gleichgültigkeit wirkte auf Erika befremdlich, aber sie sah ein, dass er sich in einem Ohnmachts- und Schockzustand befand. Und dass er ständig Alkohol im Blut hatte, machte sein Erinnerungsvermögen nicht gerade besser.

Sie betrachtete ihre umfangreiche Mindmap und seufzte resigniert. Keiner der Namen auf Vanjas Liste hatte auch nur die geringste Reaktion bei Jan Olof hervorgerufen, bis auf einer – Toni Christensen. Als die Rede auf den Architekten gekommen war, hatte sie ein nervöses Zucken um seine Mundwinkel wahrgenommen.

Lange schwebte Erikas Stift über dem Blatt. Sie zögerte, schrieb schließlich jedoch ein kleines Fragezeichen auf die gestrichelte Linie zwischen Jan Olof und Toni Christensen. Konnte die Veränderung, die Rastlosigkeit, welche die Freunde, das Ehepaar Meyer, erwähnt hatten, etwas mit Toni zu tun haben? Seine Witwe hatte gesagt, dass er mitgespielt habe. In welchem Ausmaß?

Erika stöhnte laut auf, fuhr sich mit den Fingern durchs Haar und zerrte grob daran. Sie reckte sich und gähnte laut. Sie fühlte sich müde, immerzu müde. Trieb zu wenig Sport, zugegebenermaßen so gut wie gar nicht. Und sie schlief fürchterlich. Sie vermisste Seelenruhe – und das Fitnessstudio. Sie könnte auch mit dem Gips trainieren, es war alles nur eine Frage des Willens, aber der hatte sich nicht eingefunden. Mit dem Gipsklumpen an der Hand fühlte sie sich behindert, eingeschränkt und unbeholfen. Angreifbar.

Das Klingeln ihres Diensthandys riss sie aus ihren Grübeleien. Sie meldete sich kurz und gab sich Mühe, so freundlich wie möglich zu klingen.

»Hallo, Lars aus Alingsås hier. Ein bisschen trübe das Wetter bei euch, vermute ich?«

Erika gab ihm recht.

»Julia Lindmark ist uns ins Netz gegangen«, fuhr er fort. »Sie ist vor kurzem am Flughafen gelandet. Tja, unsere werte Primadonna ist, wie wir schon festgestellt hatten, nicht ganz unbekannt hier in der Gegend. Und einer aufgeweckten jungen Frau aus dem Reisebüro ist eingefallen, dass Julia gemeinsam mit einem älteren Herrn eine Reise nach Lanzarote gebucht hatte, beide sind allerdings unter anderem Namen gereist.«

Er lachte vergnügt.

»Sie haben sich anscheinend bemüht, diskret zu sein, oder wie man das nennen will. Zumindest so diskret, wie man sein kann bei der Ausrüstung, mit der sie unterwegs ist. Der Mann ist mit einer anderen verheiratet.« Lars gab ein schallendes Gelächter von sich.

»Wir haben kurz mit ihr gesprochen. Viel Sinnvolles haben wir leider nicht aus ihr herausbekommen. Sie hatte einen Kater, wie ich es selten gesehen habe. Und sie hat gefaucht wie ein alter Stubentiger. Ha, ha, … warte bitte einen Moment.«

Lars wechselte ein paar Worte mit einem Kollegen. Erika vernahm ein paar Stimmen und hörte, wie ein Stuhl über den Fußboden schleifte. Lars kam wieder ans Telefon.

»Verzeihung, wir stecken gerade bis über beide Ohren in Arbeit. Julia war also zehn Tage verreist und hat mit einem verheirateten Mann gekuschelt. Sie scheint währenddessen keine schwedischen Zeitungen gelesen zu haben und war offensichtlich schockiert darüber, dass ihre beste Freundin sich in Luft aufgelöst hat. Sie gibt an, vor ihrer Abreise keinen Besuch von Barbro bekommen zu haben.«

Erika bedankte sich vielmals und legte erleichtert auf. Nach einem Moment merkte sie, dass ihr eigenes Handy regelmäßig und entnervend piepte, und sah, dass sie eine Anzahl SMS bekommen hatte. Widerstrebend rief sie sie auf. Sie wusste bereits, was sie finden würde.

Ich vermisse dich so schrecklich, mein Schatz. Tu mir das nicht an … bitte, mein Liebes. Ich flehe dich an.

Du bist mein Mädchen, das bist du immer gewesen.

Du bist mein Mädchen, was auch geschieht, das weißt du.

Warum tust du mir das an, Herzchen??? Antworte mir!

Tu mir das nicht an! Du weißt, dass du mir das nicht antun darfst. Du bist meine Frau!

Nachdem sie fünf von insgesamt fünfzehn Nachrichten aufgerufen hatte, sank sie auf den Stuhl und blieb mit dem Mobiltelefon auf dem Schoß sitzen. Sie fühlte sich leer und ausgelaugt, während gleichzeitig eine unbändige Wut in ihr hochstieg, ein Hass, der von ihr Besitz ergriff und den sie dankbar zuließ.

Ihr Mobiltelefon klingelte, und Erika fuhr erschrocken zusammen. Es war Anna.

»Hallo, wie geht's dir?«

»Na ja … wolltest du etwas Bestimmtes?«, fragte Erika und schämte sich sofort, weil sie so abweisend und mürrisch klang. Sie spürte Annas Anspannung, hörte sie im Hintergrund rumoren, wie sie beim Reden mit dem Telefon umherlief.

»Wir haben doch über eine Unterkunft für dich gesprochen«, fuhr Anna atemlos fort.

»Hmm.«

»Krister hat da eventuell etwas an der Hand.«

Anna berichtete umständlich mit munterer, eifriger Stimme, dass Krister eine vorübergehende Unterkunft oder vielmehr einen Unterschlupf organisiert hätte. Das Wort vorübergehend betonte sie immer wieder.

Ein enger Freund Kristers arbeitete als Fotograf und hatte ein Atelier in der Andra Långgatan. Dieser Freund wusste, dass eine Malerin in der Nachbarschaft noch ein zweites Atelier gemietet hatte, das sie momentan nur als Lagerraum nutzte.

»Es liegt im Zentrum. Ist ein bisschen ungewöhnlich, aber völlig in Ordnung, glaube ich jedenfalls«, sagte Anna mit hoher Stimme.

»Das ist bestimmt prima«, sagte Erika, spürte aber, wie sich ihr Magen zusammenzog.

»Du weißt, dass du bei uns wohnen bleiben kannst, wenn du möchtest«, sagte Anna hastig. Erika schloss die Augen und schüttelte den Kopf. Nein, sie konnte dort nicht bleiben – das wussten die beiden, und das wusste sie auch.

»Das ist sicherlich die beste Lösung, Anna. Grüß Krister von mir und DANKE.«

Erika beendete das Gespräch und starrte auf das schwarzglänzende Display in ihrer Hand. Ihr Kalender erinnerte sie an einen Termin. Ein Weckersymbol, das vor einer Eintragung aufblinkte, signalisierte ihr, dass sie sich zum internen Verhör einfinden sollte. Sie warf einen raschen Blick auf die Uhr und stellte fest, dass sie noch nicht in Erfahrung gebracht hatte, wo sie sich überhaupt einfinden sollte – und dass sie auf dem besten Wege war, sich zu verspäten.

Kapitel 28

Erika verließ den Fahrstuhl und sah sich um. Sie befand sich in einem Teil des Polizeigebäudes, in den sie noch nie einen Fuß gesetzt hatte.

Sie fand die richtige Tür, klopfte an und trat ein. In dem kleinen Büroraum saß ein Mann mit graumelierten Haaren und wartete auf sie. Seine Augen in dem strengen und wettergegerbten Gesicht blickten freundlich. Erika nahm an, dass er schon über sechzig war. Er trug Jeans und ein Hemd mit einem T-Shirt darunter, an seinem Handgelenk glitzerte eine geschmackvolle Armbanduhr, und an der linken Hand trug er einen flachen Ehering.

»Hallo, Erika, bitte nehmen Sie Platz. Mein Name ist Anders Quist.«

Erika murmelte ein Dankeschön und ließ hastig den Blick durch das anonym wirkende Zimmer schweifen.

»Sie sind neu bei uns und haben eine Vertretungsstelle übernommen, sehe ich das richtig?«

Erika nickte und spürte, wie sie auf ihrem Stuhl immer kleiner wurde, als Anders sie bat zu erzählen, wie lange sie schon in Göteborg sei, wo sie früher gearbeitet habe, wer damals ihr Gruppenleiter gewesen sei, welche Position sie dort gehabt hätte und welche sie nun besetzte. Erika erzählte, während Anders mitschrieb.

»Möchten Sie keinen Verteidiger?«

Erika schüttelte entschieden den Kopf.

»Nein. Die Sache hat nichts mit mir zu tun, das ist nur ein unglücklicher Zufall.«

Anders schien das, was sie gesagt hatte, zu überdenken.

»Am zweiten Februar wurde eine im Voraus geplante Razzia gegen Teile des organisierten Verbrechens in den östlichen Stadtteilen durchgeführt, es ging unter anderem um Drogen und Waffen. Wussten Sie über diesen Einsatz Bescheid, bevor er durchgeführt wurde?«

»Ja, ich war darüber informiert«, erwiderte Erika leise.

»Sie wissen sicher auch, dass die Razzia fehlschlug. Die Zielpersonen waren geflohen, und die Presse empfing uns bereits. Alle Anzeichen deuten darauf hin, dass jemand, der über unsere Absichten informiert war, die Verdächtigen so rechtzeitig gewarnt hat, dass es ihnen gelungen ist, alles beiseite zu schaffen, und dann auch den Medien einen Tipp gegeben hat.«

Erika schluckte hart. Sie heftete den Blick auf ihre zitternden Hände, die sie auf dem Schoß gefaltet hatte. Sie hatte gedacht, das Gespräch ohne größere Probleme überstehen zu können, nun war sie sich da überhaupt nicht mehr so sicher. Vielleicht hätte sie doch um einen Verteidiger bitten sollen?

»Einer Ihrer Verwandten, Erika, hat Verbindungen zu dieser Bande, er ist ein sogenannter Hangaround. Er hat vor der Razzia mehrmals telefonisch oder per SMS Kontakt zu Ihnen aufgenommen, Ihre private Handynummer taucht auf unseren Einzelverbindungsnachweisen auf.«

Anders betrachtete Erika. Ein ernster Ausdruck lag auf seinem Gesicht.

»Ja, das stimmt, ich hatte Kontakt zu ihm«, antwortete sie heiser und räusperte sich. Das Geräusch in dem kleinen Zimmer versickerte sofort.

»Ihr Cousin Karl hat bestimmte Dinge zugegeben, ich möchte aber gern ihre Version der Geschichte hören.«

Erika hustete und rang keuchend nach Luft. Verdattert starrte sie ihn an.

»Können Sie uns Ihren Kontakt zu diesem Karl erläutern? Wie gut kennen Sie ihn? Haben Sie regelmäßigen Kontakt zu ihm?«

Erika begegnete Anders' Blick und sah in seine grauen müden Augen. Sie fing langsam an, formulierte jedes Wort erst in ihrem Kopf vor, bevor sie sprach. Berichtete von den SMS, dem kurzen Telefonat, dass ihre Beziehung zu Karl nur oberflächlich sei und sie ihn im Grunde nicht kennen würde. Und dass der Kontakt von ihm ausgegangen sei.

»Ihr Cousin Karl hat uns ein etwas anderes Bild Ihres Mitwirkens gegeben«, fuhr Anders mit leicht fragendem Tonfall hinzu. »Er behauptet, dass Sie Kontakt zu ihm aufgenommen, ihm Ihre Dienste angeboten hätten, Sie sehr wohl über seine Verbindung zur Bandenstruktur Bescheid gewusst hätten und Sie für Ihre Informationen hätten Geld sehen wollen.«

Erika blieb der Mund offen stehen, ohne dass sie es verhindern konnte. Es fiel ihr schwer, Anders zu folgen. Das Ausmaß der Lügen und des Wahnsinns begann langsam Form anzunehmen, ihr dämmerte allmählich, wie weit Göran zu gehen bereit war.

»Wussten Sie über die Verbindungen Ihres Verwandten zu dieser Bande Bescheid?«, fragte Anders. Erika hörte Ungeduld in seiner Stimme mitschwingen.

»Wir können mit Leichtigkeit nachvollziehen, was Ihr Cousin davon haben würde. Er hat seinen Bandenkumpels einen echten Dienst erwiesen und bestimmt jede Menge Ansehen gewonnen, vielleicht sogar eine Vollmitgliedschaft in der Bande. Aber was haben Sie davon?«

»Nichts. Ich habe keinen Kontakt zu ihm aufgenommen und ihm auch keinen Tipp gegeben«, antwortete Erika heiser, klärte ihre Stimme und stritt alles ab, indem sie noch einmal ihre Geschichte wiederholte.

»Sie behaupten also, niemals Geld dafür erhalten zu haben?«

»Ich habe niemandem einen Tipp gegeben und kein Geld erhalten.«

Anders seufzte leise. Schrieb etwas in seine Unterlagen.

»Wenn Sie dadurch nichts gewonnen haben, könnte man annehmen, dass jemand Sie gezwungen hat, die Information preiszugeben? Haben Sie eine persönliche Theorie, was dahinterstecken könnte? Gibt es etwas, das Sie mir nicht zu erzählen wagen, etwas, wovor Sie Angst haben?«

»Nein.«

»Sind Sie sicher, nicht zu wissen, worum es sich hier handeln könnte?«

Erika presste die Lippen fest aufeinander und nickte. Anders seufzte laut und nahm dieselben Fragen nochmals auf, von Anfang bis Ende. Als Erika bei ihrer Version blieb, entschied er, für heute Schluss zu machen.

»Wir beenden das erste Verhör an dieser Stelle«, sagte Anders ruhig. »Wir werden Sie noch ein paar Mal einberufen, um herauszufinden, was passiert ist. Und, Erika …«

Erika, die sich gerade erheben wollte, hielt in der Bewegung inne und ließ sich zurück auf den Stuhl sinken. Vorsichtig sah sie zu Anders hoch.

»Ich werde auch noch auf so manches an Ihrem vorherigen Arbeitsplatz zu sprechen kommen. Wir haben eine Anzahl besorgniserregender Hinweise erhalten.«

»Welcher Art?«, fragte Erika leise.

»Sie haben offenbar eine Menge Probleme gehabt, was die Zusammenarbeit mit den Kollegen betraf. Waren über längere Zeit nicht beim Dienst. Hatten Stimmungsschwankungen und aggressive Ausbrüche. Und es ist von Tablettensucht und einem Alkoholproblem die Rede.«

Erika wurde auf einmal übel. Sie sah sich verzweifelt nach einem Papierkorb um, doch es gelang ihr, den Brechreiz zu unterdrücken. Einen Moment später begriff sie, dass sie entlassen war, und stand mit weichen Knien auf. Als die Tür hinter ihr geschlossen wurde, suchte sie einen Augenblick am Türpfosten Halt.

Der Korridor lag wie ein dunkler Tunnel vor ihr. Ein stickiger, staubiger Geruch hing in der Luft, vermischt mit dem Gestank von Müll und abgestandenem Kaffee. Die Übelkeit kehrte mit voller Wucht zurück, und sie schaffte es gerade noch, eine Toilette zu finden, bevor sie sich übergeben musste.

Kapitel 29

Erika hatte das Wenige, das sie besaß, schnell in ihre zwei Sporttaschen verstaut. Krister begleitete sie zu ihrer neuen Unterkunft und trug eine IKEA-Startbox, eine unglaublich praktische Erfindung sowohl für die, die von zu Hause auszogen, als auch für die, die wie sie noch einmal ganz von vorn anfingen.

Erika hatte Krister und Anna von Görans nächtlichem Besuch erzählt. Krister hatte ungläubig zugehört und seine Frau fragend angesehen, während Anna sofort den Ernst der Lage erkannt hatte. Nur wenig später hatte Krister die kleine Unterkunft für Erika gefunden – damit sie nicht noch mehr Schmarotzer durchfüttern müssten, hatte er hinzugefügt, aber seine Augen verrieten, dass er es nicht ernst meinte.

Evas Atelier war schön und gemütlich gewesen. Hinter einer tristen, heruntergekommenen Fassade lag ein heller und freundlicher Innenhof mit niedrigen Reihenhäusern, Rabatten und einer mit Steinen gepflasterten Terrasse. In den Häusern hatten Künstler wie Maler, Bildhauer und der Fotograf, der eng mit Krister befreundet war, ihre Ateliers, eine Kombination aus Arbeits- und Schlafplatz.

Eva war eine lebenslustige Frau in den mittleren Jahren, die weite Kleider aus Wildleder trug, einem Material, das Erika immer schon geliebt, aber viele Jahre nicht mehr in den Läden gesehen hatte. Ihre dicken pinkfarbenen Strumpfhosen steckten in flachen Samtschuhen; die grell karottenfarbenen Haare waren zu zwei frechen Pippi-Langstrumpf-Zöpfen gebunden, sie trug eine runde Nickelbrille wie Harry Potter und einen orangefarbenen Lippenstift.

Fröhlich hatte sie Krister und Erika ihre Werke gezeigt, während ihre Katzen neugierig die Besucher beschnuppert hatten. Evas reichlich knalligen, farbenfrohen und romantischen Gemälde waren nicht unbedingt Erikas Stil – Blumen, gedeckte Tische, Meer, Klippen und Sonnenuntergänge, entzückende Schärengartenhäuser und Bootshäfen –, trotzdem lächelte sie freundlich und sagte ein paar höfliche Floskeln.

Die Künstlerin hatte von einem zweiten Atelier gesprochen, das sie im Moment nur als Lagerraum nutze, das jedoch vollkommen bewohnbar sei. Im selben Atemzug hatte sie sich für die eventuelle Unordnung dort entschuldigt. Erika hatte das Angebot trotzdem dankbar angenommen, alles war besser, als bei ihren Freunden wohnen zu bleiben und zu riskieren, dass Göran sie erneut behelligen würde.

Eva hatte Erika den Schlüssel und eine Passierkarte gegeben und abermals um Verzeihung dafür gebeten, dass der Raum in den letzten Monaten weder geputzt noch geheizt worden sei. Und so hatten sie das Gepäck geschultert und gingen nun geduckt die Andra Långgatan hinunter.

Am Himmel hingen dichte graue Wolken, es regnete stark und anhaltend, der Wind hatte zugenommen und ließ die Nässe sogar um Ecken und unter die Kleidung dringen.

Auf dem Järntorget stand ein niedriger, ausladender Brunnen, mit Frauenskulpturen, die ein Tongefäß, einen Spiegel und andere Gegenstände in den Händen hielten. Nur halb bekleidet und mit verführerischen Rundungen blickten sie aus leeren bronzeglänzenden Augen in die Gegend. Sie stünden für die fünf Kontinente, erklärte Krister, als sie fröstelnd daran vorbeigingen. Wie die Statuen so auf dem Brunnenrand in der Hocke saßen, schien es fast, als ob sie sich vor der Kälte zusammenkauern würden. Erika kam der Gedanke, dass sie, wenn sie dazu in der Lage wären, bestimmt längst das Weite gesucht hätten. Jemand hatte der Statue, die Afrika verkörperte, mitleidig oder zum Scherz ein paar dicke Socken angezogen und einen Schal um den Hals gewickelt.

Erika drehte sich um und sah über den verlassenen Platz. Sie hatte plötzlich einen Stich im Nacken verspürt, so als ob jemand sie anstarren würde, sah aber nur ein paar Leute, die wie sie gegen den Wind ankämpfend über das Pflaster liefen.

Erika holte Krister ein. Als sie den Kanal überquerten, deutete er die Straße hinunter und eröffnete ihr mit einem schiefen Lächeln, dass sie sich nun auf Göteborgs Rotlichtmeile befänden. Erika musterte die langgestreckten Bürohäuser zu beiden Seiten des Kanals; ein trostloses Viertel inmitten der Stadt. Sie kamen zu einem weitläufigen Platz, auf dem sich eine dicke Mauer aus riesigen Steinquadern wie der Rücken eines Urzeitriesen erhob. Krister beugte sich zu ihr, von seiner Schirmmütze tropfte das Wasser.

»Das ist der einzig erhaltene überirdische Teil der alten Stadtbefestigung, Carolus Rex heißt sie.«

Erika leckte sich den Regen von den Lippen und sah blinzelnd zur Festung hoch. Die Mauer war höher als die angrenzenden mehrstöckigen Häuser. Sie bestand aus großen, zusammengefügten Steinquadern, die als Ganzes wie die abgestreifte Haut einer riesigen Schlange aussah. Auf der Mauerkrone verlief ein schmaler Metallzaun. Als sie näher kamen, erkannte sie verschieden große Tore in der Mauer. Sie zeigte darauf, und Krister rief ihr etwas von Marstall und Pulverkammer zu. Erika blieb stehen und betrachtete eine breite Steintreppe, die an der Befestigungsmauer nach oben führte. Zwischen dichtem Regen hindurch fiel ihr Blick erneut auf die Öffnungen im Mauerwerk, die mit dicken Eisengittern verrammelt waren, und auf einen weiteren gewölbten Torbogen aus Holz mit einem großen rostigen Schloss, der, wie sie annahm, zu einem der Räume innerhalb der Festungsanlage führte.

Sie folgten der Straße. Ein Stück weiter hinauf blieb Krister an einem breiten Hoftor stehen und schloss eine Metallpforte auf. Schnell huschten sie hinein, um Schutz vor dem Regen zu suchen. Hinter dem Durchgang erstreckte sich vor ihnen ein schmaler, langer Hinterhof zwischen hohen Stein- und Backsteinhäusern. Die Häuser am anderen Ende des Hofs standen auf einem Felsrücken, der zu einer Seite steil abfiel und so hoch war, dass die Erdgeschosse auf selber Höhe mit den obersten Stockwerken der Häuser waren, die an der Straße lagen. Erika musste den Kopf in den Nacken legen, um bis zum obersten Stock hinaufsehen zu können. Hier unten kam es einem so vor, als stünde man in einer Grube. Stinkende Mülltonnen waren vor den Häusern im Hof aufgereiht, daneben standen Gerümpel und ein paar rostige Fahrräder – düster, eng und klaustrophobisch.

Krister deutete auf etwas vor ihnen, und Erika folgte seinem Blick. Am äußersten Rand des Felsens führten steinerne Treppenstufen zu einem Absatz, an den sich ein winziges Häuschen aus schmutzigen Ziegelsteinen klammerte. Zwei kleine Fenster gingen zum Hof hinaus, die Rückfront des Hauses schmiegte sich direkt an den Fels. Auf der Mitte des Dachs saß ein Schornstein. Erika schloss die Augen. Ach du lieber Gott, sie würde in einem dunklen Loch wohnen! Krister tätschelte tröstend ihre Schulter. Ihre Blicke trafen sich.

»Ja, das ist nicht gerade das Grand Hotel. Wir müssen da drin ordentlich einheizen und ein paar Sachen wegräumen. Ich gehe mal davon aus, dass die liebe Eva die Bude vollgestopft hat.«

Krister sollte recht behalten. Das Häuschen war bis oben hin voll mit Künstlermaterialien – Werkzeugen, Rahmen ohne Leinwand, Nägeln, Farbe, Eimern mit Lösungsmitteln, Linolöl und alten Pinseln. Erika entfuhr unwillkürlich ein Stöhnen. Krister schüttelte ungläubig den Kopf, zog rasch die Jacke aus, begann die Sachen einzusammeln und Müll vor die Tür zu stellen. Schnell waren ein paar Säcke gefüllt. Er überprüfte, ob Wasser, der Ofen und der kleine Zwei-Platten-Herd funktionierten, bevor er sich verabschiedete und durch den dichten Regen nach Hause stiefelte.

Erika setzte sich auf einen mit Farbklecksen übersäten Sprossenstuhl und sah sich um. Der Raum war ausgekühlt, aber bald würde es warm werden, der Ofen war schnell heiß geworden. Was für eine Unterkunft, und das im Zentrum von Göteborg, innerhalb des Wallgrabens! Ein winziges Häuschen in einem schmalen Hinterhof, als ob ein böser Zauberer es mit einem Schwung seines Zauberstabs hatte schrumpfen lassen.

Erika schloss die Augen. Die Wärme des Ofens breitete sich allmählich in dem kleinen Zimmer aus. Sie erwachte, als sie beinahe vom Stuhl gekippt wäre. Zerschlagen und mit einem stechenden Schmerz, der ihren Körper durchfuhr, angelte sie das Handy aus der Tasche und wählte die Nummer ihrer Schwester. Diesmal nahm Mia ab.

»Hallo, Schwesterchen! Ich habe gesehen, dass du angerufen hast, es tut mir leid, aber hier ging alles drunter und drüber, es gab wahnsinnig viel zu tun.«

Mia klang kein bisschen zerknirscht, sondern vielmehr so, als ob sie sich in einem Glückstaumel befände, und Erika vernahm eine Vielzahl seltsamer Laute im Hintergrund, die ihr sagten, dass ihre Schwester noch in ihrer Tierarztpraxis war.

»Wie geht es dir?«, fragte Mia.

Erika überlegte kurz und gab die Geschehnisse der letzten Tage wieder, erzählte von der Arbeit, der vorübergehenden

Unterkunft, erwähnte aber nicht, dass sie in einem Loch, passend für Gollum, statt in einem Atelier hauste. Dann nahm sie allen Mut zusammen und berichtete, dass Göran sie in Göteborg aufgespürt habe, er geradewegs ins Polizeigebäude spaziert sei und seine miese Show abgezogen habe. Bewusst entschied sie sich dagegen, ihr etwas von den internen Ermittlungen zu erzählen. Mia stöhnte laut auf und gab eine Reihe saftiger Flüche von sich, über Göran und gestörte Männer im Allgemeinen.

»Mia, unsere Cousins und Cousinen, du weißt schon, Karl, Katarina und Lasse …«

»Ja, was ist mit denen?«

»Was wissen wir eigentlich über sie? Na gut, sie gaben sich immer übertrieben vornehm. Aber wie war das eigentlich damals?«

Mia ließ am anderen Ende der Leitung ein nachdenkliches Grunzen hören.

»Tja, was soll ich sagen. Mamas Bruder trank zu viel, nahm es mit der Wahrheit nicht so genau und prahlte gerne, war im Grunde aber nur ein gewöhnlicher Angestellter, obwohl er sich spreizte und vorgab, Professor zu sein. Mamas Schwester … nun, ich glaube, sie war alkohol- und tablettensüchtig. Ich weiß noch, dass ich sie einmal in Stockholm besucht habe; sie hat mich zur Apotheke geschickt, um Schmerzmittel zu besorgen. Man wollte ihr dort wohl keine mehr aushändigen. Weshalb fragst du?«, fragte sie plötzlich.

»Na ja, Karl hat Kontakt zu mir aufgenommen. Nicht dass es so verwunderlich wäre – mich aufzuspüren ist ja wohl kaum eine Kunst –, aber wir haben ja jahrelang nichts voneinander gehört, warum ist er plötzlich so darauf aus? Und das, nachdem ich ihm damals in Stockholm so eine heftige Abfuhr erteilt habe.«

»Vielleicht hat er es verdrängt«, gluckste Mia.

»Hmmm. Blöd ist nur, dass er kriminell ist, wenn auch nur in kleinem Stil.«

»Was, Karl? Das wundert mich nicht. Aber ich könnte nicht sagen, dass ich etwas über ihn wüsste. Da müsste ich mal mit unserem Bruder sprechen, er weiß bestimmt mehr. Er hat jetzt übrigens den Hof bei Vallsundet gekauft! Auf Annersia. Jetzt haben wir also auch noch einen Teilzeitlandwirt in der Familie.« Mia lachte vergnügt, verstummte aber jäh, als eine Reaktion ausblieb.

»Aber, sag mal, Erika ... woher wusste Karl eigentlich, dass du jetzt in Göteborg bist?«

Erika hatte keine Antwort darauf. Sie stellte nur fest, dass ihre Schwester immer noch den gleichen wachen Verstand wie eh und je besaß.

Kapitel 30

Per streckte sich auf dem Liegestuhl aus. Er versuchte, die Espressotasse vor sich im Gleichgewicht zu halten, atmete dabei ein, ließ sich tiefer sinken und spürte, wie sein Kreuzbein protestierte. Der Film flimmerte über den Bildschirm. Er sollte eigentlich schon längst auf dem Weg zu den Wäldern des Nordens sein, aber die Tage waren nur so vorbeigerast. Alles, was ihn davon abhielt, waren die verfluchten Winterreifen. Mechanisch drückte er die Fernbedienung. Alle Szenen des Films »Sieben« waren düster, bis auf einen schwachgelben Lichtschein; Bilder, die an die Gemälde von Vermeer erinnerten. »Sieben«, einer der besten Filme des Regisseurs David Fincher. Schon uralt, von 95, ein widerwärtiger, abstoßender Thriller, obwohl darin kaum Gewalt gezeigt wurde. Kevin Spacey zählte nicht zu seinen Lieblingsschauspielern, aber in der Rolle als Mörder und Soziopath war er brillant.

Er beschloss, im Internet nach gebrauchten Winterreifen zu suchen, statt teilnahmslos etwas anzuschauen, was er schon unzählige Male gesehen hatte, als es an der Tür klingelte. Einen kurzen Moment erwog er, das Klingeln einfach zu ignorieren, erhob sich schließlich aber doch. Die beiden Schatten hinter der Tür waren nicht das, was er erwartet hatte. Statt der kleinen schlanken Silhouette der rothaarigen Zahnärztin türmten sich die Umrisse zweier breitschultriger Männer vor seiner Tür auf.

»Hi«, grinste Torbjörn mit einem Grinsen, als Per öffnete. Schräg hinter ihm stand Göran, Erikas Mann. Ein Hauch von Frittierfett und halbverdautem Bier schlug ihm entgegen. Per registrierte gleich den leicht glasigen Blick in Torbjörns Gesicht. Sein Körper konnte enorme Mengen Alkohol vertragen, weil er weit über hundert Kilo auf die Waage brachte. Um ihn unter den Tisch zu trinken, wäre eine ganze Schmugglerladung vonnöten. Für einen flüchtigen Moment überlegte Per, die Herren nicht hereinzulassen, einen Magen-Darm-Virus vorzutäuschen, aber seine Neugier gewann die Oberhand.

Im Flur wurde es eng. Unter großem Getöse zogen sich die unerwarteten Gäste ihre Jacken und Schuhe aus. Göran machte eine schnelle Hausbesichtigung und rühmte alles von der Renovierung bis hin zum unglaublichen Ausblick.

Kurz darauf hatten es sich die beiden auf den Sofas bequem gemacht und durchforsteten Pers Playlisten. Alles von Rihanna, Lady Gaga bis zu Apocalyptica und Disturbed wurde angespielt, um ebenso schnell wieder abgewürgt zu werden. Schließlich breiteten sich melancholische Bluestöne von Gary Moore in der Wohnung aus. Torbjörn und Göran schlürften Whiskey, Grappa und dampfenden Espresso.

Per stellte sich ans Fenster und betrachtete die beiden Kumpel. Seine Hand mit dem Whiskeyglas befand sich dicht vor dem Fenster; er spürte die Kälte, die durch die Scheibe drang. Geistesabwesend lauschte er der Unterhaltung seiner Gäste.

Per hatte Göran kürzlich zum ersten Mal auf dem Flur im Polizeigebäude gesehen. Er war groß und muskulös und bewegte sich mit der selbstsicheren Kraft eines Athleten. Seine dichten blonden Haare lockten sich an den Schläfen, an seinem Haaransatz glitzerte ein dünner Schweißfilm. Der Alkohol ließ die scharfen Gesichtszüge weicher und eine Spur gelöster wirken.

Die Unterhaltung verlief stockend. Per spürte, dass er der

Grund dafür war. Er schwieg und beobachtete und beteiligte sich nur wenig am Gespräch der beiden. Er wartete ab, denn die Herren waren sicher nicht zufällig hereingeschneit.

Göran war dazu übergegangen, seinen Freund Torbjörn aufzuziehen, zu sticheln, dass er wieder in Göteborg, am Arsch der Welt wohnen würde und es echte Bullen sowieso nur in der Hauptstadt gäbe. Aber als Torbjörn rot im Gesicht wurde und offensichtlich einen Krampf in seiner Schulter hatte, fing Göran plötzlich an zu lachen.

»Ihr habt in diesem verfluchten Kaff solche Minderwertigkeitskomplexe, das ist echt unglaublich! Akzeptiert doch einfach, dass ihr in einem gottverlassenen Nest wohnt und Stockholm Schwedens einzige Hauptstadt ist.«

Göran gluckste amüsiert. Torbjörn entspannte sich wieder und sank tiefer in die Polster, zog ein Kissen zu sich heran und stopfte es sich mit leicht gequälter Miene ins Kreuz. Per schmunzelte. Doch nicht etwa Muskelkater? Oder aber Torbjörn hatte ein paar Runden in seinem Ringerverein hinter sich und hatte Prügel einstecken müssen.

»Göteborg, Schwedens Perle; meine Lieben … also ehrlich!«, ätzte Göran munter weiter. Eine Prachtstraße, die wie ein Straßenstrich in Magaluf mit Ludern in jeder Hotelbar anmutet, rumänische Profibettler, über die man überall stolpert, in jedem Kiosk Kanakenschweine, grünrosa Kaninchen und italienische Straßenbahnen! Bald werdet ihr wohl auch noch ein verfluchtes Riesenrad auf dem Götaplatsen errichten.«

Torbjörn ließ sich nicht mehr provozieren und musterte abwesend den Alkohol in seinem Glas. Göran schien nach einer Weile zu erkennen, dass er kein Publikum mehr für seine Theorien hatte. Er hielt dem Blick stand. Torbjörn saß mucksmäuschenstill und beobachtete das Ganze, als ob es ihm vor dem Bevorstehenden graute.

»Ja, wo zum Teufel soll ich anfangen …«

Göran sah Per an. Mit einem Mal war sein Blick getrübt, und Tränen standen in seinen Augen.

»Verdammt, man versucht normal zu sein, aber so ist das ja … keineswegs. Ich … ich bin hergekommen, um meine Frau zurückzuholen … und mir kommt es vor, als wäre ich ein Bettler oder so. Ich fühle mich so scheiß hilflos.«

Göran ließ den Kopf hängen und drehte unermüdlich das Glas in seinen Händen. Seine Frau sei immer eifersüchtiger geworden, ihre Ehe hätte am Ende am seidenen Faden gehangen, unter dem sich ein Abgrund aufgetan hätte. Er schilderte, wie sie ihn eifersüchtig bewacht hatte, wie sie immer öfter für vage Beschwerden krankgeschrieben gewesen sei – Migräne, leichtere Sportverletzungen oder weil sie zu Hause gestolpert, gegen eine Tür gelaufen oder beim Spaziergang mit dem Hund ausgerutscht sei.

Göran warf Torbjörn einen verschämten Blick zu und zuckte entschuldigend die Schultern.

»Ich hab es noch nicht einmal dir erzählt, Tobbe … verzeih. Aber Erika hat angefangen zu trinken, immer mehr. Anfangs habe ich beide Augen zugedrückt. Ich meine, die Menschen trinken nun mal, man ist zum Abendessen eingeladen, man trinkt auf Partys und hier und da ein Glas Wein oder einen Whiskey, das machen ja heutzutage alle.«

Göran fuhr sich mit den Händen durch die Haare, stieß einen resignierten Laut aus und stützte seinen Kopf in die Hände.

»Das Übliche eben … Dreiliterkartons, so verräterisch und so leicht zu vertuschen. Derselbe Karton stand im Kühlschrank, dieselbe Lieblingsmarke. Aber irgendwann raffte ich, dass sie ihn hier und da gegen einen neuen austauschte.« Er sah auf zu Per, in seinen Augen stand Verzweiflung.

»Ich hätte ihr Einhalt gebieten müssen, aber …« Er schwenkte das Glas und betrachtete den Whiskey.

»Ich habe gar nichts getan. Und so viel kann ich sagen, darauf bin ich wirklich nicht stolz.«

Das Letzte spie er aus, als ob es bereits für alles zu spät sei. Er kippte den Whiskey mit einem Zug hinunter, hustete und lachte kurz und trocken auf.

»Und wir sitzen hier und trinken, was für eine Ironie!«

Per beobachtete ihn. Görans Geschichte war deprimierend. Was er gesagt hatte, erklärte so manches von Erikas absonderlichem Benehmen und ihrer Flucht vor ihrem alten Leben. Aber irgendetwas passte nicht ins Bild.

»Wir sollten vielleicht aufbrechen?«, schlug Torbjörn vor, der grimmig dreinschaute.

»Ja«, erwiderte Göran rau, er wirkte träge und unwillig.

»Es war nett, dich kennenzulernen, Per, ich habe gehört, dass du jetzt mit Erika zusammenarbeitest.«

Göran stand auf, machte einen unsicheren Schritt, gewann jedoch rasch sein Gleichgewicht wieder und heftete den Blick auf Per.

»Soweit ich weiß, wohnt sie ja nicht mehr bei Anna … aber falls du weißt, wo ich sie …«

Göran verstummte. Er senkte den Blick und räusperte sich.

»Pass gut auf sie auf, sie hat alle Hilfe nötig, die sie kriegen kann.«

Sie sahen sich einen Moment schweigend an. Görans Augen funkelten kalt wie Gletschereis. Per spürte, wie der nagende Zweifel in ihm zur Gewissheit wurde. Görans Worte hatten keine Grundlage. Alles, was er tat und sagte, war nur Fassade, ein raffiniertes Lügentheater. Göran baute sich dicht vor Per auf, der zu ihm aufsehen musste, um ihn anschauen zu können.

»Und vergiss niemals, wer meiner Frau zu nahe kommt, wird dafür in der Hölle schmoren«, zischte Göran.

»Dem Schwein, der es wagt, meine Frau anzurühren, breche ich jeden verfluchten Knochen im Leib …«

Per rührte sich nicht, hielt seinem Blick stand. Schließlich atmete Göran ein paar Mal ruhig durch, drehte sich um und ging mit schwankenden Schritten zu Torbjörn. Begleitet von albernen Kommentaren, welcher Pub für heute die letzte Station sein sollte, zogen sie sich an. Kurz darauf waren sie fort.

Per schloss die Tür hinter ihnen und lauschte einen Augenblick ihrem lautstarken Abgang im Treppenhaus. Als er die Gläser und Flaschen in die Küche getragen hatte, nahm er das Handy von der Fensterbank und wählte Erikas Nummer. Der Ton klang hohl, dann meldete sich Erikas freundliche Stimme, die mitteilte, dass sie leider gerade nicht erreichbar sei, aber so rasch wie möglich zurückrufen werde. Per starrte auf seine Hände, dann auf die leeren Flaschen, die auf der Küchenanrichte standen. Er konnte sich nicht mehr ins Auto setzen, und selbst wenn, wusste er noch nicht einmal, wo er hinfahren sollte.

Sie wohnte nicht länger bei Anna, das wusste er. Anna hatte erzählt, dass sie einen zeitweiligen Unterschlupf für sie gefunden hätten und sie ihretwegen nicht bei ihnen wohnen bleiben wollte. Was ging in Erikas Kopf bloß vor?

»Dickköpfiges Frauenzimmer«, murrte er und starrte hinaus auf die Hafeneinfahrt. Um die Winterreifen hatte er sich noch immer nicht gekümmert.

Kapitel 31

»Erika, du hast Besuch, und er sieht wahnsinnig gut aus!«, begrüßte Astrid sie aufgeregt am Empfang im Polizeipräsidium.

Finde heraus, ob er verheiratet ist!, besagte ihre lebhafte Gestik hinter der Glasscheibe, mit der sie alles andere als diskret auf den Ringfinger deutete. Erika wartete ein paar Sekunden, bis das Lächeln auf ihrem Gesicht erloschen war, drehte sich um und ging Stefano Canneto, einem der Mitbegründer des Architekturbüros EQ, entgegen.

Er war um die vierzig, schlank, glattrasiert und hatte eine stolze Haltung. Er trug schicke Jeans und ein Jackett, und über seinem Arm lag ein dicker Wollmantel. Seine braunen Augen blickten unruhig, aber sympathisch, und er war einer der bestaussehenden Männer, die Erika jemals getroffen hatte. Er begrüßte sie nervös und bat um Verzeihung, dass er sich nicht eher gemeldet hatte. Er ließ sich auf Erikas Besucherstuhl nieder und erfasste mit einem Blick den nüchternen, anonymen Raum.

»Die Bezirksarchitektin Barbro wird vermisst, und ich möchte Sie bitten, mir zu erzählen, was Sie darüber wissen und wo Sie sich zwischen dem 2. Weihnachtstag und 6. Januar aufgehalten haben«, sagte Erika ruhig und schaltete das Aufnahmegerät ein.

»Ich verstehe«, erwiderte er und wurde unter seiner Sonnenbräune blass.

Er starrte einen Moment wortlos auf seine Hände, bevor er hörbar Luft holte und begann. Er und seine Familie hätten beinahe ein Jahr nach einem Haus in Göteborg gesucht, seit sie von Malmö hierhergezogen seien, um das Architekturbüro zu gründen. Sie hätten am liebsten neugebaut, aber die interessanten Grundstücke seien so teuer gewesen, dass nichts daraus geworden sei.

Erika bemühte sich, ihre Gedanken nicht abschweifen zu lassen, während sie seiner umständlichen Schilderung lauschte. Nicht zum ersten Mal saß jemand auf ihrem Besucherstuhl, der aussah, als würde er gleich ein Geständnis ablegen wollen, egal ob schuldig oder nicht. Es waren die abgebrühten Verbrecher, die den Eindruck erweckten, nur auf der Durchreise zu sein – was sie nicht selten genug auch waren.

»Schließlich haben wir ein Haus aus den 60er Jahren gefunden, auf Näset, am Meer.«

Stefano breitete die Arme aus und lächelte kurz.

»Es war ein großer und gediegener Bau, ein richtiges Haus aus Backstein. Mit Teakfenstern. Es hatte wirklich Potential – es bot Platz, war solide gebaut und hatte eine gute Lage, war aber heruntergekommen und der Ausgangspreis war unverschämt hoch.«

Mit wachsendem Interesse lauschte Erika der Beschreibung des Hauses, das er und seine Familie gefunden hatten und das damals mit Ausnahme von vier streunenden Katzen leergestanden habe. Ein fetter, übelriechender Mann hätte die Tiere gefüttert, und ihnen sei erst mehrere Wochen, nachdem sie das Haus besichtigt hatten, klargeworden, dass er einer der drei Söhne war, die das Objekt nach dem Tod ihres Vaters verkaufen wollten.

»Als der Besichtigungstermin war, ging es zunächst zu wie im Taubenschlag, aber die Hütte war in miserablem Zustand. Im Grunde musste ausnahmslos alles erneuert werden – elektrische Leitungen, der Heizkessel, die Haushaltsgeräte und die Küche. Der Abzug über dem Kamin hatte keine Abdeckung, so dass es hineingeregnet hatte, und die Katzen hatten den Holzfußboden als Katzenklo benutzt.« Er schüttelte bei der Erinnerung daran angewidert den Kopf.

Sie hätten ein Gebot abgegeben, das weit unter den Vorstellungen gelegen habe, und nach einer anfänglichen hysterischen Auktion und einer Anzahl gutachterlicher Besichtigungen, die die meisten abgeschreckt hätte, sei die Familie Canneto Eigentümer eines Objekts mit erheblichem Renovierungsbedarf geworden.

»Wir haben das Haus ›Bruchbude‹ getauft. Ich hatte es während der Verhandlungen praktisch umgeplant und erhielt sofort die Baugenehmigung.«

Erika war schlagartig wach.

»Sofort?«

Ihr Zweifel war nicht zu überhören. Keiner von Barbros bisherigen Kunden hatte diese Erfahrung gemacht.

»Na ja, vielleicht nicht sofort, aber recht zügig.«

Stefano verstummte, kniff die Lippen zusammen und schien seine Worte abzuwägen.

»Ich habe nichts erwartet, als ich mich wegen des Hauses an Frau Edin Olofsson gewandt hatte, erfahrungsgemäß sind auf den Ämtern Kunden vom Fach nicht gerne gesehen …«, sagte er nachdenklich. »Bei anderen, die keine Ahnung haben, können sie sich ja hinterher immer noch hinter Paragraphen und Regeln verstecken, wenn etwas schiefgelaufen ist. Sie war eine überraschende Ausnahme.«

»Inwiefern?«, fragte Erika neugierig nach.

»Sie war freundlich, entgegenkommend, alles das, womit ich nicht gerechnet hatte«, stellte er fest.

»Ihr gefielen meine Umbauwünsche, und sie versprach, sich schnellstens um meine Angelegenheit zu kümmern. Ich bekam den Mund vor Erstaunen kaum zu, als ich ihr Büro verließ.« Seine Gesten wurden immer ausladender.

»Sie hat mich nie warten lassen, war offen, freundlich und unglaublich dienstbeflissen; ganz einfach ein Profi. Dann schlug sie vor, ein paar Dinge bei einem gemeinsamen Mittagessen zu besprechen. Es kam mir damals nicht seltsam vor, aber mir ist natürlich klar, dass sie das kaum jedem angeboten hätte.«

Stefano seufzte gequält und sah Erika unglücklich an.

»Ich sehe natürlich ein, dass das falsch war, ich hätte etwas sagen müssen, schon damals etwas tun müssen …«

Erika wartete ab und sah den Mann eindringlich an.

»Wir haben uns im ›Fiskekrogen‹ getroffen«, begann Stefano. »Sie war strahlend schön und bezaubernd, und ich bekam allmählich kalte Füße. Ich meine, ich hatte nicht vor, meine Frau mit der Bezirksarchitektin zu betrügen, und ich begann mich zu fragen, auf was sie eigentlich aus war. Ich dachte, sie würde erwarten, dass ich mit ihr ins Bett gehen würde, um meine Baugenehmigung schnell und problemlos zu bekommen.«

Erika hatte Mühe, ihre Gefühle zu verbergen.

»Auch wenn ich ein sogenannter Profi bin, ist es verflucht schwer, objektiv und professionell zu sein, wenn es um die eigenen Träume geht. Als Architekt steht man unter enormem Leistungsdruck, es muss schließlich unglaublich gut und kreativ sein, darunter geht es nicht.«

»Was ist passiert?«, drängte Erika.

»Sie hätte wohl nicht nein gesagt, falls ich mein Interesse bekundet hätte, sie hat sich ordentlich feilgeboten. Ich saß also da und betrieb Smalltalk, war furchtbar freundlich und fühlte mich wie ein Regenwurm an der Angel.«

Er schüttelte den Kopf und verzog das Gesicht zu einer bitteren Grimasse.

»Und dann passierte es«, stöhnte er leise.

Er fuhr sich mit der Hand durch die dichten schwarzen Haare und starrte hinaus.

»Sie sagte es so beiläufig, als ob sie über das Wetter spräche«, sagte Stefano bedächtig. »Wir hatten für meinen Umbau ein paar kleinere Abweichungen vom Bebauungsplan diskutiert. Es war nicht so einfach, alles unter einen Hut zu bekommen. Sie sagte, dass ich mir deshalb keine Sorgen machen sollte, und versprach mir, dass die Bearbeitung schnell und unkompliziert vonstatten gehen würde – wenn ich ihr die richtige Summe bieten würde.«

Stefano sah Erika an, er war sichtlich betreten. Sie bekam eine Gänsehaut.

»Wie haben Sie reagiert?«

»Tja, wie reagiert man darauf?«

»Ich war stocksauer und beschloss, das Spiel mitzuspielen. Ich bot ihr an, fünfzigtausend Kronen zu zahlen. Ich wollte meine Baugenehmigung und alles fertig haben, bevor ich mit meinem Wissen zur Polizei ging.«

»Haben Sie gezahlt?«

»Nein.«

Stefano sah Erika ernst an.

»Sie tat alles, was sie mir zu tun versprochen hatte. Ich fing an, zu renovieren und umzubauen, und als ich die Baugenehmigung erhalten hatte, besuchte sie mich auf der Baustelle, gratulierte mir und verlangte ihr Geld. Ich machte ihr klar, dass ich nicht vorhätte zu zahlen. Ich drohte ihr sogar mit einer Anzeige und dem Staatsanwalt. Und wissen Sie, was Sie da gemacht hat? Sie hat mich ausgelacht und gesagt, dass ich eine Woche Zeit hätte, um wieder zur Vernunft zu kommen. Dann hat sie sich auf dem Absatz umgedreht und ist gegangen.«

Es schauderte ihn bei dem Gedanken daran.

»Und ist sie wiedergekommen?«

»Nein. Sie hat mich nur angerufen und war so kalt wie ein Eisblock. Sie hat mich freundlich daran erinnert, dass ich meinen Verpflichtungen noch nicht vollständig nachgekommen sei. Ich entgegnete leichthin, dass wir wohl nicht dieselbe Sicht der Dinge hätten, und sie antwortete nur, dass es an mir wäre, das zu entscheiden, ich meinen Entschluss aber noch bitter bereuen würde. Dann hat sie den Hörer aufgeknallt – und ich bekam ihre Rachsucht zu spüren.«

»Wie?«

Erika sah Stefano gespannt an. Er stöhnte und rieb sich die Stirn. »Sie hat alle Nachbarn aufgehetzt; es könnten durch das Bauvorhaben Nachteile für sie entstehen, und sie hätten das Recht, meine Baugenehmigung anzufechten, wie es so schön heißt. Familie Ahlström musste man beispielsweise nicht lange bitten, und gegen meine Baugenehmigung wurde von fast allen, bis auf einen, Klage eingereicht.«

»Carl Erik Djurberg«, sprudelte es aus Erika heraus.

»Ja«, bestätigte Stefano und schaute misstrauisch. Erika lächelte schnell.

»Und, was ist dann passiert?«

»*Ist* passiert? Passiert immer noch, meinen Sie wohl. Ich befinde mich nach wie vor im Auge des Sturms. Die Nachbarn halten mich für einen verfluchten Betrüger, der durch seine berufliche Position versucht hat, Privilegien zu erschleichen, die niemand sonst genießt, und jetzt haben die Klagen das Gericht für Grundstücks- und Umweltsachen erreicht. Jede Minute kostet mich Geld, eine Stange Geld. Mein Darlehen läuft nicht, weil das Haus noch nicht abgenommen wurde, und es wird nicht fertig, weil gegen meine Baugenehmigung Klage erhoben wurde und bis in alle Ewigkeit geklagt werden wird. Und einige der Abweichungen, die Barbro genehmigt hat, muss ich womöglich zurückbauen. Das Ganze kann Jahre dauern …«

Stefano Cannetos Blick wurde leer, und er starrte zu Boden.

»Und wo sind Sie nun zwischen dem 2. Weihnachtsfeiertag und dem 6. Januar gewesen?«

»In unserer Bruchbude«, antwortete er tonlos.

Er richtete sich auf, in seinen Augen lag plötzlich ein feuchter Glanz.

»Und ich kann nicht mit einem Alibi oder wie immer das heißt dienen, ich habe ziemlich viel Zeit allein im Haus verbracht. Man versucht ja, die Kosten zu senken …«

Er zuckte resigniert die Schultern.

»Was, glauben Sie, ist Barbro zugestoßen?«, fragte Erika. Sie lehnte sich vor und suchte seinen Blick.

»Ich weiß es nicht.«

»Es ist also nicht so, dass Sie für Barbros Verschwinden gesorgt haben?«

»Nein, was würde das helfen?«

»Na ja, helfen vielleicht nichts, aber wir haben ja alle unsere Grenzen, und es gibt da etwas, das sich Rache nennt«, fuhr Erika seidenweich fort.

Stefano sah sie eindringlich an.

»Natürlich, der Gedanke ist mir gekommen. Als ich außer mir war vor Wut und zutiefst verzweifelt – aber ich bin kein Mörder.«

Erika sah dem attraktiven Italiener noch lange durch die gläsernen Scheiben des Foyers nach, als er zum Parkplatz ging. Er war zumindest ehrlich. Wut, Erniedrigung und Ohnmacht waren ein guter Nährboden für Hass und Rachegelüste. Seltsam war nur, dass er von Mord gesprochen hatte.

Kapitel 32

Erika drosselte die Geschwindigkeit, fuhr an der langen Mauer entlang und suchte an dem Briefkasten, der im Torpfeiler eingelassen war, nach einem Namen. Als sie das Seitenfenster etwas öffnete, sah sie, dass mit feinsäuberlichen Buchstaben »Edin« ins Metall eingraviert war. Sie parkte den Wagen auf der Straße. Beim Aussteigen blies ihr ein eiskalter Wind entgegen, so dass sie den Weg zum Haus hinaufeilte. Alle Fenster waren hell erleuchtet; der goldgelbe Lichtschein wirkte warm und einladend.

Eine gedrungene Frau unbestimmten Alters öffnete die Tür.

»Kriminalinspektorin Erika Ekman«, stellte Erika sich freundlich vor. Die Frau erwiderte das Lächeln mit runden Pausbacken, trotzdem blieb das Gesicht seltsam ausdruckslos.

»Ich bin von der Polizei und möchte Frau Edin sprechen«, wiederholte Erika und musterte die Frau, die von einem Bein aufs andere trat und sich dabei die Hände knetete.

Erika fror so entsetzlich, dass sich ihr Rücken verspannte; ihr Magen kämpfte nervös mit dem Baguette, das sie vor der Abfahrt hastig in sich hineingeschlungen hatte. Das Lächeln auf dem runden Frauengesicht erlosch. Hatte die Frau begriffen, was sie gesagt hatte? Ihre Haare waren rabenschwarz und dick wie Rosshaar. Unter den nussbraunen Augen hatte die Haut einen bläulichen Schimmer, und sie besaß einen dunklen Oberlippenbart. Erst als Erika ihre Dienstmarke zeigte, reagierte sie, schlug eine Hand vor die Stirn, ließ einen klagenden, schwer verständlichen Wortschwall los und schob Erika in die Diele.

Als Erika abgelegt hatte, wurde sie in einen langgestreckten Flur gebeten. Die Frau watschelte schnell in ein Zimmer, um ihre Anwesenheit zu melden. Erika sah sich um. Die Wände waren halbhoch mit Holzpaneelen verkleidet, darüber als Wandmalerei hauchzarte Landschaften, die sich bis zu den Deckenbalken und der reichverzierten Kassettendecke fortsetzten. An den beiden Enden der Zimmer standen feudale Kachelöfen und zwei ausladende Kristalllüster warfen bunte Reflexe und ein angenehmes Licht in die Räume und über die schönen Parkettböden, Sofas, die riesigen Esszimmermöbel und die schweren Schränke. Sie fühlte sich in eine andere Zeit versetzt, als ob sie mitten in die Dreharbeiten einer britischen Serie des späten 19. Jahrhunderts hineingeplatzt wäre.

In einer Ecke des Zimmers saß eine ältere Dame in einem abgewetzten Ledersessel, mit einem Kreuzworträtselheft auf dem Schoß und einer großen rot-gelben Katze zu ihren Füßen. Auf einem niedrigen Tischchen vor ihr stand ein silbernes Tablett mit Tee, Gebäck und Marmelade. Die Frau sah nicht von ihrer Beschäftigung auf. Erst als die Haushälterin sich vorbeugte und ihr etwas ins Ohr flüsterte, hob sie den Kopf, legte den Stift beiseite und sah Erika würdevoll an.

Ihre Haut war so weiß wie Porzellan und von kleinen Fältchen und Furchen durchzogen, aber ihre Gesichtszüge waren scharf. Sie hatte hohe Wangenknochen, eine gerade Nase und mandelförmige braune Augen und trug ein gutgeschnittenes Kleid aus einem meergrünen wollenen Stoff. Ihre weißen Haare waren im Nacken zu einer eleganten Hochsteckfrisur arrangiert. Die Ähnlichkeit mit ihrer Tochter war frappierend, doch hatten Verbitterung und Verachtung irgendwann Spuren in ihrem Gesicht hinterlassen; ausgeprägte Falten zogen sich zu den Mundwinkeln, die dem Gesicht einen harten

Ausdruck verliehen. Barbros Mutter blieb sitzen, ihre Hände ruhten auf dem Kreuzworträtsel. Wortlos musterte sie Erika. Die Haushälterin ging leise aus dem Raum.

»Guten Tag«, begrüßte Erika sie freundlich. »Ich komme von der Bezirkskriminalpolizei und möchte Ihnen gerne noch ein paar Fragen stellen.«

Die Frau nickte, hob das Kinn und deutete auf ein Sofa gegenüber. Mit langsamen Bewegungen streichelte sie die Katze, die auf ihren Schoß geklettert war und die Erika nicht aus den Augen ließ.

»Haben Sie sie gefunden?«, fragte die Frau.

»Verzeihung?«

»Meine Tochter«, wiederholte die Frau schneidend.

»Wir müssen dazu noch ein paar Fragen stellen, um zu …«, setzte Erika an.

»Schon wieder Fragen? Mein Mann und ich haben bereits mit der Polizei gesprochen.«

»Ist Ihr Mann nicht zu Hause?«

»Nein, ist er nicht. Er arbeitet.«

Erika machte sich dazu eine Notiz und konnte aus den Augenwinkeln sehen, dass die Frau errötete.

»Es ist schade, dass Ihr Mann nicht hier ist.« Sie sah, dass die Frau schluckte und es ihr schwerfiel, die Hände ruhig zu halten.

»Und Sie haben kein Lebenszeichen von Ihrer Tochter erhalten?«, fragte Erika vorsichtig nach.

Die Frau schüttelte leicht den Kopf.

»Ich habe mit den Polizisten gesprochen, die zuvor bei Ihnen gewesen sind, und sie haben mir von Ihrem Gespräch berichtet«, erklärte Erika. »Es tut mir leid, wenn ich Ihnen Umstände mache, aber ich möchte Sie bitten, mir noch einmal zu erzählen, was passiert ist.«

»Ist das wirklich nötig?«

»Ich bedauere, aber ich gehöre zu denjenigen Polizisten, die daran arbeiten, Ihre Tochter zu finden, und wir versuchen uns auf jede erdenkliche Art und Weise ein Bild von den Geschehnissen zu machen.«

Der Blick der Frau ruhte lange auf Erika. In ihren Augen lag ein glänzender Schimmer.

»Was dachten Sie, als Barbro nicht wie vereinbart zum Abendessen erschienen ist?«, fragte Erika nach einem Moment bedrückender Stille.

»Wenn ich ehrlich sein soll, waren wir nicht besonders beunruhigt«, sagte Frau Edin und kraulte die Ohren der Katze.

»Was meinen Sie damit? Kommt sie häufiger zu spät?«

Die alte Dame gab ein trockenes Lachen von sich. Die Katze erhob sich und ließ sich den Rücken streicheln. Ihr Schwanz zeigte steil zur Decke.

»Dass Barbro nicht ans Telefon gegangen ist, konnte ganz verschiedene Ursachen haben«, antwortete sie und verzog einen Mundwinkel zu einem kleinen Lächeln. Erika nickte und wartete ab.

»Nein, Zuverlässigkeit war noch nie Barbros Stärke.« Die Frau brummte vielsagend. »Meine Tochter ist eine impulsgesteuerte Frau, der häufig die verschiedensten Ideen kommen, denen sie nachgibt. Die Götter wissen, dass sie ein schwieriges Kind war. Sie war schon immer sehr eigensinnig«, fügte sie eher zufrieden denn verärgert hinzu.

»Aber als sie sich um mehrere Stunden verspätete, was haben Sie da getan?«, fragte Erika.

Barbros Mutter seufzte tief.

»Natürlich haben wir uns Sorgen gemacht, das muss sie doch verstehen«, sagte sie mit einer gereizten Falte zwischen den Augen. »Auf den Straßen hier herrscht ein schrecklicher

Verkehr, und überall gibt es so sonderbare Leute. Ich habe angerufen …« Sie errötete heftig und verstummte jäh.

»Wen haben Sie angerufen?«

»Das spielt keine Rolle«, fuhr sie Erika an. Ihre Augen hatten sich verdunkelt.

»Alles kann wichtig sein«, wandte Erika sanft ein.

Die Frau seufzte tief und unterbrach ihre Streicheleinheiten. Nach einem Moment des Schweigens sah sie Erika an.

»Barbro hat eine Jugendfreundin … meinem Mann gefällt es nicht, dass sie Umgang mit ihr pflegt, er will davon nichts wissen, aber ich weiß, dass sie sich treffen. Also habe ich sie angerufen, aber sie hatte nichts von Barbro gehört.«

Erika fragte sie, ob es sich um Julia Lindmark gehandelt habe, und die alte Dame bejahte mit einem steifen Nicken. Ihre Röte hatte sich vertieft.

»Und später am Abend haben Sie Jan Olof angerufen, nicht wahr?«

Die Hand der Frau stockte.

»Mein Mann hat ihn angerufen. Aber unser Schwiegersohn war wie üblich unmöglich. Der Traum einer Schwiegermutter ist er wirklich nicht«, sagte sie spitz.

»Wie meinen Sie das?«

Die Frau seufzte abermals tief auf. Die Katze glitt von ihrem Schoß und verschwand unter einem riesigen Schrank. Erika sah die großen gelben Augen in der Dunkelheit funkeln.

»Nun, das klingt jetzt vielleicht gemein, aber ich hätte meiner Tochter einen aufgeschlosseneren und kontaktfreudigeren Mann gewünscht. Einen angenehmen Mann, wenn Sie wissen, wovon ich rede.« Ihr Mund wurde zu einem schmalen Strich.

»Mein Mann ist der Meinung, einen besseren hätte sie

kaum finden können. Er hat sie dazu gebracht, ihr Studium abzuschließen, er ist verlässlich und hat ein gutes Einkommen. Aber ich …«

Die Frau verstummte, schluckte hart und starrte vor sich auf den leeren Teller, auf dem ein paar Krümel und Spuren der roten Marmelade ein abstraktes Muster bildeten.

»Ich habe meinen Schwiegersohn nie gemocht, so ist es nun mal. Ich würde sagen, dass ich ihm nicht richtig über den Weg traue.«

Erika betrachtete die Frau, die sich ihr zuwandte, und begegnete ihrem Blick.

»Sie sagen, dass Sie Jan Olof nicht trauen. Wissen Sie etwas, das …«

Die Frau zupfte mit mechanischen Bewegungen an ihrem Kleid und kaute auf der Innenseite der Unterlippe herum. Langsam schüttelte sie den Kopf.

»Sie sagen, Sie hätten eine Vermutung?«, fragte Erika schnell. Die Frau fuhr zusammen und drehte die Serviette in ihren Händen, als ob sie das glattgebügelte Leinen zwingen könnte, sich nach ihren Wünschen zu formen.

»Jan Olof vergöttert Barbro, glauben Sie mir«, erwiderte sie steif.

Barbros Mutter richtete sich auf und sah Erika mit einer solchen Kälte an, dass es sie schauderte.

»Dass Barbro Jan Olof nicht schon längst verlassen hat, liegt nur daran, dass er ihr leidtut. Sie weiß, dass er eine Trennung nicht verkraften würde. Aber Barbro ist eine sehr attraktive Frau, die heiß umworben wird. Ich will mich nicht selbst loben, aber sie kommt nach mir, sie hätte jeden haben können. Doch dann tauchte dieser Jan Olof auf und ließ nicht locker – er musste sie haben. Ich bin ehrlich erstaunt, dass sie ihn nicht schon früher verlassen hat.«

Erika merkte, dass ihr der Mund offen stand und klappte ihn abrupt zu. Sie machte sich fieberhaft Notizen und sah die alte Dame dann durchdringend an.

»Sie glauben also, dass Barbro ihren Mann verlassen hat? Wollen Sie mir das damit sagen?« Plötzlich verdrehte die Frau die Augen, fasste sich an die Brust und schien schwer Luft zu bekommen, sie hustete abgehackt und angestrengt. Die dralle Haushälterin kam eilig mit einem Glas Wasser und einem Medikament angelaufen. Mit besorgtem Blick stellte sie sich neben ihre Arbeitgeberin. Erika kam der Gedanke, dass sie die ganze Zeit hinter der Tür gewartet haben musste. Die Haushälterin schüttelte mit zitternden Händen zwei rosa Pillen aus der Dose und half Barbros Mutter, sie einzunehmen. Nach einem Moment beruhigte sie sich und sah Erika anklagend an.

»Meine Gesundheit war noch nie gut«, sagte sie streng. »Ein Joch, das manche von uns ein ganzes Leben mit sich herumschleppen müssen. Das Herz, wissen Sie.«

Sie tätschelte ihre Brust und beugte sich leicht zu Erika vor.

»Ich traue Jan Olof nicht, das habe ich wohl noch nie. Nicht weil er böse wäre, absolut nicht. Und er ist auch nicht geizig. Aber ich finde, dass er ein bisschen, ja, wie soll ich sagen … gefühlskalt ist. Es fällt mir schwer, in Jan Olof einen Mann zu sehen, der einer Vollblutfrau wie Barbro etwas bieten kann.«

Erika starrte auf ihren Mund, der ein gekünsteltes Lächeln zeigte. Sie sah auf ihren Notizblock und beendete die eigenartige Unterredung mit den üblichen Routinefragen.

Erika verließ die große Villa mit dem zwiespältigen Gefühl, eine vertrauliche Mitteilung erhalten zu haben, ohne sie entziffern zu können. Was hatte die alte Dame ihr eigentlich gesagt? Dass Barbro schon lange daran gedacht habe, ihren Mann zu verlassen und ihre Pläne in die Tat umgesetzt hatte? Aber weshalb hatte sie erwähnt, dass sie Jan Olof nicht über den Weg traute?

Kapitel 33

Der Besitzer des Pubs lächelte Erika freundlich von der Bar her zu, als sie hereinkam. Sie entdeckte Julias rabenschwarzen Haarschopf sofort. Die Beschreibung der Kollegen stimmte – Julia Lindmark fiel auf. Sie saß bei einer Flasche Rotwein an einem Ecktisch und blätterte in einem Büchlein, das wie ein Kalender aussah. Auf dem Tisch lag ein aufgeschlagenes Boulevardmagazin mit Paparazzifotos von verschiedenen Promis.

»Hallo, Frau Lindmark«, sprach Erika sie freundlich an und musterte interessiert die Frau, die die Kollegen so miesgelaunt und in ebenso miserablem Zustand am Flughafen Landvetter aufgegriffen hatten. Sie fuhr zusammen, schlug schnell den Kalender zu und ließ ihn in die Handtasche gleiten. Die stark geschminkten Augen verdunkelten sich, als ihr bewusst wurde, wer vor ihr stand.

»Ah, sind Sie das? Sind Sie der Bulle? Ja, ja, setzen Sie sich nur.«

Julia schien sich wieder zu entspannen und schenkte sich ein Glas Wein ein.

»Ich kann Ihnen wohl kein Gläschen anbieten?«

Erika schüttelte lächelnd den Kopf. Ihr Gegenüber trug schwarze Lederhosen und Schnürstiefel, eine samtig glänzende Bluse mit tiefem Ausschnitt, schweren Schmuck und hatte extrem lange schwarzlackierte Nägel. Ihre Haare wirkten beinahe wie eine sehr gut angefertigte Perücke, und ihr blasses Gesicht war so stark geschminkt, als wäre sie gerade aus der Maske eines Theaters gekommen.

»Hatten Sie einen schönen Urlaub?«, fragte Erika lächelnd.

Julia Lindmark schlug die Augen nieder und begann, an ihren langen Nägeln herumzuspielen.

»Es interessiert uns nicht, falls Sie eine Reise unter falschem Namen gebucht haben sollten, wir sind nur froh, dass Ihnen nichts Schlimmes zugestoßen ist, dass Sie nicht auch noch verschwunden sind …«, sagte Erika mit einem dramatischen Unterton in ihrer Stimme.

Julia gab nur einen Seufzer von sich.

»Sie haben meinen Kollegen aus Alingsås gesagt, dass Sie und Barbro sich schon lange nicht mehr gesehen hätten?«, begann Erika das Gespräch und tastete nach ihrem Notizblock.

»Ich habe sie angelogen«, sagte sie, und ein interessiertes Funkeln glomm in ihren Augen auf. Ein Mundwinkel verzog sich langsam zu einem schiefen Lächeln.

»Gut, Sie haben sich also gesehen. Aber nicht um den Jahreswechsel?«

»Nein, ich hätte gedacht, dass sie vorbeigekommen wäre, aber nein, sie hat nicht einen Mucks von sich gegeben.«

»Ich frage mich, wie ihr Verhältnis zu ihrer Familie, zu ihren Eltern war?«, fügte Erika hinzu und fühlte sich mit einem Mal unglaublich müde.

»Zur Hexe im Paradies, meinen Sie?« Julia gab ein trockenes, gehässiges Lachen von sich. »Ja, das Weibsstück ist nicht von Pappe, o Gott, was für ein niederträchtiger Hausdrachen! Kein Wunder, dass der Alte sich wie ein Schwein aufführt. Natürlich ist er das nicht zu Barbro, sie vergöttert er ja, betet sie geradezu an.« Julia lehnte sich zurück, lächelte in sich hinein und trank genüsslich von ihrem Wein.

»Das Weib hat zeit ihres Lebens nur simuliert«, fuhr sie mit abwesendem Blick fort.

Erika schwieg, um ja nicht die Flut aufzuhalten, die sich

plötzlich über die Dämme ergoss. »Sobald ihr etwas nicht passte, bekam sie einen ihrer albernen Anfälle. Sie hat einen Medizinschrank daheim, der besser bestückt ist als Alingsås' Apotheke, zum Teufel! Ja, ja, darin ließen sich so manche Leckereien finden, als wir noch jung waren, ha, ha. Der Alte hat sich offensichtlich inzwischen mit ihr abgefunden, und dann hat er wohl auch noch andere hier im Ort.« Julia gluckste zufrieden.

»Wie war das Verhältnis zwischen Barbro und ihrer Mutter?«

Julia beantwortete die Frage mit einem genüsslichen Lächeln.

»Ihre Mutter war selbstverständlich eifersüchtig auf sie! Die Alte wollte nie Kinder, wollte ihren Mann für sich allein haben, und dazu kam ihre krankhafte Angst, dass die Schwangerschaft ihr die Figur ruinieren könnte, diese Frau ist nicht ganz dicht! Ich meine, die ist mit den Jahren doch eh dahin. Barbro war also kein Wunschkind.«

Erika schwieg nachdenklich.

»Nun, Sie können sich ja bestimmt vorstellen, dass Barbro den Herrn Papa um den Finger gewickelt hat«, nuschelte Julia in ihr Weinglas. »Er hat sie mit Geschenken und Kleidern nur so überschüttet.« Eine plötzliche Röte breitete sich auf ihrem Gesicht aus.

»Ja, nicht nur Barbro, auch ich habe davon profitiert, habe vor allem Kleider bekommen. Mama war natürlich scheißfroh darüber, dass ich auch bedacht wurde, wenn ich im Paradies war, wir hatten ja nicht so viel Kohle. Außerdem stand sie ein bisschen auf Barbros Vater.«

»Sie sagen, dass ihr Vater sie vergöttert hat. War da mehr als nur Vaterliebe?«

Julia gurrte, ihre Augen funkelten.

»Man könnte es fast meinen, aber ich weiß, dass es nicht so war. Diese Grenze hat der Alte nie überschritten, falls Sie das vermuten. Aber andere Frauen hat er natürlich gehabt, der Mann hat ja Geld wie Heu.«

»Wissen Sie, ob Barbro Affären mit anderen Männern hatte?«, fragte Erika nach einem Moment des Schweigens.

Julia prustete in ihr Weinglas, dass der Rotwein nur so spritzte, stellte es ab, säuberte den Tisch und wischte sich die Lachtränen mit ihrer Serviette ab.

»Jesses, wenn der arme Teufel wüsste! Ein schärferes Frauenzimmer gibt es nicht. Sie kriegt nie genug, hat immer was Neues am Laufen. Wann immer wir uns getroffen haben, hat sie nach einem neuen Kerl Ausschau gehalten, in den sie ihre Krallen schlagen konnte. Und sie ist Mitglied in irgend so einem Rollenspiel-Club. Man mietet sich unter einer noblen Adresse ein, und dann wird Herr und Diener gemimt, the kinky way! Sie sagt ihm dann wohl, dass sie mit ihren Freundinnen Bridge spielt oder so … Pikant wie nur was! Obwohl ich nie dabei gewesen bin, auch wenn Sie das vielleicht annehmen.«

Julia lächelte, sichtlich zufrieden mit sich, und studierte interessiert Erikas Reaktion. Erika machte sich Notizen und erkundigte sich nach dem Namen des Clubs, aber Julia konnte ihr nur die ungefähre Adresse nennen.

»Heißt einer der Männer, die Barbro trifft, Sten Åhlander?«

»Jep, ihr Chef.« Julia grinste. »Er ist derart rollig, dass sie sogar im Büro bumsen.«

Mit funkelnden Augen blickte sie in das Rotweinglas.

»Fallen Ihnen noch weitere Liebhaber ein?«, hakte Erika nach.

»Wissen Sie, ich habe mir natürlich nicht alle gemerkt, da hätte ich einen Hochleistungsrechner als Kopf benötigt. Einer – das weiß ich allerdings – ist dieser reiche Knilch, Kai sowieso, über den in der Zeitung geschrieben wurde.«

Nach einer Weile fiel Julia noch der schicke Italiener ein.

»Hieß er zufällig Stefano?«

»Hm … ja, das klingt bekannt.«

»Wissen Sie, ob Barbro eine Affäre mit ihm hatte?«

»Nein, ich habe ehrlich keine Ahnung.«

»Sie kennen Frau Edin Olofsson doch gut, hatten Sie den Eindruck, dass sie sich in letzter Zeit verändert hat? Hat sie irgendetwas in Unruhe versetzt?«

Julia Lindmark wirkte plötzlich ein wenig beunruhigt.

»Wo Sie es sagen … mit einem war es anders. Er hieß Toni, sie hat den ganzen Herbst nur von ihm geredet. Er war wohl auch Architekt, ein erfolgreicher Typ, prominent. Sie sagte, dass sie heiraten würden, aber dann starb er plötzlich. Sie war völlig verstört.«

Julia seufzte schwer und bedeutete dem Kellner, ihr Nachschub zu bringen.

»Ich hoffe, dass Barbro nichts Dummes getan hat!«

»Machen Sie sich deswegen Sorgen?«

»Nein, das nicht, aber sie kann manchmal etwas draufgängerisch, etwas waghalsig sein, wenn Sie wissen, was ich meine. Und dann die vielen Männer, mit denen sie herummacht, … man weiß ja nie.«

Auf der Rückfahrt dachte Erika über Julias Worte nach – dass Barbro sich im Herbst verändert hätte, dass sie ernstlich verliebt gewesen zu sein schien. Das Klingeln des Handys riss sie aus ihren Gedanken, es war Per.

»Ich weiß ja nicht, ob dich das so viel glücklicher machen wird, aber wir haben jetzt die Verbindungsdaten von Barbros Handy, und wie es aussieht, ist unsere Freundin auf Reisen«, konstatierte er trocken.

»Was?«

»Ihr Handy war an dem Tag, als Barbro ihr Auto abholen sollte, wohl doch eingeschaltet, es war bei einem Mobilfunkmast in Landvetter eingeloggt und später in einem Netz bei Heathrow in England«, sagte Per in einem beinahe entschuldigenden Ton. »Interessant ist, dass dazwischen nur eine verdammt kurze Zeitspanne liegt, sie muss also geflogen sein. Wir werden die Flüge überprüfen und schauen, welchen sie genommen haben könnte. Hoffen wir mal, dass ihr Mobiltelefon einen guten Akku hat. Ich bleibe an der Sache dran. Wo bist du gerade?«

»In Alingsås oder Lerum oder so. Ich bin auf dem Rückweg.«

Erika legte auf und steckte das Handy wieder in die Jackentasche. Auf Reisen, soso. Vielleicht hatte Barbro doch die Bestechungsgelder genommen und ihren drögen und eifersüchtigen Ehemann seinem Schicksal überlassen. Durchtriebenes Mädchen, dachte Erika grimmig, jedoch ohne wirklich überzeugt davon zu sein.

Wenig später summte es erneut in ihrer Jacke. Es war Ingemar, Jan Olofs Kollege. Sie konnte ihn kaum verstehen. Ein erregter Wortschwall ergoss sich über sie. Erst nach einer Weile begriff sie, dass er seinen Partner abends besucht hatte und Jan Olof jetzt im Krankenhaus lag.

»Ich glaube, er wollte sich das Leben nehmen«, sagte Ingemar mit tränenerstickter Stimme.

Kapitel 34

Göran erwachte mit einem Ruck. Sein Magen krampfte sich zusammen, er kämpfte gegen die Übelkeit an und wartete. Langsam schwächte sie sich wieder ab. Die Augen ließ er lieber zu. Die Kopfschmerzen überfielen ihn jäh, jenes nur zu vertraute rotglühende Stechen im linken Auge kam wie ein Pistolenschuss und setzte sich unter seinem Wangenknochen fest.

Es war ein netter Abend gewesen, aber warum, verflucht, hatte er sich das angetan? Er sperrte den trockenen, klebrigen Mund auf; Wasser, er brauchte kaltes Wasser, aber sofort! Er spürte, wie sich sein Mund zusammenzog, sein Magen rebellierte erneut. Er wankte ins Badezimmer und trank das Wasser direkt aus dem Hahn. Langsam, einen Schluck nach dem anderen, wie ein alter müder Gaul.

Er kroch zurück ins warme Bett und zappte durch die Idiotenkanäle, bis er die Fernbedienung mit einem Fluch an die Wand schleuderte. Durch den Gardinenspalt erblickte er ein Stück graubedeckten Himmel. Schwere Verdunkelungsgardinen, die nach Rauch rochen, obwohl das Hotel behauptete, ein Nichtraucherhotel zu sein. Furchtbar hässliche Tapeten, die aussahen, als hätte jemand dagegengepinkelt, und Nachttischlampen aus Metall auf einem abgenutzten Schränkchen. Weshalb mussten Hoteleinrichtungen nur immer so verdammt hässlich sein? Sollten die Gäste vielleicht nicht lange bleiben oder am besten gar nicht erst wiederkommen?

Er griff nach seinem Smartphone, rief die Nachrichten ab, die Wettervorhersage, seine Mails, loggte sich auf Facebook ein und war es sofort leid – Pseudonachrichten und Promifirlefanz, Egotrips und Heile-Welt-Geschichten. Die Schmerzen in der linken Gesichtshälfte ließen sein Auge tränen, so dass es ihm Schwierigkeiten bereitete, es offen zu halten. Ziellos blätterte er die Fotos auf dem Handy durch. Halt! Er brachte die Bilderflut mit einer Bewegung seines Fingers zum Stehen und blätterte zurück. Da. Verflucht! Er hatte Fotos von Inger gemacht. Wann, zur Hölle, war das gewesen? Er rief ein Foto nach dem anderen auf und studierte die bizarren Einzelheiten. Manche Aufnahmen waren nur ein verschwommener Brei, andere hingegen scharf und detailliert. Inger, eine Kollegin – eine von diesen Bräuten, die immer an seinem Rockzipfel hingen, die bei Kursen oder Partys seine Nähe suchten, ihm feuchte flehende Blicke und ein gefühlsseliges Lächeln zuwarfen.

Dann setzte seine Erinnerung wieder ein – der Abend im Pub. Sie waren ausgegangen, um ein paar Bierchen zu trinken, und sie war nicht von ihm gewichen, mit einem leisen Lächeln, das ihr auf die Fresse geklebt schien, immer nur einen halben Meter von ihm entfernt. Er war an dem Abend ziemlich betrunken gewesen, aber wer zum Teufel sollte ihm das verübeln, bei dem, was er alles hatte durchstehen müssen.

Erika war dabei gewesen, hatte aber meistens mit ihren Kolleginnen herumgehangen. Er hatte sich über ihr Herumgealbere mit ihnen und Ingers aufdringliche Art geärgert. Was dann passiert war, daran konnte er sich noch schemenhaft erinnern. Inger und er waren irgendwie auf der Terrasse gelandet, und seine Wut war explodiert. Er hatte sie in einen harten Würgegriff genommen, sie gegen das Geländer gepresst und ihr ein paar saftige Ohrfeigen verpasst. Er wusste noch, dass sie weiterhin gelächelt hatte, obwohl ihr die Tränen die Wangen herunterliefen. Martin war dazugekommen und hatte gefragt, ob alles okay sei. Er selbst hatte einen Arm um Inger gelegt, als ob er sie trösten wollte.

Martin – immer Bruder Rechtschaffen. Er hatte besorgt gewirkt, sich aber nach einem Moment zurückgezogen. Niemand hatte gesehen, dass er der blöden Kuh eine geklebt hatte. Göran musterte Ingers vermöbeltes Gesicht auf dem Foto, die Schürfwunden und den weinerlichen Blick. Er verzog das Gesicht zu einem schiefen Lächeln, bis die Kopfschmerzen es unwillkürlich in eine Grimasse verwandelten, doch der Schmerz konnte das befriedigte Lachen nicht verhindern, das blubbernd in ihm aufstieg. Das war zu gut, um wahr zu sein! Der nächste Schachzug – Inger würde bestimmt nicht schwer zu überzeugen sein. Erika, my darling, das Ende ist nahe.

Kapitel 35

Eva Norlén zuckte zusammen, als die Sprechanlage summte. Wer, um Himmels willen, mochte das sein, um diese Uhrzeit? Sie strich ihre Kleidung glatt und überprüfte hastig im Spiegel ihr Make-up. Breit lächelte sie ihrem Spiegelbild zu. Die drei Gemälde, an denen sie seit drei Monaten hin und wieder arbeitete, begannen endlich lebendig zu wirken. Sie sollten nebeneinander hängen, vorzugsweise an einer farbenfrohen Wand, ja, das wäre perfekt! Sie wusste, dass Triptychen zu malen nicht so anerkannt war, aber sie waren gerade modern und ließen sich leicht verkaufen, und sie hatte das Geld wirklich nötig!

Vor Freude war sie durchs Atelier getanzt, hatte mit den Katzen geschmust und sich zur Belohnung ein Glas Wein eingeschenkt, hatte in dem frischen fruchtigen Geschmack geschwelgt, die Leichtigkeit und die Wärme in der Brustgegend genossen, und sich noch ein paar wohlverdiente Gläschen mehr gegönnt. Jetzt war sie müde, etwas benommen und auch eine Spur gereizt, dass jemand sie störte, aber auch neugierig. Vielleicht wollte ihr der Mann aus dem Antiquitätengeschäft einen Besuch abstatten. Eva meldete sich, aber ihr schollen nur eine verzerrte Stimme und Verkehrsgeräusche entgegen. Sie drückte auf den Summer und öffnete.

Der Mann, der einen Augenblick später vor ihrer Tür stand, war wahnsinnig gutaussehend. Es dauerte einen Moment, bevor sie schaltete, als er sich nach ihrer Untermieterin erkundigte. Sie hatte Erika schon so gut wie vergessen. Er hatte zunächst vielmals um Entschuldigung gebeten, aber da er so freundlich wirkte, hatte sie ihn gedrängt hereinzukommen.

Er hatte ihre Gemälde begutachtet und ihr dafür seine Anerkennung ausgesprochen und gemeint, dass sie Talent habe. Die Katzen hatten ihn misstrauisch beäugt. Zunächst schien er sich damit zu begnügen, dass sie ihm nicht sagen konnte, wo Erika jetzt wohnte, dann hatte er angefangen zu weinen – er hatte ihr so leidgetan. Er hatte gesagt, dass er Erika liebte, sie ihn verlassen hätte und er nur mit ihr reden wollte.

Eva hatte weder aus noch ein gewusst, sie hatte schließlich versprochen dichtzuhalten. Aber er war nicht das, was sie erwartet hatte. Der junge Mann war so gutaussehend und adrett. Und er wirkte so allein. Sie reichte ihm ein Glas Wein und erzählte ihm, wo Erika zu finden war.

Der Schlag traf sie wie aus dem Nichts, Schmerz flammte in ihrer Hand auf, und das Weinglas flog in hohem Bogen davon und landete mit einem dumpfen Knall zwischen den an der Wand lehnenden Gemälden. Die Katzen flohen auf den Dachboden und starrten mit großen Augen auf das fremde Theater unter ihnen.

Kapitel 36

»Setz dich, bitte.«

Bengt deutete auf seinen Besucherstuhl. Per zog ihn heran, nahm Platz und musterte das grimmige Gesicht seines Gruppenleiters. So frustriert und wütend sah er ihn selten, aber seine verkrampfte Haltung und die zuckende Wangenmuskulatur sprachen Bände.

»Ich hab ganz schön mein Fett weggekriegt, das kann ich dir sagen«, knurrte Bengt und zielte mit einer zusammengeknüllten Papierkugel auf den Papierkorb, verfehlte ihn aber.

»Kannst du mir erklären, was zum Teufel hier vor sich geht? Ich höre ja, was ihr sagt, und sehe, dass Erika wie ein Tier arbeitet, aber wir kommen nicht weiter, und jetzt wühlt die Presse in diesem Morast, und ich kann ihnen nicht einen Dreck sagen, weder ihnen noch unseren Oberen. Ein Glück immerhin, dass diese Freundin aufgetaucht ist, Gott sei Dank für diese milde Gabe! Kann nicht irgendeiner den Wühlmäusen einen Tipp geben, dass im Stadtbauamt gemauschelt wird und die Tussi in irgendeine Steueroase geflüchtet ist, um sich von unseren sauer verdienten Steuergeldern ein schönes Leben zu machen? Denn das hat sie ja wohl getan?«

Bengt zielte mit einer weiteren Papierkugel auf den Korb, diesmal mit Erfolg. Er rieb sich den Kopf und knurrte hörbar.

»Entschuldige. Aber mich machen dieser politische Quatsch und die Presse, die jeden noch so kleinen Klecks zu einem verfluchten Misthaufen aufbläst, wahnsinnig!«

Bengt verstummte, seine Stirn zog sich in Falten zusammen.

»Es war, gelinde gesagt, eine Zeitlang ziemlich chaotisch. Aber ich habe gesehen, dass dich etwas belastet?«

Per richtete sich auf und strich sich eine lockige Strähne aus der Stirn.

»Meiner Mutter geht es schlecht, Krebs. Sie hat in Östersund im Krankenhaus gelegen und ist jetzt wieder zu Hause. Ich werde einen Abstecher zu ihr rauf nach Härjedalen machen müssen, sie besuchen.«

Bengt nickte grimmig. Er hatte bemerkt, dass sich Per in letzter Zeit verändert hatte. »Gut, dass zumindest einer ehrlich ist«, sagte Bengt offen. »Lass dir nur nicht zu viel Zeit da oben. Fahr, wenn du meinst, dass du fahren musst, aber sorg dafür, dass du vorher eine Übergabe machst; hier herrscht ja das reinste Chaos. Was haben wir, womit können wir weitermachen? Ich würde diese ganze Ermittlung zu unserer werten Architektin ja ehrlich gesagt am liebsten einstellen, aber meine Vorgesetzten wollen immer noch Resultate sehen.«

Bengt unterstrich seine Worte, indem er die Handfläche auf den Tisch hinabsausen ließ.

»Was, zum Teufel, hat diese Dame beim Stadtbauamt eigentlich getrieben?«

»Tja … das ist wohl das Einzige, über das wir jetzt etwas Klarheit haben, und das sieht nicht allzu appetitlich aus«, antwortete Per mit einem schiefen Grinsen. »Obwohl es bisher vor allem Vermutungen sind, keine harten Fakten.«

»Mist …«, brummte Bengt nachdrücklich. »Ich habe den Auftrag, ein verschwundenes Frauenzimmer zu finden, nicht ein kommunales Komplott aufzuklären!«

»Gibt es was Neues vom Nachrichtendezernat bezüglich Erikas Cousin?«, fragte Per. Zu seiner Erleichterung sah er, dass Bengts Gesicht sich eine Spur erhellte.

»Ja, die Verbrecher sind gefasst, wir wissen im Großen und

Ganzen, woher der ganze Scheiß kam. Und was die Unterredungen mit Erika betrifft, scheint es, als hätte sie die Wahrheit gesagt. Aber, Per … behalte Erika im Auge. Ich weiß, dass ich sie stützen müsste, aber im Augenblick überläuft es mich kalt«, sagte Bengt, und ein Schatten zog über sein Gesicht.

»Zu allem Überfluss hat man sie in der Hauptstadt wegen Misshandlung angezeigt. Eine Kollegin.«

Per sah seinen Chef ungläubig an. Bengt nickte verdrossen.

»Ja, so übel ist das. Sie soll auf einer Betriebsfeier auf sie losgegangen sein, aus Eifersucht. Ich muss also ihre Dienstwaffe konfiszieren, es wäre sicher gut, wenn sie nicht zu viel allein unterwegs wäre.«

Nach einem Augenblick verabschiedete sich Per und verließ das Zimmer. Bengt sank auf seinen Stuhl zurück und starrte vor sich hin ins Leere. Er fühlte sich zum Narren gehalten – und war stocksauer.

Kapitel 37

Das Sahlgrenska Krankenhaus ragte auf wie ein Berg aus altem Backstein. Erika bog von der dröhnenden, stinkenden Durchfahrtsstraße ab, die unbegreiflicherweise direkt durch das Krankenhausareal verlief. Nach mehreren erfolglosen Runden auf der Suche nach einem Parkplatz, stellte sie den Wagen einfach entnervt irgendwo ab. Wenige Meter entfernt stand eine gigantische Ramme und schlug in gewaltsamem Takt in den Boden. Wie Herzschläge dröhnten die Stöße der Maschine durch Gebäudehüllen und erzitternde Erdschichten.

Auf der Station empfing sie ein Arzt mit einem freundlichen, wettergegerbten Gesicht. Sein Handschlag war angenehm kräftig, seine Augen blickten intelligent und neugierig.

»Jan Olof Olofsson ist jetzt bei Bewusstsein, aber er ist sehr mitgenommen. Er hat bei der Einlieferung Vergiftungssymptome gezeigt, aber vor allem eine Panikstörung. Sein Freund ist gestern Abend mit ihm hergekommen, da war er kaum ansprechbar – wir gehen davon aus, dass er Schlaftabletten und Alkohol eingenommen hat. Wir warten noch auf die Ergebnisse aus dem Labor.«

Erika warf ihm einen fragenden Blick zu. Er schüttelte den Kopf.

»Nein, kein Selbstmordversuch. Vermutlich nur ein paar Tabletten, aber bei der Alkoholmenge ist das nicht gerade eine glückliche Kombination«, ergänzte er mit schwachem Lächeln.

Erika wurde zu einem nüchtern möblierten Zimmer geführt, das trotzdem einen gemütlichen Eindruck machte. Vielleicht lag es an den gelben Gardinen, die jemand aufgehängt, womöglich gar selbstgenäht hatte. Erika verspürte einen Stich, als sie Jan Olof sah, der am Fenster lag.

Sein Körper sah noch abgemagerter aus als beim letzten Mal, und seine Knie ragten wie zwei runde Miniaturberge unter der Decke hervor. Sein Gesicht war weiß, fast bläulich. Erika setzte sich an sein Bett und betrachtete ihn. Er rührte sich nicht, seine heiseren, schweren Atemzüge hallten im Zimmer wider. Krankenhäuser hatten schon immer eine bedrückende Wirkung auf Erika gehabt, und auch jetzt wollte sie am liebsten sofort wieder Reißaus nehmen.

Jan Olof sah zu einem Glas, das am Bett stand. Erika griff danach und half ihm zu trinken, was ihn anzustrengen schien.

»Ist gestern Abend etwas Besonderes vorgefallen?«, fragte sie vorsichtig. Jan Olof schüttelte den Kopf.

»Nein, ich habe nur nicht zur Ruhe kommen können und ein paar Schlaftabletten genommen, die meine Frau …«

Er schluckte und schien noch tiefer in die Kissen zu sinken.

»Ich war verzweifelt, also habe ich ein paar Tabletten geschluckt, wollte einfach einschlafen können, einfach Ruhe haben …« Jan Olofs Stimme schien von weit her zu kommen.

»Dann klingelte es, und Ingemar stand vor der Tür. Dass er kam, war pures Glück, ich hatte doch allen gesagt, dass ich niemanden sehen wollte. Ich bin so dankbar, dass er …«

Die raue Stimme brach. Jan Olof fing leise an zu weinen. »Danke. Sie sind neben Ingemar der einzige Mensch, der sich wirklich Gedanken um mich macht.«

Erika hatte einen Kloß im Hals.

»Kennen Sie Sten Åhlander?«, fragte Erika.

»Nein.« Jan Olof schüttelte langsam den Kopf. »Ich habe ihn kurz gegrüßt, bin ihm bei einem behördlichen Empfang begegnet, aber das ist auch schon alles. Er arbeitet ja noch nicht so lange im Stadtbauamt, erst seit knapp einem Jahr.«

Jan Olofs Augen blitzten neugierig auf.

»Weshalb fragen Sie?«

»Es gibt Stimmen, die behaupten, Ihre Frau hätte Sie betrogen, Jan Olof. Und einer der Männer, die genannt wurden, war Sten Åhlander.«

Erika betrachtete die kümmerliche Gestalt. Die Zeit zog sich in die Länge, eine Uhr tickte laut und störend.

»Verflucht, hört denn heutzutage auch schon die Polizei auf Klatsch und Tratsch! Was zum Teufel hat das mit Barbros Verschwinden zu tun, wenn ich fragen darf?!«, zischte Jan Olof aus tiefster Kehle. Erika sah schnell zur Klingelschnur, die neben ihr hing.

»Ich verstehe Ihr Unbehagen, Jan Olof, glauben Sie mir, aber wenn Verbrechen begangen werden, tragen sie sich in den allermeisten Fällen zwischen Personen zu, die einander bekannt sind. Und Leidenschaft hat oft zwei Seiten. Ich versuche nur, Ihnen zu helfen.«

Jan Olof starrte sie scharf an, gab seine aggressive Haltung aber nach einem Augenblick auf, und der traurige Ausdruck kehrte in seine Augen zurück.

»Verzeihen Sie«, sagte er niedergeschlagen, »ich weiß nicht, was in mich gefahren ist. Ich fühle mich einfach so unglaublich schlecht.«

Entschuldigend legte er eine Hand auf Erikas Unterarm.

»Natürlich weiß ich, dass Barbro eine attraktive und aufgeschlossene Frau ist, und habe Verständnis dafür, dass sie mit anderen Männern flirtet. Dieses Vergnügen sei ihr gegönnt. Aber untreu … nein, das führt zu weit.« Er hustete und bedeutete, dass er nichts mehr zu sagen hätte.

»Und wenn Sie mit ihrer Freundin, diesem Schluckspecht,

gesprochen haben, dann beruht das auf nichts anderem als ihren eigenen blühenden Phantasien. Barbro ist schön, sie macht Eindruck auf Männer und Frauen, denen sie begegnet, und genießt unverblümt die schönen Seiten des Lebens, so etwas heizt die Phantasie der Leute an.«

»Wir gehen davon aus, dass Ihre Frau sich im Ausland befindet, Jan Olof. Wir haben Barbros Privathandy aufzuspüren versucht, und es war in Landvetter und später bei Heathrow eingeloggt.«

Jan Olof zuckte zusammen.

»N-nein, das hat sie nicht … sie würde mich nie verlassen, sie kann nicht, darf nicht … Sie müssen sich geirrt haben.«

Jan Olof sah Erika flehentlich an. Langsam füllten sich seine Augen wieder mit Tränen.

Erika stand noch lange mit offener Jacke vor dem Eingang des Krankenhauses und ließ den kalten Wind mit ihren Haaren und ihrer Kleidung spielen. Jedes Mal, wenn sie Jan Olof gegenüberstand, ging es ihr nahezu körperlich schlecht. Sein Kummer und seine Hilflosigkeit rührten an ihren eigenen Sorgen und Ängsten, und das erschreckte sie. Sie nahm sich das doch sonst nicht so zu Herzen. Erika wählte Pers Nummer. Er war kurz angebunden, klang zerstreut und desinteressiert.

»Hast du noch mehr gefunden?«, fragte sie.

»Verzeih, ich war … ja, tatsächlich. Nach England hat sich das Telefon in ein amerikanisches Netz eingeloggt, sie ist mit größter Wahrscheinlichkeit in New York. Wir haben den Flug gefunden, den sie genommen haben muss. Das Seltsame ist, dass sie nicht auf den Passagierlisten steht, aber Handys finden ja in so großer Höhe kein Netz und sind darüber hinaus während des Fluges abgestellt.«

Erika zog die Jacke fester um sich und steuerte mit nachdenklichen Schritten den Parkplatz an.

»Du, Per, ich glaube, wir sollten doch versuchen, das Telefon anzuzapfen. Ich habe gerade noch mal mit Jan Olof geredet. Er liegt im Sahlgrenska, und ich habe den Eindruck, er wollte sich das Leben nehmen. Und immer mehr deutet daraufhin, dass seine Frau ihn betrogen hat – schon lange und mit verschiedenen Männern.«

Sie fluchte leise und versuchte das Auto wiederzufinden. Wo, verflixt noch mal, hatte sie es geparkt? Sie drückte auf den Funkschlüssel. Ein Stück entfernt, schräg hinter einem kleineren Lkw, leuchtete es auf. Mit ausgreifenden Schritten lief sie daraufzu.

»Außerdem behauptet ihre Freundin Julia, dass Barbro in den dänischen Architekten verliebt war. Der, der vor Weihnachten gestorben ist, Toni Christensen.«

»Was stellst du dir jetzt vor? Dass Jan Olof ihn umgebracht hat? Ist er nicht an einem geplatzten Magengeschwür gestorben?«

»Doch. Aber ich glaube, dass Barbro ihren Mann verlassen wollte. Ich habe das Gefühl, dass sie auf der Flucht ist, vor ihm und ihren krummen Geschäften. Vielleicht war sie ja drauf und dran aufzufliegen?«

Per stöhnte hörbar.

»Bengt will die Ermittlungen einstellen, deshalb wird es nicht leicht sein, eine Erlaubnis dafür von ihm zu bekommen. Aber wenn du meinst, dass es etwas bringt, dann …«

»Tu, was du kannst«, sagte sie und legte auf.

Per starrte auf das Telefon. Das war das letzte Mal, dass Erika allein draußen sein würde – aus verschiedenen Gründen.

Kapitel 38

Sobald Erika wieder in ihrem Büro war, schloss sie hinter sich ab, sammelte sich einen Moment und wählte dann langsam Görans Nummer. Die Ziffernkombination war ihr zuwider, sie beschritt damit einen Weg, von dem sie schon wusste, wohin er führen würde.

»Hier Göran.«

»Ich bin's, Erika.«

»Na endlich, mein Liebling. Du traust dich also doch, mich anzurufen.«

»Ich möchte, dass wir reden, vernünftig miteinander reden.«

»Selbstverständlich, mein Schatz.«

»So kann das nicht weitergehen. Es muss möglich sein, darüber zu reden.«

»Aber ja, red du nur. Ich bin gespannt, was du mir zu sagen hast. Du hast mir ja wohl so manches zu erzählen«, sagte Göran scharf.

»Ich verstehe ja, dass du wütend und enttäuscht bist …« Erika schluckte die aufsteigende Übelkeit hinunter, ihre Hände zitterten. Sie musste ihm die Sache begreiflich machen und ihn dazu bringen, sie zu erörtern.

»Es tut mir wirklich leid, dass ich einfach so gegangen bin. Aber ich hatte ja schon vorher versucht, mit dir darüber zu …«

»Ist dir überhaupt klar, was du getan hast?«, schnitt Göran ihr das Wort ab. Seine Stimme zitterte vor unterdrückter Wut.

»Ich habe schon früher versucht, es dir zu sagen«, fuhr Erika mit schneidender Stimme fort. »Ich will nicht mehr mit dir leben, Göran, und wir müssen die Sache zu einem Ende bringen. Ich möchte, dass wir mit einem Anwalt für Familienrecht Kontakt aufnehmen und uns mit dem Haus gütlich einigen. Es hat keinen Zweck, zu …«

»Kapierst du denn gar nichts, verflucht? Oder wie? So kannst du mit mir nicht umspringen, begreif das endlich!«, brüllte Göran so laut, dass Erika beinahe der Hörer aus der Hand fiel.

»Du …«, schrie er, »… du verlässt mich nicht. Du hast gelobt, in guten wie in schlechten Tagen mit mir zu leben, bis dass der Tod uns scheidet. Und das wirst du, verflucht noch mal, auch tun, hast du mich verstanden?«

Erika rang nach Worten. Sie schluckte unablässig und spürte den Puls in der Schläfe hämmern. Ihr Kopf war wie leergefegt, sie konnte keinen klaren Gedanken fassen. Wusste weder, was sie im Stillen vorformuliert hatte, noch konnte sie sich an die Taktik erinnern, die sie sich vor dem Gespräch zurechtgelegt hatte.

Sie sah ihre Schwester vor sich – ihre blauen Augen, die zerzausten blonden Haare und ihr fröhliches Lächeln. Hörte ihre Worte. Seit wann geht das schon so? Seit wann ist er so zu dir? Ihre Kehle schnürte sich zusammen. Sie wusste es nicht mehr.

Vielleicht war er von Anfang an gestört, doch sie hatte es nicht erkannt. Irgendwelche Warnzeichen musste es doch gegeben haben. Andererseits hatte er ihr nichts verheimlicht – die traurige Kindheit, der Vater Alkoholiker, der ihn und seine kleinen Geschwister verprügelt hatte, das Geld der Familie mit Pferdewetten durchgebracht und für deutsche Luxuskarossen verschwendet hatte, es Abend für Abend mit seinen Saufkumpanen und Frauen in den Kneipen der Stadt zum Fenster hinausgeworfen hatte. Seine apathische Mutter, die sich in die Phantasiewelt der bunten Klatschblätter geflüchtet und sich Diätpillen von irgendeinem obskuren Heilarzt aus Dänemark besorgt und geschluckt hatte. Ich bin darüber hinweg, hatte er gesagt. Ich habe das verarbeitet, habe schon lange keinen Kontakt mehr zu meinem Vater, habe ihn seit mindestens zehn Jahren nicht mehr gesehen. Wir haben uns nichts mehr zu sagen. All das liegt jetzt hinter mir. Ein trauriges Lächeln war über sein Gesicht gehuscht; der wehmütige Ausdruck in seinen Augen sprach von einem vollzogenen Abschied. Und dann das Leben, das er führte und das beweisen sollte, dass er es selbst in die Hand genommen hatte – sein Training und sein Lebensstil, seine Abenteuer und seine Lebensfreude. Und sein Beruf als Polizist. Alle Tests, denen er sich unterwerfen musste, hatte er, wenn auch nur haarscharf, bestanden.

Wie sollte sie ihn verurteilen – hätte sie sich von ihm abwenden, die Verliebtheit überspielen und ihm deutlich sagen sollen, dass er kaputt sei, niemals normal sein würde, erledigt sei? Dass die Kindheit ihn einholen würde, was auch immer er sagte oder täte? Und dann dieser Verdacht, dass sie selbst dem Abgrund und den Alpträumen in ihm Tor und Tür geöffnet hatte. Dass sie damit das Monster in ihr Leben gelassen hatte. Erika zuckte zusammen, klärte ihre Stimme.

»Ich möchte wenigstens meine Sachen zurückhaben ... meine ... Erinnerungsstücke und meine Fotos, die Sachen meiner Oma – die Kommode, die ich von ihr geschenkt bekommen habe, die blaue, du weißt schon. Alles andere kannst du behalten, Göran ...« Sie atmete tief ein, um Mut zu fassen. »Und Boss. Ich will den Hund zurück, Göran. Ich kann mich um ihn kümmern.«

Sie erhielt ein zischendes Röcheln zur Antwort. Erst nach einem Moment begriff Erika, dass er sie auslachte.

»Mein Herzchen … über die Sachen müssen wir später reden. Es ist ja nicht eindeutig, wem was gehört. Ich habe keine Ahnung, wo die Fotos sind, weißt du. Vielleicht habe ich sie im Affekt weggeworfen oder sie verloren. In der letzten Zeit habe ich auch einiges verbrannt. Mir ist es eine Weile ja nicht sonderlich gutgegangen.«

»Verbrannt?«, keuchte Erika.

»Und Boss kannst du vergessen! Sein Zuhause ist hier. Du hast ja noch nicht mal eine Wohnung, zum Teufel! Wenn ich das richtig verstanden habe, wohnst du jetzt ja mal hier, mal dort, bei verschiedenen Männern, Künstlern und anderem Gesocks. Und bald wirst du ja auch ohne Job dastehen … den Hund kannst du also vergessen!«

Er gab erneut dieses seltsame Gelächter von sich, ein tonloses, trockenes Wiehern.

»Mach's gut, mein Schatz, wir sehen uns!«

Am anderen Ende wurde aufgelegt. Erika starrte auf das Telefon.

»Du verfluchter Scheißk …«

Sie umklammerte das Mobilteil so fest, dass die Plastikschalung knirschte. Sie war kurz davor, es quer durch den Raum zu pfeffern, steckte es aber mit einer langsamen Bewegung zurück in die Jackentasche.

Kapitel 39

Erika parkte den Wagen am Askims torg auf der Rückseite eines Lokals. Der beißend kalte Wind war in Schneeregen übergegangen, der von der Seite her blies und unter die Kleidung drang.

Mit energischen Schritten überquerte sie den winzig kleinen Platz Richtung Ärztehaus und der kleinen Bibliothek, die trotz aller Widrigkeiten hier noch zu überleben schien.

Ingemar Nordlund nahm sie erneut in seinem gemütlichen Büro in Empfang, und sie betrachtete ihn, während er geschäftig umhereilte und Kaffee und Kuchen servierte.

»Ich möchte Sie bitten, mir zu erzählen, wie der Abend gestern verlaufen ist, als Sie Jan Olof besucht und ihn ins Krankenhaus gefahren haben«, drängte Erika ihn.

Sie ließ sich in den bequemen Sessel sinken und musterte Ingemar, der sich übers Kinn fuhr und mit konzentrierter Miene den Blick an die Decke heftete. Nach einem Moment des Schweigens sah er Erika an. Seine sonst so munteren und freundlichen Augen waren voller Sorge.

»Es ist schon fast unheimlich … aber ich hatte das Gefühl, dass ich unbedingt zu ihm musste, … dass irgendetwas nicht stimmte.«

Er nippte am Kaffee, kostete, entschied, dass er in Ordnung war, und trank mit großen Schlucken. Der hellwache Ausdruck kehrte in seine Augen zurück.

»Ich hatte Jan Olofs hartnäckiges Nein satt und bin ganz einfach hingefahren, habe an der Tür geklopft und nicht klein beigegeben.«

Ingemar schlürfte den restlichen Kaffee. »Schließlich öffnete er; er sah furchtbar elend aus. Ich habe ihn beiseite geschoben und bin einfach hineingegangen, obwohl er entsetzlich protestierte, mir weismachen wollte, dass es ihm gutgehe … ich meine, lieber Gott, er sah ja katastrophal aus! Ich habe instinktiv gehandelt, habe mich um ihn gekümmert und ihn ins Auto gezerrt. Wahrscheinlich habe ich auf dem Weg in die Klinik einen neuen Geschwindigkeitsrekord aufgestellt.«

»Sie haben ganz richtig gehandelt«, antwortete Erika ruhig. »Was hat Sie dazu gebracht, so zu reagieren?«

»Tja, weiß der Geier … Es lag irgendwie an seiner Art, seinem Benehmen, das ich nicht wiedererkannte. Etwas, das mir eine entsetzliche Angst einjagte. Jan Olof …«

Ingemar verstummte und schien nach Worten zu suchen.

»Jan Olof ist ein vernunftbetonter Mensch«, fuhr Ingemar fort. »Nicht gefühlskalt, ganz und gar nicht, aber rational. Doch an dem Abend kam es mir so vor, als hätte der Teufel persönlich mir die Tür geöffnet. Er wirkte vollkommen irrsinnig, brabbelte eine Menge Zeug und wollte mich davonjagen. Und das, obwohl wir doch nie Geheimnisse voreinander hatten! Ich bekam also wahnsinnige Angst – und verschaffte mir Zutritt.«

»Gegen seinen Willen?«, fragte Erika.

»Ja. Dann wurde mir auch klar, weshalb er so dagegen war. Er hatte wohl vorgehabt, sich das Leben zu nehmen, ich kam also verdammt ungelegen.«

Erika überprüfte die Uhrzeit, die Ingemar angab, und stellte fest, dass sie mit den Angaben des Arztes übereinstimmte.

Nach dem Gespräch blieb sie noch einen Moment auf dem Askims torg stehen. Sie hatte das Gefühl, etwas Wichtiges übersehen zu haben – etwas, das direkt vor ihr lag.

Kapitel 40

Erika lehnte sich gegen ein Trainingsgerät und studierte die Tafel, die daran angebracht war, während sie darauf wartete, dass jemand den Hörer abnahm. *Gluteus Maximus*. Die Darstellung auf dem Schaubild zeigte einen von Muskelsträngen durchzogenen Körper. In der Leitung tutete es monoton weiter; geistesabwesend betrachtete sie ein paar Muskelprotze, die auf der Fußmatte im Eingangsbereich des Fitnessstudios fröhlich mit einem Pitbullwelpen schmusten. Gerade als sie aufgeben wollte, nahm jemand ab.

»Pernilla Krans.«

»Hallo, Pernilla«, sagte Erika mit fester Stimme. Sie hörte, wie am anderen Ende der Leitung tief Luft geholt wurde.

»Mir ist zu Ohren gekommen, dass ich eine unserer Kolleginnen bei einer Afterwork-Party misshandelt haben soll?«, fuhr Erika ruhig fort. Pernilla entfuhr ein Seufzer.

»Ja, gegen dich liegt eine Anzeige bei uns vor«, antwortete sie kleinlaut.

»Und es gibt Zeugen, die das Ganze bestätigen können?«

»Nein, die gibt es nicht, aber Fotos von den Verletzungen. Und Inger gibt an, dass du es warst.«

»Verstehe. Wir wissen also nicht, wer sie geschlagen hat?«

»Hör auf, Erika! Das bringt doch nichts, das weißt du. Du wurdest angezeigt. Wir müssen der Anzeige nachgehen, und das Gericht muss …«

»Ach so, wenn eine Anzeige gegen mich vorliegt, dann kann man den Kram also verfolgen, ja«, schnitt Erika ihr das Wort ab, mit einer Stimme, die sie beinahe selbst nicht wiedererkannte. Ihre Arme zitterten vor schierer Wut.

»Und was ist mit der Flut von Anzeigen, die ich all die Jahre hindurch gemacht habe, die haben sich einfach in Luft aufgelöst, ohne dass jemand sie vermisst hätte. Verstehe ich das richtig?«, zischte sie hitzig.

»Bitte, Erika, ich …«

»Zum Teufel, Pernilla! Du weißt, dass das Quatsch ist. Du weißt, wer dahintersteckt. Inger wurde von Göran in die Mangel genommen, und vermutlich hat er ihr mit einer Wiederholung gedroht, wenn sie mich nicht anschwärzt.«

Das Schweigen am anderen Ende sprach für sich.

»Ich will ja nicht undankbar sein, Pernilla, aber du musst auch verstehen, dass es für mich hier um alles geht. Du weißt doch sicher, was passiert ist?«

Ein kaum hörbares Ja war die Antwort.

»Ihr könnt Göran nicht … Ich bin es, die ihre Arbeit verliert, keine Wohnung hat, kein Geld, nichts …« Erika schluckte den Rest hinunter, es brachte ja sowieso nichts. »Scheißegal, Pernilla. Aber versprich mir, dass ihr für mich da seid, wenn ich Beweise gegen ihn habe, verdammt. Versprich's!«

»Ja, ich verspreche es.«

»Wo ist er jetzt? Ist er noch in Göteborg?«

»Wahrscheinlich. Er ist jedenfalls nicht hier in Stockholm. Seit beinahe zwei Wochen hat ihn niemand mehr gesehen.«

Erika hörte Pernilla schlucken.

»Erika, pass bloß auf dich auf. Ich glaube, er hat die Kontrolle über sich verloren.«

Erika zog sich um und betrat den Fitnessraum – zum ersten Boxtraining seit langem. Den Gips war sie los, aber der Arm, der darunter zum Vorschein gekommen war, sah seltsam dünn aus und erinnerte viel mehr an einen Arm einer Leiche. Egal, sie würde nicht lockerlassen. Und Göran sollte sich lieber auf eine Auseinandersetzung gefasst machen!

Während sie die Boxhandschuhe überstreifte, versuchte sie das Bild von Inger heraufzubeschwören – einer entzückenden und ehrgeizigen Kollegin. Nicht hübsch, eher süß. Und blond, natürlich. Sie war schon immer scharf auf Göran gewesen. Ob sie es war, die jetzt an ihrer Stelle im Doppelbett in Enskede lag? Aus irgendeinem Grund bezweifelte sie das. Aber Prügel hatte sie einstecken müssen.

Du Arme, dachte Erika verbittert, während ihr Puls schneller ging, du ahnst ja nicht, worauf du dich eingelassen hast!

Der erste Schlag raubte ihr den Atem. Sie schüttelte sich, konzentrierte sich auf ihren Widersacher und spürte den Adrenalinschub. Ihr Puls raste, als die unterdrückte Wut sich gewaltsam Bahn brach.

Kapitel 41

Erika wühlte in ihrer Tasche, auf der Suche nach der kleinen Passierkarte, dem »Sesam, öffne dich« zum Hinterhof, und stieß dabei zufällig gegen die Pforte – sie schwang auf. Jemand hatte vergessen, sie hinter sich zuzuziehen. Sie erstarrte und versuchte hochkonzentriert, in der Dunkelheit etwas zu erkennen, horchte, konnte aber nur das Rauschen von Klimaanlagen und die Musik, die aus dem Hinterhof kam, hören. Vorsichtig schob sie die Pforte weiter auf. Das Scharnier quietschte, weshalb sie die Pforte nur so weit öffnete, dass sie so eben hindurchschlüpfen konnte. Sie hielt sich im Schatten an der Wand, angespannt lauschend. Ein plötzliches Scheppern ließ sie innehalten.

Auf dem langgestreckten Hinterhof gab es viele Ratten. Sie hatte sie zwischen den Mülltonnen hin und her flitzen sehen. Erika wartete im Schatten. Sie hörte ein entferntes Knirschen im Kies, dann herrschte wieder Stille.

Im Haus an der Straßenseite brannten nachts keine Lichter, und nichts rührte sich, während die Häuser ringsum bis weit in die Nacht einen gemütlichen gelben Lichtschein verbreiteten. Wenn sie aus dem Türfenster ihres kleinen Unterschlupfs sah, schienen die Häuser zu schweben und die goldgelben Fenster nahmen sich wie funkelnde Sterne und Planeten aus.

Erika schlich in den Hinterhof und hielt sich links. Rechts befand sich ein Bewegungsmelder; sie wusste genau, wie weit sein Sensor reichte. Sie hörte ein Geräusch, und die Tür des Ateliers ging auf. Flüchtig sah sie etwas aufblitzen. Plötzlich ging die Hoflampe an. Das Licht strahlte gleißend hell und blendete sie flüchtig, bis ihre Augen sich daran gewöhnt hatten. Doch es reichte, um die korpulente Gestalt auszumachen, die sie nur zu gut kannte.

Ihre Blicke trafen sich. Erika holte tief Luft, war mit ein paar Schritten blitzschnell um die Ecke verschwunden und zwängte sich hastig durch die Pforte, die mit voller Kraft hinter ihr zuschlug. Sie lief, was das Zeug hielt die Straße hinab, hetzte den kleinen Weg an der Carolus-Rex-Mauer hinauf, die Treppen hoch, machte laute Stampfgeräusche und hechtete einen schmalen asphaltierten Gang hinunter, der zu einer beinahe unsichtbaren grüngestrichenen Pforte führte, die gut hinter einem weitverzweigten Busch verborgen lag.

Erika war die Treppen schon so viele Male hinauf- und hinuntergestiegen, dass sie sich blind zurechtgefunden hätte. Die Scheinwerfer auf dem Esperantoplatsen warfen von unten einen breiten Lichtkegel gegen die Mauer, der geradewegs in den Himmel zu klettern schien. Dahinter lag alles im Schatten. Die Treppen, die seitlich an der Mauer hochführten, sahen in der Dunkelheit wie dicke Steinwände aus, gestaltlos, ohne Stufen.

Erika drückte sich gegen die kleine Tür. Sie hörte Görans schwere Schritte durch ihren eigenen, hämmernden Pulsschlag hindurch, als er an ihr vorbei die Treppen hinaufhastete, so dicht, dass sie ihn hätte berühren können. Nach einem Moment blieb er stehen, sah sich um und witterte wie ein Hund auf der Jagd.

»Erika, Schätzchen! Spiel nicht mit mir, wir haben ausgespielt. E-rika! Hör jetzt auf mit den Spielchen, zur Hölle! Du entkommst mir nicht, das weißt du!!«

Göran drehte sich um, ein Geräusch hatte ihn abgelenkt, rasch lief er die Treppen hinunter. Blitzschnell schlüpfte Erika aus ihrem Versteck und joggte mit leichten leisen Schritten die Treppen hinauf zur Mauerkrone. Als sie die Straße erreichte, die über die Erhebung führte, schlich sie dicht an den Häuserwänden entlang und in das Tor an der Ecke der Arsenalsgatan. Sie ertastete die Klingel und drückte in rascher Folge so viele Knöpfe, wie sie konnte. Jemand öffnete. Sie dankte Gott, riss die Tür auf und zog sie so leise wie möglich hinter sich zu.

Atemlos studierte Erika die Schilder mit den Namen der Bewohner. Henriksson, Wohnung vier. Hastig lief sie die Treppen hoch, ging an Pers breiter Doppeltür vorbei, setzte sich eine halbe Treppe höher auf die Stufen und rang nach Atem.

Da ging die Tür zu Pers Wohnung auf, und Licht ergoss sich ins Treppenhaus. Eine Frau ihres Alters kam heraus, sie trug einen dunklen Mantel, ihre Haare waren lang und leuchtend rot. Sie drehte sich um und schlang die Arme um Pers Hals, umarmte ihn leicht und sagte etwas, das Erika nicht verstehen konnte.

Als das Geräusch ihrer Absätze verstummt war, schlich Erika leise die Stufen hinunter, zögerte einen Moment und klingelte. Als sich sein Schatten hinter der Milchglasscheibe abzeichnete, bereute sie es schon, aber ihre zitternden Beine wollten ihr nicht gehorchen. Die Tür wurde aufgezogen, und Per stand vor ihr – mit gewohnt zerzausten lockigen Haaren, ein paar zerschlissenen Jeans mit Farbflecken, barfuß und einem ausgewaschenen T-Shirt.

Küchendünste und sein angenehmes Aftershave hüllten sie ein. Er musterte sie schnell von oben bis unten.

»Komm rein«, sagte er kurz angebunden und trat zur Seite. Erika erklärte atemlos, dass sie im selben Viertel untergekommen sei, dass sie zufällig wisse, dass er hier wohne und …«

»Leg ab, du siehst ja aus wie ein Gespenst«, erwiderte Per ruhig; er kniff die Augen zusammen. Erika blinzelte die Tränen weg, die gegen ihren Willen in ihr hochstiegen, und verbarg ihr Gesicht, während sie sich die Jacke und die Schuhe auszog. Nachdem sie sich im Bad frisch gemacht hatte, betrat sie zaghaft die Wohnung.

Leise Musik und eine Mischung aus Essensgeruch und frischer Farbe strömte ihr entgegen. Die Wohnung war offen geschnitten, die Zimmer großzügig, mit hohen Decken und knarrenden Parkettböden. Vor den Fenstern, die augenscheinlich einen phantastischen Ausblick boten, lag schwarze undurchdringliche Dunkelheit. Erika folgte dem Lichtschein in die Küche. Als sie hereinkam, stand Per auf einer Leiter und strich mit routinierten Bewegungen eine Deckenleiste. Die Küche war groß, offen und ohne Hängeschränke, die Wände waren in einem mokkafarbenen Ton gestrichen, sie ließ ihren Blick schweifen – Parkettboden, weißglänzende Schnitzereien, grünschimmerndes Glasmosaik und Küchenmaschinen aus Edelstahl.

»Wow … das ist aber schön geworden!«, platzte sie heraus.

»Danke.« Er senkte den Pinsel und sah sie an.

»Hast du schon gegessen?«

Erika nickte, obwohl es nicht stimmte. Per malte noch ein paar Striche, bevor er die Leiter hinabstieg, den Pinsel auswusch und die Farbdose schloss. Plötzlich begann Erika zu zittern. Sie setzte sich auf einen Stuhl am Esstisch und umschlang mit den Armen ihren Oberkörper.

»Was ist passiert?«, fragte Per. Erika schluckte den bitteren Geschmack in ihrem Mund hinunter.

»Göran … er hat mich gefunden«, krächzte sie.

»Bist du in Ordnung?«

Erika nickte. Per rührte sich nicht und sah sie mit einem forschenden, misstrauischen Blick an. Er deutete auf den Vorratsschrank, sagte, dass er einen starken Tropfen dahätte, falls ihr danach wäre, dann auf den Kühlschrank, erwähnte etwas von essen. Sie schaute ihn nur verständnislos an, war unfähig, etwas aufzunehmen. Sie schloss die Augen, hörte leise Geräusche aus der Wohnung und lehnte den Kopf gegen das Fenster.

»Ich habe dir das Bett auf dem Sofa gemacht. Den Fernseher und die Stereoanlage kannst du hiermit bedienen.«

Erika fuhr zusammen, richtete sich auf und wusste nicht, ob sie eingeschlafen war. Per legte die Fernbedienung auf den Küchentresen. Sie nickte mechanisch.

»Eine Zahnbürste findest du unter dem Waschbecken. Bist du sicher, dass es dir gutgeht?«

Per warf ihr einen besorgten Blick zu, aber Erika schüttelte nur den Kopf. Per seufzte resigniert und ging aus dem Zimmer. Erika hörte den Wasserhahn, wie er die Zähne putzte, das Klirren von etwas Hartem gegen Porzellan. Plötzlich fror sie so, dass ihre Zähne klapperten.

Wie lange Per in der Tür gestanden und sie beobachtet hatte, wusste sie nicht. Sie schreckte auf, als sie ihn entdeckte. Er trug weite Trainingshosen und hatte sich ein weißes T-Shirt über die Schultern geworfen.

»Gute Nacht«, sagte er sanft und blieb noch einen Augenblick stehen, bevor er im Dunkeln verschwand.

Erika blieb am Tisch sitzen. Sie starrte hinaus auf die glitzernde Fahrrinne weit unterhalb der Klippen, auf den Hafen und zu den zarten Bögen der Älvsborgsbron in der Ferne.

Ohne dass sie es verhindern konnte, liefen ihr die Tränen über das Gesicht. Sie bemühte sich krampfhaft, kein Geräusch zu machen. Schließlich war sie so erschöpft, dass die Tränen versiegten. Mit steifen Beinen erhob sie sich und schlich in den dunklen Flur.

Ein schmaler Lichtstreifen schien unter der Tür hindurch, die augenscheinlich zu Pers Schlafzimmer führte. Vorsichtig schlich sie daran vorbei ins Badezimmer und entdeckte die Zahnbürste. Im Wohnzimmer lagen Bettdecke und Kopfkissen für sie bereitet. Sie zog die Jeans aus und schlüpfte unter die Decke.

Lange kam sie nicht zur Ruhe. Ein bohrender Schmerz hatte sich in der linken Seite ihres Nackens festgesetzt, und ihr Körper stach und juckte. Auf ihrem Brustkorb saß ein Druck, die Kehle war ihr eng, und ihr Puls wollte sich einfach nicht beruhigen. Er raste unter dem Brustbein wie ein Rennpferd.

Vor dem Fenster hing ein großer, nahezu gelber Vollmond. Die Krater und Erhebungen darauf ähnelten einem müden Gesicht. Aber jetzt sah es nicht mehr ganz so freundlich aus. Erika schloss die Augen, um das böse starrende Mondgesicht auszublenden. Aber die Fratze und das böse Lächeln, das darauflag, hatte sich in ihre Netzhaut eingebrannt.

Kapitel 42

Kai Andrée war stinksauer und mordsmäßig betrunken. Er lehnte sich im Verhörzimmer breitbeinig gegen den Tisch, um nicht umzufallen, den angebotenen Platz schlug er aus – er verwies auf seinen Hexenschuss. Sie hatten den umtriebigen Unternehmer frühmorgens in seiner schicken Villa auf Näset gefasst. Ein Nachbar hatte ihnen gestern den Tipp gegeben und aufgeregt von einer großen Party auf dem Anwesen erzählt, die am Abend stattfinden würde. Herr Andrée würde deshalb mit großer Wahrscheinlichkeit am nächsten Morgen zu Hause anzutreffen sein, nur falls die Polizei das interessieren würde.

Kai hatte wie ein hysterischer Straßenköter gebellt, er wolle den Polizisten wegen Missbrauchs im laufenden Verfahren, unbefugten Eindringens in Privatbesitz anzeigen und wegen Verletzung der Privatsphäre und Hausfriedensbruchs verklagen und noch so einiges mehr. Als Kais Anwalt auf dem Polizeirevier eintraf, hatte er Kleidung zum Wechseln für seinen Klienten mitgebracht. Der grässliche Morgenrock wurde gegen eine Jeans, ein Hemd und ein dunkelblaues Jackett mit goldenen Knöpfen plus gesticktem Emblem auf der Brusttasche und blitzblank geputzten Schuhen eingetauscht.

Interessiert musterte Erik den berüchtigten Geschäftsmann. Sein Gesicht war sonnengebräunt, scharfe Falten hatten sich auf der Stirn und um den Mund eingegraben. Seine Haare waren von einem einheitlichen Grau und gutgeschnitten, aber so zerzaust, als sei er gerade aus dem Bett gestiegen. Die Uhr an seinem Handgelenk sah klobig und schwer aus, und am Zeigefinger steckte ein dicker goldener Siegelring.

Was Erik jedoch am meisten faszinierte, war der deplatziert wirkende Ponyschnitt mit langen Nackenhaaren, die sich beinahe zum Pferdeschwanz binden ließen.

Der Anwalt war einen Kopf größer als sein Klient. Schlanker, beinahe mager, aber mit einer noch tieferen Bräune. Seine blondierten Haare trug er als schulterlangen Pagenkopf, der ihn wie einen alternden Rockstar wirken ließ. Als Kai den hässlichen Morgenrock losgeworden war, hätten die beiden glatt als Geschwister durchgehen können, wie zwei Ken-Puppen. Mit zwei Köpfen zum Auswechseln, dachte Erik und spürte, wie sich vor lauter Müdigkeit ein übermütiges Kichern Bahn brach.

Schließlich ließ Kai sich doch dazu überreden, sich zu setzen. Sein Kopf sackte nach vorn, und das Gesicht verlor an Konturen, aber seine Augen funkelten die Polizisten immerzu wachsam an. Der Anwalt wirkte so, als sei er aus dem Bett gerissen worden und strich sich mechanisch den Pony aus der Stirn. Mit einem gezwungenen Lächeln nahm er neben seinem Klienten Platz.

Torbjörn betrat den Raum. Er blieb einen Augenblick im Türrahmen stehen und gab den beiden Herren damit reichlich Zeit, seine überwältigende Präsenz zu registrieren. Mit einem Grunzen richtete er sich zu voller Größe auf, trat ans Fenster, zog einen Stuhl zu sich heran und setzte sich hinter die beiden Männer in eine Ecke des Raumes. Erik nahm am Tisch Platz und lächelte freundlich, während er augenscheinlich ziellos seine Papiere durchblätterte, sich zerstreut den Kopf rieb und seinen Hintern auf dem Stuhl zurechtrückte. Das Benehmen hatte den geplanten Effekt, Kai gab abermals Schimpfworte und Unflätigkeiten von sich und irritierte zunehmend seinen Anwalt, der immer unbehaglicher dreinblickte.

»Es tut uns wirklich sehr leid, Ihre wohlverdiente Wochenendruhe gestört zu haben«, sagte Erik mit einem gespielten Lächeln und ohne das geringste Anzeichen, dass er die Schimpftirade gehört hatte.

»Aber bedauerlicherweise wird die mit ihrem Projekt betraute Bezirksarchitektin vermisst. Wir würden gerne von Ihnen wissen, wie Ihr Verhältnis zu ihr war und weshalb Sie einfach so auf das Stadtbauamt marschiert sind und sich dort so lautstark aufgeführt haben. Als Sie das letzte Mal dort waren, waren Sie ja ziemlich wütend, vor allem auf Sten Åhlander, Barbros Chef, wie wir erfahren haben.«

»Mein Klient hat lediglich …«, setzte der Anwalt an.

»Ich bin überzeugt davon, dass Herr Andrée der Sprache ausreichend mächtig ist, um für sich selbst zu sprechen«, lächelte Erik. Der blondierte Anwalt warf seinem Klienten einen besorgten Blick zu, dieser blinzelte und kratzte sich schläfrig am Kopf. Plötzlich schien Kai sich bewusst zu werden, dass er beobachtet wurde.

»Es ist ja wohl nicht verboten, die Stimme zu erheben, wenn man wie ein Stück Dreck behandelt wird.«

»Hat man Sie denn schlecht behandelt?«, fragte Erik mit ernstem Interesse.

»Ja, das kann man wohl sagen«, schnaufte Kai und holte tief Luft, um fortzufahren, als er plötzlich zusammenfuhr, grimmig das Gesicht verzog und seinen Anwalt wütend ansah.

Erik sah zu Torbjörn, der ihm unmerklich zunickte. Der Anwalt hatte seinem Klienten einen saftigen Tritt gegen das Schienbein verpasst.

»Es ist natürlich bedauerlich, wenn Sie sich von einer Behörde schlecht behandelt vorkommen. Aber ebenso finden es die Angestellten des Stadtbauamtes auch nicht besonders angenehm, sich bedroht fühlen zu müssen.« Erik legte den Kopf schief.

»Ich hab niemanden bedroht, verflucht!«, fauchte Kai.

»Worum also ging es bei der Angelegenheit auf dem Stadtbauamt? Was hat Sie so zornig gemacht?«

»Ich … äh …«

Kai räusperte sich kräftig und warf seinem Anwalt einen gereizten Blick zu.

»Der Bauantrag meines Klienten wurde nicht in angemessener Zeit bearbeitet«, antwortete der Anwalt schnell.

»Interessant«, erwiderte Erik und machte eine erstaunte Miene. »Könnte man sagen, dass man in dieser Behörde Dinge verschleppt? Ich selbst musste Ewigkeiten auf eine Baugenehmigung von …«

»Es ist, zur Hölle noch mal, vollkommen unglaublich, wie …«, fuhr Kai auf.

»Mein Klient hat dem nichts mehr hinzuzufügen«, unterbrach ihn der Anwalt. »Liegt seitens der Behörde eine Anzeige gegen meinen Klienten vor?«

Erik erwiderte, dass dem nicht so sei.

»Na also«, antwortete der Anwalt und presste die Lippen zusammen, während er Kai auffordernd anstarrte.

»Ich habe selbstverständlich ein Alibi«, leierte Kai herunter. »Ich bin ein treusorgender Familienvater, der am liebsten bei seiner Familie ist. Meine Frau und mein Sohn können das bestätigen. Mit den seltsamen Eskapaden dieses Weibsbildes habe ich nichts zu tun«, ergänzte er und schluckte mit angeekelter Miene etwas herunter, das ihm offenbar die Kehle hochgestiegen war.

»Wir müssen Sie trotzdem fragen, wo Sie sich zwischen Weihnachten und dem 6. Januar aufgehalten haben. Leider verhält es sich so, dass die Bezirksarchitektin verschwunden ist. Wir möchten gerne erfahren, ob Sie etwas darüber wissen, das uns dabei helfen könnte, sie zu finden«, erläuterte Erik bereitwillig.

»Wissen?« Kai verdrehte die Augen. »Herrgott noch mal! Habe ich nicht schon gesagt, dass ich keinen blassen Schimmer von diesem Frauenzimmer habe. Ich war mit meiner Familie zusammen«, schrie er.

Der Anwalt schloss die Augen und massierte sich die Stirn, schlug seinen Kalender auf und starrte hinein, als ob sich ihm dort die Lösung offenbaren würde. Nach einem Augenblick nuschelte er, dass sie sich mit den Einzelheiten zu Kai Andrées Aufenthaltsort noch melden würden. Erik schnalzte missbilligend mit der Zunge und fügte anschließend hinzu, dass er sich darauf freuen würde, diese Angaben schnellstmöglich zu erhalten.

»Sie haben also eine Party veranstaltet?«

Kai zuckte zusammen und warf einen Blick über die Schulter.

»Lassen Sie immer eine Party steigen, wenn sie erfolgreich dafür gesorgt haben, dass jemand verschwindet?«, sagte Torbjörn ruhig und bearbeitete mit herausfordernder Miene seinen Kautabak.

Kai wurde hochrot im Gesicht und machte Anstalten aufzustehen, wurde jedoch von seinem Anwalt daran gehindert.

»Ihnen hat der Neubau also gefallen? Und Sie haben sich auf den neuen Nachbarn in der Straße gefreut«, stellte Torbjörn fest und räusperte sich lautstark. Böse glotzte Kai den großen Mann hinter sich an.

»Ist ja wohl klar, dass ich das nicht gern gesehen habe! Versuchen Sie ja nicht, mich zu provozieren. Aber dass ich so verflucht dumm sein sollte, die Alte von der Behörde kaltzustellen, da gibt es verdammt noch mal Grenzen!«

»Verstehe, verstehe. Aber wie war das nun mit dem Bau gegenüber?«

Torbjörn grinste und lehnte sich leicht vor, seine breiten Schultern verdeckten das Licht, das durch das Fenster hineinschien.

»Wir möchten nur ein bisschen mehr darüber erfahren, was Sie dabei empfunden haben, Kai? Ob Sie deshalb ein wenig verstimmt waren. Oder sind Sie vielleicht auf Barbro böse? Es verhält sich nicht so, dass Sie sie irgendwo gefangen halten, um sie ein paar Papiere unterschreiben zu lassen?«

Kai beherrschte sich, die Zigarettenschachtel in seinen Händen war allmählich zerknüllt.

»Schon ein wenig seltsam, dass Ihre Baugenehmigung einfach so erteilt wurde, finden Sie nicht?«

Erik schnippte mit den Fingern in der Luft, um zu demonstrieren, wie leichtfertig der Antrag seiner Meinung nach durchgewunken worden war.

»Ich dachte immer, dass alle Nachbarn die Antragsunterlagen unterzeichnen müssten, bevor gebaut werden darf? Aber ich kenne mich damit ja nicht aus. Wie heißt das doch gleich? Ausgleichsfläche? Das sind doch solche Grundstücke, die an Bonzen gehen, oder?« Er lächelte Kai treuherzig an.

»Wer hat das durchgezogen? War es etwa der Leiter des Bezirks oder vielleicht noch eine höher angesiedelte Stelle, die die Genehmigung dazu erteilt hat?«

»Sie haben kein Recht anzudeuten, dass …«, setzte der Anwalt an.

»Wir deuten nichts an«, erwiderte Erik geduldig. »Wir wollen nur ein paar simple Fragen stellen. Es ist nun mal so, dass Barbro Edin Olofsson verschwunden ist, Kai. Hatte sie vielleicht etwas mit dem Bau gegenüber zu tun? Worüber Sie sich geärgert haben? Es muss ja eine Enttäuschung gewesen sein, die grandiose Aussicht von so einem Betonklotz zerstört zu bekommen. Oder hat Ihre Architektin versäumt, Ihnen das mitzuteilen?«

Der Anwalt schob den Kalender über den Tisch, so dass er Kais Unterarm streifte. Kai, der gerade den Mund geöffnet hatte, schloss ihn jäh wieder und glotzte seinen Anwalt aufgebracht an. Sein Mund formte Worte, und seine Finger öffneten und schlossen sich abwechselnd um die bereits zerknüllte Zigarettenschachtel.

»Selbstverständlich ist mein Klient nicht allzu erfreut über die neue Liegenschaft«, sagte der Anwalt mit einem gebieterischen Räuspern. »Aber uns war klar, dass das Grundstück früher oder später bebaut werden würde. Wir werden natürlich gegen die Grundhöhen und anderes, das unserer Meinung nach vom Bebauungsplan abweicht, Klage einreichen. Und dagegen, dass das Verfahren nicht korrekt vonstatten gegangen ist. Aber«, fügte er mit Nachdruck hinzu, »ich möchte betonen, dass es darüber hinaus keinen Zusammenhang zwischen dem Neubau und meinem Klienten gibt. Und soweit wir wissen, hat die Architektin meines Klienten nichts damit zu tun.«

Der Anwalt griff wieder nach seinem Kalender, legte die sorgfältig manikürte Hand darauf und schaute gnädig auf die anderen herab. Erik nickte jovial und blätterte erneut in seinen Papieren.

»Verstehe …«, murmelte er. Er schien ein bestimmtes Blatt zu suchen, zog es schließlich mit einem zufriedenen Laut aus dem Stapel und lächelte dem Unternehmer gutmütig zu, der kurz vorm Einnicken zu sein schien.

»Wir möchten nur über ein paar Einzelheiten Klarheit haben. Ihre Baugenehmigung ist ja im laufenden Verfahren bewilligt worden, wie es heißt. Und die Sachbearbeiterin für diese Genehmigung war Barbro.«

Kai schien wieder wach zu werden und plusterte sich auf, wurde aber erneut von seinem gezwungen lächelnden Anwalt unterbrochen.

»Das sind nur Formalien, und es handelt sich um eine reine Routinesache. Nichts, um sich damit aufzuhalten«, wandte der Anwalt ein.

»Hmm, … aber soweit wir wissen, handelt es sich eben nicht nur um eine Routinesache. Aber vielleicht sind Sie noch nicht dazu gekommen, in die Zeitung zu schauen? Sie haben ja gestern gefeiert«, grinste Erik, zauberte eine aufgeschlagene GP hervor und schob sie Kai Andrée über den Tisch.

Gigantischer Schwarzbau auf Näset

»Eine Baugenehmigung während des Verfahrens zu erteilen, noch bevor der Bebauungsplan verabschiedet wurde, ist wahrlich ungewöhnlich – und bemerkenswert«, so der Leiter des Göteborger Stadtbauamtes, Owe Norrman.

»Es sind bereits Sprengungen auf dem Grundstück vorgenommen worden, ein Pool wurde angelegt, eine Mauer und zwei kleine Schuppen stehen auf nicht ausgewiesenem Baugrund. Wir werden sehen, wie wir weiter verfahren, aber vermutlich wird der Besitzer weite Teile des Bodens wieder in den ursprünglichen Zustand zurückversetzen und ein ansehnliches Bußgeld für den Neubau zahlen müssen. Wir werden uns diesen Fall zumindest genauer ansehen, so der Chef des Stadtbauamtes zur GP.

Die GP hat Kai Andrée um eine Stellungnahme gebeten, er stand für einen Kommentar jedoch nicht zur Verfügung.

»Uns gegenüber wurde angedeutet, dass Ihre Sachbearbeiterin Barbro ausgewählten Kunden einen besonderen Service gegen ein Bestechungsgeld angeboten hat. Könnte es sich so verhalten haben, dass sie sich für Ihre Baugenehmigung hat kräftig bezahlen lassen? Und dafür, dass sie Ihnen versprach, dass der Bebauungsplan im Gegenzug geändert werden würde? Vielleicht hat Sie Ihnen ja sogar zugesichert, dass Ihre schöne Aussicht unangetastet bleiben würde. Könnte es sich auf so gemeine Weise zugetragen haben?«, sinnierte Erik und verfolgte fasziniert, wie die Gesichtsfarbe des Unternehmers von blass auf rot wechselte.

»Noch interessanter ist darüber hinaus, dass Sie eine Liebesbeziehung zu ihr unterhalten haben sollen. Genauer gesagt ist uns zu Ohren gekommen, dass Sie sie gebumst haben«, ergänzte Erik.

Kai war zum ersten Mal sprachlos und warf seinem Anwalt, der etwas in seinem Kalender notierte, besorgte Blicke zu.

»Sie ist eine ziemlich heiße Braut, diese Barbro, oder?«, warf Torbjörn ruhig ein. »Ein richtiger Feger.«

Seine Behauptung blieb widerspruchslos in der zunehmend stickigeren Luft hängen. Kai schluckte bemüht und sah plötzlich kreideweiß aus. Röchelnd bat er um ein Glas Wasser, und Torbjörn erhob sich langsam, streckte seinen langen muskulösen Körper und verschwand für einen Augenblick. Er kehrte mit einem großen Glas Wasser wieder zurück, das er krachend vor Kai auf den Tisch stellte. Wasser schwappte über den Rand. Kai wollte zum Glas greifen, erstarrte aber in der Bewegung, als Erik sich vorbeugte und sein Gesicht musterte.

»Wir wissen, dass Barbro Mitglied eines reizenden kleinen Clubs gewesen ist, der Erwachsenenspielchen in einer netten Örtlichkeit in der Vasastaden angeboten hat. Soweit wir wissen, waren Sie ebenfalls Clubmitglied. Was meinen Sie, wie das bei Ihrer Ehefrau ankommen würde?«

Ohne Vorwarnung warf sich Kai über die Tischkante, die Arme nach Erik ausgestreckt, ohne ihn zu erreichen. Torbjörn reagierte blitzschnell und hielt die Arme des wütenden Unternehmers wie in einem Schraubstock fest.

»Das will ich euch sagen«, fauchte Kai. »Wenn ich wüsste, wo sich diese Schlampe versteckt, würde ich sie eigenhändig erwürgen! Das können Sie von mir aus notieren!«

Kapitel 43

Vanja Lankinen öffnete die Wohnungstür. Sie war ungeschminkt und hatte verquollene Augen. Sie trug eine bequeme Freizeithose und einen Kapuzenpulli, der sich über ihrem Bauch spannte. Die Flecken darauf schienen sich schon lange nicht mehr entfernen zu lassen. Ihre Augen wurden schmal, dann ließ sie Per und Erika mit einem resignierten Seufzer herein.

Die Wohnung wirkte hell und gemütlich und war mit ausgesuchten Möbeln und Gebrauchsgegenständen der erlesensten skandinavischen Designer eingerichtet. An den Wänden hingen mehrere große Gemälde in kraftvollen Farben, manche gegenständlich, andere abstrakt. Erika trat an ein Wohnzimmerfenster; der Ausblick ließ sie schwindeln. Vanja wohnte im vierzehnten Stock, und die Aussicht auf den Axel Dahlströms torg, über die Dächer von Högsbo und zu den grünen Hügeln war weitläufig und atemberaubend. Vanja bot ihnen mit sichtlichem Widerwillen einen Kaffee an, aber Per und Erika lehnten dankend ab und setzten sich. Vanja nahm in einem graziösen Sessel aus geschwungenem Holz mit einem abgeschlissenen Lammfellbezug Platz und hielt den Blick auf ihre Finger gesenkt. Sie pulte gnadenlos an ihrer Nagelhaut herum, die eingerissen und schon ganz in Mitleidenschaft gezogen war. Erika sah angeekelt zu, wie sie einen weiteren Hautfetzen abriss, bis frisches Blut hervorquoll.

»Es scheint, dass Sie mehr wissen, als Sie uns erzählt haben, Vanja«, begann Erika und nahm Notizblock und Stift zur Hand. Störrisch starrte Vanja auf ihre Hände.

Erika und Per hatten sich auf dem Weg hinaus nach Högsbo über den Stand der Ermittlungen ausgetauscht.

Barbros Telefon hatte in New York ein letztes Lebenszeichen von sich gegeben, irgendwo in Manhattan. Doch genauso gut war es möglich, dass ihr das Handy nur gestohlen worden war und herrenlos umherreiste. Oder aber sie hatte es bis New York verwendet und sich dort ein neues besorgt.

Der Druck der Medien hatte abgenommen, und das Interesse für die verschwundene Architektin, für Mauschelei und Bestechung in der Stadtverwaltung ebbte allmählich ab. Einige ausgewählte Köpfe im Stadtbauamt waren gerollt, darunter auch der von Barbros Chef Sten. Und damit schien die alte Ordnung wiederhergestellt zu sein. »Es gibt ja so einige, die allen Grund hätten, Barbro zu verabscheuen«, hatte Erika nachdenklich gesagt. »Kai Andrée, dem seine schöne Aussicht verbaut wurde und der seine Baugenehmigung auf der Grundlage sehr vager Kriterien erlangt hat. In diesem Fall könnte es sich auch um Eifersucht gehandelt haben. Julia gab an, dass sowohl Sten als auch Kai eine Affäre mit Barbro hatten. Andererseits wissen wir nicht, was von ihrer Aussage dem Alkohol geschuldet ist.«

Per hatte ihr einen amüsierten Blick zugeworfen.

»Und dann hätten wir noch unseren italienischen Architekten, der Barbros Rache zu spüren bekommen hat, als er ihre Vereinbarung nicht einhielt. Ebenfalls interessant ist die Witwe Helene. Sie sitzt wegen Barbro in der Klemme. Ich habe Toni Christensens Tod noch etwas genauer unter die Lupe genommen, aber nichts daran deutet auf ein Verbrechen hin. Er ist an den Folgen von Stress gestorben, einem Magengeschwür, das er zu lange ignoriert hatte.«

Ihr Blick hatte sich auf das Sportstadion am Ende des Slottsskogen gerichtet. Gelb gestrichene Holzpavillons mit seltsamen Verzierungen. Trist, morsch und heruntergekommen.

»Vielleicht steckt hinter dem Ganzen nur Eifersucht und Untreue, so wie Erik es vermutet«, hatte sie geseufzt. »Wir wissen nur, dass sie verschwunden ist – freiwillig oder unfreiwillig. Ansonsten haben wir nur jede Menge Hinweise, dass sie ihren Mann betrogen hat, und dass nicht nur mit einem, sondern mit mehreren. Und das sie mit großer Wahrscheinlichkeit jede Menge Dienstvergehen begangen hat.«

»Dass du immer noch so verbissen daran festhältst«, hatte Per lächelnd gesagt, den Blick auf die Straße geheftet. »Die Ermittlungen werden bald eingestellt werden, das weißt du. Wir haben nichts gefunden, sie ist auf und davon. Du erinnerst dich vielleicht …«

Per war unmittelbar hinter dem Slottsskogen in eine Gegend mit langgestreckten hohen Mehrfamilienhäusern abgebogen.

»… vor ein paar Jahren hatten wir einen Fall, in dem ein Mann, genau wie Barbro, spurlos verschwunden ist. Seine Frau saß daheim, heulte sich die Augen aus dem Kopf und war restlos verzweifelt – aber es gab keine Spur von ihm. Die Ermittlungen wurden auf Eis gelegt. Nach einer Weile fanden wir heraus, dass er ziemlich viel Geld beim Pferderennen gewonnen hatte. Und ein paar Monate später hat ein Nachbar ihn in einer Bar auf Malle erkannt. Nach einem Gespräch mit ihm sagte dieser, dass er seine Alte satt gehabt hätte und abgehauen sei. Und nicht beabsichtigte, jemals wieder nach Hause zurückzukehren.«

»Aber ich werde das Gefühl nicht los, dass da etwas nicht stimmt«, hatte Erika gemurrt. »Ich kann das einfach nicht abschütteln. Vielleicht ist es aber auch nur so, dass ich etwas brauche, um mich abzulenken …«, hatte sie hinzugefügt und gemerkt, dass ihr Nacken brannte. Per hatte darauf nichts gesagt.

Erika konzentrierte sich auf Vanja, die sich wie ein Igel vor ihr auf dem Stuhl zusammengerollt hatte.

Langsam und bedächtig begann Vanja von ihrer Laufbahn im Bezirk zu erzählen, wie sie ihre Arbeit liebte, es liebte, mit ganz gewöhnlichen Menschen zu tun zu haben und ihnen dabei zu helfen, ihre Träume zu verwirklichen. Aber auch, Betrug und Korruption zu verhindern – zu einem besseren Miteinander beizutragen. Aber ganz so hatte die Realität nicht ausgesehen.

»Als ich anfing, war ich naiv und idealistisch. Ziemlich bald wurde mir klar, dass alles von oben gesteuert wurde und ich nur auf unterster Ebene Einfluss nehmen konnte, wenn überhaupt.«

Vanjas Wangen röteten sich, und in ihre Augen trat ein harter Glanz. Erika hörte interessiert zu und machte sich Notizen.

»Barbro war von einem Architekturbüro entlassen worden und verbittert und hasserfüllt. Wir spürten, dass sie für uns und ihre neue Arbeitsstelle von Anfang an nur Verachtung übrig hatte. Sie und unser ehemaliger Chef gerieten sofort aneinander.«

Vanja presste die Lippen aufeinander und warf Erika einen kurzen Blick zu. Sie schien ihre Worte gründlich abzuwägen.

»Unser Chef war dann lange Zeit krankgeschrieben und ist schließlich durch Sten ersetzt worden.«

Erika bedeutete ihr fortzufahren.

»Barbro schien die Arbeit nie richtig ernst zu nehmen«, fuhr Vanja nach einem Moment des Schweigens fort. »Weder die Arbeitszeiten noch ihre Termine. Sie tat das, wozu sie Lust hatte, der Rest blieb liegen. In vielerlei Hinsicht verhielt sie sich wie ein trotziges Kleinkind. Wenn sie ihren Willen nicht bekam oder ihr etwas nicht passte, wurde sie bockig oder machte eine Szene. Oder aber sie stürzte einfach aus dem Büro. Ich glaube, dass alle, auch Sten, sich vor ihr fürchteten.«

»Und auch Sie«, fügte Erika hinzu. Vanja nickte stumm. Ihr Blick ging unruhig zwischen Erika und Per hin und her.

»Ich habe Ihnen die Namen gegeben, weil ich hoffte, dass endlich einmal Schluss mit der Mauschelei und dem Mist, den Barbro verzapft hatte, ist. Ich dachte, dass sie einfach nur aus einer Laune heraus eine Zeitlang nicht ins Büro gekommen ist – nicht, dass ihr etwas zugestoßen sein könnte.«

»Hatte Barbro mit Sten ein Verhältnis?«

»Hmm«, erwiderte Vanja und verzog verächtlich das Gesicht. »Sie hat ihn sofort um den Finger gewickelt. Hat mit ihm geflirtet und sich zur Schau gestellt, dass man beinahe vor Scham gestorben wäre. Aber er biss an. Und sie waren auch nicht sonderlich diskret mit ihrer Affäre.«

Mit wachsendem Interesse hörte Erika Vanjas nüchterner Schilderung zu, wie sich im Grunde alles im Bauamt verändert hatte, seit Barbro zu ihnen gestoßen war. Ihre Stimmungsschwankungen, ihre offensichtlich kindische Art, mit Konflikten und Schwierigkeiten umzugehen. Und dass sie rasch herausgefunden hatte, wie sich Vanjas Zuverlässigkeit ausnutzen ließ, indem sie Arbeit, zu der sie keine Lust hatte, auf ihren Schreibtisch verschob.

»Unterhielt Barbro noch zu anderen Männern Verhältnisse?«

»Ja«, erwiderte Vanja grimmig. »Sie hat mit jedem geflirtet. Wirklich jedem. Hat mit ihnen gespielt. Hat so lange weitergemacht, bis sie sie an der Angel hatte, egal ob sie sie interessierten oder nicht. Es war wie ein Sportwettkampf oder ein Spiel für sie.«

»Und Kai Andrée?«

»Ja. Das war anfangs mein Projekt, aber sowie sie ihn getroffen hatte, sagte sie, dass sie ihn jetzt übernehmen würde. Sie hat sofort ihre Krallen in ihn geschlagen.«

»Wusste Sten darüber Bescheid?«

»Keine Ahnung. Eifersüchtig war er natürlich schon, aber das war ihr egal.«

»Ist vor Weihnachten etwas Bestimmtes vorgefallen?«

Vanja schloss die Augen und schluckte hart. Dann sah sie langsam mit schmalen Augen zu Erika auf.

»Ja. Wir hatten Toni Christensen als Kunden bekommen. Barbro war völlig aus dem Häuschen, gebärdete sich wie eine Verrückte. Er sei die Liebe ihres Lebens, sagte sie, und dass ein Paar aus ihnen werden würde, sie zusammen arbeiten würden … Es waren völlige Hirngespinste! Er hingegen blieb distanziert, zeigte nicht einmal ein höfliches Interesse für sie. Es war wohl das erste Mal, dass sich ein Mann nicht die Spur von ihr beeindruckt zeigte. Jedenfalls war das mein Eindruck.«

»Wie hat Barbro reagiert, als Toni starb?«

»Sie … war zuerst am Boden zerstört, enttäuscht. Aber dann immer wütender. So als ob jemand ihr das Lieblingsspielzeug weggenommen hätte.«

»Tonis Frau Helene. Wie …?«

Vanja schüttelte mit fest aufeinandergepressten Lippen den Kopf.

»Nein. Keiner von ihnen hat Barbro ernst genommen.«

»Und der Architekt Stefano?«, fragte Erika mit einem erwartungsvollen Flattern in der Magengrube.

Vanja drehte und wendete sich verlegen, während sie sachlich schilderte, dass Barbro sich nach Tonis Tod auf den nächsten gutaussehenden und erfolgreichen Architekten gestürzt hätte. Aber dass sie das Gefühl hatte, dass sich Barbro Stefano gegenüber reservierter und kühler als Toni gegenüber verhalten hatte. Die Beziehung zu Sten sei währenddessen weitergelaufen. Und Vanja war sich sicher, dass sie ebenfalls weiterhin Kai getroffen hatte.

»Sie wissen nicht zufällig, ob Barbro einen neuen Mann hatte, mit dem sie flirtete oder in den sie verliebt war? Jemanden, den sie erwähnt hat?«

Vanja schüttelte entschieden den Kopf. Sie warf einen verstohlenen Blick zu Per hinüber, der ihrem Blick immer noch nicht begegnete, sondern vollkommen gebannt von einem Gemälde zu sein schien.

»Ich habe keine Ahnung, was passiert ist. Und ich weiß auch nicht, ob sie einen Neuen hatte. Leider«, sagte Vanja.

Erika machte sich auf ihrem Block Notizen und musterte Vanjas rundes Gesicht, während sie nachdachte. Kleine Schweißperlen waren an Vanjas Haaransatz hervorgetreten. Sie knetete nervös die Finger.

»Sie sagen, dass Barbro ihrem Mann untreu war. War er denn nicht eifersüchtig?«

»Er war überhaupt nicht eifersüchtig«, antwortete Vanja heftig und errötete. »Oder vielleicht ein klein bisschen. Er liebte sie ja über alles, ein wenig eifersüchtig wird er wohl gewesen sein.«

Sie atmete heftig.

»Aber er schien nichts von dem, was da vor sich ging, zu begreifen. Oder ... vielleicht hat er ihr die Lügen auch abgenommen. Weil er es nicht wahrhaben wollte. Weiß der Teufel«, ergänzte Vanja.

Erika und Per tauschten einen schnellen Blick. Zum ersten Mal entfuhr dieser blassen Frau ein Kraftausdruck.

»Hmm, ich verstehe«, sagte Erika nachdenklich. »Mich

verwirrt allerdings ein bisschen, dass ich keine persönlichen Aufzeichnungen oder ein Tagebuch von Barbro finden kann. Auf mich wirkt sie wie ein Typ, der Tagebuch schreibt, meinen Sie nicht?«

»Keine Ahnung«, stieß Vanja aus. Sie wurde so bleich, als ob jegliches Blut aus ihrem Gesicht gewichen sei.

»Sind Sie sicher?«

Vanja nickte heftig. Erika ließ von ihr ab. Ein Tagebuch hätte ihnen vielleicht Antworten geben können. Vielleicht auch nicht. Ein Tagebuch enthielt ja nicht zuletzt die persönlichsten Gedanken eines Menschen. Träume. Manchmal auch Wunschträume.

»Ich habe nur noch eine Frage«, sagte Erika sanft. »Es scheint, dass Barbro Mitglied in einem geheimen Club gewesen ist. In dem Rollenspiele veranstaltet wurden. Ist das etwas, das Sie …«

Vanja keuchte auf und schlug die Hände vor das Gesicht. Nach einer Weile hörten sie ein langgezogenes, klagendes Schluchzen. Erika warf Per einen fragenden Blick zu. Er nickte und gab ihr ein Zeichen weiterzumachen.

»Sie wussten davon?«, fragte Erika vorsichtig.

Vanja nickte laut schluchzend. Erika reichte ihr ein Taschentuch. Sie nahm es dankbar entgegen, trocknete sich die Augen und schnäuzte sich lautstark.

»Sie wussten, dass ich …« Vanja sah betreten zwischen ihnen beiden hin und her. Per nickte ernst, und Erika biss sich auf die Lippen, um zu verhindern, dass ihr Mienenspiel Pers Bluff verriet. Vanja stöhnte laut auf, ihre Schultern sanken hinab, und sie starrte entmutigt auf das zerknüllte Papiertuch in ihrer Hand. Sie räusperte sich und sah schließlich mit puterrotem Gesicht zu Erika auf.

»Ich wollte zuerst nicht. Aber Barbro kann ziemlich überzeugend sein. Sie hat mich ein paar Mal dorthin mitgenommen. Wenn man von einem Mitglied eingeladen wird, darf man probeweise mit. Sind dann alle einverstanden, wird man aufgenommen.« Sie atmete tief ein, um sich zu sammeln. Die sonst so blassen Augen waren dunkel und traurig.

»Es war peinlich, anstrengend. Aber gleichzeitig ziemlich aufregend.« Sie schluckte hart und warf Per einen flammenden Blick zu, der konzentriert auf sein Handy starrte und sie nicht zu hören schien.

»Es waren schicke Räumlichkeiten, mit schön gedeckten Tischen und gepflegtem Essen«, fuhr Vanja beinahe flüsternd fort. »Die Gäste mussten servieren und die anderen bedienen. Durften selbst aber nur zuschauen.« Vanjas Gesicht brannte, ihre Hände zitterten stark.

»Es gab eine Rangordnung; die meisten Frauen mussten untertänig, gehorsam sein, tun, was man ihnen sagte. Ich …« Vanjas Stimme verlor sich. Langsam füllten sich ihre Augen mit Tränen; sie liefen die brennendroten Wangen hinunter.

»Sie ließ mich glauben, dass sie an mir interessiert war. Dass sie und ich …« Vanja schluchzte.

»Aber so war es nicht«, sagte sie verbittert und sah Erika anklagend an. »Sie hat mich wie alle anderen hinters Licht geführt …«

Kapitel 44

Helene maß die staubige Kalkmischung ab. Weiße Wölkchen stoben mit jeder Kelle auf, die sie aus der Tüte schaufelte, und segelten in der kalten Luft wie gefrorene Atemluft davon – geradewegs in Richtung Kai Andrées bombastischer Villa. Sie rührte mit Hilfe eines Bohrmaschinenquirls den Kalk in einem großen Eimer mit Wasser an. Das monotone Geräusch hallte in der Senke wider.

Nach einer Weile stellte sie die Maschine ab, richtete sich auf und betrachtete das Haus ihres Nachbarn. Alle Fenster waren erleuchtet, auch die Lampen an der Fassade, am Eingang, an den Hauswänden brannten. Sie lächelte leise in sich hinein. Einar, der ältere Mann, der in einem der beiden Sommerhäuschen direkt am Meer wohnte, hatte gemeint, die Villa gliche einem riesigen Raumschiff, das eine Notlandung hingelegt habe. Aber bald würden auch die anderen Eigenheime an dem Straßenende bewohnt und erleuchtet sein, ebenso das ihre – selbst wenn sie dann nicht mehr hier sein würde. Noch maximal einen Monat, dann würde sie das Haus verkaufen. Zwar noch nicht ganz fertiggestellt und ohne dass die Bodenarbeiten erledigt waren, aber doch in einem Zustand, dass sie das Geld bekam, das sie brauchte. Gerade als sie nach dem Eimer greifen wollte, um die Kalkmischung auf die Wände aufzutragen, sah sie Kai.

Er stand am Panoramafenster seines Wohnzimmers und starrte in die Dunkelheit. Ausnahmsweise wölbte sich der Himmel schwarz ohne einen einzigen Stern über dem Meer und den Inseln – eine glatte schwarze Fläche mit einem großen aufgeblähten Mondgesicht weit über ihnen, umgeben von einem Hof aus feuchtem Dunst. Alles, was von dem kurzen Tag noch geblieben war, war ein blassblauer Streifen am Horizont, der rasch auf das Meer hinausgezogen zu werden schien.

Es war das erste Mal, dass sie ihn wieder sah, nachdem er vor mehreren Monaten mit den Entwürfen in der Hand anmarschiert kam und verlangt hatte, dass sie sie umgehend unterzeichneten.

Sie atmete die schneidend kalte Luft ein und blickte in die Dunkelheit. Der kalte Mondschein spannte sich wie eine lange silberne Brücke bis nach Dänemark. Sie spürte das dumpfe Stampfen eines großen Schiffsmotors weit draußen in der Hafeneinfahrt. Der Nachthimmel sei ein samtschwarzes Tuch, hatte ihr Vater immer gesagt. Und die Sterne kleine Löcher, durch die das Licht des Himmels schien. Ein schmerzhafter Stich durchzuckte sie. Jetzt war er tot, genau wie Toni ... Alles war so schnell gegangen. Das Leben hatte sich einfach geändert, ohne um Erlaubnis zu fragen.

Helene kniff die Augen zusammen, beugte sich vor und hob den schweren Eimer mit einem Ruck an. Die Tränen rannen lautlos über ihre Wangen und tropften auf den kalten Boden und in die Kalk-Zement-Mischung. Das Einzige, das gegen die Angst half, waren andere Schmerzen, körperliche Schmerzen – harte und schwere Arbeit. Heben, schuften, schwitzen, schlagen, graben.

Das Geräusch eines starken Automotors drang in ihr Bewusstsein. Sie richtete sich auf und stellte den Eimer zurück. Ein großer Audi kam tief grollend die kleine Anhöhe hinauf und blieb vor Kai Andrées breiter Garagenauffahrt stehen. Ein Mann in dunklem Anzug mit einer Lederaktentasche und blondem halblangen Haar stieg aus und verschwand im Haus.

Der Mann tauchte kurz darauf neben Kai am Fenster auf.

Sie schienen zu diskutieren. Kai gestikulierte mit ausladenden Handbewegungen, dann gingen die beiden Herren auf die Terrasse. Helene zog sich hinter einen Stapel Baumaterial zurück, spähte durch einen schmalen Spalt und spitzte die Ohren.

»Hast du etwas herausfinden können?«, fragte Kai schroff und fixierte den Mann neben sich, der, wie Helene nach einem Augenblick erkannte, sein Anwalt war. Der Mann rieb sich die kalten Wangen und hauchte in die Hände, um sie zu wärmen.

»Ja. Wie ich gehört habe, kann der Bulle nichts finden.«

»Verflucht!«

Kai wirkte baff und nippte an seinem Glas. »Willste 'nen kleinen Schluck Whiskey?«

Der Anwalt schüttelte entschieden den Kopf.

»Nein danke, ich muss gleich wieder fahren.«

»Und ihr könnt sie auch nicht finden?«

»Nein, es scheint alles nur ein Bluff gewesen zu sein. Keine Spur von ihr.«

»Du meinst also, ich bleibe mit dem Schwarzen Peter hier zurück? Weißt du, wie viel ich dieser Tante gezahlt habe?«

Der Anwalt schien im kalten Mondlicht blass geworden zu sein. Er schüttelte den Kopf und warf begehrliche Blicke auf die Whiskeyflasche in Kais Hand.

»Nicht? Dann sage ich dir, dass ich ein kleines Vermögen an diese verdammte Barbro und ihren Scheißchef bezahlt habe, damit dieses verfluchte Grundstück …« Kai streckte den Arm aus, mit der er den Flaschenhals umklammert hielt, und zeigte auf die gegenüberliegende Straßenseite, »… nicht bebaut wird. Und jetzt passiert genau das! Und da ist Barbro plötzlich verschwunden, und ihr aalglatter Chef Sten Åhlander hat aus gesundheitlichen Gründen gekündigt.«

»Ein hohes Tier in der Stadtverwaltung hat dafür gesorgt,

dass er gegangen wurde …«, brummte der Anwalt und strich sich den Pony zurück.

Kai drehte sich wieder dem Meer zu. Helene folgte seinem Blick auf das frisch gegossene Fundament des nächsten großen Einfamilienhauses, das bald aus dem Boden emporwachsen würde. Die schöne Sicht, die Kai genoss, würde bald nur noch Erinnerung sein. Zurzeit ruhten die Bauarbeiten, aber bald würde dort wieder geschäftiges Treiben herrschen. Helene wusste, dass Kai gegen den Bau Anfechtungsklage erhoben hatte, genauso wie sie wusste, dass diese die Arbeiten nur zeitweilig verhindern würde. Kai schlug mit der Faust auf die Glasscheibe des Panoramafensters ein, dass es nur so klirrte, und wandte sich an seinen Anwalt.

»Kümmere dich, verflucht noch mal, darum, dass jemand von diesen nichtsnutzigen Bullen oder die Detektive sie finden. Jetzt!«, blaffte Kai. »Ich will diesem verfluchten Weibsbild in die Augen sehen. Sie soll nicht glauben, dass sie mich so leicht reinlegen kann!«

Der Anwalt öffnete die Aktentasche und nahm eine Zeitung heraus, die er Kai reichte.

»Der Artikel heute in der GP war ja nicht so toll«, sagte er zurückhaltend.

»Zum Teufel! So schlimm ist er nun auch wieder nicht. Ich mochte besonders den Teil, in dem diese Architektenschlampe als rechthaberische Kuh bezeichnet wurde«, kläffte Kai beleidigt. »Verdammt! Ich muss doch in dieser Sache meine Meinung sagen dürfen, oder? Es wird noch schwer genug werden, den Scheiß wieder zu veräußern, wenn die Aussicht im Eimer ist!«

»Aber …«

»Was meinst du mit aber? Bilde dir ja nicht ein, dass ich hier bleibe und irgendeinem hohen Tier ins Wohnzimmer glotzen werde! Apropos – ich möchte dich bitten, auch weiterhin diese Immobilie in Thailand im Auge zu behalten. Ich habe für den Jungen schon ein Internat in Värmland gefunden. Es ist an der Zeit, dass aus ihm was wird. Pfui, nee, wie eisig das hier ist.«

Kai drehte sich um und ging hinein, dicht gefolgt von seinem Anwalt. Wenig später verließ dieser das Haus und ging zu seinem Wagen. Er blieb stehen und warf einen Blick zurück zum Haus. Helene erkannte, dass er dasselbe hörte wie sie – die vertrauten Flüche, eine der zahlreichen Streitigkeiten, dann ein Krachen und die Schreie. Das Flehen der Frau, dass er aufhören solle. Mit einem heftigen Fluch rollte der Anwalt die Zeitung zusammen und warf sie in weitem Bogen zwischen Holzreste, Plastik und Schutthaufen, bevor er sich in sein Auto setzte.

Helene wartete, bis er weggefahren war, bevor sie sich die Zeitung schnappte und in ihr Haus ging. Sie legte die mitgenommene Zeitung auf die Küchenarbeitsplatte und stellte den Wasserkocher an. Während der Tee zog, las sie mit wachsendem Interesse den Artikel.

Gigantischer Schwarzbau auf Näset

Aus dem Umbau wurde ein neues Haus ohne Baugenehmigung. Die Garage war noch nicht einmal im Bauantrag enthalten. Die Schuppen stehen auf Grund, dessen Bebauung untersagt ist, und der Besitzer hat weder für den Pool, die Terrassen oder die Mauern eine Genehmigung eingeholt.

Auf Näset steht ein neues Haus. Bauherr ist der Diplomingenieur und Großunternehmer Kai Andrée.

»Meine Familie und ich leben in der sechsten Generation hier. Wir haben schon immer in den westlichen Stadtteilen gewohnt«, sagt Kai Andrée.

Das Haus, das zuvor auf dem Grundstück stand, stammte von 1934. Kai Andrée beantragte die Erlaubnis, Teile des alten Sommerhauses abreißen und umbauen zu dürfen. Die Stadt Göteborg hat dem stattgegeben. Doch schon im August wurde das alte Haus dem Erdboden gleichgemacht.

»Als wir mit dem Abriss angefangen hatten, stellte sich heraus, dass die Bausubstanz so schlecht war, dass wir alles abreißen mussten«, so Kai Andrée.

»Haben Sie um eine Abrissgenehmigung angehalten?«

»Nein, aber im Prinzip ist das ja dasselbe wie die Baugenehmigung, die mir erteilt worden war«, behauptet Kai.

»Stimmen die Maße Ihres Hauses mit denen in der Baugenehmigung überein, und haben Sie eine Genehmigung für den Bau der Garage?«

»Nein, der Bau stimmt nicht hundertprozentig mit der Baugenehmigung, um die wir ersucht haben, überein. Aber im Prinzip ist es dasselbe, und wir haben alles richtig gemacht.«

Das Bauamt der Stadt Göteborg ist nicht so recht überzeugt davon, dass alles mit rechten Dingen zugegangen ist.«

»Der Bebauungsplan von Näset stammt aus den 50er Jahren. In den ganzen letzten Jahren sind eine Reihe verschiedener Ausnahmen gestattet worden, und viele der Häuser weisen weit mehr als 50 Quadratmeter auf, was ursprünglich galt«, so Håkan Ström vom Stadtbauamt.

»Aber es herrscht ja kein Zweifel daran, dass die Garage, die neben das Haus gebaut wurde, ein Schwarzbau ist. Wir haben auch dem Besitzer mitgeteilt, dass er keine Baugenehmigung für sein Haus besitzt«, sagt er.

»Als Ingenieur, der in der Baubranche tätig ist, müssten Sie doch wissen, welche Genehmigung Sie zum Bauen benötigen?«

»Es hätte nie ein Problem gegeben, wenn einer meiner Nachbarn nicht ein so verdammter Rechthaber gewesen wäre.

Er erhebt gegen alles Anfechtungsklage und macht mir und der Behörde eine Schwierigkeit nach der anderen. Ich habe das Grundstück gekauft. Die Arbeiten sind abgeschlossen, und ein neuer Bebauungsplan für das Gebiet wird gerade aufgestellt, und dann wird sich alles richten«, so Kai Andrée.

Der Bebauungsplan für diesen Teil von Brevik wird schon seit vielen Jahren beraten. Auf dem Nachbargrundstück, das sich ebenfalls im Besitz von Kai Andrée befindet, liegen ein Poolhaus, ein großer Pool und ein Jacuzzi, allesamt auf Ausgleichsflächen, was ein totales Bebauungsverbot bedeutet.

»Es ist möglich, dass für einige der Anlagen, die der Besitzer erbaut hat, keine Baugenehmigung notwendig ist, aber wir werden jetzt eine gründliche Überprüfung der Vorgänge vornehmen«, so Håkan Ström.

Helene riss die Zeitung entzwei und legte sie neben den Kamin. Sie nahm die Teetasse und ging zurück ins Erdgeschoss, stellte die Bauscheinwerfer an, rührte mit kräftigen Umdrehungen im Eimer und fing an, mit einem großen Roller an einem ausziehbaren Stiel die Kalkfarbe aufzutragen.

Vielleicht würde die Gerechtigkeit den prahlerischen Unternehmer ja endlich einholen? Es freute sie, dass er Probleme bekommen hatte. Vielleicht würde das sogar einen Teil ihrer Probleme lösen. Obwohl ihr Ziel ein ganz anderes war. Da hörte sie ein leichtes Klopfen an der provisorischen Haustür. Sie schnappte sich die Nagelpistole, bevor sie die Tür öffnete.

»Ich bin es nur«, sagte Stefano.

Sie ließ ihn eintreten und fiel ihm um den Hals.

Kapitel 45

Göran fluchte vor sich hin. Er fror und hatte seine Handschuhe im Hotel vergessen. Sein Kater wälzte sich immer noch in seinem Magen, und die Kopfschmerzen drückten auf einer Seite wie eine schwere Metallplatte gegen den Kopf. Seit dem Aufwachen hatte er nichts mehr gegessen, und der Durst ließ ihm die Zunge am Gaumen kleben, obwohl draußen Minustemperaturen herrschten.

Er sah auf die Tafel, die an die Wand eines Cafés gelehnt war. *Wir bieten ein vegetarisches Buffet, leckere belegte Brote, Tee und …* Göran stöhnte laut auf. Pfui Teufel! Er warf einen sehnsüchtigen Blick über den Kanal zum Järntorget. Dort lagen ein paar Kneipen und ein Hamburgerlokal. Ihm war nach Fett und Salz, verdammt – und einem kalten Bier.

Er schaute auf die Uhr. Seit über einer Stunde wartete er nun schon. Für einen Moment erwog er, einfach die Kungsgatan hoch und in den Hinterhof zu gehen, um dort auf sie zu warten. Er hatte sie jeden Abend dabei beobachtet, wie sie bei Ullevi in den Bus 60 stieg, sie müsste also zurückkommen, zumindest, um ihre Sachen zu holen. Plötzlich dämmerte es ihm. Konnte sie so dreist sein? Je mehr er darüber nachdachte, desto wahrscheinlicher wurde es. Natürlich hatte der schleimige Don Juan sich seiner Frau angenommen. Er hatte schon Torbjörn ausgequetscht, der jedoch auch nichts über ihren Verbleib wusste. Dass sie bei einem der Kollegen war, hielt er für unwahrscheinlich. Bei Torbjörn wohnte sie zumindest nicht. Auch wenn Göran ihn damit aufgezogen hatte, weil er die Miezen so anzog. Vielleicht machte sie in ihrem Unterschlupf ja einfach kein Licht an, die feige kleine Ratte?

Göran knurrte, trat gegen das Caféschild und steuerte auf die Carolus-Rex-Mauer zu. Es war einen Versuch wert.

Ein muffiger warmer Kellergeruch hüllte ihn ein, als er an einer großen Metalltür vorbeiging, die in den Boden der Mauer eingelassen war. Einer der zahlreichen Eingänge zu Göteborgs Unterwelt, die, genau wie in Stockholm, so ausgehöhlt waren, dass sie beinahe einem Wurmnest glichen. Als er auf der Mauerkrone stand, entdeckte er das perfekte Versteck. Schnell überwand er die drei Treppenabsätze und ging zum Spielplatz, der sich etwas unterhalb der Straße befand.

Er stellte sich dicht an die Mauer. Ein Auto fuhr langsam vorbei und parkte. Ein Mann und eine Frau stiegen mit ihren Einkäufen aus und unterhielten sich lebhaft, Hundebesitzer spazierten vorbei, gingen auf die Mauerkrone und hinunter auf den Rasen.

Gerade als Göran seinem Hunger nachgeben wollte, sah er sie. Erika ging schnell und zog die Kapuze vom Kopf, als sie an ihm vorbeieilte, so dass ihre blonden Locken zum Vorschein kamen. Göran löste sich aus den Schatten und nahm in vier großen Laufschritten die Treppe, doch Erika hatte schon die Hausecke erreicht. Er hörte gerade noch, wie die Tür hinter ihr ins Schloss fiel.

Göran blieb einen Moment nach Luft schnappend am Eingang stehen. Torbjörn und er waren erst vor ein paar Tagen hier durchgegangen, als sie Per besucht und seinen Whiskey und Grappa getrunken hatten. Als sie geredet hatten. Göran ballte die Hände so fest zur Faust, dass es weh tat. Er nahm das Türblatt ins Visier, ließ den Gedanken aber fallen, ging auf die Straße zurück, legte den Kopf in den Nacken und schaute nach oben. 4. Stockwerk, die Eckwohnung. Das Küchenfenster zeigte nach Westen, die anderen gingen nach Süden. Doch er sah nur den Widerschein des blauschwarzen

Abendhimmels in den Fenstern und das warme Licht, das die Lampen in den Zimmern verbreiteten.

»Du verfluchte Hure«, zischte er zwischen den Zähnen hervor, seine Kiefermuskulatur war so angespannt, dass er Blut schmeckte. Er drehte sich um und ging bis zum Rand der alten Befestigungsmauer, über den Häuserdächern. Er umklammerte den Zaun und starrte hinunter. Einen Sturz von der Kante würde er nicht überleben.

»Ich werd dich umbringen, du verfluchte Schlampe! Ich werd dich umbringen …«

Kapitel 46

Vanja stand am Wohnzimmerfenster und sah auf den Platz hinab. Als sie eingezogen war, war es ihr zunächst schwergefallen, an die Fenster zu treten oder auf den Balkon zu gehen. Es hatte schon gereicht, sich den Außenwänden zu nähern, und ihr war flau in der Magengrube geworden, begleitet von dem unangenehmen Gefühl, der Fußboden unter ihr gäbe nach und alles verschwommen zu sehen. Manchmal hatte sie heftige Panik überfallen, sie würde in einem Gebäude ohne Wände stehen, wie in einer vom Krieg heimgesuchten Stadt. Die Furcht war mit den Jahren, die sie hier lebte, weniger geworden, aber der Balkon war nach wie vor unmöbliert, und sie betrat ihn nur äußerst selten.

Am Nachmittag hatte unten auf dem Platz irgendeine politische Versammlung stattgefunden, und noch immer standen Menschen grüppchenweise zusammen und wärmten sich an ein paar Feuerschalen die Hände. Die Transparente standen inzwischen an einen Pick-up gelehnt, und die Absperrbänder waren eingerollt. Die Kälte hielt die Landschaft erneut fest im Griff. Auf dem Boden lag eine dünne Schneedecke, und ein beißender Wind zog um die Häuser.

Vanja hatte darauf gewartet, dass die Teilnehmer ihre Sachen zusammenpacken und davonfahren würden, erkannte jetzt aber, dass sie bleiben wollten, bis die Feuer erloschen waren. Sie seufzte unterdrückt und ging ins Schlafzimmer. Vor dem Bett stand eine altmodische Kiste, die sie von ihrer Oma geerbt hatte. Sie öffnete den Deckel. Ordentlich gemangelte Bettwäsche kam zum Vorschein. Natürlich würde hier ein Einbrecher zuerst suchen.

Es schien ein primitiver menschlicher Instinkt zu sein, Dinge in Schränken und Wäscheschubladen zu verstecken, und auch wenn es zehnmal schlauer gewesen wäre, das Tagebuch offen auf dem Tisch liegen zu lassen oder es in ein Bücherregal zu stellen, sie hatte es trotzdem tief unter der Bettwäsche vergraben.

Vanja hob den Stapel an und zog das dicke ledergebundene Buch heraus. Sorgfältig verschloss sie die Kiste wieder und blieb mit dem Buch auf der Bettkante sitzen. Sie musste es nicht erst öffnen, um zu wissen, was drinstand, sie hatte es schon von Anfang bis Ende gelesen, manche Abschnitte sogar mehrmals. Die Aufzeichnungen erstreckten sich über nahezu drei Jahre und dokumentierten Barbros sämtliche Informationen über ihr merkwürdiges Agieren bei der Arbeit, welche Dienste sie welchem Kunden erwiesen hatte und was sie dafür zahlen mussten, welche Kunden ihren Forderungen nicht nachgekommen waren und welche Art der Bestrafung sie sich für sie überlegt hatte. Aber es gab auch Aufschluss über ihre Männer – und deren Beziehungen, Pläne, Schwächen und körperlichen Vorzüge, finanzielle Situation und sexuellen Vorlieben.

Es war, als würde man das Tagebuch eines Teenagers lesen – gleichzeitig gab es über Barbros eiskalte Berechnung Aufschluss, die alles andere als naiv war. Als Vanja zum ersten Mal die Seiten gelesen hatte, die sie selbst betrafen, musste sie sich übergeben.

Vanja strich über das Buch. Sie hatte die Polizei auf die Spur gebracht, hatte der Mauschelei und den Erpressungen im Amt ein Ende gemacht, was sie auch nicht bedauerte. Warum sie allerdings den Polizisten ihre Schwärmerei für Barbro gestanden hatte, wusste sie nicht. Sie schämte sich dafür. Das Gefühl der Demütigung und der Verachtung brachte

Vanjas Blut zum Kochen. Liebreizend und auf berechnende Art und Weise verführerisch war Barbro in die Abteilung eingefallen und hatte sie mitsamt Kollegen in Besitz genommen. Alle Routinen und Regeln hatten sich angesichts ihres Divagehabes, ihrer unvorhersehbaren Wutanfälle aufgelöst, und niemand hatte gewusst, wann und ob sie zur Arbeit kommen würde und welche neuen Katastrophenmeldungen über Barbro an sie herangetragen würden. Und dann Sten, der neue Leiter, der in der Behörde alles zum Besseren wenden sollte, aber wie ein sabbernder Idiot an ihrer Leine gehangen hatte.

Verfluchte Schlampe, möge dich der Teufel holen!, dachte Vanja bei sich, und ihre Kehle schnürte sich bei dem Gedanken, erniedrigt und lächerlich gemacht worden zu sein, zusammen. Sie stand schwerfällig auf und zog sich an. Mit dem Tagebuch unter dem Mantel nahm sie den Fahrstuhl nach unten, ging auf den Parkplatz und sah zu den Demonstranten hinüber. Sie gestikulierten und lachten und nahmen mit den Transparenten Kurs auf ein Auto.

Vanja ging unauffällig zu den Feuerschalen und sah sich hastig um. Für einen Moment ließ sie das Buch über der heiß glühenden Oberfläche schweben. Sie hatte es ausgeliehen – für die Person, die, wie sie gedacht hatte, in der Lage gewesen wäre zu handeln, die stark genug dafür gewesen wäre. Und die voller Hass war. Viel später, als sie das Buch zurückbekommen hatte, hatte sie gesehen, dass Seiten darin fehlten. Welche genau das waren und was auf ihnen gestanden hatte, wusste sie nicht. Und dann war Barbro verschwunden.

Sie ließ das Buch in die Glut fallen, musterte kurz den Funkenregen, der aufstob, drehte sich auf dem Absatz um und ging mit schnellen Schritten davon.

Kapitel 47

»Du kannst heute Nacht wieder auf meinem Sofa schlafen«, sagte Per beiläufig. Erika nickte schweigend. Sie hatte morgens mit Per ihre Sachen aus dem Atelier geholt. Ihre wenigen Besitztümer standen jetzt in einem Umzugskarton und zwei Sporttaschen neben Pers Wohnungstür.

Die Künstlerin Eva hatte ihr zu verstehen gegeben, dass sie ihre Abstellkammer wieder benötigen würde, ohne ihr einen Grund dafür zu nennen. Die blauen Flecken im Gesicht habe sie, weil sie in ihrem Atelier auf der Treppe gestolpert sei, ein dummes Missgeschick. Doch Erika und Per hatten die Angst in ihren Augen gesehen.

Anna und Krister hatten Erika abermals angeboten, bei ihnen zu wohnen, aber Erika hatte der Freundin angesehen, dass das aus reiner Höflichkeit geschah und sie und Krister es im Grunde nicht wollten.

Verstohlen musterte Erika Per von der Seite. Er war im Supermarkt einkaufen gewesen, der am Fuß des Hangs lag, und hatte zwei große Lebensmitteltüten heraufgeschleppt, mit der scherzhaft geäußerten Information, dass die Treppe, die von der Hvitfeldtgatan hinaufführte und Artilleristen Gladers trappor hieß, keinen Anlass zu Freude gab, sondern aus hundertneun mörderischen Stufen bestand. Er packte die Einkäufe aus, goss ihnen Weißwein ein, legte Gemüse, Hähnchen und Konserven auf die Arbeitsplatte und reichte ihr ein Messer und ein Schneidbrett. Er arbeitete routiniert und gab Erika, die die Mohrrüben schälte, Kichererbsen wusch und das Hähnchen zerteilte, knappe Anweisungen. Per zog eine Schublade auf, die die beeindruckendste Sammlung an Gewürzen enthielt, die sie jemals gesehen hatte, tat diverse duftende Gewürze in eine Dose und schüttelte sie kräftig. Erika spürte seine Körperwärme. Per hielt inne und blickte sie wie so oft wachsam und forschend an. Er war nicht der Einzige, der das tat. Häufiger jedoch trafen sie die Blicke der anderen, die voller Mitleid, Neugier, aber auch Misstrauen waren. Sie hätte nach all den Jahren in Stockholm eigentlich daran gewöhnt sein sollen, trotzdem traf es sie, dass sie dasselbe Joch immer noch mit sich herumschleppen musste, obwohl es ihr gelungen war, ihrem Gefängnis zu entkommen. Wann würde es endlich aufhören? Wann würde sie endlich die Gelegenheit bekommen, ganz neu anzufangen?

»Glaubst du, er hat ihr etwas angetan? Der Künstlerin, meine ich«, fragte Per.

Erika zerlegte gerade das Hähnchen mit einem Messer. »Ich weiß es nicht. Eva kann natürlich auch gestolpert sein, wie sie behauptet. Aber ich … ich glaube es nicht. Sie hatte Angst. Es ist ihm gelungen, sie ausfindig zu machen, und dann hat er aus ihr herausgebracht, wo ich war.«

Sie lehnte sich vor, trank einen großen Schluck von ihrem Wein und fuhr fort.

»Das Schlimmste ist, dass in den ganzen Mist Unschuldige mit hineingezogen werden.«

Erika starrte auf das tote Tier vor sich, stach das Messer in ein Gelenk, rutschte ab und schnitt sich in den Zeigefinger. Ihr Blut färbte die blasse Hähnchenhaut rot.

Per griff schnell nach ihrer Hand, wickelte ein Küchentuch um den Finger und schob sie auf einen Esszimmerstuhl. Der Schnitt war tief. Erika hielt die Hand still, während Per Desinfektionsmittel und Pflaster holte, um die Wunde zu versorgen. Als er sie fertig verarztet hatte, machte Erika Anstalten aufzustehen.

»Nein, du bleibst jetzt hier sitzen. Ich will doch kein Schlachtfeld in meiner Küche haben«, sagte er mit einem schiefen Lächeln und stellte das Weinglas vor sie auf den Tisch. Erika sank auf den Stuhl neben dem großen Fenster zurück. Ihr Blick wurde vom Ausblick auf den Hafen und der steilen Schlucht unterhalb der Mauer angezogen. Momentan fühlte sie sich warm und geborgen, doch trotzdem kam sie sich irgendwie ausgeschlossen vor und fröstelte. Ihr Finger pochte.

Per rieb die Hähnchenteile mit der Gewürzmischung ein, mischte Kichererbsen und Gemüse mit eingelegten Zitronenstückchen, die er aus einem großen Vorratsglas fischte, tat alles in eine gläserne Auflaufform, goss Weißwein an und stellte sie in den Ofen. Bald breitete sich ein verlockender Geruch nach Zimt, Kümmel, Thymian und Zitrone im Raum aus.

»Du musst heute leider wieder auf dem Sofa schlafen. Danach kann ich dir ein Bett ins Arbeitszimmer stellen«, sagte Per beiläufig.

Erika wandte sich vom Fenster ab und beobachtete ihn, seine geschmeidigen lässigen Bewegungen, die so routiniert, so sicher wirkten. Er deckte den Tisch und stellte eine Salatschüssel darauf, schnitt Gurke und Tomate klein und mischte sie unter den lauwarmen Couscous.

Erika spürte Wut in sich aufflammen, eine irrationale Wut, die sich an seiner lässigen Ruhe und der Selbstverständlichkeit seiner gerade geäußerten Worte entzündete.

»Ich soll also hier bei dir einziehen«, sagte Erika bissig. »Das neue Presseleck der Polizei, der Flüchtling aus der Großstadt, der wegen Misshandlung einer Kollegin angezeigt wurde und ohne Dienstwaffe ist. Und deine Damenbesuche … soll ich eine Runde durch die Stadt gehen, wenn du …«

»Und wo willst du hin?«, unterbrach Per sie, ungerührt von ihrem Ausbruch.

»Du weißt doch noch nicht einmal, wer ich bin. Ob ich die Wahrheit sage oder hysterisch bin, so wie mein Mann behauptet. Gib doch zu, dass ihr mir nicht vertraut?!«, schrie Erika.

Per wandte sich von der Arbeitsplatte ab, lehnte sich mit dem Rücken dagegen und musterte sie.

»Man könnte vielleicht sagen, dass du nicht zu den Kollegen gehörst, denen wir im Moment am meisten vertrauen. Das stimmt.«

Er nahm nachdenklich einen Schluck aus seinem Glas.

»Aber du darfst uns auch nicht wie Schwachsinnige behandeln. Wir sind eine Truppe erfahrener Ermittler, die schon so manches gesehen haben.« Er warf ihr über den Glasrand einen scharfen Blick zu.

»Die Frage ist nur, warum tust du das, was du tust? Ehrlich währt am längsten, weißt du.«

Erika schwieg; ihre Finger fuhren über das Weinglas. Ihr Magen zog sich bei den Essensgerüchen zusammen.

Trotz der Wärme, die in der Küche herrschte, fröstelte Per plötzlich. Er betrachtete Erika, ihre Locken, die zur Hälfte ihr Gesicht verbargen, wie sie am Weinglas herumfingerte. Er erkannte den aufgestauten Schmerz hinter der Fassade. Der Timer am Herd riss ihn aus seinen Gedanken. Als er das Hähnchen aus dem Ofen zog, umgab ihn warm und exotisch der Duft der Gewürze. Er servierte das Essen und forderte Erika mit einer stillen Geste auf, sich zu bedienen.

»Mmh … sagenhaft«, nuschelte Erika nach einem Moment hungrigen Schlingens genießerisch. »Was …?«

»Nordafrikanisch. Ich habe mich ein bisschen darauf eingeschossen. Es ist ähnlich wie indisch, aber milder gewürzt, aromatischer.«

»Du kochst also gerne?«

Per nickte mit einem flüchtigen Lächeln.

Erika konzentrierte sich auf das Essen. Sie hatte erst über ihre eigene Unkenntnis, was das Zubereiten von Speisen anbelangte, scherzen, ein paar ihrer Misserfolge zum Besten geben wollen, um die angespannte Atmosphäre aufzulockern, schwieg aber.

Nach dem Essen stellte Per die Espressomaschine an und schäumte Milch auf. Er nahm eine Flasche Grappa aus dem großen Vorratsschrank und stellte Gläser und Tassen vor sie hin, setzte sich wieder zu ihr und sah sie an. Sie brachte es nicht über sich, seinem Blick zu begegnen, sondern starrte auf ihren verletzten Finger, der schmerzhaft pochte.

»Du weißt genauso gut wie ich, dass mir keine andere Wahl bleibt«, sagte sie mit zugeschnürter Kehle.

»Aha, und welche wäre das?«

»Alle, die ich in diese Sache mit hineinziehe, setze ich Risiken aus«, flüsterte sie heiser. »Es gibt nur eine Möglichkeit, dem Ganzen ein Ende zu machen, und das ist, ihn herauszulocken, ihn einen Fehler machen zu lassen. Und Fehler macht er nur, wenn er sich vollkommen sicher fühlt.«

»Gehört Ridley Scott oder Jan de Bont vielleicht zu deinen Lieblingsregisseuren?«

Erika kicherte unfreiwillig, verschluckte sich am Wein und prustete.

»Ein bisschen zu viel Ripley und Lara Croft, meinst du das?«, sagte sie lächelnd und begegnete dem Blick aus seinen dunklen Augen. Plötzlich sehnte sie sich danach, aus ihrem Alptraum entfliehen zu können und neben Per auf der Couch zu sitzen und Filme anzugucken. Sich mit ihm über Regie, Schnitt, Dramaturgie und Beleuchtung auszutauschen. Wein und Kaffee zu trinken und sich spielerisch über lächerliche Einzelheiten in die Haare zu geraten.

Per nickte und wurde auf einmal wieder ernst.

»Ja, ein bisschen zu viel Ripley. Die Heldin, die sich allein dem Monster stellt. Ist das wirklich so schlau?«

»Ich weiß, wie er tickt«, erwiderte Erika ruhig. »Und ich weiß, wie er denkt. Ich, wenn überhaupt jemand, kenne ihn. Und ich muss das Ganze beenden.«

Sie raufte sich die Haare, fasste sie dann zusammen und machte einen vergeblichen Versuch, sie zurück aus dem Gesicht zu streichen. Per sah fasziniert zu, wie die Locken wieder ihre ursprüngliche Form annahmen und genauso eigensinnig vom Kopf abstanden wie zuvor.

»Und wer sonst sollte es tun?«, fragte sie bar jeder Ironie. Sie nippte gedankenverloren am Grappa und runzelte die Stirn. Der war wirklich gut. In ihrer Vorstellung schmeckte Grappa ähnlich wie Benzin. Sie sah Per überrascht an. Er nickte zufrieden und verfolgte, wie ihr Lächeln rasch verflog und einem gequälten Ausdruck Platz machte.

Er wollte etwas sagen, aber ihm fiel nichts ein. Er trank einen Schluck aus dem Glas und ließ den Alkohol langsam durch die Kehle rinnen.

»Wir erleben das doch mehr oder weniger jeden Tag, oder?«, begann Erika nachdenklich. »Wie Frauen darum kämpfen, sich und ihre Kinder zu retten. Wie man ihnen dazu rät, den gewalttätigen Mann zu verlassen. Aber erst an dem Tag, an dem sie mit dem Fuß aufstampft, sagt, dass sie gehen will, sich scheiden lassen will, bricht die eigentliche Hölle los.«

Per nickte zum Zeichen, dass sie recht hatte. Erika sah aus dem Fenster in den sich verdunkelnden Himmel und beobachtete die Lichter, die allmählich auf der anderen Seite des Flusses angingen.

»Wir ermuntern sie dazu zu gehen«, fuhr sie hartnäckig

fort, »vermitteln ihnen, dass dies das Ende von Gewalt und Unterdrückung sei.« Sie seufzte tief und wandte sich Per zu. Ihre Augen schimmerten, und die Pupillen waren groß in der Dunkelheit.

»Wenn sie dann das alleinige Sorgerecht und ein Besuchsverbot beantragt, um sich zu schützen, stellt sie ihn bloß, so dass die Nachbarn, die Arbeitskollegen, alle es erfahren. Die Fassade stürzt ein, er riskiert eine Strafe, riskiert es, im Gefängnis zu landen oder Bußgelder für seine Drohungen zu kassieren. Wenn die Frau ihm dann auf offener Straße begegnet, wird sie erstochen oder findet ihre Kinder daheim ermordet vor. Weil er nichts mehr zu verlieren hat …«

Tränen lösten sich aus ihren Augen. Sie schnäuzte sich erbost, leerte ihr Glas und machte Anstalten aufzustehen. Per hielt sie zurück, indem er eine Hand auf ihren Arm legte.

»Wäre ein Häuschen am Meer in Ordnung? Das einsam liegt? Rundum freie Sicht«, fragte Per langsam. Erika sah ihn verblüfft an, aber sein Gesichtsausdruck veränderte sich nicht, sondern wirkte vollkommen ernst. Nach einem Moment nickte sie. Sie wusste, was er dachte. Göran müsste ausreichend verzweifelt und aufgepeitscht von Hass und Frustration sein, um ihr in die Falle zu gehen.

»Gut, dann regle ich das.«

Per erhob sich abrupt, räumte schnell die Küche auf und verschwand in einem Zimmer. Erika lehnte den Kopf gegen den Fensterrahmen und spürte die kalte Luft an der Scheibe. Erika tapste ins Wohnzimmer. Sie sah einen schwachen Lichtschein unter der Tür zum Arbeitszimmer, als sie daran vorbeiging. Schnell kroch sie unter die Decke auf dem Sofa, lag eine Weile da, starrte an die Zimmerdecke und durch eines der großen Fenster. Der Himmel war dichtbewölkt und bedrohlich, beinahe schwarz. Sie schloss die Augen.

Ohne Vorwarnung ergriff sie Panik, und sie keuchte auf. Ihre Hand verselbstständigte sich und traf Per ins Gesicht. Er stöhnte im selben Moment auf, als Erika sich in einem stahlharten Griff gefangen fühlte. Ein Schmerz durchzuckte ihre Schulter. Per hielt sie fest, bis sie aufhörte, sich zu wehren, dann ließ er sie sachte los. Vorsichtig tastete er sein Gesicht ab.

»Mensch, Frau … du bist ja schlimmer als die Jungs im Club«, stöhnte er. »Mist, ich wusste nicht, dass du schon eingeschlafen warst. Sorry. Hier, ein uraltes Handy, das hatte ich noch, mit Prepaid-Karte. Nimm es. Ich habe meine Nummer unter der Kurzwahltaste eingespeichert. Und es besitzt eine Aufnahmefunktion. Von nun an nimmst du alles auf, was der Idiot sagt.«

In Erikas Kopf dröhnte es, und ihr war schwindelig. Es kam ihr vor, als sei sie verrückt geworden. Per hockte noch immer neben ihr. Sie roch den Duft seiner Seife und sein Aftershave, nahm abermals seine Körperwärme wahr und bemerkte, dass er nur eine Jeans trug. Im Halbdunkel sah sie die Umrisse seiner Schultern und Oberarme.

»Lässt du mich jetzt schlafen? Oder hast du vor, einen deiner Verführertricks anzuwenden«, blaffte Erika ihn an und richtete sich auf, um den Abstand zwischen ihnen zu vergrößern. Mit einer fließenden Bewegung erhob sich Per.

»Nö, es reicht schon, dass deine Phantasie mit dir durchgeht«, gluckste er amüsiert. Erika spürte, wie sie errötete. Sie war froh, dass es im Zimmer so dunkel war.

»Ich habe nicht vor, es auf einen Kampf ankommen zu lassen. Ich werde mich ergeben«, sagte sie mit ruhiger Stimme in die Dunkelheit hinein.

Kapitel 48

Erika sah auf das Display ihres Handys – eine unterdrückte Nummer. Sie verspürte ein schwaches Ziehen in der Magengrube und wartete noch zwei weitere Klingeltöne ab. Sie konnte es sich nicht erlauben, nicht ranzugehen, nur weil es eventuell Göran war. Sie hatte nur noch ihre Arbeit, durfte nichts mehr vermasseln. Sich räuspernd nahm sie ab.

»Erika Ekman, Bezirkskriminalpolizei Västra Götaland«, meldete sie sich mit ihrer sanftesten Stimme.

Es rauschte in der Leitung. Eine leere Stille, als ob sie den Deckel zu einem tiefen Brunnenschacht geöffnet hatte. Trotzdem spürte sie, dass jemand dran war. Es war das böse Lächeln des Wartens, eine Kunstpause, um ihren Puls in die Höhe zu treiben und sie noch ein Stückchen näher an den Abgrund zu ziehen.

»Bezirkskriminalpolizei im verfluchten Västra Götaland … das sagst du also?«

Sie hörte sofort, dass Göran getrunken hatte. Hastig warf sie einen Blick auf die Uhr, es war kurz nach Mittag. Rasch ging sie zu Eriks und Pers Büro den Flur hinunter, das Handy ans Ohr gedrückt.

»Das ist also der Dank für alles, du Fotze. Zuerst haust du ab, ohne dich um den ganzen Scheiß zu kümmern, den du fabriziert hast, und lässt mich damit allein, und dann rennst du rum und spielst heile Welt auf deiner neuen scheiß Arbeit … was glaubst du wohl, wie lange du sie noch hast, he? Antworte mir, verflucht noch mal!«

Erika schloss die Augen, als ob sein Geifern sie durch den Hörer erreichen konnte. Sie klopfte leicht gegen Eriks Tür, tippte sie auf, aber das Zimmer war leer. Mit zusammengepressten Lippen, damit ihr kein Fluch entfuhr, eilte sie weiter zu Pers Büro.

»Ich hätte es wissen müssen – dass du als Erstes anfangen würdest herumzuhuren. Verdammt, Schätzchen, verdammt! Du konntest es wohl nicht abwarten, was? Ziehst von einem zum anderen, machst sofort die Beine breit. Du verfluchtes Miststück!«

Erika klopfte zaghaft an Pers Tür. Sie vernahm Stimmen in seinem Büro; ihre Hand schwebte über dem Türgriff, sie zitterte. Nach einer gefühlten Ewigkeit hörte sie einen Stuhl über den Boden scharren und eine Stimme, die sie hereinbat.

»Ich weiß, dass du diesen verfluchten Don-Juan-Verschnitt fickst, diesen dunkelhaarigen, lockigen Hanswurst. Du gehst also so einem schleimigen Fotzenlecker auf den Leim, du Schlampe! Ich werde diesen Lackaffen umbringen, den kannst du dir also aus dem Kopf schlagen! Ich werde, verflucht noch mal …«

Die Tür wurde geöffnet und Per sah hinaus. Hinter ihm im Zimmer standen Torbjörn und Erik. Erika öffnete den Mund, formte mit den Lippen ein lautloses Göran und deutete auf das Telefon. Per legte den Hörer ans Ohr, lauschte und schüttelte den Kopf. Göran hatte aufgelegt.

Kapitel 49

Als der Motor ausging, herrschte plötzlich vollkommene Stille. Eine Stille, die ihr Angst einjagte.

Per brach als Erster das Schweigen.

»So, dann bleibt uns jetzt nur noch ein kleiner Spaziergang, oder?«

Per sah fragend seinen Freund Esko Hietala an, dessen Sommerhäuschen Erikas nächster Zufluchtsort werden sollte – auf einer Klippe am Meer. Mit rundum freier Sicht.

Der Finne nickte. Er hatte kein Wort mehr als nötig von sich gegeben, wie Anna ihr zugeflüstert hatte. Erika hatte nicht darauf reagiert. Schweigen war nichts, was einem Norrländer, wie sie einer war, komisch vorkam. Erika atmete die feuchte Luft ein, roch eine Mischung aus vermodernden Pflanzen, Erde und Salzwasser. Der Parkplatz war bis auf ihre beiden Autos leer. Die große Asphaltfläche war von hohen Bäumen umgeben, die sich bedrohlich neigten; zwischen den Bäumen und Sträuchern blitzten im Dunkeln liegende, jetzt im Winter verlassene Sommerhäuschen auf.

Erika zog die Jacke dichter um sich, schulterte ihren Rucksack und stellte sich neben den hochgewachsenen Finnen. Sein Gesicht leuchtete im Halbdunkel gespenstisch weiß. Er war lang, dürr und sehnig. Erika nahm an, dass er entweder Marathon lief oder kletterte. Er besaß einen wohlgeformten Mund, hohe Wangenknochen, leicht schiefstehende Augen und ein ernstes, hageres Gesicht. Als er Kurs auf die entlegenste Ecke des Parkplatzes nahm, folgten sie ihm rasch, den Blick auf seinen Rücken geheftet.

Anna schnatterte lebhaft – zu lebhaft, befand Erika – darüber, wie sich die versteckten Sommerhäuschen im Frühjahr und Sommer füllten. Dass die Klippen dann Vogelfelsen glichen, weil so viele Menschen sich darauf sonnten, dort schwammen, aßen, tranken und den ersten Teil des Paarungstanzes aufführten, bevor der Abend im Lokal und in den Nachtclubs endete.

Es war kalt und windig, und die feuchte Luft drückte gegen den Körper, zog die Kleidung nach unten und drang bis auf die Haut. Der Wind zerrte an den Zweigen und ließ Kaskaden dicker Wassertropfen auf sie hinunterregnen. Der Weg schlängelte sich zwischen Bäumen dahin und begann anzusteigen, wurde durch den losen Kies und die Wurzeln immer steiniger und tückischer. Je näher sie dem Meer kamen, desto größer wurden die Sommerhäuser, mit riesigen Panoramascheiben und penibel angelegten kleinen Gärten mit Lattenzaun und künstlichen Mauern. Es gab viele Felsen, hart, kahl und grau, die für Erika das Sinnbild der Westküste waren. Klippen so nackt wie ein Tier nach der Schur, blank poliert von dem rauen Klima der Westküste.

Erika verabscheute das Meer zutiefst. Hasste das klebrige Salzwasser, den Gestank von vermoderndem Tang, die Quallen und die Köderwürmer unter ihren sich windenden Sandhaufen, die auf dem Meeresboden wie Hundehaufen aussahen. Vor allem aber verabscheute sie es, in Salzwasser zu baden und das unsaubere Gefühl, wenn es auf der Haut und in den Haaren klebte, nachdem man trocken war. Der Wind frischte plötzlich auf und wehte beharrlich von der See her; der verhasste Geruch drängte sich ihr auf. Sie erklommen glatte Felsen. Der Wald lichtete sich, und die Bäume wuchsen immer spärlicher, so dass sie das weite Meer unterhalb der Klippen erahnen konnte. Plötzlich war der Weg nicht mehr zu erkennen.

»Ach, du meine Güte«, rief Anna aus und trat mit einem raschen Schritt zur Seite. Sie starrte auf ein kleines rotes Häuschen hinter einem Bretterzaun und schlug die Hände vor den Mund.

»Mumins«, sagte Esko trocken und blieb stehen. Er betrachtete das Schauspiel hinter dem Zaun, weiße Figuren, die in der Dunkelheit zu leuchten schienen.

»Verflucht, hab ich Schiss gekriegt«, stöhnte Anna. »Die sehen aus wie Hattifnatten, diese Mumins, die bei Gewitter von selbst leuchten.«

Esko nickte.

»Hm, der Sommerhausbesitzer ist 'n bisschen eigen. Sammelt alle Arten von Mumintrollen, hat den ganzen verfluchten Garten voll davon. Sie sehen aus, als ob sie leuchten würden, weil sie so hell sind.«

Er wandte sich an Erika.

»Fang bloß nicht an, dich mit ihm über sie zu unterhalten, er findet kein Ende. Aber mach dir keine Gedanken, er ist ungefährlich. Er ist eben nur verflucht originell.«

Esko drehte sich um, und seine langen Beine staksten weiter über die Felsen. Erika beeilte sich, mit ihm Schritt zu halten, und fragte sich, wie sie jemals wieder in die Zivilisation zurückfinden sollte. Sie kehrten wieder auf den ausgetretenen Weg zurück, der Fels war von Grasbüscheln und kiesigen Abschnitten durchsetzt. Vereinzelte Tannen kauerten am Wegrand und neigten sich alle in dieselbe Richtung, gepeinigt vom Westwind. Esko bog vom Weg ab und stieg glatte Steinstufen hinauf. Erika erblickte dort, wo sie endeten, ein kleines Häuschen, daneben einen Anbau. Sag nicht, dass die Unterkunft ein Plumpsklo hat, dachte sie und stöhnte unfreiwillig. Sie kniff Anna in den Arm und deutete darauf, aber Anna schüttelte nur den Kopf. Sie wusste es nicht.

Das Häuschen war länglich, hatte eine glatte Holzverschalung, die graublau lasiert war, und schmale hohe und ein einziges breites Fenster. Esko zeigte darauf und verkündete fröhlich, dass man beim Abwasch aufs Meer sehen könne. Er schloss auf und reichte Erika die Schlüssel. Sie betraten das Haus. Es roch etwas stickig, aber nicht schlecht, hauptsächlich nach frischem Holz und Leim.

Das kleine Haus war bis ins letzte Detail durchdacht – ein Zimmer mit Schlafsofa, ein niedriger Tisch, eine weiße Küchenzeile mit Edelstahl und eine kleine Toilette mit Dusche. Das hohe Fenster im Eck zeigte Richtung Meer und vermittelte einem das Gefühl, dass die Wasseroberfläche Teil des Zimmers war. Erika deutete auf das kleine Nebengebäude und fragte Esko, was das sei. Er lächelte, das scharfgeschnittene Gesicht begann zu glühen.

»Na, ist doch wohl klar, dass das Haus 'ne Sauna hat. Was dachtest du denn? Ein Plumpsklo, oder was?«

Annas Lachen hallte in dem kleinen Haus wider. Erika lächelte erleichtert. Man merkte, dass Esko Architekt und Finne war. Natürlich war das Sommerhäuschen ein kleines durchdachtes Wunderwerk. Und sie hatte schon gefürchtet, es könnte ein schlechtriechender und vernachlässigter Schimmelpilzherd aus den 70er Jahren sein.

Nachdem Esko demonstriert hatte, wie der Boiler funktionierte, wie sie einen Kurzschluss beseitigte und die Sauna anheizte, sah er Erika fragend an. Sie nickte – das Haus war perfekt. Anna sprang ausgelassen umher und sah in alle Schränke, bewunderte Details und zeigte fröhlich hinaus in die Dunkelheit und aufs Meer.

Per und Erikas Blicke trafen sich. Er stand still und ungerührt neben der Tür. Sie schluckte hart. Doch, es war in Ordnung. Sie war dankbar für das, was er getan hatte. Per ließ ihren Blick nicht los. Seine dunklen Augen waren voller Besorgnis und Schuldgefühl. Erika nickte energisch. Sie wollte es so – und basta. Keine Diskussionen. Per hob resigniert die Schultern, legte einen Moment die Hand auf Erikas Arm und drückte ihn. Dann umarmte er Anna zum Abschied und verschwand mit dem Finnen und Krister in die stürmische Dunkelheit.

Anna packte den Kerzenleuchter aus, Kerzen, Teller, Gläser, Handtücher und Bettwäsche, ein paar Töpfe, einen Wasserkocher und ein paar Instantwaren, Obst und Toilettenpapier. Sie stellte die Krabben und den Weißwein auf den Tisch, grobes griechisches Fladenbrot, Aioli und Käse.

Erika stellte sich ans Fenster und versuchte sich zu orientieren, aber die Dunkelheit war undurchdringlich. Der berühmte Meerblick existierte in dunklen Winternächten nicht. Ohne Kontraste oder Fixpunkte, die einem Orientierung boten, konnten sie ebenso gut schwerelos durch das Weltall schweben. Dann zeigte Anna auf etwas – sie hatte Lichter erblickt, die mit Hochgeschwindigkeit einen gedachten Horizont entlangschweiften, dann einen Leuchtturm. Ein Licht, das kam und ging. Anna behauptete felsenfest, dass es der Leuchtturm von Vinga sei, der einzige, der einen so starken Lichtstrahl hätte und sich drehte, wie ein langer kalter Schimmer des Mondlichts. Erika nickte. Vinga klang schließlich romantisch.

Schweigend aßen sie, pulten Krabben, machten sich die Finger schmutzig und leckten sie ab, tranken den gekühlten Wein, einen köstlichen Chablis, den Krister mit einem ausgefuchsten Lächeln aus dem Kofferraum des Wagens gezaubert hatte, gleich einen ganzen Karton.

»Dein Mann ist wirklich wunderbar«, stellte Erika fest und konnte einen Anflug von Eifersucht in der Stimme nicht unterdrücken. Sie hatte denselben Traum gehabt, hatte gedacht, dass er sich für sie erfüllt hätte. Dann hatte sich die Realität in einen Alptraum verwandelt. In den letzten Wochen war sie immer häufiger schweißgebadet aus ihren Träumen aufgeschreckt, in denen sie durch lange unterirdische Gänge gejagt wurde, durch Betonbauten und Schutzraumtüren. Sie riss an den Türgriffen, die immer brennend heiß waren. Wenn sie im Traum eine Tür aufbekam, dröhnte dahinter ein Feuer und leckte nach ihr oder Insektenschwärme quollen hervor, die sich gierig auf ihren Körper stürzten und mit ihren kleinen Kiefern an ihr herumsäbelten.

Erika trank den Wein aus, schloss die Augen und wartete auf die warme Betäubung, das angenehme Schwindelgefühl, welche das Rattern in ihrem Kopf verstummen und die widerlichen Bilder verblassen ließ.

»Ja, er ist wunderbar, ich liebe ihn«, sagte Anna mit einem verlegenen Lächeln.

Erika ahnte, dass sie errötete. Kurze Zeit später zogen sie die Couch zu einem Doppelbett aus, legten sich hin und plauderten, bis sie zu müde dafür waren. Erika starrte über Annas Kopf hinweg aus dem Fenster. Die Fensterscheibe sah aus, als wäre sie von außen schwarzgestrichen. Sie lauschte den ungewohnten Geräuschen von draußen, dem Wind, dem Holzhaus, das unter dem Druck des Windes und den Temperaturschwankungen ächzte, dem hartnäckigen Pladdern dichter Regentropfen auf dem kleinen Blechdach. Annas leichten Schnarchgeräuschen, kleine unschuldige schnüffelnde Laute. Annas Körper wurde immer entspannter, weich und warm.

Lautlos glitt Erika aus dem Bett und tastete sich vorsichtig mit bloßen Füßen vorwärts, öffnete den Kühlschrank, nahm die zweite Weinflasche heraus und trank mit großen Schlucken, die im Magen brannten, direkt aus der Flasche. Die Betäubung kehrte zurück, und die Phantasiegeburten von schwarzen fliegenden Dämonen mit leeren Augenhöhlen rückten weiter aus ihrem Bewusstsein. Ein Glas, vielleicht auch weniger, befand sich noch in der Flasche. Erika zwängte den Rest mit ein paar erstickenden letzten Schlucken hinunter und tat die Flasche beschämt in die Mülltüte. Auf unsicheren Beinen, die von Gänsehaut überzogen waren, kehrte sie zum Bett zurück und schlüpfte unter die Daunendecke, die immer noch warm war.

Nicht die Dunkelheit jagte ihr Angst ein, davor hatte sie sich nie gefürchtet. Das hatten ihr Vater und ihre Brüder sie gelehrt – dass nichts anders war, nur weil es dunkel war, dass sich nichts veränderte, nur weil das Licht schwand. Was ihr Angst machte, war das, was die Dunkelheit verbergen konnte.

Kapitel 50

Erika erwachte starr vor Schreck. Das Herz klopfte ihr bis zum Hals. Für einen flüchtigen Moment glaubte sie, wieder in ihrem Haus in Enskede zu sein, und wähnte Göran neben sich. Erst einen Augenblick später wurde ihr bewusst, dass sie sich in dem Sommerhaus befand und dass es Anna war, die neben ihr auf der Schlafcouch lag.

Sie erhob sich vorsichtig, tapste zum Fenster und sah aufs Meer – das Licht war zurückgekehrt. Der Himmel war klar und der Boden unter ihren Fußsohlen so kalt, dass es schmerzte. Die Eisschollen lagen wie einzelne Puzzleteilchen auf dem Meer. Zwischen ihnen schimmerte die glatte Wasseroberfläche, und die Bootsstege, die von dem Küstenvorsprung ins Meer ragten, bedeckte leichter Raureif. Weiter draußen war die See still und glatt. Es war totenstill. Keine Boote rührten sich auf dem Wasser, kein Mensch war zu sehen, keine Stimmen zu vernehmen, nur ab und an das Kreischen eines Vogels. Alles schien stillzustehen und zu Eis erstarrt zu sein.

»Ahhh, guten Morgen.«

Anna sah mit schlaftrunkenem Blick auf, ihr dunkler Pony stand in alle Richtungen. Sie kniff die Augen gegen das Licht zusammen.

»Wow, was für ein Wetter! Ein Sonntag zum Spazierengehen, das ist ja perfekt!«

Anna lächelte mit geröteten Wangen. Erika fröstelte. Das Licht war gerade erst über den Horizont gekrochen und hatte sich über die Wasseroberfläche und die glattgeschliffenen Klippen erhoben, blassrosa bis orange schimmernd. Am

Himmel hingen leichte, auseinandergezogene Wolken wie Fetzen hauchdünnen Papiers.

Anna stellte die Heizkörper an, dabei hatte sie die Daunendecke wie einen Kokon um sich gewickelt. Als sie unter Rufen und Prusten darunter ihre Kleidung angezogen hatte, machte sie mit derselben routinierten Energie die Betten, mit der sie auch Essen kochte oder die Wohnung in der Nedre Fogelbergsgatan putzte.

Erika fehlte der Antrieb. Sie starrte auf das Meer hinaus, auf die Klippen, die verlassenen Häuschen und roten Bootsschuppen auf der anderen Seite der Bucht. Aber ihr Mangel an Energie schien Anna nicht zu stören, sie hatte bereits den Tisch gedeckt, die Reste des griechischen Brotes geröstet und Tee und Saft auf ihren Platz gestellt. Sie frühstückten schweigend, räumten den Tisch ab, putzten sich hastig die Zähne, zogen sich warme Kleidung und Stiefel an und traten hinaus in die kalte stille Morgenluft.

»Mann, was für eine Aussicht! Hier draußen ist es wirklich schön!« Anna schloss die Augen und wandte das Gesicht gen Himmel, der sich wie eine zartblaue Glaskuppel über ihren Köpfen wölbte. Die Luft war ein paar Grad unter Null, und es war vollkommen windstill. Die Inseln auf dem ruhigen Meer glichen entlegenen Gebirgsketten.

Der Boden, der am Abend zuvor nass und matschig gewesen war, war nun hartgefroren und gab kein Geräusch von sich, als sie darüberliefen. Alles Leben schien sich zurückgezogen zu haben. Achtsam gingen sie den gefrorenen Weg hinunter und kamen an dem rotgestrichenen Haus mit dem roten Gartenzaun und dem ebenso knallroten Nebengebäude vorbei. Verstohlen besahen sie das Gewimmel der Plastikfiguren, die reglos und stumm hinter dem Zaun standen und ihr Gesicht dem Weg zuwandten.

»Mumintrolle als Wachhunde … tja, vielleicht«, kicherte Anna leise. Erika erschauerte unwillkürlich. Es kam ihr vor, als würden die dunklen Plastikaugen ihnen folgen, als sie vorübergingen. Erika musterte die Trolle, die schweigsame Schar an Märchenfiguren, die den Platz hinter dem Zaun einnahm. Wer wohl dort wohnen mochte? Was hatte den Bewohner dazu gebracht, dieses hässliche Haus glänzend rot zu streichen und seinen Garten mit Märchenfiguren zu bevölkern?

Als die Morgendämmerung nicht mehr alles einhüllte, sah Erika, dass ihr Zufluchtsort an der Einmündung einer flachen, beinahe halbrunden Bucht lag. Gegenüber lagen rote Bootsschuppen in einer Reihe, die durch lange schmale Stege miteinander verbunden waren. Der Wasserstand war niedrig und die Bucht beinahe trockengelegt, wie eine glatte Schlittschuhbahn, umgeben von stacheligen und wild wuchernden Sträuchern und Wald. Erika und Anna behielten ihr hohes Tempo bei und umrundeten die Bucht, traten auf die Stege hinaus und betrachteten die Sommerhäuser auf der Landzunge – die Stelle, an der sie eben noch gestanden hatten, mit Eskos grauem Sommerhaus und dem quietschroten Haus des Nachbarn.

Sie gingen ein Stück zurück und folgten dem Weg zu einer großen Bucht, an der ein privater Badeverein seine Örtlichkeiten hatte – ein kleiner gefrorener Sandstrand und ein paar aus dem Wasser gezogene Schwimmstege, und weiter draußen ein kleiner Segelhafen mit roten Bootsschuppen, die dicht aneinandergedrängt an der Kailinie standen. Die Häuser, die sich an die Klippen schmiegten sowie die Gebäude am Bootshafen waren groß und kostspielig. Manche besaßen einen eigenen Strand und private Bootsstege mit niedlichen Bootshäusern. Anna plapperte über die Häuser drauflos, welche bekannten Architekten sie entworfen hätten und welche Familien dort wohnen würden. Erika zeichnete die Uferlinie mit dem Blick nach. Ihr neuer Zufluchtsort lag offenbar in unmittelbarer Nähe zu dem neuen Straßenstück, an dem auch Helene und Kai gebaut hatten. Sie lächelte vor sich hin und schüttelte ungläubig den Kopf. All diese Verflechtungen! Und trotzdem behaupteten die meisten steif und fest, dass das Leben nur aus Zufällen bestünde.

Sie blieben stehen, wo die Klippen den Weg ablösten, und sahen hinaus aufs Wasser. Draußen lag der südliche Teil des Schärengartens. Sie konnten die weißen Gebäude auf Donsö und die Brücke nach Styrso ausmachen. Der Fels, auf dem sie standen, war nahezu kahl, nur ein paar windgepeitschte Wacholdersträucher und hier und da ein Baum klammerten sich in den Spalten fest. Wenig später bogen sie ins Landesinnere ein, stiefelten an ein paar kleineren Sommerhäuschen am Waldrand vorbei und stießen auf die Baustellen und die neue Straße.

»Ich bin hier draußen in einem Reihenhausghetto aufgewachsen«, sagte Anna mit einem Lächeln und blinzelte zu einem der Bagger hinüber, die nicht in Betrieb waren und deren Schaufeln auf dem Boden ruhten, als ob sie im Stehen schliefen. Sie hielt an und schirmte ihre Augen gegen das Licht ab.

»Aha, das ist also die neue Entwicklung. Herrgott noch mal, ich finde mich hier kaum noch zurecht«, lächelte sie unbekümmert und hielt auf die Neubauten zu. Hier herrschte gespenstische Stille, nirgends rührte sich etwas. Es war, als ob sie einen schallisolierten Raum betreten hätten.

Die beiden Fertighäuser am Straßenanfang hatten seit Erikas letztem Besuch Dachstühle bekommen. Das Holz und die fertigen Wandkassetten hatte der Sprühregen rasch dunkel gefärbt. Helene Christensens Haus wirkte trist und verlassen – kein Licht, kein Auto. Neben Kais riesiger Villa brannte Licht in einem Baucontainer. Daneben parkten ein paar Autowracks. Erika nahm an, dass dort die Handwerker wohnten.

Der Bau gegenüber der Unternehmervilla, an der Kurve, lag ebenso gespenstisch still da wie alles andere. Eine der in Form gegossenen Betonwände war schon errichtet worden, mit vorgefertigten Fenster- und Türlöchern. Das Baumaterial lag sorgfältig gestapelt und auf Haufen verteilt auf dem Grundstück, im Unterschied zu dem Wirrwarr, der bei Kai Andrées Villa herrschte, wo alles – sei es Gerümpel oder brauchbares Material – gedankenlos hingeschmissen worden war.

»Was denkst du?«, wollte Anna wissen.

Erika rührte sich nicht, biss sich auf die Innenseite der Lippe und schwieg. Ihr Entschluss war gewachsen. Sie verfluchte sich selbst, dass es so lange gedauert hatte. Wenn sie zurückdachte, wurden ihre Wangen rot vor Scham. Es kam ihr so vor, als ob sie all die Jahre mit Göran unter einer Glasglocke aus Demütigung und Scham verbracht hatte. Sie wusste aber auch, dass das nicht die ganze Wahrheit war.

Sie war in ihn verliebt, richtig verliebt gewesen. Und die Liebe hatte sie zugleich stark und schwach gemacht. Hatte sie mit der glühenden und zugleich sinnlosen Hoffnung nach Veränderung erfüllt. Dass ihre Liebe ihn heilen könne. Sowie sie sich verändern würde, sich etwas mehr bemühte, würde das Böse und Bedrohliche, das in ihm schlummerte, verzehrt werden, sich auflösen oder sich zumindest abschwächen.

Langsam hatte tief in ihrem Innern eine ungeduldige Wut zu lodern begonnen, wurde ihr doch mit jedem Tag, den sie außerhalb des eisernen Käfigs verbrachte, den Göran um sie errichtet hatte, immer klarer, wie krank das alles gewesen war.

»Meinst du das Sommerhaus damit?«, antwortete Erika mit rauer Stimme. Anna nickte, wandte sich zu ihr um und musterte sie. In ihren Augen stand ein durchbohrender, besorgter Schimmer.

»Ja. Wirst du dich verstecken?«

»Nein, im Gegenteil. Er soll mich finden – aber zu meinen Bedingungen …«

»Aber, Erika, du … du kannst doch nicht … oh, verdammt!«

Anna schlug sich die Hand vor den Mund.

»Du weißt, was zu tun ist«, antwortete Erika und atmete zitternd aus. »Solange ich vor ihm Reißaus nehme, geht das so weiter. Mit mir … und anderen.«

Anna musterte sie still aus großen glänzenden Augen. Erika spürte, dass sie zitterte.

Die Stille, die in dem durchsichtigen Seenebel über dem Meer hing, schien sich ihnen zu nähern und jede Bewegung, jedes Geräusch und jedes Leben zu schlucken.

»Bald ist meine Vertretungsstelle ausgelaufen … und was tut eine arbeitslose Polizistin?«

Erika spürte, dass Anna sich abwandte. Alle wussten es inzwischen. Die Stille um sie herum breitete sich weiter aus. Eine unsichtbare Quarantänemaßnahme, die ihr auf Schritt und Tritt folgte.

»Nur ich allein kann ihn herauslocken«, presste Erika hervor.

»Mensch, Erika! Wie Superwoman? Sich die Bestie alleine vorknöpfen – heißt allein gleichzeitig auch stark sein? Deine Familie …«

Anna verstummte und merkte, dass sie wie ein kleiner Hund kläffte, ein sinnloses Bellen.

»Du weißt genauso gut wie ich, dass er nur dann unvorsichtig wird, wenn er sich am Ziel wähnt«, fuhr Erika beharrlich fort.

Anna gab ein unerwartetes Kichern von sich.

»Weil sein Ego so groß ist, dass noch nicht mal das Universum groß genug für ihn ist? Hast du das nicht mal gesagt?«

Erika lächelte.

»Nee, ich hab gesagt, dass er der Mittelpunkt des Universums ist. Sein Ego ist so aufgeblasen, dass er sich sogar angesprochen fühlt, wenn sich jemand in der hintersten Ecke des Raumes im Flüsterton unterhält. Man nennt das Paranoia. Ein aufgeblasenes Ego ist nicht immer leicht zu schultern …« Erika warf ihrer Freundin einen warmen, dankbaren Blick zu. Sie fielen sich in die Arme und hielten sich lange und fest umschlungen.

»Du hast mir gefehlt«, murmelte Erika, das Gesicht in das Haar ihrer Freundin vergraben. »Sehr gefehlt. Und es tut mir leid, dass wir den Kontakt verloren haben. Aber es ist einfach so passiert. Ich hoffe, du kannst es verstehen?«

Anna trat einen Schritt zurück und betrachtete ihre Freundin. Sie lächelte zwischen Tränen und nickte.

Zügig gingen sie zurück. Die Kälte und die Dunkelheit kehrten langsam wieder, wie ein Schleier, der vom Meer hereinzog. Und weiter draußen auf dem Meer wuchs eine dicke blauschwarze Wand, die kräftigen Wind und mehr Schnee ankündigte. Die Tage waren immer noch kurz. Es würde noch dauern, bis es richtig Frühling wurde.

Sie holten Annas Sachen aus dem Sommerhaus und gingen den sich dahinschlängelnden tückischen Weg zurück zum Parkplatz. Ein letztes Mal versuchte Anna Erika davon zu überzeugen, wieder mitzukommen und bei ihnen in der Stadt zu wohnen. Aber Erika blieb hart. Als Anna gefahren war, ging sie schnell zurück. Schon bald würde das Licht wieder erloschen sein.

Als sie Eskos Häuschen erreichte, hatte sich der dichte Nebel gelichtet, und der Himmel hatte sich eine Spur aufgeklart. Die Eisschollen hatten sich an die Klippen, in Gras und Sand gekrallt. Stille schwarze Eisbrühe schlug wie Stücke zersplitterten Industrieglases gegen die Felsen. Alles glich einer Schwarzweißfotografie.

Erika kletterte auf eine niedrige Steinmauer neben ihrem Haus, dann auf die Klippe dahinter, und besah sich ihr neues Heim. Dann begann sie zu arbeiten. Sie kratzte den losen Kies auf dem Weg zusammen, nahm ihn mit einem Spaten auf und verteilte ihn gleichmäßig um das Haus, so dass es unmöglich wäre, sich ihm geräuschlos zu nähern. Bereits lose sitzende Steine lockerte sie weiter auf und legte überall dort Zweige und Schutt hin, von wo aus sich jemand dem Haus nähern konnte. Trotz der eisigen Temperaturen war sie unter der Kleidung schon bald verschwitzt.

»Wohnen Sie hier allein?«

Erika ergriff Panik, jäh war ihr Geist wie leergefegt, als ob ein Schalter umgelegt worden war. Sie warf sich herum und starrte geradewegs auf den Oberkörper eines riesigen Mannes. Er war knapp zwei Meter groß und kräftig gebaut, grobschlächtig und untersetzt. Seine Hände und sein Kopf erinnerten sie an einen Neandertaler, seine Augen lagen tief in den Augenhöhlen und standen eng nebeneinander, seine Stirn war niedrig und breit, und seine untere Gesichtshälfte wurde von seinem breiten Unterkiefer dominiert.

Er musterte sie aus schmalen Schlitzen. Auf seinem Gesicht lag ein kindlicher Ausdruck, und seine Zunge glitt immerfort an der Oberlippe entlang, wie bei einer Schlange oder einer Eidechse auf der Jagd.

»Nein«, flunkerte Erika und machte sich gerade. Sie streckte die Brust vor und versuchte ihr Gleichgewicht wiederzufinden.

»Sie lügen«, sagte der große Mann und grinste zufrieden. Seine Zähne waren gelb und schief, auf der einen Seite schienen sie ganz zu fehlen, und ein Eckzahn im Unterkiefer war ein kleiner spitzer Stummel. Erika antwortete nicht. Ihr wurde klar, dass es sich um ihren Trolle sammelnden Nachbarn handeln musste.

»Ich weiß, wenn jemand Angst hat«, fuhr er fort. »Ich kann es riechen.«

Er war ihr unangenehm nahe gekommen, ein beißender Geruch nach ungewaschenem Körper, feuchter Wolle und faulem Atem kam Erika entgegen. Sie stählte sich gegen die Angst und versuchte, gleichmäßig zu atmen. Sie holte Luft, um zu antworten, aber der Mann kam ihr zuvor.

»Ich weiß warum«, sagte er zufrieden und lächelte. »Weil Sie im Schlaf nicht hören und sehen können, und dann bekommt man Angst. Man braucht jemanden, der das für einen tut.«

Jäh drehte er sich um und schlüpfte hinter seinen rotlackierten Zaun. Erika stieß einen Seufzer der Erleichterung aus und wollte sich gerade abwenden, als er abermals geräuschlos neben ihr auftauchte.

»Hier!«, sagte er mit einem Lächeln, das sein seltsames Gesicht erhellte. »Die können sehen und hören. Sie können Sie von mir leihen. Dann hört die Angst da auf!«, sagte er und piekste Erika mit einer harten blitzschnellen Bewegung den Zeigefinger in den Bauch. Die Geste war ebenso schnell wie unerwartet. Sie japste und nahm umständlich zwei weiße

Mumintrolle aus Plastik entgegen. In einem Troll klirrte es leise. Als der Mann wieder hinter seinem Zaun verschwunden war, schüttelte sie vorsichtig einen Mumin und horchte. Er war mit Glöckchen von einem Pferdegeschirr gefüllt.

Als sie wieder in Eskos Haus war und die seltsamen Wesen mit den großen Nasen auf das Schuhregal gestellt hatte, trat sie an das Fenster und starrte auf das Meer hinaus. Die Inseln lagen wie schwarze Seehundskörper im Wasser, und der Sturm, der heraufzog, wuchs am Horizont wie eine dicke schwarze Wand an. Ihr Herz pochte wild und machte kleine Hopser, die bis in den Hals zu spüren waren. Die Furcht lag dicht unter der Haut, wie sehr sie auch versuchte, sie zu unterdrücken und sich selbst einzureden, dass sie ihre Phantasie nicht mit sich durchgehen lassen durfte.

Sie lehnte die Stirn gegen das kalte Glas. Ein klagender Weinkrampf drang aus ihrer Kehle, wie von einem verletzten und verlassenen Tier. Sie sank, die Arme fest um sich geschlungen, zu Boden, weinte und schluchzte, während sie die Finger so tief in ihre Oberarme krallte, dass der Schmerz bis in die Hände schoss. Die Angst und die Erkenntnis, wie allein sie war, übermannten sie.

»Lieber Gott, guter Gott«, seufzte Erika, »ich schaff das nicht, kann nicht mehr … ich kann, verflucht noch mal, nicht mehr …«

Später, als die Tränen zu salzigen Spuren auf ihren Wangen getrocknet waren, öffnete sie die Augen, richtete ihren steifen Körper auf und sah sich schlaftrunken in der Dunkelheit um. Der Sturm hatte die Küste fast erreicht, und die Ausläufer waren rund ums Haus als unruhiger Luftzug spürbar. Die Wände jammerten schwach, und von draußen war ein unregelmäßiges Klirren zu hören. Sie lauschte konzentriert, bis sie erkannte, dass es das Fallrohr war.

Sie stand auf, ging auf wackeligen Beinen zur Spüle und sah blinzelnd aus dem schmalen Querfenster. Wenn sie sich vorbeugte, konnte sie das Haus des Muminsammlers erkennen und sah, dass in einem Fenster Licht brannte. Sie blieb stehen und starrte auf den schwachen gelblichen Schein. Das einsame Fenster leuchtete wie ein lichtstarker Himmelskörper in der Dunkelheit.

Sie hatte Göran bloßgestellt, jetzt würde er sich und seine Ehre verteidigen wollen. Sein Gesicht wahren wollen. Ihr blieben zwei Möglichkeiten. Göran Einhalt zu gebieten, nicht für immer, aber für eine Zeitlang. Oder aber … sie fügte sich seinem Willen. Ging zurück zu dem, was sie bereits in- und auswendig kannte. Zurück zu ihrem Hund und ihrem kleinen grauen Steinhaus in Enskede. Ohne dass andere mit hineingezogen wurden. Die zweite Möglichkeit erschien ihr plötzlich ungemein verlockend.

Kapitel 51

Anders Quist bat Erika mit einer ausladenden Geste in sein Büro. Erika schluckte und setzte sich leise, ihr Puls raste, sie spürte ihn rhythmisch im Hals klopfen. Sie versuchte sich auf ihre Atmung zu konzentrieren, aber auch das schien ihn nicht zu beruhigen.

»Nun, Erika, wir haben uns ja beim letzten Mal über die Razzia unterhalten«, begann Anders freundlich und distanziert. »Und Ihre Beziehung zu Ihrem Cousin Karl.«

Er fuhr mit seiner Litanei fort, listete die Fakten rund um den misslungenen Zugriff auf, welche Konsequenzen dies gehabt und welchen Anteil Erika daran hatte. Erikas Konzentration verließ sie schon bald. Anders' monotone Stimme vermischte sich mit dem Dröhnen ihres Pulses in ihrem Kopf, ihr Magen rumorte, und sie spürte den Anflug einer Migräne, die als ein schmerzhafter Punkt hinter einem Auge Gestalt annahm.

»Erfreulicherweise konnten wir feststellen, dass der Kontakt zu Ihrem Cousin, wie von Ihnen behauptet, ein unschöner Zufall war, eine eigenartige Koinzidenz. Bis jetzt scheint es so, als ob sich Ihr Anteil auf ein einziges Telefongespräch beschränkt hat, sonst nichts. Aber damit ist der Fall noch nicht abgeschlossen. Es gibt viele Beteiligte, und wir sind uns nach wie vor nicht so richtig über das Motiv dafür im Klaren.« Anders sah Erika fragend an. Doch sie schwieg.

Anders zog missmutig die Augenbrauen hoch und sah auf seine Unterlagen. Dann heftete er erneut den Blick auf sie. Erika spürte, wie ihr der Schweiß ausbrach.

»Nachdem wir uns das letzte Mal getroffen haben, haben

wir unangenehme Informationen von ihrem alten Arbeitsplatz in Stockholm erhalten. Ich habe mit Ihrer ehemaligen Gruppenleiterin Pernilla Krans gesprochen. Sie hat uns erzählt, dass sie Sie dazu ermuntert hat, sich auf die Vertretungsstelle hier in Göteborg zu bewerben und hat auch zugegeben, dass es für sie dadurch einfacher geworden ist, weil sich die Probleme mit Ihren Kollegen an Ihrem alten Arbeitsplatz zugespitzt hatten. Sie sagte, dass sie nicht besonders stolz auf ihr Handeln sei, aber der Meinung war, es wäre Ihnen eine Hilfe. Sie hat versucht, Sie davon zu überzeugen, einen Psychologen aufzusuchen. Aber Sie wollten nicht?«

Erika nickte.

»Pernilla sagte, dass Sie im letzten Jahr ziemlich oft krankgeschrieben gewesen seien und dass man der Meinung war, dass es Ihnen nicht gutgehe und Sie private Probleme hätten. Ich will Ihnen gegenüber ehrlich sein. Viele Ihrer ehemaligen Kollegen waren der Ansicht, dass Sie alkohol- und tablettensüchtig seien. Und Pernilla hat bestätigt, dass es diesen Verdacht gab. Was sagen Sie dazu?«

Erika räusperte sich lautstark, ihre Stimme wollte ihr einfach nicht gehorchen, und es fiel ihr schwer, Luft zu bekommen. Schließlich gelang es ihr, ein paar Worte hervorzukrächzen.

»Ja, ich war im letzten Jahr häufiger krankgeschrieben. Und ich kann bestätigen, dass es mir in der Zeit nicht so gutgegangen ist. Aber ich habe weder ein Alkohol- noch ein Tablettenproblem.«

»Weshalb ging es Ihnen nicht so gut?«

»Meine Beziehung zu ...« Erikas Stimme versagte erneut, wieder räusperte sie sich und blinzelte die Tränen weg, die ihr in die Augen gestiegen waren. »Meine Ehe ... Es ging mir nicht gut in meiner Ehe.«

»Sie sind mit Göran Frank verheiratet, nicht wahr?«

Erika nickte.

»Wir haben mit Ihrem Mann über die Sache gesprochen und haben ein recht betrübliches Bild erhalten. Er behauptet, Sie seien süchtig nach Tabletten und Alkohol gewesen und hätten ziemlich schwere psychische Probleme. Hätten Stimmungsschwankungen und Aggressivität gezeigt. Er hat auch erzählt, dass er schon länger versucht habe, Ihnen da rauszuhelfen, und Sie davon überzeugen wollte, zu einem Psychologen oder zur Paartherapie mit ihm zu gehen. Aber dass Sie sich nicht darauf eingelassen hätten?«

Erika schluckte hart und nickte erneut. Sie hatte sich geweigert, zum Psychologen und zur Paartherapie zu gehen. Nie im Leben würde sie sich ins selbe Zimmer wie Göran setzen und sich gegen seine Lügen verteidigen müssen.

»Und wie Sie vielleicht wissen«, fuhr Anders unnachgiebig fort, »hat eine Ihrer alten Kolleginnen, Inger Karlsson, Sie wegen Misshandlung während einer Personalfeier im Dezember angezeigt. Dieser Anzeige zufolge sollen Sie sie geschlagen und ihr gedroht haben. Und ihrer Meinung nach soll der Grund Eifersucht gewesen sein?«

»Ich habe Inger nicht geschlagen«, erwiderte Erika heiser.

»Und Sie meinen, sie hat Sie trotzdem angezeigt? Und weshalb? Wer sollte sie Ihrer Meinung nach dann geschlagen haben? Es existieren Fotos von den Verletzungen.«

»Das weiß ich nicht«, antwortete Erika, den Blick auf den Tisch geheftet. Anders seufzte hörbar.

»Sie haben im Augenblick also keine Dienstwaffe?«

Erika schüttelte den Kopf. Anders betrachtete sie und kratzte sich am Kinn.

»Warum sind Sie geflohen? Das sind Sie doch schließlich, oder?«

Erika schwieg und starrte eigensinnig auf ihre Hände hinab.

»Pernilla sagt, dass Sie eine ausgezeichnete Polizistin seien, Erika. Weshalb wollen Sie nicht sagen, was sich zugetragen hat? Haben Sie vor etwas Angst? Oder schämen Sie sich für etwas?«

Die Stille im Zimmer wurde immer unerträglicher. Erika richtete sich auf, schluckte, um die Tränen zu unterdrücken, die in ihrem Hals aufstiegen, und starrte hartnäckig aus dem Fenster.

»Ihr Mann Göran … er hat kein einziges böses Wort über Sie gesagt, Erika. Im Gegenteil. Aber er sorgt sich sehr um Sie, sagt, dass Sie Hilfe benötigen, psychiatrische Hilfe. Ist es vollkommen ausgeschlossen, dass …«

Erika presste die Lippen aufeinander und begegnete Anders' Blick.

»Ich habe keine derartige Hilfe nötig«, fauchte sie scharf. Anders nickte grimmig, die Lippen wurden zu einem schmalen Strich.

»Soso. Dann brauchen Sie eine andere Form von Hilfe? Und ich denke mir, dass Sie nicht beabsichtigen, mir zu sagen welche.«

Erika schwieg und blickte Anders starr an.

»Sie machen es sich selbst nicht leicht, Erika. Ich habe das starke Gefühl, dass Sie im Grunde wissen, worum es hier geht, Sie es aber nicht sagen wollen. Weshalb?«

»Weil ich nicht kann … Weil es nichts hilft. Und weil mir niemand Glauben schenken würde«, antwortete Erika leise, beinahe flüsternd. Anders lehnte sich über den Tisch, eine Augenbraue war hochgezogen.

»Stellen Sie mich auf die Probe.«

In seine hellen Augen trat ein interessierter Glanz.

Kapitel 52

Erika lehnte an der Wand des Sommerhäuschens und betrachtete das Meer und die Inseln, die wie eine Collage aus ausgeschnittenem Papier wirkten. In ihrer Jackentasche vibrierte es. Sie blinzelte mit trockenen, müden Augen auf das Display. Unbekannt. Sie schloss die Augen, sammelte sich mit einem tiefen Atemzug und nahm das Gespräch an.

»Erika, hallo?«

Der Wind brauste unregelmäßig, ein paar Zweige raschelten und ließen kalte Regentropfen auf ihre Hände prasseln. Erika fröstelte, ihr Blick wanderte zu den Bootsschuppen, den gepeinigten verkrüppelten Bäumen, den Inseln und dem Meer.

»Hallo, Erika«, sagte schließlich eine scharfe Frauenstimme. Erika keuchte auf. Sie war sich so sicher gewesen, dass es wieder Göran war. Sie hörte aufmerksam zu, während in ihren Gedanken ein Durcheinander herrschte. Die Stimme klang angespannt und bemüht – und eigenartig vertraut.

»Ja, hier ist Inger, Inger Karlsson«, sagte die Frau nach einem Moment des Schweigens.

Erika schloss die Augen, ihre Hand umklammerte das Telefon. Es war, als würde ihr die Luft wegbleiben. Gleichzeitig loderte Wut in ihr auf. Sie konnte die bedrückende Stille plötzlich nicht länger ertragen.

»Hallo, Inger! Hast du deine Falschanzeige zurückgenommen? Rufst du deshalb an?«, zischte sie und bereute es sofort. Falsche Methode, falsch, falsch, alles falsch. Ihr Ausbruch wurde mit Schweigen bestraft. Erika musste sich auf die Lippe beißen, um sich nicht zu entschuldigen oder es klein zu reden – gesagt war gesagt. Und es war schließlich Inger, die angerufen hatte.

»Ich will, dass du aufhörst, Lügen über Göran zu verbreiten«, sagte die dünne Stimme schließlich. Erikas Kinnlade fiel buchstäblich herab, sie war fassungslos.

»Ich glaube, jetzt komm ich nicht mehr mit«, gluckste Erika. Ihre Stimme klang unnatürlich und aufgesetzt.

»Das glaube ich aber doch«, fauchte Inger überraschend hitzig zurück. »Du redest in Göteborg mit allen und jedem schlecht über Göran. Versuchst, ihn in den Dreck zu ziehen und seine Karriere und seinen guten Ruf zu zerstören.«

Erika hörte, wie die Frau am anderen Ende tief Luft holte, um sie weiter zu beschimpfen.

»Als ob die ganzen falschen Anzeigen und der Mist, den du ihm hier in Stockholm angetan hast, bevor er dich fallen ließ, nicht schon gereicht hätten.«

Erika legte die freie Hand auf die Stirn und versuchte, sich zu sammeln.

»Hat er dich schon geschlagen, Inger? Dich bedroht?«, fragte Erika trocken.

»Du bist ja nicht ganz dicht«, krächzte Inger zwischen den Atemzügen. Erika hörte Ingers tränenunterdrückte Stimme.

»Göran ist nicht so«, fügte Inger in scharfem Ton hinzu.

Erika schloss die Augen und drückte eine geballte Faust gegen die Stirn. Ihre Lungen fühlten sich an, als seien sie voller Wasser. Sie musste dem Gespräch eine andere Wendung geben, die Kontrolle darüber zurückgewinnen. Ihr ging auf, dass Inger möglicherweise gar nichts von der Anzeige wusste. Vielleicht hatte jemand ohne ihr Wissen Fotos von ihr gemacht und die Anzeige gefälscht? Nein, das konnte nicht sein. Sie war überzeugt worden – gezwungen. Und sie hatte Erika angezeigt.

»Inger, Inger, hör mir jetzt zu … bitte.«

Langsam näherte sie sich dem Kern der Sache. Mit jedem Tag, den sie außerhalb von Görans mentalem und physischem Gefängnis verbrachte, wurde ihr klarer, wie krank ihre Beziehung gewesen war. Und wie das Kranke Normalität geworden war.

»Du wirst noch Tränen vergießen, Inger!«, zischte Erika und zuckte selbst zusammen, als sie hörte, wie hart ihre Stimme klang. »Mehr als jemals zuvor in deinem Leben. Du wirst nachts wach liegen und nicht wissen, wo er ist. Und wenn er sich endlich dazu durchringt, nach Hause zu kommen, wirst du nicht wissen, was dich erwartet.«

Erika hörte, wie Inger Luft holte, um sich zu verteidigen, gab ihr aber keine Gelegenheit dazu.

»DU … wirst Angst haben, mehr Angst, als du jemals gehabt hast. Du wirst geschlagen werden, immer wieder. Du wirst hören dürfen, wie hässlich du bist, wie fett, wie wertlos, wie grottenschlecht du im Bett bist, dass du frigide bist und so abstoßend, dass kein Mann dir jemals einen zweiten Blick zuwerfen wird! Und du wirst vergewaltigt werden. Hörst du, was ich sage?«

Erika glaubte Schluchzer zu hören. Die Frau am anderen Ende hielt sich die Hand vor den Mund, versuchte sie zu dämpfen. Aber sie legte nicht auf.

»Warum …? Warum, Inger, stehen wir Frauen nicht füreinander ein? Kannst du mir das sagen?« Erika erhielt keine Antwort.

»Sag nicht, dass ich dich nicht gewarnt hätte!«, fauchte Erika und spürte die ungute Gefühlsmischung aus Mitleid und Verachtung, Abscheu und Angst.

»Inger?«

»Ich …«, erwiderte Inger rau, räusperte sich und fuhr mit

überraschend kräftiger Stimme fort, »ich habe nicht vor, mich länger um deinen verfluchten Köter zu kümmern. Diese verdammte Töle kann mich mal! Nur dass du's weißt!«, rief sie schadenfroh.

Erika sah das schwarze Hundegesicht mit den feuchten Knopfaugen vor sich. Verdammt …!

»Was meinst du damit, er kann dich mal?«, stieß Erika hervor. »Hat Göran dir das aufgetragen? Dich dazu gezwungen, das zu sagen? Das auch?«

Aber die Verbindung war schon unterbrochen. Erika hielt das Telefon noch längere Zeit in der Hand und starrte auf das erloschene Display. Danach hörte sie das Gespräch in ihrem Inneren wie eine Endlosschleife. Sie versuchte es zu sortieren, Antworten zu finden, bevor sie aufgab. Sie schluckte den Hass hinunter und die Wut, die wie Galle schmeckte. Sie stolperte ein Stück vorwärts, auf die Klippe zu, und lehnte sich gegen eine verkrüppelte Kiefer. Die Dämmerung brach herein. Die Kälte war vom Meer aufs Land gekrochen, und die Temperaturen fielen rasch. Sie zog die Jacke fester um sich und schaute aufs Meer, das in der Dunkelheit wie eine riesige Öllache wirkte.

»Erwarten Sie jemanden?«

Erika griff wild um sich und erwischte einen Ast, um Halt zu finden. Urplötzlich war ihr Nachbar dicht neben ihr im Halbdunkel aufgetaucht. Seine Augen strahlten; er stand ihr so nahe, dass sie seine feuchtwarmen Atemzüge auf der Wange spüren konnte. Erika hielt den Ast umklammert und bemühte sich, ihr Gleichgewicht wiederzufinden. Es war unbegreiflich, dass sich dieser Riese so schnell und vor allem so leise fortbewegen konnte. Nicht ein Geräusch war zu hören gewesen, bis er unmittelbar neben ihr gestanden hatte.

Der Muminmann betrachtete Erika aus zusammengekniffenen Augen und deutete mit einem dicken Finger an ihr vorbei zu ihrem Sommerhaus. Das Haus mit seiner grauen Holzverkleidung und seinem matten Zinkdach verschmolz mit der Umgebung. Auf den ersten Blick war nichts Besonderes daran – bis auf die Tatsache, dass der Boden ringsum nun mit Kies, Steinen und anderem Krempel vermint war. Und als sie hektisch zu dem gigantischen Mann aufblickte, erkannte sie, dass er die Veränderung bereits wahrgenommen hatte.

Eine andere Sache waren die beiden starräugigen Mumintrolle links und rechts neben ihrer Tür, die Wache hielten. Wenn man sie nur flüchtig betrachtete, wirkten sie wie eine lustige Dekoration, aber zwischen den Trollen war eine fast unsichtbare Angelschnur gespannt …

Erika warf ihrem Nachbarn einen forschenden Blick zu und nickte. Ja, sie erwartete jemanden. Sein Lächeln wurde breiter. Er setzte sich mit einem zufriedenen Seufzer auf die kalte Klippe neben ihr und musterte das Haus mit einem feinen, schwer zu deutenden Lächeln. Erika löste ihre Hand langsam vom Ast und ließ sich vorsichtig neben ihm nieder. Sie sah ihn unentwegt an und wartete. Es herrschte Stille. Nur das Rauschen des Meeres und der schwache Wind durchdrangen sie. Erika sah sich von außen, wie sie so da saß – schweigend, dicht neben einem riesigen entwicklungsgestörten Mann auf einer Klippe in der strengen Kälte hockend. Ich werde allmählich verrückt, dachte sie.

»Ich erwarte einen Mann …«, sagte sie schließlich. Ihr Blick glitt aufs Meer hinaus. Der große Körper neben ihr hob und senkte sich ruhig und vertrauensvoll unter den Atemzügen des Mannes.

»Meinen Mann«, sagte sie schließlich. »Ich muss ihn treffen, ihn in einen Hinterhalt locken. Sonst werde ich untergehen …«

Der Riese neben ihr rührte sich nicht, seine Atmung blieb gelassen. Doch plötzlich sah er sie an, aufgeweckt und interessiert.

»Ich bin vor ihm geflohen«, fuhr Erika fort. »Er ist kein böser Mensch, aber krank. Sehr krank …«

Die Tränen saßen ihr mit einem Mal im Hals, und ihr Herz pochte, als ob sie um ihr Leben gerannt wäre. Der Goliath an ihrer Seite nickte. Ein zufriedenes Gurren kam aus seiner Kehle.

»Ich weiß, dass man gegen einen Psychopathen nicht gewinnen kann …«, krächzte Erika und kämpfte gegen die Tränen an, die sie plötzlich überwältigten. »Aber ich muss es versuchen. Ich warte auf ihn, hier im Haus. Ich weiß, dass er kommen wird, bald.«

Erika wandte dem Mann langsam das Gesicht zu, ihre Blicke trafen sich. Er nickte erneut, aber das Lächeln war fort. Nur noch das seltsame Glühen stand tief in seinen Augen.

»Er wird kommen …« Das schiefe Lächeln zeigte sich plötzlich wieder auf seinem Gesicht, und die spitzen gelben Zähne blitzten auf. »Er glaubt, dass er gewinnen wird.«

Erika nickte, ohne den Blick von der Gestalt wenden zu können.

»Hochmut kommt vor dem Fall. Das hat meine Mutter immer gesagt«, sagte er mit einem glucksenden Laut. Erika konnte sich ein Lachen nicht verkneifen. Das stimmte. Hochmut – der Gegensatz von Demut. Er machte blind und ließ die Welt und die Menschen im Umfeld schrumpfen – allerdings nur in der Einbildung, nicht in der Wirklichkeit. Der Riese erhob sich leicht und geschmeidig wie ein Kind, ging mit ein paar Schritten zu seinem roten Haus und verschwand hinter dem Zaun – ebenso lautlos, wie er gekommen war.

Erika blieb sitzen und spürte, wie die Kälte des Felsens in

Mark und Bein drang und der Wind sie in die Wangen zwickte. Sie wollte weinen, aber es kamen keine Tränen. Sie blieb so sitzen, bis Himmel und Meer zu einer konturlosen Schwärze ohne Fixpunkte miteinander verschmolzen waren, und sah Göran vor sich. Seinen kräftigen Körper, seine Pranken, die schönen Unterarme, die dichten Haare, die sich lockten, wenn er schwitzte oder es regnete. Die klaren blauen Augen, die beim Lächeln strahlten.

Sie hatten eine phantastische Zeit zusammen gehabt – anfangs. Viele schöne Stunden.

»Warum bist du nur so geworden, Göran?«, wimmerte sie, während ihr die Tränen in die Augen traten und schließlich über ihr Gesicht liefen.

Kapitel 53

Das Büro war nur einen Steinwurf vom Polizeigebäude entfernt, in einem kleinen zweistöckigen Anbau hinter dem Dicksonska palatset, nahe der Trädgårdsföreningen. Erika klingelte und fröstelte in dem feuchten Wind, der die Alleen entlangwehte und die Nässe mit sich trug, die von den Autos aufgewirbelt wurde. Sie blinzelte durch den Regen, um das Türschild zu erkennen. *Simonsson & Strid Architekten.* Ein weiteres neues erfolgreiches Architekturbüro. Hier arbeitete Helene Christensen als Bauingenieurin.

Erika war wieder auf eigene Faust unterwegs. Per würde ihr einen vernichtenden Blick zuwerfen, wenn er erfuhr, dass sie sie allein verhört hatte.

Sie hielt die Jacke von sich weg und versuchte, die Nässe daran zu hindern, an den Handgelenken und am Hals unter die Kleidung zu dringen. Ohne ihre Dienstwaffe kam sie sich seltsam nackt vor. Es war, als ob ihr der Druck des Pistolenhalfters ein Gefühl der Sicherheit gegeben hatte.

Ein junger Mann in Regenjacke und Fahrradhelm öffnete. Erika fragte nach Helene Christensen. Er zog die nasse Kleidung aus, nahm ihr freundlich lächelnd die Jacke ab und bot ihr einen Kaffee an.

»Setzen Sie sich so lange in die Küche, ich hole Helene«, sagte er munter, servierte ihr eine kleine Tasse Espresso, bevor er im ersten Stock verschwand. Das robuste Äußere des älteren Hauses beherbergte eine hypermoderne und gewagte Einrichtung, wie Erika sie erwartet hatte. Sie blieb am Fenster stehen und sah auf den engen Parkplatz hinter dem Stadtpalais hinaus.

»Dieses Haus war früher eine der Stallungen des Palastgebäudes. Hier standen die Pferde, und im ersten Stock wohnte der Kutscher.«

Erika drehte sich in die Richtung, aus der die Stimme kam. Helene stand im Türrahmen eines Konferenzraumes. Mit bedächtigen Schritten betrat sie den Raum, ging zur Spüle, füllte sich ein Glas kaltes Wasser ein und trank in großen Schlucken. Erika stellte abermals fest, dass Helene abgekämpft und mager aussah und gehetzt wirkte.

»Ist etwas passiert?«, fragte sie. Ihre Augen waren düster vor Besorgnis, als ob sie noch weitere schlechte Nachrichten befürchtete.

»Nein, nichts Neues«, erwiderte Erika. »Ich würde nur gerne mehr über die Beziehung zwischen Barbro und Ihrem Mann erfahren. Sie sagten zuvor, dass er sie nicht leiden konnte, er jedoch ihr Spiel mitgespielt habe. Was haben Sie damit gemeint?«

Etwas Düsteres, Gequältes huschte über Helenes bleiches Gesicht.

»Wir mochten sie beide nicht. Sie war eine falsche Natter, schmeichlerisch und zugleich auf eine kindische Art und Weise anmaßend. Ich meine … sie war eine erwachsene Frau, führte sich aber auf wie ein unglaublich verzogenes Gör. Wir hatten beide das Gefühl, dass sie in einem Wolkenkuckucksheim lebte – und dass die eigentliche Arbeit von ihrer Kollegin Vanja verrichtet wurde. Aber ich kann mich täuschen.«

Sie leerte den Rest des Glases, blickte auf und sah Erika an.

»Es ist eine eigenartige Situation, in der man sich als normaler Bürger auf unterster Ebene im Umgang mit den Behörden befindet. Solche Begegnungen finden keinesfalls auf Augenhöhe statt. Und wenn ich gesagt habe, dass mein Mann das Spiel mitgespielt hat, so war es genau das. Wir wollten das Ganze ja aus der Welt schaffen, so dass wir endlich fertigbauen, einziehen, im Haus leben konnten …«

Ein Kollege von Helene betrat pfeifend die Küche, verstummte aber jäh, bat um Verzeihung, nahm sich seinen Kaffee und schlüpfte wieder hinaus. Helene stellte ihr Wasserglas mit einem Stoßseufzer in die Spüle. Sie lehnte sich zurück und sah Erika traurig an.

»Ich weiß, was Sie wissen wollen. Selbstverständlich fühlte ich mich sowohl bedroht als auch von der Frau gedemütigt. Sie schmiss sich an meinen Mann ran, dass es geradezu peinlich war. Die wenigen Male, die ich ihr begegnet bin, hat sie mich schadenfroh angesehen, überlegen, so als ob sie mich schon besiegt hätte.«

»Hatte Ihr Mann eine Affäre mit ihr?«, fragte Erika.

Helene schüttelte langsam den Kopf.

»Nein, wie ich schon sagte – er hat innerhalb eines vernünftigen Rahmens mitgespielt. Wir wollten die Sache ja aus der Welt haben. Aber als wir erpresst wurden, weil sie Kai Andrée zu viel versprochen hatte, hatten wir beide genug. Das Seltsame war …«

Helene trat an das Hoffenster und sah hinaus.

»Es war, als ob Widerstand sie nur noch mehr reizte«, fuhr Helene fort. »Als ob sie von einem Mann kein Nein akzeptieren konnte. Wie auch immer … die Hölle brach los. Und dann starb Toni, im Dezember.«

»Wie ist das passiert?«, fragte Erika und sah, wie die restliche Farbe aus Helenes Gesicht wich. Sie sah aus, als ob sie jeden Moment ohnmächtig werden würde. Mit ihren schmalen, pflasterumwickelten Fingern und abgebrochenen Fingernägeln umklammerte Helene die Fensterbank.

»Ein geplatztes Magengeschwür. So entsetzlich banal! Wenn nur jemand in seiner Nähe gewesen wäre, aber er war zum Kungsportsplatsen gegangen – wohin das Büro eventuell umziehen sollte. Und wie üblich hatte er das Handy im Wagen liegen gelassen. Niemand konnte ihm helfen. In dem Gebäude stand noch alles leer, es gab kein Festnetz, nichts.«

Erika schwieg, rührte sich nicht vom Fleck und musterte Helene sorgfältig. Nichts an ihrer Art, die Lage zu umreißen, deutete darauf hin, dass sie log. Aber ihre Körpersprache wirkte unstimmig. Erika wollte etwas sagen, doch Helene kam ihr zuvor.

»Ich weiß, was Sie denken«, sagte sie rau. »Eifersucht ist ein nicht zu unterschätzendes Motiv, und in meinen dunkelsten Stunden habe ich Barbro natürlich für alles die Schuld gegeben. Aber so einfach ist das ja nie. Aber natürlich … ich gebe zu, dass ich nicht im Geringsten traurig darüber wäre, wenn Barbro Edin Olofsson etwas zugestoßen sein sollte«, sagte sie und sah Erika an, ohne ihrem Blick auszuweichen.

»Und Stefano?«, fragte Erika schnell.

»Wenn Sie meinen, dass er seine Frau mit Barbro betrogen hat, so lautet die Antwort Nein.«

Helene sah Erika an, hielt ihren Blick fest. Ernst und vollkommen ruhig.

»Und dass er sie gekidnappt haben könnte … Nichts, zu dem er sie zwingen könnte, würde ihm jetzt noch helfen. Die Antwort lautet also Nein. Er ist ihr in die Falle gegangen. Er ist auf ihre Bedingungen eingegangen, hat sie aber nicht eingehalten, und sie hat es ihm heimgezahlt.«

Erika nickte und fragte nicht weiter. Sie konnte an dem düsteren Schimmer in Helenes Augen sehen, dass sie dasselbe dachte. Rache. Doch Helene wusste vielleicht nicht, dass Stefano als Einziger kein Alibi für die Tage von Barbros Verschwinden hatte. Auf der anderen Seite deutete so gut wie nichts darauf hin, dass Barbro etwas zugestoßen war.

»Ich habe das Haus bald so weit fertig, wie ich es haben wollte … Und dann verkaufe ich«, sagte Helene plötzlich.

Erika sah überrascht auf und lächelte. Helene erwiderte fast unmerklich das Lächeln.

»Es scheint, als ob der Bußgeldbescheid zurückgezogen wird. Unser Bezirk des Stadtbauamts hat einen neuen Leiter. Vanja hat meinen Vorgang übernommen. Und es wird wegen Kais Baugenehmigung ermittelt …«

»Das klingt doch gut«, sagte Erika aufrichtig. Sie hatte Helene fragen wollen, wohin sie denn gehen wollte, schwieg aber. Das ging sie nichts an.

»Ich habe an einem Abend zufällig ein Gespräch zwischen Kai und seinem Anwalt mit angehört«, fuhr Helene nachdenklich fort. »Vielleicht hätte ich mich deshalb melden sollen?«

»Haben Sie da an etwas Bestimmtes gedacht?«, hakte Erika nach.

»Ja, die Herren haben sich nämlich über Barbro unterhalten. Es schien, als ob sie nach ihr suchen würden, genau wie Sie, sie aber ebenfalls keine Spur von ihr hätten. Kai hatte Barbro offenbar eine Stange Geld gezahlt, um seine Baugenehmigung und das Versprechen, dass der Bebauungsplan zu seinem Vorteil geändert werden würde, zu bekommen. Sie schien ihm auch zugesichert zu haben, dass das Grundstück ihm gegenüber unbebaut bleiben sollte – wo nun ein großes Einfamilienhaus errichtet wird.«

Helene lächelte amüsiert über Erikas erstauntes Mienenspiel.

»Ja, Barbro muss ziemlich die Bodenhaftung verloren haben. Darüber entscheiden schließlich die hohen Tiere, keine einfachen Sachbearbeiter.«

»Sie hat sich da also wirklich etwas eingebrockt, meinen Sie das?«

»Ja.« Helene lächelte schwach. »Und dann ist da noch etwas … Kai schlägt seine Frau. Wenn Sie also nächstes Mal …«

Erika zog die Augenbrauen hoch.

»Sie könnten ihn anzeigen«, sagte Erika rasch.

Helene presste die Lippen aufeinander und schüttelte den Kopf.

»Nein, ich glaube nicht. Ich will nicht in die Sache verwickelt werden.«

Helene begleitete Erika durch den großen Konferenzraum mit den schimmernden Glaspartien und den schlanken Möbeln zurück zum Eingang.

»Sie haben keinen Anhaltspunkt, oder?«, fragte Helene.

Erika hätte gerne gesagt, wie es war – dass sie nichts, rein gar nichts gefunden hatten. Barbro hatte die Bestechungsgelder genommen und war mit ihnen auf und davon – weit fort von ihrem saufenden Gatten und ihren Schwierigkeiten. Hatte genau das getan, was ein cleveres Mädchen tun sollte.

»Es läuft ziemlich zäh«, antwortete sie, und ihr wurde mit einem Mal klar, dass sie erleichtert sein würde, wenn sie die Ermittlungen schließlich einstellen könnten. Das Gefühl, dass etwas nicht stimmte, dass sie etwas Wesentliches übersehen hatten, hatte sich allmählich gegeben. Vielleicht war dieses Gefühl ja nur eine Ausgeburt ihrer eigenen Ängste gewesen. Hervorgerufen von ihrem Ehrgeiz, endlich ein Ergebnis vorzeigen und sich profilieren zu können.

»Viel Glück mit dem Bau. Ich werde vielleicht mal vorbeischauen, um zu sehen, wie es für Sie so läuft. Wir sind jetzt ja beinahe Nachbarn«, sagte Erika und errötete leicht, weil ihr das einfach so rausgerutscht war.

»Ach ja?«

»Ich habe ein Sommerhäuschen draußen auf Smithska udden gemietet.«

Erika zog umständlich ihre nasse Jacke an und rümpfte die Nase ob des feuchten muffigen Geruchs, der dem Gewebe entstieg.

»Ein Sommerhaus?«

»Ja, ich habe keine Wohnung. Ich bin erst kürzlich nach Göteborg gezogen. Und es ist wunderschön renoviert.«

»Nee, eine Wohnung zu finden ist in dieser Stadt nicht unbedingt das Einfachste«, sagte Helene nachdenklich. »Ich kann mich ja einmal umhören, falls jemand vermieten will? Ein paar Kontakte haben wir ja.«

Erika nickte, hielt inne.

»Eines nur noch – haben Sie Kontakt zu Stefano?«

Helene wich ihrem Blick für einen kurzen Moment aus, bevor sie sich aufrichtete und Erika direkt ansah.

»Leider nein. Ich habe schon seit längerer Zeit weder von ihm noch von seiner Frau etwas gehört. Wir arbeiten ja auch nicht im selben Büro, also …« Helene zuckte die Schultern, ihre Wangen glühten.

Kapitel 54

Er hob vorsichtig den Troll mit der großen Nase hoch, setzte ihn etwas um, so dass die Nase eine Spur mehr nach Westen zeigte, und schätzte den Winkel nach Augenmaß. Etwa zwanzig Grad. Langsam und methodisch nahm er sich alle Trolle vor. Einer nach dem anderen wurde umgestellt, so dass ihre Gesichter nur minimal mehr nach Westen zeigten. Aber nicht alle standen gleich – sie schauten in verschiedene Richtungen. Jeden Tag stellte er sie um. Nicht viel, nur ein kleines bisschen. Er richtete sich auf und musterte genauestens die erste Reihe der Mumins. Sie folgten einem bestimmten System und einem bestimmten Muster. Niemand außer ihm wusste welchem. Aber für ihn war es eindeutig. Die Trolle setzten sich aus Familien zusammen – Müttern, Vätern und Kindern, aber auch aus Omas und Opas, Cousinen und entfernten Verwandten. Manchmal hatte er Trolle zu Besuch. Trolle, die er probeweise aufstellte, um zu sehen, wie sie sich machten.

Als er die beiden ersten Reihen neu aufgestellt hatte, richtete er sich auf. Jemand kam den Weg hoch. Zwar waren vereinzelte Sommerhäuser auch in der kalten Jahreszeit bewohnt, da es sich um richtige Miniaturvillen mit Balkonen und Panoramafenstern zum Meer handelte. Der Großteil stand jedoch leer und wartete auf seine Bewohner.

Er rührte sich nicht, nur seine Augen bewegten sich, als sein Blick der dunklen Gestalt folgte. Es war der alte Mann, der am anderen Ende im gelbgestrichenen Haus wohnte, der zwei große Plastiktüten schleppte. Bier. Die Tüten des Systembolagets kannte er. Beide Plastiktüten waren so voll, dass sie spannten. In jeder sechs Bierdosen, und unter der Jacke eine Flasche Schnaps. Er sah die Wölbung, dort wo die Brusttasche saß, knapp unter dem Kragen. Die Ration würde für zwei Tage reichen. Dann würde der Mann wieder zur Bushaltestelle hinuntergehen und nach Frölunda Torg fahren, um Nachschub zu holen. Und morgen würde er zum Supermarkt auf Näset gehen und Fleischwurst und Brot besorgen.

Der Muminmann reckte den Hals ein wenig und sah, dass in Eskos Sommerhäuschen noch immer kein Licht brannte. Er mochte den Finnen, er war stark und freundlich. Redete nicht zu viel. Grüßte ihn. Steckte nie die Nase in seine Angelegenheiten. Hatte ihm seine Sauna gezeigt, als sie fertig gewesen war. Und hatte sich nie eingemischt. Ein guter Nachbar. Wohnte im Sommer mit einem kleinen Jungen dort. Hatte ein Boot und angelte.

Jetzt wohnte die hübsche Blonde dort. Mit den ängstlichen Augen. Und Schmerzen. Sie war angespannt. Hatte Angst. Wartete ... Er sah noch einmal mehr hin und kniff die Augen zusammen. Er konnte die Trolle erkennen, die ihre Haustür flankierten. Gut.

Erneut beugte er sich vor, um systematisch seine Trolle zu drehen, einen nach dem anderen. Als er fertig war, straffte er vorsichtig die Angelschnüre, die in einem ausgeklügelten Muster ein paar Mumins miteinander verbanden. Er wischte sich die Hände am Pulli ab. Zufrieden betrachtete er seine kleine Armee.

Da hörte er schnelle Atemzüge und gleich darauf feste Schritte und das Knirschen von Kies. Den Schritt kannte er nicht. Er spürte große Wut. Es war ein großer Mensch. Der Muminmann verharrte regungslos in der Ecke seines Grundstücks, dicht am Zaun. Da trat der große Mann auf die Klippe und hielt inne, um sich suchend umzusehen. Er trug schwarze Kleidung. Einen Kapuzenpulli. Hatte die Kapuze hochgezogen. Der Muminmann sah ein blasses Gesicht aufblitzen. Blondes Haar. Es war kein Junge – ein Mann. Stark. Und fuchsteufelswild.

Der Mann ging zu Eskos Häuschen, blieb stehen und musterte es ein Weilchen. Dann setzte er seinen Weg fort. Seine Schritte knirschten wütend auf dem Kies. Als der Muminmann nichts mehr hörte als das Rauschen des Windes, lief er ein letztes Mal den Zaun ab und überprüfte, ob alles an Ort und Stelle war. Gerade als er die Trolle umrunden und wieder in sein Haus gehen wollte, kam der Mann den Weg zurück. Er atmete so laut, dass es hallte. Er glich einem großen Tier, nur ohne jeden Instinkt. Erikas Nachbar schüttelte den Kopf. So unachtsam und so zornig.

Der Mann blieb erneut vor Eskos Sommerhaus stehen. Er keuchte durch den geöffneten Mund. Der Trollbesitzer konnte seine Augen unter der Kapuze glitzern sehen. Dann schlug der Mann den Weg zum Parkplatz ein. Seine Schritte verklangen, und es wurde still.

Mit weichen leisen Schritten betrat der Muminmann sein Häuschen und setzte sich ans Fenster. Von dort hatte er den Weg und Eskos Haus im Blick. Lange würde sie nicht mehr warten müssen – bald würde es vorbei sein.

Kapitel 55

Erika ging vorsichtig über den Kies und die Steine und vermied es, über die Angelschnur zwischen den Trollen zu stolpern, als sie das Sommerhaus betrat. Zuerst hatte sie über die Phobie ihres Nachbarn und seine kindische und zugleich listige Weise, wie er sein Grundstück sicherte, gelacht. Aber als sie genauer darüber nachgedacht hatte, schien ihr die Idee gar nicht mal so dumm.

In den letzten vierundzwanzig Stunden hatte sie das starke Gefühl gehabt, beobachtet zu werden. Sie wusste, dass ihr Nachbar in dem roten Haus häufig herüberschaute oder, wie er sagte, Wache hielt. Aber in seinen gelben Augen las sie, dass nicht nur er nach ihr sah. Nach ihrer ersten Unterhaltung hatten sie jeden Tag ein paar Worte miteinander gewechselt. Der Riese von Mann ließ geheimnisvolle Bemerkungen fallen, die meistens völlig aus dem Zusammenhang gerissen zu sein schienen und die Erika in der Regel mit einer Bemerkung über das Wetter beantwortete, was ihn nicht im Geringsten zu stören schien.

Erika inhalierte den Geruch nach frischem Holz und Meer, an letzteren hatte sie sich mittlerweile etwas gewöhnt – kühl und frisch, aber trotzdem stark aromatisch nach Salz und allerlei vermoderndem und im Wasser lebendem Zeug. Mit einem Hauch Waldboden.

Sie zog Jacke und Schuhe aus, trug die Lebensmitteltüten und das Essen hinein, das Krister ihr in regelmäßigen Abständen aus seinem Restaurant mitgab – er war einfach nicht davon abzubringen. Erika war ihm dankbar dafür. Oft dachte sie gar nicht ans Essen, sondern arbeitete einfach durch.

Sie tat sich nicht leicht damit, hier draußen auf Näset so isoliert zu sein, und vermied die Einsamkeit dadurch, dass sie länger im Büro blieb und die Arbeit, soweit es ging, in die Länge zog. Oder sich im Fitnessstudio aufhielt. Aber in den letzten Tagen hatte sie sich immer bewusster dazu gezwungen, nach Hause zu fahren und dort zu bleiben, sich und ihr Eremitendasein zur Schau zu stellen. Und das hatte ihr viel Zeit zum Nachdenken und zum Innehalten gegeben und dazu zu versuchen, wieder zu sich selbst zu finden.

Anna rief sie mehrmals täglich an. Manchmal schneite sie auf einen Plausch über Wind und Wetter, Kristers Restaurant, darüber, dass bald Frühling werden und die Touristen wieder die Haga Nygatan entlangströmen würden, in ihr Büro herein. Erkundigte sich, ob sie etwas für sie tun konnte, ob ihr etwas fehlte. Ermutigte sie, sich eine richtige Unterkunft zu suchen, eine Wohnung, Eigentum. Bot ihr an, wieder zu ihnen zu ziehen. Und unternahm linkische Versuche, Erika davon zu überzeugen, dass Göran es nicht wagen, ja, nicht die Stirn haben würde, etwas so Dummes zu tun, seinen letzten Besuch bei ihnen zu wiederholen.

Das Leben verlief auf Sparflamme, in einem atemlosen Warten auf die Erlösung.

Erikas Alpträume waren intensiver und beängstigender geworden. Sie kamen jede Nacht – ins Bett zu gehen brachte keine wirkliche Erholung. Sie konnte sich nicht erinnern, wann sie das letzte Mal ausgeschlafen aufgewacht war. Und die Alpträume endeten schon länger nicht mehr damit, dass sie aus dem Labyrinth fand, dem Feuer entkam oder den nagenden Insekten. Jeden Morgen erwachte sie fest in die Decke eingewickelt, verschwitzt und fröstelnd zugleich, während ein Angstschrei in ihrer Kehle saß.

Es fiel ihr schwer, sich einzugestehen, dass es seine Zeit

brauchte, bis die Wunden geheilt waren und sie Abstand zu allem bekommen würde. Es ging nicht nur darum, lebendig aus der Sache herauszukommen, sie musste sich auch etwas Neues, etwas, das sich normal nennen ließ, aufbauen. Und das Schwerste würde sein, sich selbst zu verzeihen – für die Jahre der Untertänigkeit, des Schweigens und der gesellschaftlichen Scharade, der Angst und der Schmerzen. Und vor allem für die Jahre der Verleugnung.

Göran war wie vom Erdboden verschluckt. Niemand hatte ihn gesehen, und seine Anrufe und SMS wurden weniger. Keiner ihrer Freunde aus Stockholm schien zu wissen, wo er sich aufhielt, und ihre ehemalige Gruppenleitung hatte abermals bestätigt, dass Göran sich seit nahezu drei Wochen nicht auf seinem Arbeitsplatz habe blicken lassen.

Die Stille verhieß nichts Gutes. Er war hier – sah sie. Und wartete ab. Wie ein Jäger, der seiner Beute auflauerte. Bis sie nicht länger auf der Hut sein würde, die Augen schließen und für einen winzigen Moment nicht mehr die Kraft aufbringen würde, in höchster Anspannung zu verharren.

Sie sah aufs Meer hinaus, dem allgegenwärtigen Meer, das zumeist unbewegt, schwarz und unergründlich dalag. Zur anderen Seite führte der Weg über die Klippe zum Parkplatz und der Bushaltestelle, vorbei an dem Haus des Muminmannes und seinen strahlend weißen Plastik-Trollen, die wie eine gespenstische Armee über dem Boden zu schweben schienen. In seiner Küche brannte Licht. Er war also zu Hause, erledigte etwas in seinem kleinen Heim, lebte sein Leben – fernab der menschlichen Gesellschaft. Vielleicht gab es eine Bezeichnung für seine Andersartigkeit, ein Syndrom irgendeines Namens. Bestimmt bekam er auch irgendeine Beihilfe, die für Lebensmittel und den einen oder anderen Mumintroll reichte. Er störte sich an niemandem, und niemand störte sich an ihm.

Erika ließ die Jacke im Eingang auf den Boden fallen und hievte die Lebensmittel auf die Küchenarbeitsplatte. Sie betrat das kleine Badezimmer, wusch sich die Hände und erfrischte ihr Gesicht mit kaltem Wasser, fuhr mit den Fingern durch die Haare und seufzte. Die Feuchtigkeit machte ihre Locken nur noch störrischer. Zurück im Wohnzimmer, schnitt sie sich eine dicke Scheibe des leckeren Brotes ab, das Krister täglich frisch in seinem Restaurant backte, bestrich sie dick mit Butter und streute eine Prise Meersalz darauf. Sie kaute genüsslich. Sie entkorkte die Weinflasche, schenkte sich ein Glas ein und ließ den Alkohol seine lindernde Wirkung entfalten und das Flattern in ihrem Inneren dämpfen – ein bisschen nur.

Sie machte ihr Essen in der Mikrowelle warm – cremiges Risotto und Lammfilets – und tat etwas von dem frischen Salat auf den Teller. Kristers Spezialität. Melone und in Scheiben gehobelte Gurke mit Limette und Jalapeño-Tabasco. Sie schlang das Essen hastig hinunter. Das Knurren in ihrem Magen wollte sich einfach nicht geben, es war wohl nur zum Teil dem Hunger geschuldet.

Sie hatte Martin, Görans Partner und einen ihrer gemeinsamen Freunde, angerufen. Obwohl – was Letzteres betraf, war sie sich nicht mehr so sicher. Wer waren eigentlich ihre Freunde? Besaß sie überhaupt welche? Oder würden sich alle auf Görans Seite schlagen und seine Version der Geschehnisse schlucken? Auf Distanz zu ihr gehen, um ja nicht in die Sache verwickelt zu werden. Sie hatte Martin gefragt, wo Boss sei. Sie war die ganze Zeit wie selbstverständlich davon ausgegangen, dass Göran den Hund bei ihm gelassen hatte. Aber Martin hatte ihr versichert, dass er weder Göran noch Boss in den letzten drei Wochen zu Gesicht bekommen hätte.

Als sie nichts mehr essen konnte, räumte sie ab und stellte

sich an das hohe Fenster, das zum Meer hinausging. Ihre großen Augen spiegelten sich in der Fensterscheibe. Dort draußen könnte jemand stehen und sie anstarren, ohne dass sie es sehen könnte. Erneut hatte sich eine Brise geregt, und ein hartnäckiger Wind pfiff durch den Lüftungsschlitz über dem Fenster. Sie hörte es knacken und rascheln, hörte, wie das Haus dem Wind nachgab, das Holz knarrte und sich gegen die Kraft des Windes stemmte.

Sie horchte auf, glaubte, ein Geräusch vernommen zu haben, das nicht hierhergehörte, entschied sich dann aber, dass es das ächzende Eis gewesen sein musste. Doch dann horchte sie erneut auf. Es knirschte im Kies vor der Hauswand. Und plötzlich erklang das Rasseln der Pferdeschellen, ein Troll kippte um. Erika sprang auf, sah sich um, machte ein paar rasche Schritte zur Küchenzeile und fand das Handy. Na also, kommst du endlich doch noch?, dachte sie bei sich.

Kalter Schweiß brach in ihr aus. Erika stand mucksmäuschenstill, atmete flach und lauschte so intensiv, dass es weh tat. Dann war wieder alles still. Du meine Güte, jetzt geht die Angst aber mit dir durch, Erika. Du hast dich getäuscht. Da draußen ist nichts außer Wind und Meer.

Sie ging zur Haustür und wollte gerade die Klinke herunterdrücken, um zu überprüfen, ob sie die Tür abgeschlossen hatte, als das Türblatt mit einem ohrenbetäubenden Knall zersplitterte. Die Splitter umschwirrten sie in Zeitlupe. Die Tür wurde aufgerissen und hinaus in die Dunkelheit geworfen, so dass der Wind eine Welle eiskalter Meeresluft hereintrug.

Erika wollte zurückweichen, aber die Beine gehorchten ihr nicht. Sein Geruch erreichte sie zuerst. Der Geruch nach Aftershave, Seife, Schweiß und Adrenalin. Dann fiel der Lichtschein auf sein Gesicht, das wachsbleich war; seine Nasenflügel bebten, und ein fiebriger Glanz stand in seinen zornigen schwarzen Augen. Göran. Seine urtümliche Kraft waberte ihr entgegen und erfüllte den Raum.

»Warum, Erika? Warum tust du mir das an?«

Unter der Wut schwang ein weinerlicher Unterton mit. Selbstmitleid, schoss es Erika durch den Kopf. Pfui Teufel, wie ich das hasse! Brechreiz überfiel sie, sie schluckte hart und atmete tief durch die Nase ein.

»Warum, Erika …?«, knurrte er heiser und kam mit ausgestreckten Armen auf sie zu, um ihren Nacken zu umfassen und sie an sich zu ziehen, als würde man ein Haustier befehligen. Er brüllte sie mit solcher Kraft an, dass er zwischen den Worten Luft holen musste.

»Warum. Tust. Du. Mir. Das. An?«

Erika versuchte das Gleichgewicht zu halten, tastete nach dem Handy in ihrem Kapuzenpulli und drückte auf den Aufnahmeknopf. Diesen Griff hatte sie zig Mal geübt. Dem Himmel sei Dank, dass es ein Handy von der altmodischen Sorte mit Tasten war.

Der harte Griff um ihren Hals kam wie aus dem Nichts. Sie hielt den Atem an, ohne den geringsten Versuch zu schreien. Göran drückte immer fester zu. Ihr Rücken krachte unter Görans ganzem Gewicht gegen die Wand, ihr Hinterkopf schlug mit voller Wucht dagegen; vor ihren Augen tanzten Sterne. Seine Hände waren überall, seine Finger wie Eisenklauen. Erika hatte keinerlei Raum, um zu atmen oder sich zu rühren. Göran begann in ihrem Haar zu wühlen, fasste in ihren Mund, knetete ihre Brust und zog am BH.

»Was habe ich dir getan? Warum behandelst du mich wie den letzten Dreck, Erika? He? Antworte mir, verdammt! Was zum Teufel hab ich getan, um den Dreck zu verdienen, mit dem du um dich schmeißt? Du taugst zu nichts, das weißt du. Du bist ein Nichts!«

Görans Stimme hallte in ihrem Ohr wider und drang wie scharfe Sägeblätter in ihren Schädel. Sie schloss die Augen. Er spuckte ihr mitten ins Gesicht.

»Alles, was du tust ist, mich zum Gespött zu machen und mich in Misskredit zu bringen. Du genießt das, oder? Du verdammte Hure!«

Seine Finger gruben sich schmerzhaft in ihre Oberarme.

»Du bist 'ne frigide kleine Schlampe, weißt du das? Geizig und grantig, fett und unsportlich. Wer will schon jemanden wie dich? Du solltest dankbar dafür sein, dass ich alles für dich regele, wann immer du die Dinge in den Sand setzt.«

Erika kniff die Augen zusammen und versuchte seine erniedrigenden Worte auszublenden. Immer dasselbe – dass sie sich nicht attraktiv genug kleidete, dass ihre Hosen ein paar Zentimeter zu kurz waren, ihre Schuhe ungeputzt und hässlich, ihre Frisur abstoßend, dass sie nicht in Form war oder richtiggehend fett. Und dann das Sexleben, immer dieses Sexleben. Das nicht existierte. Weil sie nie Lust hatte, weil sie es zu selten taten, weil sie ihn nie anfasste, ihn nie streichelte, nie seinen Schwanz lutschte …

»Bin ich denn so verdammt abscheulich?«, schrie er. »Ich darf zwischen deinen dicken Schenkeln liegen und dich lecken … und was ist mit mir?!«

Göran keuchte in ihr Ohr, fuhr mit der Zunge über ihren Hals und brummte.

»Du musst einfach etwas netter zu mir sein, mein Schatz. Wenn du nur tun würdest, was ich dir sage. Du darfst nicht überall umherlaufen und Lügen über mich verbreiten, weißt du? Ich muss immer alles wissen. Mensch, wie du lügst, Erika. Du verfluchte Schlampe, was du immerzu lügst! Kannst du denn nicht einmal ein einziges wahres Wort sagen!«

In Erikas Blickfeld tanzten immer mehr bunte Punkte. Sie

kämpfte darum, Luft zu bekommen, ein Pfeifen drang aus ihrer Luftröhre. Langsam rutschte sie in Görans Griff nach unten, ihr Körper gab nach. Mit bebenden Händen fuhr sie tastend über seine breiten Schultern, den Nacken und schob sie in seine Haare. Fuhr mit den Händen wieder hinunter, über seinen Rücken. Mit streichelnden liebkosenden Bewegungen, untergeben und bettelnd. Sein mächtiger Körper gab zögernd nach, spürte ihren Fingern nach und hielt inne. Der Griff um ihren Hals löste sich ein wenig, Erika atmete schluchzend gegen seine Haut, öffnete den Mund und legte die Lippen auf seine Haut.

»Vergib mir … geliebter Göran, vergib mir … ich habe dich so vermisst … es tut mir leid, was ich angerichtet habe … ich habe nicht verstanden … bitte, geliebter Göran, ich liebe dich doch.«

Erika schluchzte feucht, öffnete den Mund und ließ die Lippen über seine schwellende Halssehne gleiten. Sie weinte und ließ den nackten Schmerz aus ihrem tiefsten Innern heraus.

Göran neigte sich über sie, umschloss ihren Hals und ihr Gesicht und starrte forschend in ihre Augen. Erika schluchzte begleitet von Hicksern, öffnete sich, Mund und Augen, ihre Seele, legte alles bloß. Er lockerte seinen Griff, seine Hände glitten tastend unter ihren Pulli, er zerriss den BH. Erika ließ ihn ihre Jeans öffnen. Den Kapuzenpulli zog sie über den Kopf und warf ihn hinter sich, Richtung Badezimmer. Sie hörte das dumpfe Aufschlagen des Handys, als es unter dem Waschbecken landete.

Erika empfing Görans mächtigen Körper und seinen schmerzhaften Griff, sein hektisches Streicheln. Sie spürte, wie er seinen harten Unterleib gegen sie presste, und heftete den Blick auf den Streifen des Meeres und das dunkle leere

Nichts und schloss die Augen, atmete und schlüpfte gedanklich aus ihrem Körper, so weit weg, wie sie es vermochte, während sich der vertraute und doch fremde Körper ihr mit grunzendem Stöhnen aufzwang.

Mühselig öffnete Erika die Augen. Sie und Göran lagen ineinander verschlungen auf dem Fußboden; der Flickenteppich unter ihnen war zerknüllt. Durch die Türöffnung strömte in eiskalten Stößen der Wind herein und suchte sich seinen Weg über den Fußboden. Göran glitt aus ihr heraus, brummte zufrieden und stützte sich auf die Arme.

»Ich vermisse Boss so sehr«, murmelte Erika an seinem Hals.

Sie spürte, wie er lächelte, und ließ eine Hand über seinen behaarten Bauch wandern und tastete die Muskeln ab, die sich unter seiner Haut wie eine Landschaft erstreckten, fuhr hinunter bis zu seiner weichen Leistengegend.

»Ich sehne mich nach zu Hause …«, flüsterte sie zittrig.

Göran erstarrte einen Moment, entspannte sich dann aber wieder und lachte ein tiefes kehliges Lachen. Er lehnte sich zurück, stützte sich auf den Ellenbogen, hielt ihre Taille fest umschlungen und musterte ihr Gesicht, während die Fingerspitzen der anderen Hand über ihre Stirn und die Nasenspitze wanderten. In seinen Augen stand Misstrauen.

»Ja, mein Schatz, wir fahren jetzt nach Hause, du und ich. Diese verfluchte Farce hat endlich ein Ende.«

Erika schlug die Augen nieder, wich seinem scharfen durchdringenden Blick aus.

»Geht es Boss gut?«, fragte sie seidenweich gegen seinen Hals.

Göran kniff spöttisch die Augen zusammen und grinste.

»Das hat gezogen, was? Der Köter. Du hattest immer schon eine gehörige Schwäche für diese Töle, oder?«

»H-mm …«

Göran schnalzte zufrieden, brummelte, dass es kalt geworden sei, und zog seinen Pulli zu sich heran. Sie nahm ihre tastende Wanderung über seinen breiten Brustkorb erneut auf. Göran entspannte sich und lächelte befriedigt. Erika musste sich bemühen, keinen Blick zum Badezimmer zu werfen, wo ihr Handy lag.

»Ich hätte gedacht, dass du tougher wärst, mein Schatz. Du kannst beruhigt sein. Der Köter ist okay.«

»Wie …?«, krächzte sie. Die Kälte und die Furcht ließen ihren Unterkiefer und alle Muskeln ihres Körpers zucken.

»Ha, ha, ha … Wie? Ja, das würdest du nur allzu gern wissen, was?«

Görans glühender Blick machte ihr Angst, aber sie verhielt sich still, atmete durch den Mund und versuchte, so klein und harmlos auf ihn zu wirken wie möglich.

Göran richtete sich auf, streckte seine derben Muskeln und stöhnte. Er zog die Jeans hoch und schloss den Reißverschluss, während er interessiert nach draußen in die Dunkelheit starrte. Langsam drehte er sich um.

»Dieser bekloppte Cousin von dir hat über die Zeit ein paar Vorstrafen gesammelt. Und er wollte keine weiteren, also … lass uns sagen, dass er dafür bezahlen musste. Und auch noch billig dabei wegkam! Aber gib zu, dass es ziemlich listig von mir war, eine Verbindung zu dir herzustellen.«

Göran schnaubte verächtlich, ging zurück zu Erika, fasste sie grob am Oberarm und zog sie auf die Füße. Er hielt sie fest, lange und hart.

»Und dann schadete es ja auch nicht, dass die sauberen Kollegen in Göteborg eine Zeitlang in Bedrängnis gerieten. Verflucht, was hätte ich dafür gegeben, ihre Gesichter zu sehen, als sie mit der Presse konfrontiert wurden – ohne einen von den Strolchen weit und breit. Nichts, nur eine leergefegte Hütte. Tja, ein bisschen mehr Demut würde nicht schaden. Oder was hältst du von deinen werten Kollegen, he?«

»Mein Cousin?« Erikas Stimme schwankte.

»Genau! Dein bekloppter Cousin Karl. Du hattest mir ja von ihm erzählt, also habe ich ihn überprüft. 'Ne feine Verwandtschaft hast du da, Schätzchen. Kleinkriminelle. Also hab ich den Dummkopf dazu verleitet, die Razzia platzen zu lassen. Und Kontakt zu dir aufzunehmen. Die bösen Jungs sind ja noch nie besonders helle gewesen.«

Göran grinste selbstzufrieden.

»Mein Cousin ist ein Waschlappen«, flüsterte Erika rau.

»Ja, das kannst du laut sagen. Es war nicht schwer, ihn zu überreden. Mensch, wie der geflennt hat und in Selbstmitleid versunken ist. Und jetzt spielt er bestimmt den Helden. Sitzt mit seinen Kumpels in der Kneipe und prahlt, wie er die Bullen reingelegt hat.«

»Inger …« Erika verstummte, ihre Stimme trug nicht.

»Sag nur, du warst doch ein kleines bisschen eifersüchtig?«

Erika begegnete Görans eisblauem Blick. Sie spürte, wie Hass in ihr aufflammte. Ihre rechte Hand zitterte. Sein Gesicht war ihrem ganz nah. Sie musste nur die Hand ausstrecken, um ihn zu kratzen, in Stücke zu reißen, zu schlagen … Er hielt ihren Blick fest, nickte. Görans Lächeln wurde breiter. Der fiebrige Glanz kehrte in seine Augen zurück, während er sein Handy aus der Jacke nahm, die Bilddatei öffnete und sie ihr hinhielt.

Sie musste hart schlucken, als sie die Fotos von Ingers Gesicht sah, den Tränen nahe und breiig geschwollen. Ein Streifen Blut rann aus einem Nasenloch. Dann erlosch Görans Lächeln jäh, und er ließ das Telefon zurück in die Jackentasche gleiten. Mit einer schnellen Bewegung umfasste er Erikas Kinn und grub die Finger in ihre Wangen.

»Ich mag keine klammernden Frauenzimmer. Also hab ich ihr gezeigt, wer hier verdammt noch mal das Sagen hat, wer bumst und wann.«

»Hast du sie geschlagen?« wisperte Erika rau. Görans Griff um ihren Kopf tat weh, als er sie hochzog, so dass sie auf Zehenspitzen stehen musste.

»Ja, was glaubst du denn?«, lachte Göran. »Spielst du naiv, oder was?«

»Sie hat mich doch angezeigt«, murmelte Erika mit belegter Stimme und spürte ihren Puls rasen. Aber Göran lachte nur amüsiert.

»Ja, zum Henker, ich dachte, das Beschlagnahmen deiner Dienstwaffe sei ein kleines Extra obendrauf. Ich hab mich da doch wohl nicht geirrt, oder?«, fauchte er, drängte sie rückwärts und presste sie gegen die Spüle. Sie spürte, dass er sie erneut begehrte. Sie nickte und starrte ihn mit weit aufgerissenen Augen an. Göran streichelte sie grob mit der freien Hand, fuhr über ihre Flanken, knetete ihre Brust. Sie keuchte vor Schmerz und vor Furcht auf, die sie plötzlich überfiel. Göran vergrub die Finger in ihrem Gesicht, seine Finger waren in ihrem Mund. Ein Geruch von Geilheit schlug ihr aus seinem Mund entgegen, sein Puls raste. Dann erlosch die Glut des Wahnsinns in seinen Augen, und sein Griff lockerte sich wieder.

»Und jetzt fahren wir heim, mein Schatz.«

»Ich will mir nur etwas überziehen, mir ist kalt. Und die Zahnbür …«

Erika beugte sich hinunter und nahm ihren Kapuzenpulli vom Badezimmerboden. Als sie sich aufrichtete, schloss sich Görans unnachgiebiger Griff um ihren Nacken, der Schmerz strahlte bis in ihren Arm aus und ließ sie starr vor Schreck werden.

»Scheiß auf die Zahnbürste. Die kannst du später kaufen.«

Erika fror so, dass sie wie Espenlaub zitterte.

»Und dann, mein Schatz, … und dann wirst du in Zukunft darauf scheißen, mich für dieses und jenes anzuzeigen. Hast du verstanden?«

Sein Griff verstärkte sich abermals. Erika schluckte angestrengt, antwortete aber mit einem kaum hörbaren Ja. Göran richtete sich auf und holte tief Luft, so dass sich sein breiter Brustkorb dehnte.

»Tüchtiges Mädchen. Ich kann die Kollegen schließlich nicht bitten, immerzu deine Anzeigen verschwinden zu lassen. Ich komme mir ja schon wie der letzte Bettler vor.«

Erika zog die Kapuze über ihren Kopf, spürte das Handy in der Bauchtasche und zog rasch die Jeans hoch. Sie ließ Göran nicht eine Sekunde aus den Augen. Er beugte sich hinab, sammelte seinen Pullover vom Fußboden auf und fädelte ihn über den Kopf und die Arme.

Erika nutzte den Moment und stürzte barfuß in die pechschwarze Dunkelheit hinaus und rannte los. Und blieb erst wieder stehen, als ihre Lungen zu bersten drohten.

Kapitel 56

Die Müdigkeit machte sich als ein dumpfer Summton in Pers Kopf bemerkbar. Die Kopfschmerzen hatten sich beim Spazierengehen an der frischen Luft gegeben, waren aber einem tauben Gefühl gewichen. Es war, als ob seine Nervenbahnen ihren Dienst quittiert hatten und jemand auf einen Knopf gedrückt hatte, der die Energiezufuhr zu weiten Teilen seines Körpers und Bewusstseins unterbrach.

Insgeheim wusste er, dass er nach Hause gehen, sich in sein Bett legen und eine Mütze voll Schlaf nehmen sollte, um seine erschöpften Zellen zu regenerieren, leere Energiespeicher wieder aufzufüllen, und seinen überhitzten Gehirnwindungen die Zeit geben sollte, alle Informationen zu verarbeiten, lag vor ihm doch eine lange Nacht. Tomas hatte ihn erneut angerufen, um zu erzählen, dass ihre Mutter wieder ins Krankenhaus eingeliefert worden war. Ihr Zustand hatte sich verschlechtert, dramatisch verschlechtert. Doch stattdessen ging er zum Training. Die stickige Luft schlug ihm entgegen, als er das Dojo betrat. Ein penetranter Geruch nach Fußschweiß hing über den Winterschuhen, die im Gang lagen. Die Stöhngeräusche, dumpfen Schläge und die Schreie aus der Halle wurden wie eine vertraute Erinnerung von seinem Körper aufgesaugt und erweckten ihn zum Leben.

Er ging in die Umkleidekabine, zog den indigoblauen Anzug an, verknotete den Gürtel, nahm die Rüstung und ging in das Dojo. Dort band er seinen Harnisch um den Oberkörper, faltete das Kopftuch und legte es sich auf den Kopf, setzte den Helm auf und verknotete ihn hinter dem Nacken. Zuletzt streifte er die Handschuhe über und hob das Schwert auf. Das Training fing an und vereinnahmte ihn, ein meditativer Fluss von Worten und Bewegungen, harten Schlägen und gutturalem Kriegsgebrüll, körperlichen Schmerzen und Seelenfrieden. Sein Körper brannte, und unter dem Anzug floss der Schweiß. Sein Gesicht zeigte ein albernes Lächeln, und seine Wangen waren gerötet. Nach dem Training spülte das warme Wasser der Dusche die Schmerzen und die Müdigkeit fort, geradewegs in den Abfluss hinein. Er blieb unter der Dusche stehen, ließ die Hitze verdampfen, musterte seine blauen Flecken, verglich sie mit denen der anderen. Nebenbei unterhielt er sich mit ihnen über den letzten Kampf und wer die meisten Punkte geholt hatte.

»Es ist wie beim Angeln«, pflegte Erik immer zu sagen. »Die Prahlerei danach ist das halbe Vergnügen.«

Per war auf dem Weg zum Polizeigebäude. Sein Wagen stand noch dort in der Garage, noch immer ohne Winterreifen. Die Flure des Gebäudes waren still und verlassen und wirkten wie dunkle Kanäle. Per ging mit energischen Schritten und war in Gedanken schon unterwegs zu den Wäldern Värmlands. Als er an Erikas Büro vorüberkam, blieb er stehen. Drinnen brannte Licht. Per streckte sich, um das Licht auszuschalten, als sein Blick auf sie fiel. Er erkannte sie an ihren zerzausten Haaren. Sie hatte die Jacke über sich gebreitet, ihr Gesicht war verhüllt.

Alle Wärme wich aus Pers Körper. Mit einem Schritt war er bei ihr, fühlte im Nacken nach ihrem Puls. Rückte dicht an sie heran und lauschte den schweren Atemzügen.

»Herrgott noch mal, Frau, wie du einen erschrecken kannst«, murmelte er leise und strich behutsam ein paar Haarsträhnen aus ihrem Gesicht, während er den Duft ihrer Haut wahrnahm. Erika zuckte zusammen, seufzte schläfrig und schreckte plötzlich hoch, so dass Per von ihrem Hinterkopf an Stirn und Nase getroffen wurde. Sie warf sich herum und starrte ihn schlaftrunken mit weit aufgerissenen Augen an, den Körper angespannt, bereit zum Sprung. Per hob die Arme zur Verteidigung.

»Ich bin's nur. Beruhige dich, verflucht …«

Per verzog das Gesicht, fasste sich an die Nase und ließ die Hände wieder sinken. Sie wirkte wie ein gejagtes Tier. Ihre Nasenflügel bebten, und sie atmete heftig. Auf ihrer Stirn prangte eine üble Schürfwunde, die Haut ringsum war geschwollen, und sie hatte verkrustetes Blut im Haar. Um ein Auge wölbte sich ein rotblauer Bluterguss, der das Auge halb hatte zuschwellen lassen, und das Weiß ihrer Augen war böse gerötet. Ihr Hals bestand aus einem Mosaik von Farben und Blessuren, und ihre rechte Hand war blutbedeckt und zeigte Abschürfungen.

»Was, zum Teufel, ist passiert? Hat …« Per streckte eine Hand nach ihr aus, sie blieb in der Luft hängen.

Erika starrte ihn misstrauisch an, ihre Augen flackerten, als ob in den Zimmerecken die Monster ihrer Kindheit Gestalt angenommen hätten, doch nach einer Weile löste sich ihre Anspannung. Sie rührte sich nicht, blieb einfach stehen und brach in einen Weinkrampf aus.

Per stand zunächst hilflos und wie erstarrt da. Dann trat er zu ihr, legte vorsichtig die Arme um sie und zog sie an sich. Sie sank wie eine leblose Puppe an seine Brust, lauthals schluchzend. Per streichelte Erika zerstreut über die Haare. Zuerst protestierte sie, aber die Erschöpfung und die lange angestaute Furcht und die Schmerzen hatten sie ausgelaugt.

»Ich hab den Mistkerl«, sagte sie schluchzend, »ich hab den Blödmann zum Reden gebracht …«

Nach einer Weile, nachdem sich ihre Atmung wieder normalisiert hatte, richtete sie sich auf, begegnete seinem Blick und legte mit einer vorsichtigen Bewegung das Handy in seine Hand. Per musterte sie lange; das blasse, zugerichtete Gesicht, die verwundete Hand, die das Telefon hielt, die zerzausten schmutzigen Haare. Er sah auf das abgegriffene Telefon.

»Ich habe es überprüft«, bekräftigte sie heiser. »Alles ist aufgezeichnet. Er hat meinen Cousin dazu genötigt, die Razzia zu sabotieren. Und er hat mich für eine Misshandlung angezeigt, die auf sein Konto ging«, flüsterte sie kraftlos.

Per schüttelte matt den Kopf und steckte das Handy vorsichtig in die Brusttasche. Er machte eine Geste zur Tür, und Erika folgte ihm still. Sie stieg in sein kaltes Auto und schwieg den ganzen Weg bis nach Kungshöjd. Nur ein stilles Danke kam ihr über die Lippen, als er ihr die Haustür öffnete. Wie eine durchsichtige Erscheinung betrat sie seine Wohnung, tapste vorsichtig hinein, zog mühsam Jacke und Schuhe aus und ging ins Badezimmer.

Nachdem sie sich notdürftig gewaschen hatte, blieb sie vor dem Spiegel stehen. Ihr Puls jagte unkontrolliert, und die Hände wollten ihr nicht gehorchen. In der Kehle brannten Tränen und ein verzweifelter Schrei, der sich mit einer hysterischen Lust zu lachen mischte.

Als sie aus dem Bad kam, erwartete sie Per mit ernstem und blassem Gesicht. Erika keuchte überrascht auf. Schweigend sahen sie sich an. Erika wäre am liebsten in seine Arme gekrochen, von ihm gestreichelt worden, hätte seine Wärme gespürt und tröstende Worte gehört, die ihr sagten, dass alles gut wäre, ihr nichts mehr geschehen könne. Aber er rührte sich nicht.

»Geht es? Wir sollten vielleicht die Schürfwunde auf der Hand verarzten. Und deine Finger …«

Pers Augen blickten warm und voller Sorge. Er holte Verbandszeug und Desinfektionsmittel und ging mit ihr in die

Küche. Dann machte er die Espressomaschine an, stellte eine Flasche Strega auf den Tisch und goss sich ein großes Glas Saft ein. Mit dem Glas machte er eine bezeichnende Geste in Erikas Richtung, aber sie schüttelte den Kopf.

Dankbar nahm sie die Eiswürfel, die Per in ein Küchentuch gewickelt hatte, und drückte sie gegen die Schwellung auf ihrer Stirn. Per kümmerte sich um ihre abgeschürften Hände und säuberte die Wunde auf der Stirn. Er schenkte ihr ein Glas Kräuterlikör ein und schob es ihr mit einer kleinen Tasse heißen Espressos hin.

»Willst du nichts trinken?«, fragte sie und versuchte ihn mit einem Auge zu fixieren.

Per schüttelte den Kopf, dass seine dunklen Locken wippten. Er verließ wieder die Küche. Erika hörte ihn im Badezimmer rumoren.

»Hier«, sagte er, als er zurückkam, und legte ein flauschiges Badelaken auf den Stuhl neben sie. Er verschwand erneut, aus seinem Schlafzimmer war ein Rascheln zu hören.

Ich schlafe auf der Couch, dachte Erika schwach protestierend.

»Ich habe dir das Bett gemacht«, sagte Per, der plötzlich wieder im Türrahmen stand, und sah sie düster und undurchdringlich an.

»Du solltest dich hinlegen und ausruhen. Du hast dir ganz schön den Kopf angeschlagen. Und du solltest mit der Hand gleich morgen zum Arzt gehen, du könntest sonst eine Infektion bekommen.«

Erika nickte und sah geistesabwesend auf ihre Hände hinab, die aussahen wie aus einem Zombiefilm. Dann trank sie den italienischen Likör, spülte ihn mit Kaffee hinunter, erhob sich zittrig und stellte sich in die Tür zu Pers Schlafzimmer.

Der Raum war groß und hatte eine hohe Decke sowie ein

breites Doppelbett, das eine weiche Daunendecke und viele Kissen zierte. Ein großes abstraktes Gemälde hing über dem Bett. Sie fuhr zusammen, als sie aus dem Augenwinkel die Maske mit dem metallenen Gitter sah, wie ein Kopf ohne Inhalt, der auf dem Anzug und dem glänzenden Harnisch saß. Neben der Rüstung hingen ein paar schöne Schwerter. Als sie vortrat und über den groben Stoff, das Gitter und die grobe Schnürung der Handschuhe strich, nahm sie den klammen Schweißgeruch war, den Pers Trainingskleidung verströmte.

Plötzlich schien der Fußboden unter ihr nachzugeben. Die Müdigkeit traf sie wie eine Ohrfeige, heftige Übelkeit überkam sie. Sie stieg aus der Kleidung, kroch schnell unter die Decke und vergrub sich mit einem Seufzer darin. Sie atmete, wartete und lauschte jeder Bewegung, als Per das Schlafzimmer betrat.

»Hier …«, sagte er und hielt ihr ein Schlüsselpaar hin. »Der Türcode hängt an der Kühlschranktür, und für das Frühstück findest du alles in der Küche.«

Erika setzte sich auf und starrte hinter ihm her, warf die Decke zur Seite, machte sich nicht die Mühe, sich etwas überzuziehen, und folgte ihm barfuß und splitternackt in den Flur. Er stand vor der Tür, zog Stiefel und seine dicke Lederjacke an, schulterte eine Tasche und sah sie erstaunt an.

»Wo … du …?«

Erika schnappte nach Luft und suchte Pers Blick. Ihre Wangen brannten.

»Ich muss heute Nacht nach Östersund fahren«, antwortete er. »Meine Mutter liegt im Sterben. Es tut mir leid, Erika, aber ich muss fahren. Kommst du allein klar? Ruf Erik an, falls du …«

Er ließ seine Tasche fallen und stand mit einem Mal ganz dicht neben ihr, streichelte langsam und sanft über ihre Wange und ihren Hals hinab. Erika umarmte ihn und schluchzte auf.

Nach einer Weile löste Per sich aus ihrer Umarmung, wollte etwas sagen, schluckte es aber hinunter. Erika blieb wie versteinert stehen, als er die Tür öffnete und das Treppenhaus betrat. Schützend legte sie die Arme um sich.

»Per …!«

»Ja?«

»Fahr vorsichtig …«, flüsterte sie.

Er nickte kurz. Erneut stiegen Tränen in ihr auf, als unten die Haustür ins Schloss geworfen wurde. Schnell verriegelte sie die Tür und wankte zurück ins Bett. Die kühlen glatten Bettbezüge wurden warm und verströmten seinen Geruch. Sie legte ihr Handy auf den Nachttisch und schlief sofort ein.

Kapitel 57

Per betrachtete die dicken Würste, die sich langsam auf einem Grill an der Kasse drehten. Der Gestank von Fett und Bratendunst hing wie eine dicke Wolke über Autozubehör, Lebensmitteln, Zeitungen und Süßigkeiten, die man sich selbst zusammenstellen konnte und die das Haltbarkeitsdatum längst überschritten hatten. Er bezahlte sein Benzin und dazu ein schlappes Baguette, das mit irgendeiner Art Geflügelsalat gefüllt war.

Eine Gruppe Männer zwischen zwanzig und dreißig kam lärmend in die Statoil-Tankstelle und kaufte Würstchen mit Beilage. Ihr nächstes Ziel schien die Kneipe schräg gegenüber auf der anderen Straßenseite zu sein, wo etwas später eine Tanzband spielen sollte. Einige der Männer waren bereits merklich betrunken. Immer mehr Autos hielten auf dem Parkplatz vor der Tankstelle. Fords und Volvos in verschiedenen Stadien des Verfalls oder so auf Hochglanz poliert, dass man sich in ihrem Lack spiegeln konnte, die aber auch aufgemotzt waren und durch ihre schweren Zusatzausrüstungen tiefer auf der Straße lagen. Und Jeeps mit Vierradantrieb und Überrollschutz, Winden und Extrascheinwerfern, für die wilde, verbotene Jagd in der freien Natur. Die Atmosphäre war eher aggressiv als ausgelassen.

Per ging auf die Toilette. Als er zurückkam, war die Tankstelle wieder leer. Es war deutlich kälter geworden. Alles war dunkel und schwarz. Per sah auf die Uhr – schon nach neun.

Er zog die Jacke fester um sich, kroch in das Auto, das immer noch warm war, und ließ es wieder hinunter zur 45 rollen. Der Verkäufer hinter dem Tresen der Tankstelle hatte etwas von Unwetter gesagt, aber Per hatte es ignoriert. Er wollte einfach nur losfahren und ankommen. Bislang waren die Straßen trocken und schneefrei gewesen. Ein dunkler Himmel und leichte Wolken wölbten sich über den Wäldern, und ein großer Vollmond begleitete ihn und erhellte die Straße mit seinem unwirklichen Schein.

Auf dem Weg nach Orsa kamen ihm unentwegt Autos entgegen. Alle Menschen in der Gegend schienen an diesem Abend dasselbe Ziel zu haben. Die Fenster der Häuser leuchteten warm und heimelig, und das Wasser lag schimmernd und glitzernd wie eine große ungeputzte Münze im Mondlicht in der Siljanvertiefung.

Irgendwo auf den Steigungen zur Finnmark oberhalb von Orsa traf ihn die Unwetterfront, von der der Mann an der Tanke gesprochen hatte.

Plötzlich war der Mond nicht mehr zu sehen, und sintflutartige Regenfälle ergossen sich vom Himmel auf die Straße. Der Regen prasselte gegen das Autoblech, und die Sicht schwand auf wenige Meter. Gleich hinter dem Bahnübergang nach Amådalens ravin ging der Regen in Schneeregen über. Eine weißwirbelnde Wand zwang ihn, das Fernlicht auszuschalten. Alles, was er noch erkennen konnte, war die dunkle feuchte Spur eines Fahrzeugs, das vor ihm die Strecke auf der immer weißer werdenden Straße gefahren war. Nach einem Moment sah er ein paar rote Rücklichter im Schneegestöber und hängte sich dran.

Er konzentrierte sich darauf, eine gleichbleibende Geschwindigkeit zu fahren, während seine Augen an den roten Lichtern klebten, und ließ die Reflexe der Wegmarkierungen am Straßenrand keinen Moment aus den Augen. Nur ja keine hastigen Bewegungen machen, Bremse und Kupplung nicht anrühren. Kurz bevor die Straße wieder hinunter nach

Sveg abfiel, stauten sich die Autos, lagen auf den Standspuren, an den Straßenrändern und bildeten lange Schlangen. Der schlüpfrige Schneematsch lag mittlerweile mehrere Zentimeter hoch und war auf dem Asphalt zu einer harten Eiskruste gefroren. Das Blaulicht zweier Polizeiwagen und eines einsamen Bergungsfahrzeugs blitzte über die Bäume des Waldes, der wie eine Wand neben der Straße aufragte. Die Schwertransporter standen auf dem langen Ende, das die Steigung hochführte, im Stau, und die Lkw-Fahrer lehnten mit grimmigen Gesichtern an ihren Fahrzeugen und rauchten und beobachteten das dichte Schneetreiben. Glatter als dieser dicke Schneematsch, durch den er auf seinen abgefahrenen Sommerreifen rollte, war nur das spiegelglatte Eis des Flusses gewesen, auf dem er und seine Freunde mit einem geliehenen alten Saab gefahren waren. Es war spät im Winter gewesen, vielleicht März oder April, und zwischen den Schneeverwehungen auf dem Eis hatte zentimeterhoch das Wasser gestanden. Jede Bewegung, jedes Manöver, hatte das Auto für mehrere Umdrehungen ins Schleudern gebracht. Sie hatten die Orientierung verloren und sich totgelacht, als der Saab die Schneewehen gerammt hatte.

Aber im Augenblick fand Per nichts, worüber er lachen konnte. Sein Körper war angespannt, und sein Blick ließ die Straße vor ihm nicht los. Irgendwie hatte er Sveg erreicht und war langsam über die vereiste Brücke zur Tankstelle gefahren. Dort war er mit weichen Knien ausgestiegen und wäre beinahe direkt auf dem Eis ausgerutscht, wie benommen vor Müdigkeit. Dann war er hineingegangen, um auf die Toilette zu gehen, Wasser zu trinken und sich etwas Süßes zu kaufen. Am Tresen standen zwei verschwitzte Männer vom Abschleppdienst und schlangen gierig Würstchen mit Kartoffelbrei in sich hinein. Sie unterhielten sich über das Chaos, die zahlreichen Unfälle, wie man die Lkws von der Straße kriegen sollte und den Räumdienst, der bis auf den letzten Mann im Einsatz war.

»Dass die Leute nicht aufs Wetter achten können, verflucht …«, knurrte einer und nickte Per selbstbewusst zu, der zurücknickte, ohne die Worte zu kommentieren.

Als Per den Motor seines alten BMW wieder anließ, bekam er das Auto fast nicht vom Parkplatz – und dass, obwohl er völlig eben war. Langsam brachte er das Auto dazu, zur Kreuzung vorwärts zu kriechen und nach rechts, in Richtung Östersund, abzubiegen. Aus dem Augenwinkel sah er Svegs Kirche. Für den Bruchteil einer Sekunde sah er sich und Tomas mit einem weißen Sarg und Blumenschmuck zum Altar gehen.

Morgens um vier Uhr erreichte er Östersund, stolperte auf tauben Beinen ins Krankenhaus, bekam von einer freundlichen Dame am Empfang eine Passierkarte – sie beschrieb ihm im melodischen Singsang, wie er das richtige Stockwerk und die Station finden würde. Er nahm die Treppen, ging suchend den Flur entlang und fand eine Krankenschwester, die ihn netterweise zum Zimmer seiner Mutter brachte.

Tomas' Silhouette zeichnete sich im kalten Mondlicht gegen das Fenster und den Frösöberget ab. Er drehte sich um, als Per hereinkam, ging zu einem der Betten, nahm auf der Fensterseite Platz, deutete auf einen Stuhl auf der anderen Seite des Bettes. Per setzte sich ins Dunkle, nahm einen Moment die kalte Hand seiner Mutter in seine, tätschelte ihr vorsichtig die Wange und lauschte ihren angestrengten Atemzügen.

Elin Henriksson wurde wach, als sich der Himmel tieflila zu färben begann, von einer Sonne, die es kaum schaffte, sich über den Waldrand im Osten zu erheben. Der Mond hing noch immer wie ein großer kalter Ball über dem Frösöberget. Per ergriff ihre Hand, sie war dünn und knöchrig, die Finger kälter als die Handfläche. Sie lächelte ihn müde an.

»Du bist ja doch gekommen …«, seufzte sie. »Ich hätte schon früher etwas sagen sollen … Aber du hast ja immer so viel um die Ohren.«

Per schluckte. Was, verdammt noch mal, war denn wichtiger als das hier? Ein hellwacher Ausdruck trat flüchtig in ihre Augen. Sie griff nach Tomas' Hand, er kam näher und streichelte ihre Wange. Elin seufzte rau.

»Es tut mir alles so leid, Jungs, dass alles so gekommen ist, wie es kam. Dass ich nicht … dass ich nicht mit euch weggegangen bin. Aber … ich hab's nicht geschafft. Hab es nicht gewagt.«

Per spürte, wie sich Protest in ihm regte, schwieg aber, als er Tomas' mildes Gesicht sah, die Liebe und die Akzeptanz darin, zu der er selbst noch nicht gefunden hatte.

»Du hast dein Bestes getan, Mama«, sagte Per mit ruhigem Nachdruck. Er hauchte einen Kuss auf die Wange seiner Mutter. Sie lächelten sich an. Dann schloss sie die Augen und wimmerte leise.

»Sie hat wieder Schmerzen«, stellte Tomas fest und drückte auf einen Knopf, um die Schwester zu rufen. Eine Krankenschwester kam und gab Elin eine neue Dosis Morphium. Als der Himmel hellblau geworden war und der Mond nur noch einer dünnen verblichenen Papierscheibe neben dem Åreskutan glich, hörte Elin auf zu atmen.

Kapitel 58

Erika lief an der Trädgårdsföreningen vorbei. Die Kapuze hatte sie über den Kopf gezogen, ihre Schritte waren gleichmäßig und im Takt, nicht zu schnell, nicht zu langsam. Sie sah die ganze Zeit nach vorn, hielt aber konzentriert nach allem Ausschau, was sich am Rand ihres Blickfelds bewegte. Seit dem Abend im Sommerhaus hatte Göran keinen Mucks mehr von sich gegeben. Ihre Kollegen hatten nach ihm gesucht, aber nicht eine Spur von ihm gefunden.

Eskos Haus stand einsam und verlassen da, war versiegelt, das Türloch gegen die Unbilden des Wetters vernagelt. Der Mitschnitt von Görans prahlerischem Gehabe wurde analysiert und hatte ein neues Licht auf die Geschehnisse geworfen. In der Sache der missglückten Drogenrazzia wurde erneut ermittelt. Und Inger hatte ihre Anzeige gegen Erika zurückgezogen.

In den letzten Tagen hatte Erika das Gefühl, auf den Fluren wieder atmen zu können. Als ob jemand kräftig gelüftet hatte und die drückende Ungewissheit gewichen war. Anna war in ihr Büro gestürmt und hatte sie so heftig umarmt, dass Erika sie vor Schmerzen von sich schieben musste. Erika hatte Annas und Kristers Einladungen zum Abendessen bisher ausgeschlagen, hatte ihnen ehrlich gesagt, dass sie sich erst mal bedeckt halten wolle, dass man Göran noch nicht gefunden habe, er noch irgendwo dort draußen wäre.

Das feuchtkühle Wetter erschwerte ihr das Atmen. Keuchend trat sie rasch durch die Haustür in der Arsenalsgatan. Sie schloss Pers Wohnungstür auf, verharrte wachsam und lauschte einen Moment, ob fremde Geräusche zu hören waren, bevor sie das Licht einschaltete und ablegte. Schnell machte sie das Licht wieder aus und schlüpfte in die Küche, knipste die Taschenlampe an, nahm die Reste von gestern aus dem Kühlschrank und stellte sie in die Mikrowelle.

Während das Gerät brummte, schaute sie über die Stadt nach Westen. Sah die Rauchschwaden des Heizkraftwerks und die Lichter, die wie eine Schlange die Fahrbahn entlangkrochen, das schwach glitzernde Wasser auf dem Fluss und den neuen Stadtteil auf der anderen Seite, wo sich die erleuchteten Fenster der Häuser von Ferne wie ein Schwarm Glühwürmchen ausnahmen. Es fiel ihr leichter zu atmen, zur Ruhe zu kommen. Sie konnte nachvollziehen, weshalb Menschen, die es sich leisten konnten und entsprechende Träume hegten, viel Geld für einen schönen, weitläufigen Ausblick bezahlten. Das Gefühl, das einem dies schenkte, war unbezahlbar.

Die Mikrowelle klingelte, und Erika wurde aus ihren Gedanken gerissen. Sie aß, ohne richtig zu schmecken, was sie da in sich hineinstopfte. Bengt war zu Recht entsetzlich wütend darüber gewesen, welches Risiko sie eingegangen war. Er hatte ihr mächtig Vorhaltungen gemacht und war zugleich schrecklich besorgt um sie gewesen. Ein Lächeln huschte über ihr Gesicht. Nachdem sie das Geschirr weggeräumt hatte, knipste sie die Taschenlampe aus und ging leise ins Wohnzimmer. Sie stellte sich einen Moment vor das Südfenster und sah aus zusammengekniffenen Augen zur Linnéstaden und zu Skansens Krona hoch. In der Wohnung war es stockfinster. Sie wollte nicht durchs Fenster oder die Scheibe der Wohnungstür gesehen werden.

In den Tagen, in denen sie nun hier wohnte, hatte sie es sich allmählich heimisch gemacht, hatte neugierig und peinlich berührt den Inhalt der Bücherregale unter die Lupe genommen und die Schubladen in der Küche und den Schränken geöffnet. Nichts, auf das sie gestoßen war, war so, wie sie es erwartet hätte. Alles in Pers Wohnung deutete darauf hin, dass er die Gegenstände, mit denen er sich umgab, sorgfältig auswählte, und viele der Küchenutensilien, die sie in den Schubladen gefunden hatte, waren ihr ein Rätsel.

Seine Playlisten setzten sich aus klassischer Musik, aber vor allem aus Rock, Blues und jeder Menge Metal zusammen. Sogar einiges an Hardcore und Death Metal war darunter gewesen. Sie hatte sich die Musik angehört und zu ihrer eigenen Überraschung festgestellt, dass sie ihr gefiel. Und sie hatte Stunden damit verbracht, sich Apocalyptica anzuhören, die finnischen Cellisten, die einen wahnsinnigen und großartigen Klassik-Rock in Perfektion hinlegten. Seine DVD-Sammlung brachte sie ins Schwärmen. Fast jeder ihrer Lieblingsfilme und Lieblingsregisseure war sorgfältig sortiert in seiner Sammlung vorhanden. Haufenweise interessante Bücher füllten die Regale und umfassten alles – vom Klassiker über Fachbücher der Kriminologie und Psychologie bis hin zu zahlreichen Kochbüchern. Und eine ganze Sammlung Krimis, vor allem englische und amerikanische.

Neben Pers Bett lag ein Stapel Kochbücher. Sie hatte sie durchgeblättert, als sie im Bett lag, hatte die schönen, verlockenden Fotos angeschaut, Rezepte intensiv gelesen, dass sie meinte, die Gerichte beinahe schmecken zu können. Ob er sie wohl schon selbst ausprobiert hatte? Sie errötete vor sich selbst, da sie auf diesem Gebiet so unwissend war. Das Telefon klingelte und riss sie aus ihren Gedanken. Es war Mia.

»Hallo, Schwesterchen! Ich hab gehört, dass du diesen Scheißkerl reingelegt hast. Kompliment! Ich muss schon sagen, ich bin beeindruckt, aber … du bist ja völlig verrückt!«

Erika lächelte. Sie hörte das Kichern und die Erleichterung

in der Stimme ihrer Schwester, obwohl sie es hinter barschen und zurechtweisenden Worten zu verbergen versuchte.

»Danke«, schmunzelte Erika. Natürlich war sie froh, aber sie wusste wohl, dass sie einen Krieg angezettelt hatte und dass er noch nicht vorbei war. Sie erzählte, dass Göran in ihr gemietetes Sommerhaus eingebrochen war, sie ihn erwartet hatte und seine angeberische Selbstbeweihräucherung mitgeschnitten hatte. Details behielt sie für sich. Mia war intelligent genug, um zu wissen, welchen Preis Erika für das Geständnis hatte bezahlen müssen.

»Sie suchen jetzt nach Göran … er ist schon seit über einem Monat nicht mehr bei der Arbeit erschienen. Aber ich werde bald Boss zurückbekommen. Die Kollegen waren bei uns zu Hause; er hatte ihn dort allein zurückgelassen …«

»Du liebe Zeit! Ist er o.k.?«

»Ja. Er war hungrig und ein bisschen ausgetrocknet, ansonsten aber in Ordnung. Es war ihm gelungen, die Tür zum Vorratsschrank aufzubekommen und ein Loch in den Trockenfuttersack zu beißen. Etwas Flüssigkeit hat er in der Badewanne gefunden, dort war Wäsche eingeweicht.«

Ein Stich durchfuhr Erika, als sie das erzählte. Sie sehnte sich nach dem schwanzwedelnden schmusigen Wesen mit den flehenden Pfefferkornaugen.

»Sie haben Göran bislang also nicht gefunden?« Mia ließ nicht so leicht locker.

»Nein, er ist wohl untergetaucht …« Erika schluckte mühsam. Solange er noch frei herumlief, konnte sie sich nicht einmal annähernd entspannen.

»Du wirst also nicht wieder zurück nach Stockholm ziehen?«

»Nein, ich bleibe hier. Wenn ich jemals wieder umziehe, dann in unsere alte Heimat«, lachte Erika leise.

»Na klar!«, schnaubte ihre Schwester.

»Nein, wirklich, manchmal sehne ich mich nach zu Hause zurück. Ich kann nicht begreifen, dass mir früher nie bewusst war, wie schön es dort ist. Man wollte damals ja nur schnellstmöglich weg, als sei es irgendein fucking Åmål.«

»Sooo verwunderlich ist das ja auch nicht. Es war ja ständig so dunkel dort, dass du es nie richtig gesehen hast«, kicherte Mia vergnügt. Sie vereinbarten, dass Erika demnächst nach Norden kommen und sich die neue Tierklinik im Stadtteil Norr und den neuerstandenen Bauernhof ihres Bruders ansehen sollte, und beendeten das Gespräch.

Erika trat wieder an Pers Bücherregal und schaltete die Stehlampe an, um besser sehen zu können. Federleicht fuhr sie über die Buchrücken und legte den Kopf schief, um die Titel zu lesen. Sie zog eines aus dem Regal und blätterte darin. Tai-Chi, Zenbuddhismus, Karate verschiedener Stilrichtungen, Aikido und natürlich Kendo. Sie setzte sich in den Corbusierstuhl und schaute es sich genauer an.

Das Buch über Kendo beschrieb den uralten Kampfsport, der mit Schwertern ausgetragen wurde. Detaillierte Beschreibungen der Ausrüstung, wie man seinen Anzug und den Gürtel band und wie man die Ausrüstung pflegte. Details zu den weichen, biegsamen und doch erstaunlich harten Trainingsschwertern aus Bambus. Wie man das Kopftuch faltete, das die Schläge gegen den Kopf unter dem Helm dämpfte. Die Fotos waren sehr ästhetisch.

Erika nahm das Buch mit in Pers Schlafzimmer und strich mit Ehrfurcht über die Ausrüstung an der Wand. Sie lehnte sich vor, steckte die Nase hinein und nahm einen schwachen Körper- und Schweißgeruch wahr, der in dem dicken Gewebe hing. Die Montur war zum Trocknen aufgehängt, genauso wie es im Buch beschrieben war.

Sie schlenderte zurück zum Bücherregal, stellte das Buch hinein und nahm ihre Suche wieder auf. Ein paar andere Bände erregten ihre Aufmerksamkeit, mit zerfledderten Buchrücken und Buchtiteln, die ihre Neugierde weckten und sie in Erstaunen versetzten. Hojo Jutsu? Sie vertiefte sich in die Seiten – es handelte sich um Fesselungskünste. Im Kampf, schnell und ästhetisch, effektiv und brutal. Zum Transport von Gefangenen oder bei der Hinrichtung. Die Texte über die Bedeutung, einen Gefangenen vor seiner Exekution angemessen und elegant zu fesseln, faszinierten sie. Es war brutal, aber zugleich eine Verneigung vor dem Schicksal, das den Gefangenen erwartete.

Sie stieß auf ein Buch im untersten Regal – Shibari. Ein dicker Wälzer, ungebunden, der aufgrund von Alterserscheinungen und regem Gebrauch drauf und dran war auseinanderzufallen. Vorsichtig zog sie ihn heraus. Der Papierumschlag war verblichen und zerknittert. Erotische Körper, mit intrikaten Knoten und Bändern gefesselt, die die Linien und Formen der Gefesselten betonten. Aber auch ausführliche Beschreibungen zum Verschnüren schöner Pakete und Präsente. Gebannt starrte Erika auf die Anleitungen und die verblichenen Bilder. Ein wenig schämte sie sich, als ob sie heimlich etwas angeschaut hatte, das ihre Gedanken zu Bondage und Pornos abschweifen ließ, aber bei objektiver Betrachtung war dies Kunst.

Erika reagierte zuerst instinktiv; ihre Nackenhaare stellten sich auf. Gleich darauf erklang ein Geräusch. Jemand stand vor der Wohnungstür. Verflixt! Sie hatte sich ablenken lassen … verdammt! Ihr Blick ging hektisch durchs Zimmer, bevor sie mit schnellen leisen Schritten ins Schlafzimmer ging. Die Schwerter! Sie zog an einem und schlich still an der Wand entlang in den Flur, während sie krampfhaft das

Schwert umklammert hielt. Sie spähte aus der Dunkelheit durch die Milchglasscheibe der Wohnungstür in das Licht im Treppenhaus. Ein Schatten näherte sich dem Glas und drückte prüfend die Türklinke herunter. Gleich darauf wurde ein Arm hochgehoben, als ob die Person die Augen abschirmte, um besser hineinsehen zu können.

Erika starrte die dunkle Gestalt an, ihr Mund war trocken. Sie fasste das Schwert fester und erkannte, dass sie für eine Rechtshänderin auf der falschen Seite stand. Schnell und lautlos huschte sie zur anderen Seite des Flurs, positionierte sich vor dem Badezimmer und wartete.

Der Schatten vor der Tür verschwand plötzlich. Erika reckte den Hals und versuchte zu begreifen, was ihr gerade entgangen war. Vorsichtig machte sie einen Schritt nach vorn und horchte, machte noch einen Schritt … Da erhob sich der Schatten, füllte die Scheibe gänzlich aus und schluckte das Licht. Im Schloss rasselte es.

Erika schob sich rückwärts, in den Türrahmen, ihr Puls raste wie wild. Sollte das das Ende sein? Sie sah auf den graphisch gemusterten Läufer hinab. Der abstruse Gedanke kam ihr, dass es ein Jammer wäre, Pers Teppich mit Blut zu besudeln. Die Tür wurde aufgedrückt, und ein dumpfes Geräusch war zu hören, irgendetwas landete auf dem Fußboden. Das Deckenlicht wurde angeknipst, und für einen Moment war alles nur noch blendend weiß.

»Was zum Henker …?! Ha, ha, ha … hast du nächtelang *Kill Bill* geguckt, oder was?«

Pers Körper bebte vor Lachen, als er seine Jacke ablegte. Er blieb kurz stehen und musterte die zitternde blasse Erscheinung, die das Schwert fest umklammert hielt. Seine Heiterkeit verschwand. Vorsichtig löste er ihre Finger vom Griff und legte das Schwert behutsam auf den Fußboden.

»Verzeih mir, Erika. Ich hätte dich vorher anrufen sollen, aber ich habe nicht nachgedacht. Ich bin den halben Tag in einem absoluten Mistwetter gefahren und wollte einfach nur noch nach Hause.«

Per sah in Erikas große dunkelblaue Augen, die vor Wut sprühten, in denen aber auch Angst, Scham und Erschöpfung standen. Er wich ein paar Schritte zurück, hob mit einer entwaffnenden Geste die Hände und lächelte müde.

»Was hältst du davon, wenn ich uns etwas zu essen mache? Ich bin ganz ausgehungert. Und du?«

Erika legte einen Augenblick die Stirn gegen den Türpfosten und schaute Per lange an. Er wirkte müde und traurig. Sie selbst zitterte innerlich. Ihre Nerven lagen blank. Sie kam sich dumm und vollkommen hysterisch vor und fühlte sich ertappt. Sie folgte ihm in die Küche.

Auf magische Weise verwandelte Per ein Paket Nudeln, einige schlaffe Mohrrüben, ein paar traurige rote Zwiebeln und ein Paket tiefgefrorenes Minutensteak zusammen mit Pilzen zu einem duftenden Wokgericht. Sie murmelte entschuldigend, dass sie eigentlich schon gegessen hätte, probierte aber trotzdem. Nach dem Essen schälte und filetierte Per ein paar Orangen und setzte Kaffee auf. Er servierte die Orangenscheiben mit flüssigem Honig und einer Spur Olivenöl. Erika konnte nicht widerstehen und naschte. Genießerisch schloss sie die Augen und spürte die wohltuende Wärme des Kaffees.

»Ich habe ein Haus für mich gefunden«, sagte Erika. Die darauffolgende Stille bereitete ihr Unbehagen.

»Und ich kann schon am Wochenende einziehen.«

»Ist es Eskos Sommerhaus?«

»Nein, das ist es nicht. Aber Esko hat versprochen, sich das Haus anzusehen. Wir wollen schauen, ob man es umbauen oder etwas modernisieren könnte. Es ist aus den frühen 70ern …«

Sie errötete plötzlich, doch als sie zu Per hochsah und sein breites amüsiertes Lächeln sah, konnte sie nicht anders, als es ihm nachzutun – schöne schreckliche 70er Jahre. Fotos von Partykellern, durchgesessene unbequeme Sofas aus Cord und noppigen Wollstoffen in Orange, Braun und Grün.

»Es liegt draußen auf Näset …«, fügte sie hinzu. Sie konnte ein Kichern nicht unterdrücken. Was sie sagte, klang so verrückt. Per sah vollkommen verblüfft aus.

»Helene Christensen, weißt du, die Witwe von …«

Per wusste, von wem die Rede war.

»Am Ende der Straße, an der sie baut, liegen ein paar Sommerhäuser. Sie hat mich angerufen. Der Mann, dem das eine Haus gehört, will dort nicht länger wohnen bleiben. Angeblich kommen andauernd Leute und drängen ihn, es an sie zu verkaufen, und darüber hinaus hat er sich mit seinen Kindern zerstritten. Er hat eine neue Frau kennengelernt, und die Kinder streiten sich ums Erbe … Tja, eine lange Geschichte.«

Per unterbrach sie kurz und holte die Flasche Grappa und zwei Gläser und ging damit ins Wohnzimmer.

»Das musst du mir erklären«, sagte er mit spöttischem Lächeln. »Soweit ich mich erinnere, bist du nicht gerade versessen aufs Meer?«

Erika lachte. Sie setzten sich und redeten lange, darüber, wie sie sich nach einer Weile dort draußen heimisch zu fühlen begonnen hatte, dass der Ausblick sie an den Storsjön in ihrer alten Heimat erinnerte und dass ihr das Gefühl von Weite und der freie Blick gefielen. Per nippte an seinem Grappa, seine Augen nahmen einen warmen Glanz an, während er ihrer Erzählung lauschte. Nach einer Weile verstummte sie. Es war dunkel geworden, die einzige Lichtquelle in der Wohnung war in der Küche. Per saß mit dem Rücken zum Fenster, seine Augen lagen im Schatten.

»Wie geht es dir eigentlich?«, fragte Erika, plötzlich verlegen, weil sie ihn nicht schon eher danach gefragt hatte. Per schwieg lange, bevor er antwortete.

»Mir geht es gut. Aber es war hart. Ich habe meine Mutter verloren, aber meine Familie wiedergewonnen.«

Sein Blick fixierte einen langen Moment die Flüssigkeit im Glas. Er war blass und wirkte bedrückt. Erika schwieg. Sie wollte so vieles fragen, aber es schien nicht der richtige Zeitpunkt dafür zu sein.

»Ich muss bald wieder hinfahren, zur Beerdigung. Es ist so leer in mir, ich bin so unendlich traurig. Ich habe das Gefühl, meine Mutter im Stich gelassen zu haben, auch wenn ich weiß, dass sie nicht so dachte. Ich habe meinen Bruder und seine Familie besucht, habe ihr Hotel, ihr Zuhause gesehen – ich bin dankbar dafür. Dass ich Wurzeln habe, richtige Wurzeln. Die Verwandtschaft nicht nur aufgrund genetischer Gemeinsamkeiten existiert, wenn du weißt, was ich meine.«

Ein Lächeln huschte über sein Gesicht, er stand auf. Erika starrte vor sich hin in die Dunkelheit, fühlte sich ohnmächtig und wusste nichts zu sagen.

»Du kannst weiterhin im Bett schlafen, ich nehme das Sofa.«

Er räumte ab und verschwand in der Küche. Erika ging ins Badezimmer. Als sie herauskam und die Tür schwungvoll öffnete, rannte Per mit voller Wucht dagegen. Er stöhnte, richtete sich aber gleich wieder auf und berührte ihre Wange.

»Musst du immer gleich handgreiflich werden? Wenn du willst, dass wir Freunde werden, musst du es anders anfangen …«

Er lächelte schelmisch und ließ die Finger über ihre Wange

laufen. So standen sie eine gefühlte Ewigkeit, zwei Menschen, die in diesem Moment nichts voreinander verbargen, ihre Körper waren wie elektrisiert. Per seufzte, der Zauber war gebrochen.

Er nahm eine Wolldecke vom Stuhl und ging damit zum Sofa. Erika verharrte regungslos und horchte auf die Geräusche aus dem Wohnzimmer. Noch lange spürte sie die Wärme seiner Finger wie eine glühende Spur auf ihrer Haut …

Kapitel 59

Wieder einmal stand Erika auf der Treppe des Bungalows auf dem Bergrücken des Trollåsens. Sie verspürte ein diffuses Gefühl des Unbehagens. Das Haus wirkte abweisend, wie ein Mensch, der aufgegeben und sich verkrochen hatte – zugezogene Gardinen, dunkle blanke Fenster, die aussahen wie leere Augenhöhlen. Kein Auto stand auf der Auffahrt, keine Gegenstände lagen auf dem Grundstück, nichts rührte sich. Der einzige Hinweis darauf, dass das Haus bewohnt war, waren eine Reihe säuberlich verknoteter Mülltüten, die neben der Garagentür aufgestapelt lagen.

Sie hatte Bengt davon überzeugen können, Jan Olof ein letztes Mal zu verhören, bevor sie die Ermittlungen endgültig einstellten, obwohl es so aussah, als hätte Barbro einen Batzen Geld von verschiedenen Kunden eingetrieben und das Land verlassen – allein oder in Begleitung. Trotzdem fiel es Erika schwer aufzugeben, vielleicht gerade, weil alles so plausibel erschien. Bengt hatte protestiert und eingewandt, dass ihr ihre schlechten Erfahrungen einen Streich spielten. Erika wollte das nicht ausschließen, hatte aber trotzdem auf ihrem Standpunkt beharrt.

»Ich möchte nur herausfinden, ob er mehr weiß, als er sagt. Ich habe das dumpfe Gefühl, dass es sich trotz allem um Versicherungsbetrug handeln könnte. Stell dir vor, Jan Olof spielt nur Theater und seine Gattin wartet irgendwo mit den Bestechungsgeldern auf ihn. Oder sie haben die ganze Geschichte gemeinsam geplant und warten nur auf eine passende Gelegenheit, um zusammen das Weite zu suchen. Niemand wäre besonders überrascht, wenn Jan Olof in seiner Verzweiflung von der Älvsborgsbron springen und im Nirwana verschwinden würde. Wir wissen ja nach wie vor nicht, wo Barbro ist. Wir haben keinen Leichnam, nichts.«

»Wonach suchen wir denn genau?«

»Ich weiß es nicht«, hatte sie zugeben müssen.

Bengt hatte die Augen verdreht und etwas von sturen Weibsbildern gemurmelt, gab jedoch nach und stimmte einem letzten Versuch zu, dem verlassenen Ehemann die Maske herunterzureißen.

Jan Olof öffnete beinahe sofort, als sie und Per klopften. Er sah ein klein wenig erholter aus als beim letzten Mal, sein Blick war offener, er wirkte irgendwie anwesender, war aber furchtbar mager. Seine Wangen waren eingefallen und wirkten wie ausgehölt. Seine Hose und das Hemd waren zerknittert, und das Jackett hatte Flecken. Und er roch unangenehm.

Die Luft im Haus war stickig. Niemand schien hier zu lüften oder zu putzen. Als Erika sich umsah, merkte sie, dass für Jan Olof die Zeit stehengeblieben war. Alles war noch genau wie vorher, nichts hatte sich verändert, nur der Staub hatte sich angehäuft und im hellen Gegenlicht, das von außen hereinfiel, konnte man deutlich den samtigen Überzug auf allen Flächen sehen. Auf Jan Olofs Bartresen standen diesmal kein Alkohol und keine Gläser, nur zwei große Aschenbecher, die bis zum Rand mit stinkenden Kippen gefüllt waren. Die Katze war nirgends zu sehen.

»Wie geht es Ihnen?«, fragte sie leise, nachdem sie auf dem Sofa Platz genommen hatte. Jan Olof seufzte tief und sah langsam zu Erika auf. Der Schmerz in seinen Augen war so offenbar, dass sie erschauerte. Mit einem schwer deutbaren Gesichtsausdruck musterte er mit zusammengekniffenen Augen ihre bandagierte Hand und das blaulila Auge. Bei anderer Gelegenheit hätte sie vielleicht darüber lachen können, wie es auf ihn wirken musste, dass sie ständig windelweich geprügelt und verletzt bei ihm auftauchte.

»Etwas besser«, antwortete er geistesabwesend, seine Augen röteten sich plötzlich, seine blassen Augäpfel schimmerten feucht, und die Pupillen weiteten sich.

»Mir scheint, sie machen einen etwas muntereren Eindruck«, sagte Erika und hörte den falschen Ton in ihrer Stimme. »Wann hat man Sie entlassen?«

»Am Montag.«

Jan Olofs Stimme klang blechern.

»Hat jemand seitdem nach Ihnen gesehen? Ist Ingemar bei Ihnen gewesen?«

Jan Olof schüttelte nur resigniert den Kopf.

»Jan Olof. Das Handy Ihrer Frau wurde in den USA geortet, genauer gesagt in New York. Und wir nehmen an, dass Barbro auf ihrer Arbeitsstelle einen ganz schönen Scherbenhaufen hinterlassen hat. Wir haben nichts, mit dem wir weitermachen können. Es deutet alles darauf hin, dass Barbro abgehauen ist.«

Jan Olof schien nicht zu hören, was sie sagte. Er blinzelte müde und griff nach seiner Zigarettenschachtel, zündete sich mit bebenden Händen eine Zigarette an und inhalierte gierig. Nach einem Moment sammelte er sich, blickte auf und sah Erika mit traurigen Augen an.

»Es tut mir leid, aber ich verstehe nicht?«

»Doch … ich denke schon, dass Sie wissen, was ich meine«, sagte Erika plötzlich und spürte, wie sie es satt hatte. Warum konnte sie die Sache nicht auf sich beruhen lassen? Was erhoffte sie sich davon? Plötzlich wusste sie nicht mehr, was sie dazu trieb weiterzufragen.

»Ich habe Sie schon einmal gefragt, ob Sie wissen, wo sich Ihre Ehefrau aufhält, Jan Olof. Ob sie irgendwo auf Sie wartet. Schließlich haben Sie beide recht üppige Lebensversicherungen.«

Jan Olof schüttelte nur verzweifelt den Kopf. Erika sah, dass er zitterte; seine blutunterlaufenen Augen wichen ihrem Blick sofort wieder aus. Es war offensichtlich, dass Jan Olof mit Betreten des Hauses wieder angefangen hatte zu trinken. Und sie konnte ihn sogar verstehen. Sein Haus war keine Zuflucht mehr, sondern eine Haltestelle, ein verlassener Bahnsteig, auf dem er vergeblich wartete.

»Jan Olof?«

Erika sah ihn forschend an.

»Wissen Sie, wo Ihre Frau sich jetzt gerade befindet? Ich weiß, dass es Ihnen wie eine seltsame Frage vorkommen mag, möchte Sie aber trotzdem bitten, sie ehrlich zu beantworten. Kann es nicht sein, dass Sie ihren Aufenthaltsort vielleicht doch kennen? Es aber nicht über sich bringen, darüber zu sprechen?«

Jan Olof reagierte nicht, sondern zog sich innerlich zurück. Er verharrte in der immer gleichen Position und wiegte seinen Körper leise hin und her, den Blick auf einen Punkt in der Ferne, weit draußen auf die Bucht gerichtet. Erika schluckte, spürte, wie der Sauerstoff im Zimmer zur Neige ging, wie der Kummer und die Ungewissheit sich wie ein Dämon an sie heranschlichen. Dann seufzte Jan Olof erneut.

»Sie sind die Einzige, die mir in dieser ganzen Zeit zugehört hat. Nun, und Ingemar natürlich …«

Er lächelte flüchtig.

»Ich fühle mich so allein, es ist alles so leer, so bedeutungslos. Verstehen Sie? Das hier ist kein Zuhause mehr. Es ist nur noch ein Haus – ein Haus, in dem auch jemand anderes wohnen könnte, eine junge Familie mit Kindern vielleicht. Die es renoviert und den Ausblick genießt, im Sommer auf der Terrasse grillen würde, während die Kinder auf dem Rasen spielen ...«

Seine Augen füllten sich erneut mit Tränen. Jan Olof schluchzte, das Gesicht in den Händen vergraben. Erika musterte ihn besorgt. Was er da schilderte, klang wie sein eigener persönlicher Wunschtraum. Ein Traum, den er und seine Frau nicht hatten leben dürfen.

Es gab so viel im Leben des Paares, worauf Erika sich immer noch keinen Reim machen konnte. Sie gehorchten keinem Schema, waren nicht wie die anderen schwedischen Paare mit einem Haufen wilder Gören, zwei Autos und einer gewöhnlichen Arbeit, die sich freitags auf dem Sofa vor dem Fernseher zusammenscharten, Tacos mit Avocadodip aßen, Wein aus dem Dreiliterkarton tranken und darauf sparten, einmal im Jahr nach Thailand reisen zu können, oder ein Boot in der Askimsviken besaßen.

»Dann sind Sie also am Ende Ihrer Ermittlungen?«, fragte er, sich plötzlich an Erika wendend. »Sie können nichts finden? Ist es hier zu Ende?«

Erika hatte große Lust, einfach zu nicken, hielt sich aber so gut es eben ging zurück. Er sollte die Frage selbst beantworten. Sie kannte die Antwort nicht.

Per stand währenddessen regungslos im Türrahmen zum Schlafzimmer. Er hielt sich im Hintergrund und ließ Erika das Gespräch mit Jan Olof führen. Er sah sich um. Die ganze Einrichtung des Hauses verströmte diskreten Luxus, war kostspielig und ausgesucht. Und so ordentlich, dass es fast schon pedantisch war. Kein Buch ragte aus dem Regal hervor, nicht ein Gemälde hing schief, keinerlei Papiere lagen offen herum. Doch trotz der akkuraten Ordnung strahlte das Haus Chaos aus, zeugte von Untergang und Verderben. Ein paar Schranktüren standen einen Spalt offen. Ein Anzug lugte hervor und war in der Tür eingeklemmt. Das Bett war ungemacht, wenn auch nur auf einer Seite. Der Überwurf war nachlässig zur Seite weggezogen worden, und das Betttuch war zerwühlt und sah aus, als wäre ein Mensch darin eingewickelt gewesen, der stark geschwitzt oder sich lange nicht darum gekümmert hatte, seine Bettwäsche zu waschen.

Per trat ans Bücherregal und fuhr über die Buchrücken, stieß aber auf nichts von Interesse. Er hörte Erikas gedämpfte Stimme aus dem Wohnzimmer und Jan Olofs einsilbige Antworten. Als Per sich umdrehte, blieb sein Blick an zwei Bildern mit gelackten Holzrahmen hängen, die hinter der Schlafzimmertür hingen. Sie sahen antik aus. Er lehnte sich vor. Ansprechende Fotos, die einen schönen, weichen und üppigen Frauenkörper zeigten, der ausgeklügelt mit dünnen Seilen gefesselt war. Er wich zurück und betrachtete die Aufnahmen genauer. Die Rahmen waren zwar antik oder zumindest alt, aber die Bilder schienen mit einer modernen Kamera gemacht worden zu sein …

Er verließ leise das Zimmer, lief den Flur hinunter und ging methodisch alle Zimmer durch. Nichts schien verändert worden zu sein, nichts erregte seine Aufmerksamkeit. Er öffnete die Treppentür und ging leise hinunter in die Garage. Eine feine Staubschicht hatte sich auf den kleinen Zweisitzer gelegt. Der dunkle Audi glänzte, wies an den Seiten jedoch Spuren von Lehm und Streusalz auf. Jan Olof scherte sich wohl nicht mehr um das Aussehen seines Wagens.

Per schob vorsichtig die Tür zum Kellerraum auf. Er ließ seinen Blick über die Regale an den Wänden schweifen, auf denen beschriftete Umzugskartons standen. Daneben befanden sich Gartenzubehör, Kleiderstangen, Ski und ein Weihnachtsbaum aus Plastik, nackt, ohne Kugeln und Lametta. Weiter hinten standen eine Gefriertruhe und Regale mit

Konserven, Marmeladengläsern, leeren Gläser und Flaschen, die darauf warteten, gefüllt zu werden. Per warf einen Blick in die Truhe. Sie war bis zur Hälfte mit tiefgefrorenen Lebensmitteln in Plastikbeuteln gefüllt.

Er blieb einen Moment stehen, als die weiße Katze herangeschlichen kam, lächelte, ging in die Hocke und ließ das Tier um ihn streichen und an ihm schnuppern, um den Fremden zu untersuchen und ihre Reviermarkierungen zu setzen. Er strich über den gespannten Rücken und Schwanz der Katze, aber sie glitt unter seinen Fingern hindurch und schlich zur Kellerwand, wo sie rollende Drehbewegungen machte, die zum Schmusen aufforderten. Sie schmiegte sich an die Wand neben dem Regal und starrte Per mit kugelrunden grünen Augen an. Sie miaute auffordernd, rührte sich aber nicht von der Stelle. Per lockte sie mit einem freundlichen »Miez, Miez, Miez«, aber die Katze blieb davon unbeeindruckt und machte keine Anstalten, zu ihm zu kommen.

Als Per wieder das Wohnzimmer betrat, war Jan Olof ins Sofa gesunken und weinte hemmungslos. Erika saß neben ihm auf der Armlehne und hatte unbeholfen eine Hand auf seine Schulter gelegt. Sie warf Per einen hilflosen Blick zu. Er nickte.

»Sie hat mich verlassen, oder?«, schniefte Jan Olof. Unter seinen Händen waren die Worte kaum zu verstehen. Es klang, als würde er ertrinken.

»Sie hat mich verlassen … dabei dachte ich doch immer … ich … O Gott! Lieber Gott, hilf mir …«

Kapitel 60

Per stellte seinen alten BMW auf den Parkplatz, der noch genauso verlassen dalag wie beim letzten Mal. Erika hatte von der Spurensicherung die Erlaubnis bekommen, ihre Sachen aus Eskos Sommerhaus zu holen. Den ganzen Tag über hatten Krister, Anna und Einar Anderssons fröhliche Ehefrau Fahrida das neue Sommerhaus von Erika geputzt. Zuerst hatte Einar es ihr nur zur Miete angeboten, später hatte er es sich anders überlegt und ihr angeboten, es ihm für ein paar hunderttausend Kronen abzukaufen.

»Es ist für einen alten Menschen ein Elend, wenn er erkennen muss, dass er seinen Kindern tot mehr wert ist als lebendig«, hatte er mit scharfer Verbitterung in der Stimme gesagt. »Fahrida und ich wollen jetzt einfach das Leben genießen. Ich hätte nie gedacht, dass ich mich auf meine alten Tage noch einmal verlieben würde. Und jetzt, wo wir darüber nachdenken zu heiraten, steht auf einmal nur noch das Erbe im Mittelpunkt – und ihre neu hinzukommenden Söhne. Aber die wohnen ja noch nicht mal in Schweden, verdammt. Wenn sie das Haus kaufen würden, könnten die Gören sich mal über die wirklichen Werte im Leben Gedanken machen. Und wir könnten für das Geld auf Reisen gehen.«

Erika hatte zuerst gedacht, der alte Mann mache Scherze, aber so war es nicht. Er war furchtbar wütend und hatte nicht die geringste Lust, noch länger in dem Haus wohnen zu bleiben.

»Ich möchte hier nicht mehr den Sommer verbringen. Die ganze Gegend hier ist doch so'n verfluchtes Klondyke. Die neuen Nachbarn sind scheißvornehme neureiche Typen ohne einen Funken Verstand oder Manieren. Und wir sind die Heerscharen an Leuten leid, die ständig bei uns klingeln und uns damit in den Ohren liegen zu verkaufen. Alle Makler sind wie Anwälte. Ein jeder von ihnen kaut einem das Ohr ab.«

Erika hatte protestiert, der Preis sei viel zu niedrig, das Haus und vor allem das Grundstück seien viel mehr wert. Noch dazu habe sie keine Festanstellung, und die Banken hätten Besseres zu tun, als Geld an Leute ohne festes Einkommen zu verleihen, noch nicht mal ein paar hunderttausend Kronen. Aber Einar hatte nicht mit sich reden lassen. Sie sei schließlich Polizistin und mit der Frau des Architekten befreundet. Sie könne das Haus ja auch erst mal mieten, wenn sie knapp bei Kasse sei.

Als Pers guter Freund Esko zu Besuch kam, hatte er mit ihnen auf der Veranda in den ersten wärmenden Sonnenstrahlen Kaffee getrunken und dabei festgestellt, dass Einars altes Sommerhaus gar nicht so unansehnlich war wie befürchtet. Es musste nur mal gründlich geputzt und entrümpelt werden. Mit einem gewissen nostalgischen Glanz in den Augen hatte er es genauer unter die Lupe genommen und sogar alte Entwurfszeichnungen aus dem Liegenschaftsarchiv mitgebracht, die Aufschluss darüber gaben, wie das Haus Anfang der 70er Jahre ausgesehen hatte, als es erbaut worden war.

Lebhaft hatte er von möglichen Farben gesprochen, die sich hier draußen im Schärengarten gut machen und dem rauen Klima standhalten würden. Und hatte mit einem breiten Lächeln die Bemerkung in den Raum geworfen, dass man einen Schuppen ja immer ohne weiteres errichten und dann natürlich als Sauna nutzen könne. Etwas anderes war für ihn wohl unvorstellbar.

Jetzt gingen Per und Erika zusammen den tückischen Weg

entlang, der sich zwischen den Sträuchern und Felsen dahinschlängelte. Der Spaziergang und die Erinnerung daran, wie sie hier in der Dunkelheit in blinder Furcht vorwärtsgestolpert und geschlittert war, flößte ihr Unbehagen ein. Sie konnte immer noch den heftigen Schmerz spüren, als sie gestürzt war und sich immer wieder aufgerappelt hatte, sie sich das Gesicht an Zweigen und Wurzeln verletzt und ihre bloßen Füße von den spitzen Steinen wund gelaufen hatte. Und sie so lange gerannt war, bis sie sich in Sicherheit wähnte.

Als sie sich Eskos Sommerhaus näherten, sah sie, dass in der Küche des Muminmannes Licht brannte. Die Trolle standen grüppchenweise zusammen und schienen wachsam jede Bewegung zu verfolgen. Erika fragte sich, ob ihr Nachbar sie gelegentlich verrückte. Wann immer sie vorbeigegangen war, hatte sie das starke Gefühl gehabt, dass sie nicht mehr an derselben Stelle standen wie zuvor. Oder aber die Plastikwesen hatten ein geheimes Eigenleben.

Erika steckte den Schlüssel in die neueingesetzte Tür. Reste des blau-weißen Absperrbandes hingen immer noch in den Büschen neben dem Haus. Rasch packte sie die wenigen Habseligkeiten zusammen, die sie im Haus hatte zurücklassen müssen. Ein wenig Geschirr und Hausrat, Bettwäsche und Handtücher, ein paar Anziehsachen, den Kerzenleuchter, den Anna ihr geschenkt hatte, sowie Decken und Kissen. Per hob den ersten Karton hoch und ging voraus zum Auto.

Erika fing an zu kichern, als sie sah, dass die Techniker oder ihre uniformierten Kollegen die beiden Mumintrolle auf das Schuhregal gestellt hatten. Sie nahm eine runde Plastikfigur hoch und schüttelte sie liebevoll, so dass die Schellen im Bauch des Trolls erklangen. Sie entschied sich dafür, sie ihrem Nachbarn zurückzugeben. Vielleicht könnte sie ja sogar noch weitere Mumins für ihn auftreiben.

Plötzlich ließ ein Luftzug die Tür zufallen. Erika schoss in die Höhe und blickte zum Fenster in der anderen Zimmerecke, sah aber nur ihr eigenes Spiegelbild in der blanken Fensterscheibe. Draußen herrschte inzwischen diffuse Dunkelheit. Sie schluckte hart, lauschte. Mit einem Mal war es unangenehm still. Plötzlich huschte ein Schatten am Fenster vorbei. Erika zuckte heftig zurück, verlor das Gleichgewicht, suchte Halt, fiel aber rückwärts zu Boden. Ohne die Tür aus den Augen zu lassen, blieb sie sitzen. Draußen rührte sich nichts. Keuchend, während ihr das Herz bis zum Hals schlug, zog sie sich in die Hocke hoch. Vorsichtig lehnte sie sich zu dem schmalen breiten Fenster vor und lugte über den Rand der Fensterbank. Der Wind war stärker geworden, und die Äste der Bäume schwankten. Wolken jagten über den Himmel. Da fiel ihr Blick auf den Umzugskarton, der verlassen auf dem Weg stand.

»Nein, um Himmels willen, nein!«, schrie sie, riss die Tür auf und wurde von einer Windbö erfasst, die ihr für einen Moment den Atem raubte. Sie starrte auf den Weg, zur Klippe und dem Zaun des Muminsammlers. Doch alles, was sie im flackernden Licht ausmachen konnte, war der einsame Pappkarton, der mitten auf dem Weg stand. Mit einer schnellen Bewegung drehte sie sich um und erklomm hastig die Steinstufen hinter dem Haus. Sie kniff die Augen zusammen, um im Dunkeln besser sehen zu können, und ihr Blick fiel auf den Spaten, der an der Hauswand lehnte. Ihn fest umklammernd, ging sie wieder hinunter zum Weg.

Ein Schrei drang durch den Wind, Erika starrte in die Richtung, aus der er gekommen war. Dort, wo der Weg in die Klippe überging, neben dem Zaun des Trollsammlers, stand eine kräftige massige Gestalt und schlug besinnungslos auf etwas ein, das sie nicht erkennen konnte. Erika schrie auf und stürzte hin. Sie warf sich gegen den breiten Rücken und zielte mit dem Spaten auf Görans Nacken, glitt jedoch aus und traf ihn nur mit einem flüchtigen Schlag am Rücken. Der Spaten wurde ihr aus der Hand gerissen und flog in hohem Bogen beiseite. Göran richtete sich mit einem Brüllen auf und schüttelte Erika mit einer brutalen Bewegung ab, als ob er ein störendes Insekt fortscheuchte. Erika ging zu Boden. Hinter ihr fiel steil die Klippe ab, doch es gelang ihr, sich wieder hochzurappeln. Sie nahm Anlauf und richtete den Oberkörper auf Görans Beine, rammte ihn auf Kniehöhe mit der Schulter, spürte etwas knacken, brachte ihn jedoch dazu, das Gleichgewicht zu verlieren.

Göran fluchte laut, warf sich herum und packte mit einem harten Griff ihren Oberarm. Seine Finger gruben sich in ihre Armmuskeln, und vor Schmerzen brach ihr kalter Schweiß aus. Mit einer einzigen Bewegung schleuderte Göran sie von sich, den steinigen, kiesigen Weg hinunter. Erika flog durch die Luft und dachte gerade noch, dass es gutgehen würde, bevor sie aufschlug. Gelähmt vor Schmerz, der jede Luft aus ihren Lungen weichen ließ, sah sie, wie Göran sich wieder Per zuwandte, der am Boden lag.

Es gelang Erika, sich vorsichtig aufzurichten. Sie sah, wie die Schläge mit einer Kraft und einer Wut auf Per hinabhagelten, die nur aus einem zutiefst verzweifelten Menschen kommen konnten. Dann rollte sich Per blitzschnell zur Seite. Göran verfehlte sein Gesicht, und seine Faust traf auf Stein. Er brüllte vor Schmerz und Wut. Per wollte sich gerade aufrichten, als Göran eine Pistole seitlich an seinen Hals drückte. Per hielt inne und sah zu Göran hoch. »Du warst das also«, schrie Göran. »Du verfluchter … Ich hab geschworen, dass ich dir jeden verdammten Knochen im Leib brechen würde. Weißt du noch?«

Per rührte sich nicht und fixierte Görans Gesicht. Da hörte Erika, wie Göran die Waffe entsicherte. Sie tastete fieberhaft mit den Armen nach vorne, um sich hochzudrücken, rutschte aber nach hinten weg. Sie spürte, dass sie kurz davor war, sich zu erbrechen.

»Ich hätte dir schon damals die Knochen brechen sollen«, brüllte Göran heiser. »Auf die Knie, und dann sprich ein letztes Gebet, du verfluchter Abschaum. Du hättest meine Frau nicht angrabschen sollen, du …«

Per machte eine blitzschnelle Bewegung und wollte gerade Görans Beine packen, als ein Schuss abgefeuert wurde.

Kapitel 61

Plötzlich blieb der Hund wie erstarrt stehen und witterte etwas. Seine Schnauze zeigte Richtung Meer. Den großen Körper überlief ein Zittern.

»Nein, Gandalf, wir wollen heute nicht ans Meer, dafür ist es jetzt zu dunkel. Und zu glatt«, fügte er hinzu, während sein Blick über den bewaldeten Grat schweifte.

Er lauschte. Bis auf das Geräusch des Windes, der unregelmäßig und stoßweise blies, war nichts zu hören. Die Luft war kalt und klamm, roch nach Erde und brackigem Meerwasser, vermutlich von der flachen Bucht am Smithen. Der Wasserstand war in den letzten vierundzwanzig Stunden gestiegen, ein stetiger auflandiger Wind drückte gegen die Küste, so dass sich das Wasser auf das Eis geschoben und den Boden aufgeweicht hatte.

Liebevoll betrachtete er seinen Schäferhund. Der Wind strich durch das dichte Nackenfell des Rüden; sein unförmiger Kopf hing leicht herab, während er die Ohren spitzte. Ein Ohr stand vom Kopf ab. Er war kein Schmuckstück, mit dem man auf Hundeausstellungen Preise gewinnen konnte, ihm aber seit vielen Jahren ein guter Kamerad. Seine großen Pfoten krallten sich angespannt in den Fels. Gerade als Lennart etwas energischer an der Leine ziehen wollte, um den Weg nach Hause einzuschlagen, zog der Schäferhund kräftig und stemmte sich gegen den felsigen Untergrund, so dass es unter seinen Pfoten knirschte. Lennart geriet ins Schwanken, fand aber sein Gleichgewicht wieder und machte ein paar stolpernde Schritte hinter seinem Hund her, bevor er protestieren konnte.

»Gandalf, du alter Narr, was hast du denn jetzt schon wieder entdeckt?«, seufzte er und ließ den Hund ziehen, war er doch selbst ein klein wenig neugierig geworden. Vielleicht war es ein Reh, eines von denen, die immer seinen Garten verwüsteten. Er sollte mal wieder ein Gespräch mit seinem Freund aus der Jagdgesellschaft führen, ihm ein wenig mehr damit in den Ohren liegen, sie mussten wirklich ein paar von ihnen abschießen. Oder war es vielleicht ein Maulwurf? Das würde erklären, warum in dem Laub, das er so sorgfältig zu Haufen aufgeschichtet hatte, keine Igel waren.

Er folgte dem Hund hinauf auf die Klippe, der jetzt hart an der Leine zog, und ließ die schmale Fahrstraße hinter sich. Da blieb das Tier plötzlich stehen, sein Fell sträubte sich, und ein Knurren drang tief aus seiner Kehle.

Vor ihnen auf der glatten Klippe sah er zwei Männer. Einer lag auf dem Boden, der andere lehnte sich über ihn und schlug besinnungslos auf ihn ein. Lennart befahl dem Hund zu gehorchen.

»Sofort aufhören!«, rief er mit ganzer Kraft, aber keiner der Männer schien zu reagieren.

Da wurde ein Schuss abgefeuert, streifte klirrend über den Boden und pfiff an einem rotgestrichenen Zaun vorbei. Der Schuss hallte übers Meer. Lennart verlor beinahe den Halt, als ihm klar wurde, was passiert war. Mit einem Mal dachte er mit Grauen an den Tag vor einigen Jahren, als eine Bande unten an der Badestelle weit draußen auf Näset mit einer anderen Bande abgerechnet hatte, am helllichten Tag, zwischen badenden Familien mit Kindern. Das durfte nicht wahr sein. Nicht hier, nicht schon wieder.

Gandalf knurrte tief und begann plötzlich zu kläffen.

Göran sah überrascht auf und musterte misstrauisch den älteren Mann, der mit einem strubbeligen Schäferhund an der Leine weiter oben auf der Klippe stand. Der Hund kläffte und fletschte die Zähne.

»Ich rufe die Polizei«, fügte der Mann mit bedeutend weniger Kraft in der Stimme hinzu. Er hielt das Mobiltelefon hoch.

»Du rufst niemanden, Alter«, presste Göran zwischen den Lippen hervor und richtete die Waffe warnend auf den Mann am Boden. Lennart bebte so, dass ihm fast das Telefon aus der Hand gefallen wäre. Der Hund riss und zerrte an der Leine. Lennart streckte langsam die Hand mit dem Handy aus, hielt es deutlich in die Höhe und legte es vorsichtig vor sich auf den Boden. Der Hund machte einen jähen Satz nach vorne, und der Mann schlug mit den Knien auf dem Fels auf. Er schrie vor Schmerz auf, konnte die Leine jedoch halten und den Schäferhund daran hindern anzugreifen.

Erika kroch über den Boden auf Pers Körper zu, der auf dem Fels zusammengesunken war und sich nicht rührte. Doch bevor sie ihn erreichen konnte, packte Göran sie an den Haaren und zog sie brutal zu sich hoch. Sie fuchtelte mit den Armen und trat um sich, baumelte aber frei über dem Boden schwebend in seinem festen Griff. Sie weinte vor Schmerzen.

»Und jetzt kommst du mit mir, mein Schatz«, presste er zwischen den Zähnen hervor.

Kapitel 62

Erika rang nach Luft, konnte sich aber kaum bewegen. Langsam ließ Göran den schwarzen Gegenstand an ihrer Wange entlanggleiten und drückte ihr dann die Pistolenmündung in den Mund. Sein Arm umschlang sie wie ein Schraubstock, und er drückte sie gegen sich. Wenn er abdrückte, würde die Kugel ihren Schädel zerschmettern und durch Görans treten. Sie würden durch dieselbe Kugel sterben. Sie begann unkontrolliert zu zittern.

»Hau ab, Alter!«, schrie Göran dem Mann zu, der schluchzend auf allen vieren kauerte, die Hundeleine um die Hände gewickelt, um den Rüden daran zu hindern anzugreifen. Einen flüchtigen Moment sah Göran den Mann auf etwas hinter ihm starren, schaffte es jedoch nicht rechtzeitig zu reagieren.

Per blinzelte durch einen Schleier von Blut und Tränen. Er hatte sich im letzten Moment zur Seite gerollt, so dass der Schuss ihn irgendwo auf Schulterhöhe durchschlagen hatte. Es war, als ob ein Feuerball ihn von innen heraus verzehren würde. Sein Blickfeld war eingeschränkt, und alles, was er sah, war verschwommen und flimmerte. Göran und Erika zeichneten sich wie Silhouetten vor ihm ab, die hinter einer unebenen Glasscheibe standen.

Just in dem Moment bemerkte er den großen dunklen Schatten, der hinter Göran anzuwachsen schien. Aus Pers Perspektive sah es ganz so aus, als ob Leben in den Fels geraten war. Der steinerne Riese hob den Arm und schlug mit einer so brachialen und gleichzeitig ruhigen und zielgerichteten Kraft auf Göran ein, wie Per es noch nie gesehen hatte. Göran stürzte zu Boden. Als Per sich erhob, sah er, dass der

Goliath Göran mit der bloßen Faust niedergestreckt hatte. Sein Körper lag wie ein Fleischberg auf der Klippe; der große Mann saß auf ihm.

»Ich habe ihn schon früher hier gesehen … er wollte ihr Böses tun.«

Der Mann zeigte auf Erika, die auf dem Fels neben ihm auf die Knie gesunken war. Ein schiefes Lächeln breitete sich auf seinem grobschlächtigen Gesicht aus.

»Er soll jetzt die Polizei anrufen«, sagte der Riese und deutete auf Per.

Per nickte und unternahm einen unbeholfenen Versuch, mit dem unverletzten Arm sein Handy aus der Tasche zu ziehen, aber die Schmerzen zerrissen ihn, und um ihn herum wurde alles weiß und fransig, und die Stimmen klangen dumpf und schienen von weit her zu kommen. Angenehme Stille umfing ihn.

Als Per wieder die Augen öffnete, lag er auf etwas Festem, und es roch nach Chemikalien und Abgasen. Mühsam drehte er den Kopf und sah geradewegs in Torbjörns helle Augen. Er schaute Per grimmig an, drückte den Kautabak mit der Zunge an den Gaumen, nickte und lächelte gleich darauf breit. Per schloss die Augen und atmete erleichtert auf.

Als er vorsichtig den Kopf zur anderen Seite drehte, begegnete ihm Erikas glasiger Blick. Sie stützte sich auf einen Ellenbogen, wurde von einem der Rettungssanitäter im Krankenwagen scharf zurechtgewiesen, weigerte sich aber zu gehorchen und streckte ihm ihre Hand entgegen. In ihren verfilzten und blutverklebten Haaren hingen Schmutz und Zweige. Die Tränen hatten in ihrem Gesicht lange Streifen hinterlassen, und ihre Wimperntusche bildete Ränder unter ihren Augen.

Er nahm ihre Hand in seine. Per atmete schwer und bemüht. Er versuchte ein Lächeln, wusste aber nicht, ob es ihm geglückt war. Einer seiner Finger stand in einem seltsamen Winkel ab. Seine Schulter schmerzte höllisch, und als er vorsichtig darübertastete, war er es, der von dem Sanitäter scharf ermahnt wurde.

»Wir müssen aufhören, immer so handgreiflich zu werden«, murmelte Per und sah Erika aus einem zusammengekniffenen Auge an. Er verspürte ein Verlangen zu lachen. Als ihr Gesicht wieder klarere Konturen bekam, sah er, dass sie lächelte.

Kapitel 63

»Du wirst es nicht glauben!«

Aleks platzte ohne anzuklopfen in Pers Büro. Per zog die Augenbrauen hoch und warf seinem Kollegen einen fragenden Blick zu. Es kam selten, ja, beinahe nie vor, dass Aleks etwas so bewegte, dass er eine Form von Aufregung erkennen ließ. Per verzog das Gesicht, als er vorsichtig auf den Stuhl zurücksank, und guckte missgelaunt auf seine linke Hand hinunter. Sie war bandagiert, der Ringfinger geschient, und seine linke Schulter war an seinem Rumpf fixiert. Der Schuss, den Göran abgefeuert hatte, war geradewegs durch den Schultermuskel hindurchgegangen. Es war nur eine Fleischwunde, nichts weiter.

»Was soll ich denn eurer Meinung nach zu Hause tun?«, hatte Per gegrummelt, als er sich nicht krankschreiben lassen wollte. »Streichen kann ich nicht, schleifen kann ich nicht, Sport treiben nicht, …«

»Bumsen«, hatte Torbjörn mit einem boshaften Lächeln ergänzt.

Per deutete auf seinen Besucherstuhl. Aleks ließ sich drauffallen.

» DHL, Per – sie haben Barbros Handy gefunden. Es hat in einem Päckchen gesteckt, das mit DHL versandt worden ist. An eine Adresse in Manhattan. Aber es wurde nie abgeholt. Da führt uns jemand an der Nase herum!«

»Was?« Per sah seinen Kollegen einen Moment lang an, bevor ihm dämmerte, dass dies nicht wieder einer von Aleks' üblichen Scherzen war. Per versuchte die Information zu verarbeiten. Sein Kopf weigerte sich.

»Das erklärt auch, warum sie auf keiner Passagierliste zu finden war.«

Aleks sah beinahe so aus, als würde er sich dafür schämen, dass er das Rätsel nicht schon viel früher gelöst hatte.

»Das Telefon ist offensichtlich als Päckchen im Rumpf eines Passagierflugzeugs gelandet«, fuhr er fort. »Es hat sich ins nächstbeste Netz eingeloggt, nachdem es auf Reisen gegangen ist, und eine Spur gelegt, der wir gefolgt sind. Damit wir glauben sollten, dass die Gute ihre Siebensachen genommen hat und in die Staaten abgedampft ist. Aber anscheinend ist sie nie dort gewesen, nur ihr Handy.«

»Jemand hat das eingeschaltete Mobiltelefon in die USA geschickt«, wiederholte Per und betonte jedes Wort. »Wann wurde das Päckchen denn aufgegeben, ließ sich das feststellen?«

»Am vierten Januar, mein Freund, am vierten Januar«, sagte Aleks mit besorgter Miene.

Kapitel 64

Erika parkte den Wagen vor dem Haus auf dem Trollåsen, zum wievielten Mal wusste sie nicht. Aleks hatte ihr angeboten, sie zu begleiten, aber sie hatte ihm angesehen, dass er weder Lust noch Zeit dazu hatte. Im Grunde war es ja auch kein richtiges Verhör, vielmehr eine Unterredung. Jan Olof wollte sich bei ihr bedanken, wie er gesagt hatte. Und der einzige Grund, den sie hatte, um hinauszufahren, war, ihm zu erzählen, dass die Ermittlungen nun endgültig eingestellt wurden. Und das wollte sie ihm persönlich sagen, nicht am Telefon.

Sie stand mit gemischten Gefühlen auf der Treppe, klopfte, verspürte aber Erleichterung, als Jan Olof öffnete und ihr eines seiner seltenen Lächeln schenkte. Er schien nüchtern zu sein, war aber noch immer blass und ausgezehrt. Und ungeheuer deprimiert. Sie setzten sich in das lichtdurchflutete Wohnzimmer. Ein Holzscheit knackte gemütlich im Kamin, und die weiße Katze lag auf der Armlehne eines Sessels und schlummerte in der Wärme.

Jan Olof servierte ihr Tee und frisch gebackene Scones mit Butter und Marmelade. Er sagte nicht viel, ein paar Worte über das Wetter, dass es bald heller werden würde. Sie nippte an dem heißen Getränk, nahm sich von den warmen Scones und strich Butter darauf.

»Jetzt ist es also vorbei?«, sagte Jan Olof plötzlich und sah Erika an. Er wirkte gefasst.

»Ja, wir haben nichts weiter gefunden.«

»Hat ihr Handy, das Sie in den USA geortet haben, den Ausschlag gegeben?«

»Ja. Und dass wir keine Spur von Ihrer Frau finden können. Wir nehmen also an, dass sie untergetaucht ist.«

Jan Olof nickte nachdenklich. Dann lächelte er, ein hintergründiges schmallippiges Lächeln.

»Aber Sie haben lange Zeit etwas anderes vermutet, oder?«

Erika richtete sich auf und warf ihm einen schnellen Blick zu, sagte aber nichts. Er hatte recht. Aber sie wusste trotzdem nicht, worauf er hinauswollte. Sie hatte ganz sicher keine Lust, ausgerechnet mit ihm den Verdacht gegen ihn zu erörtern. Dass sie von Anfang an der Ansicht gewesen war, dass am Verhalten des Paares irgendetwas seltsam war, und sie ein unbestimmtes Gefühl gehabt hatte. Auch nicht, dass Jan Olof nicht ganz so hilflos war, wie er zu sein vorgab. Und dass seine Eifersucht und seine unglaubliche Fixiertheit auf seine Frau nicht gesund waren. Zwei einsame Menschen, die kaum Kontakt zu anderen pflegten, die sich ganz dem anderen widmeten, sich aneinander klammernd und abhängig voneinander. Was würde geschehen, wenn einer von ihnen ausbrechen wollte? Wenn einer von ihnen jemand anderes war, als er oder sie den Anschein erweckte?

»Sie sind eine kluge Frau, Erika, sehr klug.«

Jan Olof lächelte und nippte an seiner Teetasse, den Blick in die Ferne gerichtet.

»Ich habe es schon früher gesagt und sage es nun noch einmal. Ich bin unglaublich dankbar für Ihre Unterstützung. Dass Sie sich so um mich und meine Ehefrau gekümmert haben. Das haben längst nicht alle getan, will ich Ihnen sagen. Sie sind wohl die Einzige, die mich verstanden hat, wirklich verstanden.«

Jan Olof lächelte ein schwaches und zugleich kaltes Lächeln, das Erika nach Luft schnappen ließ. Es war ein Lächeln, das sie noch nie zuvor an ihm gesehen hatte. Sie schluckte ihren Tee hinunter und hatte einen bitteren Geschmack im Mund. Sie spürte das Gewicht der Dienstwaffe an der Seite, bezwang jedoch den Impuls, sich zu vergewissern, ob sie noch da war. Plötzlich traf sie die Erkenntnis wie ein Hieb in die Magengrube. Sie schluckte angestrengt den Bissen Scones mit Orangenmarmelade hinunter und spürte, wie sich das Zimmer um sie drehte. Jan Olof fuhr mit monotoner Stimme fort und gönnte ihr kaum einen Blick.

»Ich habe Seiten aus einem Tagebuch erhalten. Die offensichtlich von Barbro stammten. In einem Umschlag an meine Büroadresse, direkt nach Weihnachten. Anonym. Ich wusste nicht, dass sie Tagebuch führte. Sie hat mir nur erzählt, dass sie als Kind Tagebuch geschrieben hat, als sie noch sehr klein war. Aber ich wusste nicht, dass sie es immer noch tat.«

Jan Olof räusperte sich, machte den Rücken gerade und suchte Erikas Blick. Das eiskalte Lächeln kehrte zurück.

»Zum ersten Mal in meinem Leben begriff ich, dass ich sie nie richtig gekannt hatte. Dass ich nicht wusste, wer diese Frau eigentlich war. Wie kalt und berechnend sie sein konnte, und wie sehr sie mich liebte und gleichzeitig verachtete … Dass sie mich seit vielen Jahren betrogen hatte und in andere Männer verliebt war. Sie mich aber zugleich, auf irgendeine komische Weise, nicht aufgeben wollte. Meine ganze Welt brach zusammen. Ich bin vollkommen durchgedreht.«

Jan Olof machte eine erläuternde Geste. »Da habe ich mich entschieden …«

Er sah geradewegs in Erikas Augen, mit einem Blick, der kälter als Eis war. Er sprach weiter.

»Sie sollte ihre Seite des Versprechens halten, dass sie eingegangen war, als wir geheiratet haben. In guten wie in schlechten Tagen, bis dass der Tod uns scheidet.« Er lehnte sich vor und umfasste Erikas Arm; seine knochigen Finger gruben sich in ihr Fleisch.

»Ich war sogar bereit, ihr zu verzeihen, wissen Sie. Ein Auge gegenüber ihren Eskapaden zuzudrücken, wenn sie nur bei mir bleiben würde. Es war sogar so, dass mir klar wurde, dass ihre Abenteuer unserer Beziehung guttaten. Ihr mehr Leidenschaft, mehr Würze verliehen. Da beging sie einen kapitalen Fehler.«

Er nickte bekümmert, wie um seinen eigenen Worten Nachdruck zu verleihen. Der Griff um Erikas Arm löste sich.

»Sie sagte mir, dass sie sich scheiden lassen wollte, dass sie einen anderen kennengelernt habe und heiraten wollte. Dass sie mich verlassen wollte – für immer.« Er schüttelte betrübt den Kopf und wandte sich erneut an Erika, sah ihr tief und verschwörerisch in die Augen.

»Ich hätte Ihnen beinahe alles erzählt, schon mehrfach stand ich kurz davor, wissen Sie.«

Er strich ihr zärtlich über den Arm.

»Ich habe mich so allein gefühlt, obwohl ich ja noch Barbro hatte. Und Sie haben mir zugehört …«

Erika keuchte auf, versuchte etwas zu sagen, aufzustehen oder den Arm zu heben, konnte sich aber nicht rühren. Ihr ganzer Körper war wie gelähmt. Sie sank tiefer ins Sofa, ihre Teetasse fiel auf den Teppich, und eine Lache, so dunkel wie Blut, breitete sich langsam aus. Sie starrte Jan Olof wütend und fassungslos an, der ihre zornigen Blicke mit einem zärtlichen, zufriedenen Lächeln erwiderte.

»Ja, ich kann verstehen, dass Sie nun enttäuscht von mir sind, Erika. Aber alles wird gut werden, das verspreche ich.«

Kapitel 65

Per steckte den Kopf in Aleks' Büro.

»Wo ist Erika?«

Aleks hob den Kopf, lächelte entwaffnend und fuhr sich mit der Hand durchs Haar, eine kokette und vollkommen unnötige Geste, weil seine Haare sich sowieso wieder so in Form legten, wie er sie morgens gestylt hatte. Er machte eine nachdenkliche Miene, die sich jedoch glättete, als Per lautstark seufzte.

»Okay, okay«, grummelte Aleks. »Sie ist zu dem gehörnten Ehemann nach Trollåsen gefahren. Er wollte sich wohl etwas von der Seele reden. Und sie hat nun mal Mitleid mit solchen Gestalten, wollte ihm persönlich sagen, dass die Ermittlungen eingestellt werden«, grinste Aleks unbekümmert.

»Allein?«

»Ja, allein, dieses sture Norrlandsfrauenzimmer. Ich habe ihr sogar angeboten, sie zu begleiten, aber wir haben ja auch noch anderes zu tun und so ...«

Ein breites Lächeln erhellte sein ganzes Gesicht. Per runzelte die Stirn, zuckte die Schultern und ging zurück in sein Büro. Er setzte sich und legte die Füße auf den Schreibtisch. Erik kam mit einer Katzenbox, der in seiner Hand baumelte, hereingestürmt. Ungeniert stellte er den Plastikkasten auf Pers Schreibtisch ab, nahm Platz und gab ein Stöhnen von sich.

»Jetzt, sag ich dir, heißt es Endstation Tierarzt für diesen Herrn.«

Erik machte eine Geste, als ob er jemandem die Kehle durchschneiden wollte, lächelte dann aber, um seinen Worten die Schärfe zu nehmen.

»Nein, verflixt noch mal, er wird nur kastriert. Sonst zieht der Herr noch raus nach Backadalen und tut das, wonach ihm der Sinn steht, und mir sind Ahmed und Mohammed auf den Fersen, die Unterhalt von mir verlangen«, gluckste er.

»Er sitzt an der Tür und miaut wie ein Wahnsinniger! Hat sogar angefangen, sich an die Türklinke zu hängen. Jetzt reicht's!«, sagte er und zwinkerte fröhlich dem Kater in der Transportbox zu.

Nach ein bisschen Smalltalk über Wind und Wetter und Pers bevorstehende Turniere in Japan, sauste Erik wieder hinaus.

Per starrte aus seinem Bürofenster, auf eine grauweiße Wand. Draußen rasten die Autos im Regen vorbei. Jetzt dürfte es aber mal endlich Frühling werden! Er ließ den Blick zurückschweifen, über die Papierstapel auf seinem Tisch. Die papierlose Gesellschaft – not yet. Er lehnte sich zurück, ließ seine Gedanken wandern – hinaus zur Villa nach Askim. Was hatte sie sich nur dabei gedacht? Aber sie hatte ja schon die ganze Zeit Sympathie für den armen Teufel verspürt. Die Landschaft zog an seinem inneren Auge vorbei, Momentaufnahmen in rascher Folge. Bilder des Hauses, der Zimmer, der Möbel, der Bücherregale und der persönlichen Dinge. Dann kam ihm die Erinnerung an die beiden Fotos, die er im Schlafzimmer des Paares Olofsson gesehen hatte – erotische, ungewöhnliche und ausgesuchte Bilder. Shibari. Er war sich sicher.

Seltsam. Obwohl vielleicht nicht seltsamer als seine Regalmeter über Budo. Und Shibari. Er sah die ordentlichen und dennoch schmutzigen Zimmer vor sich, den nackten Kellerraum, in dem die Katze umhergeschlichen war.

Per erstarrte. Die Katze? Er sah die weiße Katze leibhaftig vor sich. Wie sie die Stelle markiert hatte, ihm gezeigt hatte … Per gingen sämtliche Flüche, die er kannte, durch den Kopf, als er den Flur hinunter zu Torbjörns Büro stürmte und die Tür aufriss.

Kapitel 66

Rote und weiße Punkte schwebten im Weltraum, dann war alles schwarz, etwas zog sie nach unten. Erika keuchte und versuchte krampfhaft, die Augen zu öffnen. Um sie herum drehte sich alles, und die Übelkeit, die sie verspürte, ließ sie erneut die Augen schließen. Sie zog die Nase hoch und versuchte zu atmen. Mühsam schnappte sie nach Luft und spürte Spucke auf ihrem Kinn. Da stellte sie fest, dass sie nur durch die Nase atmen konnte und ihr Gesicht auf etwas Weiches gebettet war. Panik erfasste sie, sie stöhnte auf und versuchte sich aufzurichten.

»Wenn ich du wäre, würde ich das nicht tun«, sagte eine heisere Stimme neben ihr. Erika blinzelte. Alles war verschwommen und verhangen. Abermals schloss sie die Augen und merkte unter zunehmendem Entsetzen, dass sie gefesselt war. Schmale Riemen übten Schmerzen und Druck auf ihren Körper aus. Etwas Weiches, Dickes war in ihren Mund gestopft. Sie schlug die Augen wieder auf, und allmählich kehrte ihre Sehvermögen zurück. Als sie sich in einem großen Spiegel sah, schluchzte sie auf.

Das Bild, das sich ihr bot, glich einem bizarren Gemälde. Sie wusste, dass das ihr Körper war, aber er lag in einer so eigenartigen Stellung, dass sie vielmehr einem Krebs glich. Sie lag auf dem Bauch. Nackt. Arme und Beine waren hinter ihrem Rücken zusammengebunden. In ihrem Mund war ein schwarzer Ball, der an einer Art Trense befestigt war, die um ihren Kopf verlief. Die Riemen waren schwarz und schmal. Was sie jedoch vor Todesangst schluchzen ließ, war die Schlinge, die um ihren Hals lag und mit den Füßen verbunden war, die schmerzhaft über ihren Rücken nach oben gebogen waren.

Sie mühte sich ab, den Kopf gerade zu halten, ohne die Beine zu bewegen. Ein Schenkelmuskel zitterte, und sie spürte, dass sich ein Krampf ankündigte. Schnell ließ sie den Blick durch den Raum schweifen, ohne den Kopf zu bewegen. Sie zuckte heftig zusammen und spürte, wie der Ruck sich in ihren Hals fortpflanzte und der Riemen strammer gezogen wurde. Unmittelbar vor ihr, an der Wand, saß eine Frau.

Sie trug einen beigefarbenen Mantel, braune Handschuhe und ein gemustertes Kopftuch aus glänzender Seide. Als Erika ihre Atmung wieder unter Kontrolle gebracht hatte, sah sie, dass die Frau vollkommen still saß. Ihre Augen blickten starr und waren unnatürlich blau. Ihr Mund war kräftig mit rotem Lippenstift geschminkt und stand weit offen, als ob er in einem erschrockenen O erstarrt wäre. Nach einem Moment wurde Erika klar, dass es eine Gummipuppe war, nicht Barbro. Sie hatte braune Augen, keine blauen.

Erika versuchte krampfhaft festzustellen, wo sie sich befand. Der Raum wirkte nüchtern und unmöbliert, wie ein Kellerraum. Eine seltsame Stille herrschte. Nur ein schwaches Rauschen war zu vernehmen, das wohl von einer Klimaanlage stammte. Und ein dumpfes monotones Brummen, es klang wie der Kompressor eines Kühlschranks.

Als Jan Olof sich mit einer ruhigen, fließenden Bewegung neben sie auf das Bett setzte, brach sie in Tränen aus. Er streichelte ihr zärtlich übers Haar und zeigte ein strahlendes, hochzufriedenes Lächeln.

»Wenn du versprichst, ein braves Mädchen zu sein, kann ich den Knebel aus deinem Mund nehmen.«

Sanft strich er ihr eine Haarsträhne aus der Stirn. Sie rührte sich nicht, schnaubte und versuchte das Weinen zu dämpfen, das aus ihrer Kehle dringen wollte. Vorsichtig lockerte Jan Olof das Mundstück und zog den Gummiball aus ihrem Mund. Erika weinte offen, als der Druck nachließ; Rotz tropfte auf den Bettüberwurf.

»Ja, das ist wirklich alles traurig. Wie unsere Leben sich entwickeln. Was wir einander antun«, sagte er gedehnt mit geistesabwesender Stimme. »Aber manchmal bleibt einem keine Wahl. Oder?« Jan Olofs schmale Finger streichelten gedankenverloren ihren Kopf; er wickelte sich ihre Locken um die Finger.

»Gefällt sie dir?«, fragte er mit einem Lächeln und nickte zur Puppe hinüber. Erika schloss und öffnete die Lider als Antwort. Jan Olofs Gesicht erhellte sich.

»Ja, sie ist ziemlich gut geworden, muss ich sagen.«

Er gluckste amüsiert, verstummte aber rasch wieder und versank ins Grübeln.

»Ich war außer mir vor Wut auf Barbro«, fuhr er mit heiserer Stimme fort.

»So außer mir, dass ich sie beinahe getötet hätte. Ich habe ihr ein Kissen aufs Gesicht gedrückt, als sie gefesselt war. Sie hat es geliebt, beim Sex gefesselt und unterworfen zu werden. Aber im letzten Moment hab ich mich eines Besseren besonnen. Ich wollte nicht, dass sie starb. Wollte nur, dass sie bei mir blieb, die meine blieb, so wie immer. Also habe ich sie hier eingesperrt.«

Jan Olof drehte sich langsam zur Puppe, die hinter ihm an der Wand lehnte. Mit träumerischer Stimme fuhr er fort.

»Ich erkannte, dass ich es so aussehen lassen müsse, als ob sie abgehauen sei, mich verlassen hätte. Das hatte sie ja auch vorgehabt. Und was eignete sich besser, um eine Flucht vorzutäuschen, als der Besuch bei ihren Eltern? Ein Problem waren nur die Überwachungskameras, die heutzutage überall installiert sind. Und da kam mir der Gedanke, dass ich Klein-Barbro Barbros Sachen anziehen könnte.«

Erika schloss die Augen und verfluchte sich selbst. Sein Plan war so kindisch und naiv, dass es funktioniert hatte. Sie hatten das Theater geschluckt. Langsam drehte sich Jan Olof wieder zu Erika um. Er lächelte diabolisch und streichelte sanft ihre Haare, glitt mit einem Finger die Wange hinab, strich in einer langsamen Erkundung weiter. Er verharrte an ihrem Mund und steckte ihn in ihren Mundwinkel, zog leicht daran. Dann ließ er los. Mit einem Mal wirkte er unendlich müde. Erikas Puls schoss in die Höhe.

»Ja, Erika, meine hübsche blonde Freundin ... ich hab gesoffen wie ein Loch, das habe ich – aber nicht ständig. Und nicht so viel, wie alle dachten.«

Jan Olof lehnte sich auf die Ellenbogen zurück. Das Bett neigte sich auf seine Seite, und die Stellung, in der sie lag, veränderte sich. Sie keuchte auf, als sich die Schlinge um ihren Hals spannte. Nicht eine Sekunde zweifelte sie daran, dass der Riemen zwischen ihren Füßen und ihrem Hals nur eine Zugrichtung kannte. Mit jedem bisschen Widerstand, den sie leistete, würde sich die Schlinge fester um ihren Hals ziehen – doch nie nachgeben.

»Es ist schon komisch, wie leicht die Menschen hinters Licht zu führen sind, nicht?«, fuhr Jan Olof monoton fort, als führte er Selbstgespräche. »Das muss euch ja häufig durch den Kopf gehen. Wie verflucht naiv wir sind – auch du. Und ich.« Er sah Erika fragend an und nickte dann grimmig.

»Noch nicht einmal Ingemar, der mich ja in- und auswendig kannte, hat es begriffen. Und die Nachbarn ...« Er lachte amüsiert. »Ich habe gewusst, dass sie aus dem Fenster starren würden, wenn ich auf dem Grundstück umhertorkeln und im Februar Rasen mähen würde. Da hatten sie etwas über den deprimierten verlassenen Nachbarn zu klatschen, der sich rund um die Uhr betrank.«

In Jan Olofs Augen lag ein irres Glühen; Erika wand sich innerlich vor Angst. Aber sie rührte sich nicht, atmete so still, wie sie konnte, machte sich so unsichtbar wie möglich. Plötzlich lachte Jan Olof auf.

»Tüchtiges Mädchen. Ich wusste, dass dir das gefallen würde, wusste es schon beim ersten Mal, als ich dich sah.«

Jan Olof tätschelte leicht Erikas Pobacke. Dann ließ er eine Handfläche darauf hinabsausen, mit einem leichten, aber doch brennenden Klaps. Sie keuchte auf und erstickte ein Wimmern, während eine rasende Wut in ihr anschwoll. Jan Olof ging wieder dazu über, ihre Haare zu streicheln, Strähnen um seine Finger zu wickeln und ihre Augenbrauen und Wimpern zu mustern.

»Ingemar, ja«, murmelte er, seine Stimme war rauer geworden, seine Finger härter, zielgerichteter.

»Ihm etwas vorzumachen war längst nicht so einfach. Am Ende wurde er verflixt lästig. Als er herkam, wurde mir auch klar, dass mein Plan auf lange Sicht nicht klappen würde. Ich musste Barbro wegschaffen, sie mitnehmen, mit ihr fort. Aber sie weigerte sich. Also hatte ich keine andere Wahl …«

Jan Olof legte den Kopf schief, musterte interessiert Erikas Gesicht und hob ihr Kinn ein klein wenig hoch, näher zu sich heran. Er lachte. In seine blassen Augen war ein verschwommener Glanz getreten. Er saugte einen Augenblick an seinem Zeigefinger und zog mit der Fingerspitze eine feuchte Spur über Erikas Lippen. Erika schluchzte, eine Folge von Schauern überlief ihren Körper, und ihre Muskeln schmerzten vor Anstrengung. Eine Rückenhälfte drohte im Krampf nachzugeben. Sie atmete mit geöffnetem Mund.

»Hab keine Angst, alles wird gut. Und gleich spielen wir

ein wenig. Dir wird es hier bei mir gefallen. Und auch wenn du glaubst, dass sie nach dir suchen werden, so werden sie nichts finden. Bald sind wir fort. Ich habe ihr zuletzt das Leben genommen … Und dann gibt es nur noch dich und mich, meine Schöne. Nur noch mich und dich.«

Kapitel 67

Per biss vor Schmerz die Zähne zusammen und versuchte, seinen Körper so still wie möglich zu halten, während Torbjörn nach Askim jagte und dabei gegen jede Geschwindigkeitsbegrenzung verstieß. Per betete zu Gott, dass ihnen auf der schmalen, sich aufwärts schlängelnden Straße zum Grat kein ahnungsloser Rentner mit Rollator oder ein Auto entgegenkommen würde. Nur ein Mann, der seinen Hund spazieren führte, war der Einzige, der sich mit einem Hechtsprung vor ihrem Wagen retten musste. Schleudernd brachte Torbjörn das Auto vor der Garage von Olofssons Villa zum Stehen, sprang heraus und ging voran. Er nahm die Treppe in einem Schritt, zog an der Haustür und fand sie verschlossen vor, sprang geradewegs auf die Garageneinfahrt und zerrte am Tor, das jedoch ebenfalls verriegelt war. Per schälte sich aus dem Auto und folgte ihm so schnell, wie es sein Zustand zuließ. Torbjörn musterte ein paar Sekunden das Schloss und die Tür, bevor er ein paar Schritte zurückwich, Augenmaß nahm und mit ganzer Kraft gegen das Türblatt trat. Holzsplitter stoben umher, als das Schloss nachgab. Torbjörn schob die Tür auf und ging hinein.

»Dort«, rief Per, als sie in der Garage standen, und zeigte auf die Kellertür. Torbjörn zog sie auf, und sie betraten den stillen Raum. Torbjörn warf Per einen fragenden Blick zu; seine Hände umschlossen seine gezogene Waffe.

»Die Katze hat da drüben an der Wand herumgelungert.«

Per zeigte auf die Regale mit den Kartons und Einmachgläsern. Alte ausrangierte Billy-Bücherregale, denen ein neuer Lebenssinn geschenkt wurde. Verzweifelt schweifte Pers Blick über die Wände und den Boden. Er zeigte fragend in eine Ecke. Dort saß eine seltsame Klimaanlagenvorrichtung mit einem vergitterten Abzug. Oder handelte es sich vielleicht um einen Zugang? Da sah er eine hauchdünne, fast unsichtbare halbmondförmige Schleifspur auf dem Boden. Schweigend deutete er darauf. Torbjörn nickte, trat ans Regal und zog daran. Beinahe wäre er hingefallen. Das Regal glitt sanft zur Seite und öffnete sich wie eine Pforte. Es lief auf Rädern. Dahinter war eine mächtige Stahltür in die Betonwand eingelassen, mit einer Klinke und einem schweren Holm, den jemand abgenommen und an die Wand gelehnt hatte. Torbjörn pfiff leise durch die Zähne.

»Ein Schutzraum, ganz schön gerissen!«

Die Stahltür öffnete sich nach innen. Torbjörn griff nach der Klinke. Per schluckte. Er versuchte sich gegen das zu wappnen, was ihn womöglich auf der anderen Seite erwartete. Sie wechselten einen kurzen Blick, nickten sich zu. Dann schob Torbjörn mit der Schulter die Stahltür auf, die Waffe vorgestreckt.

Kapitel 68

Jan Olof saß hinter Erika. Sie kämpfte gegen den Krampf in ihrem Schenkel an, der langsam akute Ausmaße annahm. Der Riemen um ihren Hals zog sich immer enger zu, doch ihr Gefängniswärter schien dies nicht zu bemerken.

»Bitte … machen Sie den Riemen ab«, flüsterte sie, ihre Stimme verlor sich, ihre Kehle wurde immer mehr zugeschnürt. Jan Olof lachte träge. Er klang geistesabwesend, beinahe wie betäubt. Im Spiegel sah sie, dass er eine kleine Plastikverpackung aufriss. Er hielt einen weißen Stummel zwischen den Fingern. Ein Zäpfchen. Verdammt! Doch sie war im selben Moment dankbar dafür, dass er sich nicht für eine Spritze entschieden hatte. Sie spürte seine Finger an ihrem Hintern und einen kurzen Schmerz. Brechreiz überfiel sie, aber es gelang ihr, ihn zu unterdrücken.

»Es tut mir leid, dass ich das tun muss, aber ich möchte nicht, dass du anfängst, Scherereien zu machen. Wir …«

Plötzlich erhob sich Jan Olof und schwankte. Mit einem Mal stand er ein Stück entfernt und nahm Witterung auf wie ein Tier. Auch Erika erkannte, dass sie vor der Tür ein leises scharrendes Geräusch gehört hatte. Sie hielt den Atem an.

»Neiiin, nein …«

Jan Olofs Stimme brach und wurde zu einem Heulen, einem Schrei, versank in einem erbärmlichen Schluchzen.

Erika verhielt sich so still, wie sie nur konnte. Sie kämpfte gegen die Schmerzen im Schenkel und das Zittern an, das ihren Körper in Besitz zu nehmen drohte. Sie lauschte, während der Pulsschlag an ihrem Hals sie beinahe erstickte. Aus dem Augenwinkel sah sie, wie sich zwei dunkle Schatten am

Rande ihres Blickfeldes auftürmten. Mit einem Mal lag eine starke Spannung in der Luft. Sie hörte Stimmen, erkannte sie aber nicht. Registrierte Worte, die ihr bekannt vorkamen, harsch und befehlend. Etwas daran klang beruhigend. Kleine weiße und rote Flecken begannen in ihrem Blickfeld zu schwimmen, in ihrem Kopf summte es, sie konnte nichts mehr hören. Es klang, als ob sie sich unter einer Wasseroberfläche befand und die Geräusche, die Stimmen, die sie wahrnahm, von weit her zu kommen schienen.

»Zur Hölle, löse den Riemen, sie erstickt ja!«, schrie Torbjörn, während er Jan Olof nicht eine Sekunde aus den Augen ließ, der nun mit dem Rücken am anderen Ende des Raumes an der Wand stand, die Augen weit aufgerissen, die Hände weit von sich gestreckt.

Per gehorchte und versuchte schnell zu begreifen, nach welchem System Jan Olof Erikas Körper gefesselt hatte. Die Führungsschlinge zog sich vom Bein aufwärts über den Rücken und verband die Füße mit dem Hals. Er nahm an, dass sie nur in eine Richtung verlief. Sich fester zuzog. Aber nicht zurücklief. Er durfte nichts falsch machen. Zuerst ging er logisch an die Sache heran, dann handelte er instinktiv. Er hatte diese Art der Fesselung schon einmal gesehen. Mit einem Mal wusste er …

»Zeig uns, wie wir sie losbekommen«, bellte Torbjörn und trat ein paar Schritte dichter an Jan Olof heran, während er die Waffe auf seinen Kopf richtete. »Hast du mich verstanden …?«

Im selben Augenblick warf Jan Olof sich zur Seite, zu der Puppe, die reglos mit weit aufgerissenen Augen und erstauntem Ausdruck an der Wand saß. Er riss etwas an sich, was hinter ihr lag. Torbjörn sah nur ein Aufblitzen, dann begriff er, was es war – eine Schere. Er ging noch einen Schritt näher, um sich zwischen Jan Olof und dem Bett zu positionieren, auf dem Erika lag. Aber das, was geschah, war nicht das, womit er gerechnet hatte.

Jan Olof umklammerte die Schere so fest, das jegliches Blut aus seinen Knöcheln wich, und richtete die Spitzen auf sein Gesicht. Einen schwindelerregend flüchtigen Moment spürte Torbjörn, wie er in Jan Olofs Augen in einen Abgrund sah. Sein Körper nahm instinktiv wahr, was geschehen würde, bevor er den Gedanken zu Ende gedacht hatte. Torbjörn warf sich nach vorne. Und schloss die Augen, als ihm Blut ins Gesicht spritzte …

Nachdem Per mit Erika im Notarztwagen davongefahren war, blieb Torbjörn zurück und wartete auf die Techniker und den Leichenwagen. Der üble Geruch von Blut hing in dem Raum. Das Bett, auf dem Erika gelegen hatte, stand in der Mitte, die schmalen Riemen ringelten sich wie schwarze Schlangen auf dem weißen Überwurf. Schräg hinter ihm lag Jan Olofs Körper zu unnatürlicher Stellung verdreht, reglos und still. Torbjörn vermied es, den Leichnam anzusehen, und ließ seinen Blick auf der Gummipuppe verweilen, die mit aufgerissenen Augen und einem Mund, der in einem Aufschrei des Entsetzens erstarrt war, an der Wand saß.

Erika hatte versucht, ihnen krächzend etwas zu erzählen, bevor sie ins Krankenhaus transportiert wurde. Er glaubte, die Worte »eingesperrt« und »Barbro« vernommen zu haben. Das monotone Summen zog seine Aufmerksamkeit auf sich. An der anderen Wand stand eine große Gefriertruhe, auf dem Fußboden davor waren Schleifspuren zu sehen. Langsam trat er an die Truhe, betrachtete sie nachdenklich, bevor er mit seiner behandschuhten Hand den Griff packte und daran zog.

Eine eisige Dampfwolke stieg auf, als der Deckel mit einem schmatzenden Laut nachgab. Als der weiße Dunst verflogen war, sah er hinein. Er zuckte so heftig zurück, dass er sich den Kopf am Deckel stieß, als er in die starren leeren braunen Augen sah.

Kapitel 69

Erika trat durch die Tür. Verbrauchte Luft schlug ihr entgegen. Erik, Torbjörn und Aleks saßen schon im Besprechungszimmer. Bis auf Torbjörn lächelten ihr alle strahlend zu, so dass sie die Hand vor das Gesicht nehmen musste, um ihre Freude und Rührung zu verbergen.

Sie hatte die neugierigen Blicke auf den Fluren und im Pausenraum wie Stiche auf der Haut gespürt. War neuen Kollegen begegnet, die sie nicht kannte, die sie aber mit einem anerkennenden Blick gegrüßt hatten. Manche waren zu ihr gekommen, hatten sie umarmt und gefragt, wie es ihr ging. Der Sauerstoff war zurückgekehrt, sie konnte wieder atmen, den Blicken ihrer Kollegen aufrecht begegnen.

Torbjörn saß entspannt zurückgelehnt auf seinem Stuhl und nickte ihr kurz zu. Erika meinte, ein flüchtiges Lächeln aufblitzen zu sehen, ein Funkeln in den hellen Augen, Respekt. Ihr Blick begegnete seinem, sie hielt ihn fest. Sie war zutiefst dankbar für das, was er und Per für sie getan hatten. Torbjörn straffte leicht die Schultern und verschob den Kautabak im Mund. Erika lächelte.

Schnell setzte sie sich neben Aleks, der ihr ein verschmitztes Lächeln schenkte und den Arm diskret hinter ihr auf den Stuhlrücken legte. Erika sah ihn fragend an. Seit mehreren Wochen war er wegen seiner kranken Kinder immer mal wieder zu Hause geblieben. Sein sonst so frisches munteres Gesicht hatte ein grauer, erschöpfter Schimmer überzogen. Beschämt wurde ihr klar, dass sie ihn in der letzten Zeit kaum gesehen hatte. Aber sie hatte so mit ihrer eigenen Angst zu tun gehabt und wie unter einer Käseglocke gesessen, dass sie es nicht bemerkt hatte. Jetzt sah er anders aus, zufriedener.

»Wie geht es den Kindern?«, fragte sie leise.

»Mit denen ist alles in Ordnung«, sagte er und erwiderte ihr Lächeln. »Auch wenn ihnen eine gehörige Tracht Prügel hier und da nicht schaden würde.« Erika zog fragend die Augenbrauen hoch, doch bevor Aleks antworten konnte, umrundete Erik den Tisch und nahm sie genießerisch und mit festem Griff in die Arme. Sie stöhnte leise.

»Respekt, Mädchen, Respekt.« Er schüttelte den Kopf. »Aber du musst als Ermittlerin einen persönlichen Verletzungsrekord aufgestellt haben. Versprich mir, diesen Teil deiner Karriere nicht weiter zu verfolgen, ja? Man könnte ja beinahe glauben, auf dem Set eines Mumienfilms gelandet zu sein«, gluckste er.

Erika bedankte sich mit einem schiefen Lächeln für das Kompliment. Sie wusste nur zu genau, wie sie aussah. Die linke Hand war wieder einmal bandagiert. Die übrigen Verletzungen verbargen zum Glück ihre Kleidung.

»Mir ist zu Ohren gekommen, dass du auf deine alten Tage Hauseigentümerin geworden bist«, neckte Erik sie und schlürfte hörbar seinen Kaffee. Erika nickte und spürte, wie sich ein Gefühl von Wärme in ihr ausbreitete. Nach zig seltsamen Umwegen war sie endlich in das kleine braune Häuschen am Meer gezogen, nicht zuletzt mit Kristers Hilfe, der dem abweisenden Bankangestellten mit den Worten zugesetzt hatte, dass sie ein gutes Geschäft noch nicht einmal dann wittern würden, wenn es sie ansprang und sie in den Hintern biss. Und schließlich hatte er Kristers lautstark geäußerten Worten sein Ohr geliehen, und Erika war mit einem Darlehen für die läppischen zweihunderttausend Kronen, die Einar Andersson für sein Haus verlangte, aus der Bank spaziert. Ein raffinierter erhobener Zeigefinger in Richtung der gierigen Erben. Er und seine frischangetraute Frau würden in ihrer Wohnung in Älvstranden wohnen, mit dem Boot zum Essen und in die Oper fahren und das Geld fürs Reisen verwenden – und den gierigen Sprösslingen nicht einen roten Heller hinterlassen.

»Und du wohnst jetzt also da draußen zwischen all den Millionären, ja?«, schmunzelte Erik. Erika schüttelte lächelnd den Kopf. Die Millionäre interessierten sie nicht, sie hatte sich in den Ort verliebt. Genoss jeden Augenblick in ihrer primitiven Hütte. Und ließ den Gedanken freien Lauf, was man mit dem kleinen Haus alles so anstellen könnte, untermauert von Eskos Entwurfsskizzen, die sie im Haus aufgehängt hatte.

»Das ist ein Sommerhaus, Erik. Es gibt keinen Bebauungsplan«, sagte sie mit einem Lächeln.

»Ja, sag mal, ... hast du denn aus diesem bescheuerten Fall nichts gelernt?«, protestierte Erik. »Der Bebauungsplan wird geändert. Und dann sitzt du auf Millionen, meine Schöne. Bei dem Meerblick, Mensch! Ach, übrigens, Erika ... was haben eigentlich diese beiden Mumintrolle auf deinem Schreibtisch zu suchen?«

Erika fing an zu lachen. Sie nickte und wischte sich die Tränen ab, um das Make-up, das sie zur Feier des Tages aufgetragen hatte, am Auflösen zu hindern.

»Ich will sie einem Freund schenken ...«, flüsterte sie über den Tisch.

Bengt kam als Letzter. Er hielt einen Stapel Papiere in den Händen, als ob er sie auf dem Weg ins Besprechungszimmer gelesen hatte. Er musterte seine Arbeitsgruppe – alle wirkten ungewöhnlich frisch und gutaufgelegt. Eine Verletzte, die aber offensichtlich sehr guter Laune war ... und ein verhinderter Kollege, der in Norrland bei einem Begräbnis war. Er setzte sich und bat Erika freundlich, die Geschehnisse des Falls zusammenzufassen. Der letzte Akt, bevor sie die Ermittlungen endgültig beendeten.

Erika sammelte sich, sah auf ihre Papiere hinunter, spürte, wie sich ihr Hals für einen Moment zusammenzog, bevor sie sich räusperte und zu Erik aufsah, der ihr gutmütig zunickte.

»Wie wir wissen, hat alles damit angefangen, dass Jan Olof eine Vermisstenanzeige aufgegeben hat …« Ruhig und methodisch gab Erika wieder, dass Barbro mit ihrem Mann angeblich zur Autowerkstatt und von dort zu ihren Eltern nach Alingsås gefahren war, wo sie ein paar Tage verbringen sollte, dann jedoch nicht zu dem Abendessen mit ihrem Gatten erschienen sei und dieser sie telefonisch nicht erreichen konnte.

»Wir wissen jetzt, dass sie gar nicht mit ihrem Mann mitgefahren ist, um das Auto abzuholen, sondern in ihrem eigenen Haus im Keller eingesperrt war. Er hat die Fahrt zur Autowerkstatt nur inszeniert und den verlassenen Ehemann gespielt, der sich hemmungslos betrank und sich von allen zurückzog. Er ist allein ins Restaurant gegangen, hat an der Bar gesessen und vorgegeben, auf sie zu warten. Zwischen den Feiertagen hatte er mit der Post eine Sendung erhalten, die an seine Büroadresse geschickt worden war, es waren Seiten aus einem von Barbro verfassten Tagebuch. Der Inhalt hatte ihn so wütend gemacht, dass er seine Frau beinahe im Affekt getötet hätte, bevor er sich besann und sie im Schutzraum des eigenen Hauses gefangen hielt. Vom Tagebuch gibt es keine Spur.« Sie sammelte sich kurz, schluckte wegen des plötzlichen Ekels, den sie verspürte, während sich ihr die Erinnerungen aufdrängten.

»Wir waren im Haus, wussten aber nicht, dass neben der Garage im Haus ein Schutzraum existierte. Als Jan Olofs

Partner ihn unangemeldet besuchte und sich nicht abspeisen ließ, packte Jan Olof die Verzweiflung. Er täuschte seinen Selbstmord vor, um Ingemar daran zu hindern, ihm auf die Schliche zu kommen, und wurde ins Krankenhaus eingeliefert. Er hat mir erzählt, dass das der Zeitpunkt war, an dem er erkannte, wie unhaltbar seine Situation war, und dass er für sich entschied, dass er und Barbro verschwinden mussten. Er hatte jedoch die Rechnung ohne seine Frau gemacht, die sich weigerte. Da entschied er sich, sie stattdessen zu töten. Er hatte ihren Körper in eine Gefriertruhe gelegt, die sich im Nebenraum des Kellers befand. Die Obduktion ist noch nicht abgeschlossen, so dass wir die Todesursache noch nicht kennen, wir wissen jedoch, dass es sich um Barbro handelt und sie schon seit geraumer Zeit tot ist. Wir hatten lange angenommen, dass sie sich entschlossen hatte, das Land zu verlassen, vor allem, da sich ihr Telefon offenbar in New York befand. Doch es war Jan Olof gewesen, der es eingeschaltet auf die Reise geschickt hatte. Ja, und der Rest ist uns bekannt …«, fügte sie hinzu und verstummte. Erika spürte, wie sie errötete. Sie hätte es ahnen können, es wissen können – und wiederum auch nicht.

Torbjörn übernahm rasch und beendete die Zusammenfassung damit, dass er schilderte, wie Per durch einige Beobachtungen zu dem Schluss gekommen war, dass Erika sich in Gefahr befand, dass sie daraufhin bei Jan Olof eingebrochen seien und Erika vor seinem irrsinnigen Vorhaben gerettet hatten und er sich das Leben genommen hatte, als er aufgeflogen war.

»Aber erkläre mir doch noch mal, wie es angehen konnte, dass er seine Frau an der Werkstatt abgesetzt hat. Wir haben sie doch auf dem Band gesehen?«, protestierte Erik. Torbjörn gab ein glucksendes Lachen von sich.

»Er hatte seinen Irrtum ja erkannt, weshalb er so tat, als würde er die Frau zur Werkstatt fahren, um den Wagen abzuholen. Er hatte sich sogar die Mühe gemacht, die Überwachungskamera auf der Rückseite der Werkstatt zu zerstören ... Hatte ihre Sachen und ihren Pass eingepackt. Irgendwann wurde ihm wohl klar, dass sowohl die Verkehrsüberwachungskameras als auch die an der Werkstatt alles aufzeichnen würden. Er hatte eine aufblasbare Barbro, der er die Kleidung seiner Frau anzog. Darauf sind wir reingefallen«, sagte er mit einem so breiten Grinsen, dass sein Kautabakstummel aufblitzte.

»Ich verstehe nur eines nicht«, fügte Bengt mit hinterhältigem Lächeln hinzu.

»Dieser Club, in dem sie Herrschaft und Diener gespielt haben, wie wird man da Mitglied? Glaubt ihr, ich hätte eine Chance gehabt? Man durfte ja nur auf Einladung dorthin. Und es gab irgendeine Prüfung, die bestanden werden musste. Was mögen das wohl für Leute gewesen sein?«, sinnierte Bengt fröhlich. Torbjörn nickte mit einem amüsierten Lächeln. Auch Erika konnte sich das Lachen nicht verkneifen. Seit sie in seiner Gruppe arbeitete, hatte sie Bengt noch nie so erleichtert und quietschvergnügt erlebt.

»Tjaaa«, grinste Erik und brütete einen Moment über das nach, was ihm gerade in den Sinn gekommen war. »Wenn man an die vielen Knoten denkt, müssten sie eigentlich Schiffsjungen sein ...«

Kapitel 70

Erika richtete sich auf und verzog unwillkürlich das Gesicht. Ihr Steißbein schmerzte protestierend nach stundenlangem Stehen am Haublock. Sie zog die Schulterblätter nach hinten und dehnte die Halswirbel. Ihr ganzer Rücken fühlte sich an, als wäre er in sich zusammengesunken. Sie nahm die Axt in die linke Hand und öffnete und schloss die Finger der rechten, die von der Anstrengung ganz steif und geschwollen waren. Zufrieden betrachtete sie den Haufen Holzscheite.

Ihre Wangen waren von der Kälte und vor Anstrengung gerötet, aber unter der Kleidung war ihr warm und sie schwitzte. Sie sah aufs Meer. Von der See und den Eisschollen, die sich abermals rings um die Inseln und Klippen und weiter draußen in der Bucht gebildet hatten, war kein Laut zu vernehmen. Alles war still und erstarrt, zusammengekauert in dem verbissenen Warten darauf, dass der hartnäckige Winter sie endlich aus seiner Umklammerung entließ. Es war, als ob die ganze Natur keine unnötige Energie verbrauchen wollte.

In ihr Leben war allmählich Frieden eingekehrt. Sie wurde nicht mehr gejagt und bedroht, war nicht mehr jeden Moment auf der Hut. Göran saß im Gefängnis. Was danach aus ihm werden würde, wusste sie nicht. Langsam kehrte ihr Selbstbewusstsein, was die Arbeit betraf, wieder. Langsam verheilten ihre Wunden, mit jedem Tag ein bisschen mehr.

Sie tat einen tiefen Seufzer und versuchte die Schultern vorsichtig sinken zu lassen. Boss kam nach einer seiner kleinen Entdeckungstouren um die Hausecke gefegt und begrüßte sie überschwänglich. Erika beugte sich hinunter und erhielt feuchte Hundeküsse auf ihre kalten Wangen und den Mund. Sie lächelt leise vor sich hin. Ihre Schwester hatte ihr von Anfang an, obwohl sie die Expertin war, von dieser Hunderasse abgeraten. Ein Flat Coated Retriever – lieb und fröhlich, aber auch leicht zu erschrecken und verdammt versessen auf Gras und die Hinterlassenschaften anderer Hunde. Von Vogelscheiße gar nicht erst zu reden!

»Meine Güte, Erika! Ein Hund, der beim kleinsten Geräusch im Wald zurückschreckt und davonsaust. Sein ganzes Heck ist wie bei einem Gaul ständig in Bewegung. Und wie der pupst! Bei der Diät, mit den ganzen Leckerlis, die du ihm zusteckst, brauchst du dich nicht zu wundern, was du damit zum Leben erweckst. Bäh!«

Erika lächelte Boss liebevoll an und ließ ihn Küsschen verteilen. Nach seiner Verletzung am Hinterlauf war er immer noch etwas steifbeinig. Woher er die hatte, schien niemand zu wissen. Sie zog es vor, nicht darüber zu spekulieren. Erika ließ sich mit einem erschöpften Seufzer auf den Haublock sinken, schob die Finger unter die Ohren des Hundes und kraulte ihn, während Boss sich genüsslich an ihre Beine schmiegte und versuchte, auf seinem wedelnden Schwanz Sitz zu machen. Erika legte ihr Gesicht an seinen warmen weichen Kopf.

»Weißt du was, Boss, meine Schwester hat schon recht. Du wirst noch Verschleißerscheinungen am Popo bekommen, so wie du die ganze Zeit mit dem Schwanz wedelst«, murmelte sie schmunzelnd in sein Fell.

Plötzlich richtete der Hund sich auf, stob davon und galoppierte um die Hausecke. Steif erhob sich Erika von ihrem primitiven Sitzplatz. Ob das vielleicht Einar war? Er und seine Frau waren sie schon mehrfach besuchen gekommen, seit sie ihnen das Haus abgekauft hatte. Um zu sehen, ob es ihr gutgehe, hatte Einars neue Frau immer mit einem strahlenden Lächeln und einem Funkeln in den dunklen Augen gesagt. Einar platzte beinahe vor Stolz, als Fahrida entzückt lachend mit dem Hund geschmust und gespielt hatte. Erika vermutete, dass sie Boss heimlich verbotene Leckerlis zusteckte, wenn sie nicht hinsah, was sie ihr aber nur allzu gern verzieh.

Als sie ihn um die Hausecke kommen sah, war sie eigentlich schon darauf gefasst, aber irgendwie auch wieder nicht. Per blieb stehen, als sich ihre Blicke kreuzten. Seine Hände streichelten zerstreut den Hund, der ihn mit Liebeserklärungen überschüttete. Pers und Erikas Blicke trafen sich, fragend, suchend. Sie spürte, wie ihr Puls schneller schlug, sie unbeabsichtigt errötete. Görans Gesicht tauchte unwillkürlich vor ihrem inneren Auge auf, sein höhnisches Grinsen, sein alkoholisierter Atem, sein muskulöser Körper und seine groben Hände. … Sie schloss einen Moment die Augen, versuchte, eine Art Gleichgewicht zu finden und die Vorstellung zu verdrängen. Mit einem Mal stand Per neben ihr.

»Hallo …«, murmelte er in ihre Haare, eine warme Hand legte sich auf ihren Arm. Sie sah auf und blickte geradewegs in seine dunklen Augen, in das Feuer, das darin brannte.

»Hallo …«, erwiderte sie heiser und nahm einen Duft von frisch geduschter Haut, einer Spur Seife und dem würzigen Aftershave wahr, das er benutzte.

»Fein, dass es dem Hund gutgeht. Was für ein schönes Tier!«

Per lächelte sein träges wölfisches Lächeln. Erika starrte auf seine Lippen, die weißen Zähne, ein Eckzahn saß leicht schief.

»Ich hoffe, ich habe dir keinen Schrecken eingejagt«, neckte er sie. Verlegen errötete Erika, als er geschmeidig nach der Axt griff, die sie irgendwie immer noch in der Hand hielt.

»Musst du denn immer handgreiflich werden oder eine Waffe in der Hand haben, wenn ich in deine Nähe komme«, sagte er mit einem spöttischen Lächeln. Erika stöhnte und lehnte verlegen die Axt an die Hauswand.

»Verzeih«, murmelte sie. »Ich habe Holz gehackt und …«

»Ja, ja. Könntest du dir vorstellen, mich hereinzubitten, bevor ich erfriere? Ich habe etwas zu Essen mitgebracht.«

Per schwang die prall gefüllte Plastiktüte hin und her.

»Und Wein. Und Strega!«

Er öffnete seine Lederjacke weit, in seiner Brusttasche steckte eine Flasche des quietschgelben Likörs. Er strahlte, seine Augen tanzten. Erika sah ihn lange und forschend an, dann nickte sie mit einem Glucksen. Seine Exhibitionisten-Nummer war wirklich unwiderstehlich!

»O. k. Boss hat dich akzeptiert. Und du hast Essen und Kräuterlikör dabei. Willkommen, Fremder!«

Sie machte eine einladende Bewegung zur Haustür, und sie gingen hinein. Per stellte alles in die Küche, legte rasch ab und inspizierte, begleitet von scherzhaften Bemerkungen über norrländische Öko-Pioniere und perverse Verbeugungen vor den 70er Jahren, das Häuschen. Erika entschuldigte sich, um ins Badezimmer zu gehen, zog die verschwitzte Kleidung aus und stellte sich unter die Dusche. Sie hörte Per mit dem Hund sprechen und in ihrer Küche herumhantieren. Sie schämte sich, als sie an seine stilvolle und gutausgestattete Küche im Gegensatz zu ihrer primitiven und sehr dürftig eingerichteten dachte. Als sie fertig geduscht, Jeans und Pulli angezogen hatte und ins Wohnzimmer kam, brannte schon ein Feuer im Kamin, und Per bereitete das Gemüse vor. Er reichte Erika einen rosa Plastikbecher mit kühlem Weißwein. Sie stießen an, und Erika stöhnte peinlich berührt auf.

»Ich weiß! Ich habe mich noch nicht so ganz eingerichtet. Aber ...«

»Dieses Haus hat echtes Potential«, unterbrach Per sie. »Du musst einfach diesen italienischen Architekten engagieren, warst du nicht sogar ein ganz kleines bisschen scharf auf ihn?«, sagte er mit einem hinterlistigen Lächeln und legte in einer gedankenverloren und doch bewussten Geste eine Hand auf ihre Schulter. Erika warf Per einen strafenden Blick zu.

»Scharf auf ihn? Also, jetzt reicht's aber ...«

Erika machte spielerisch Anstalten, sich auf ihn zu stürzen, besann sich jedoch. Plötzlich war ihr Kichern wie weggefegt. Per nahm ihr den Becher aus der Hand, stellte ihn ins Fenster und legte vorsichtig die Arme um sie. Er zog sie an sich und vergrub den Kopf in ihren Haaren, streichelte mit tastenden Bewegungen ihren Nacken.

»Du musst aufhören, handgreiflich zu werden ...«, murmelte er. Erika spürte sein unterdrücktes Lachen, sein Brustkorb bebte. Sie schloss die Augen und inhalierte den Duft seines Körpers und seiner Haare, spürte, wie seine Wärme das Blut in ihren Adern rauschen ließ. Behutsam gab er ihr einen Kuss auf die Wange, ließ sie los und schob sie sanft von sich. Ein Schauer überlief Erika, von ihrem Nacken zog sich eine Gänsehaut bis über ihren Rücken.

Wenig später saß Erika in eine weiche Fleecedecke gehüllt auf Einars altem durchgesessenen Sofa mit dem hässlichen Plastikbecher in der Hand und sah zwischen dem Feuer und Per hin und her, der breit lächelnd in ihrer Küche stand, sich ihre neue Schürze umgebunden hatte und kochte.

Zu Anfang hatte sie das Gefühl gehabt, Distanz zu ihm wahren zu müssen. Hatte sein zurückhaltendes Belauern fälschlicherweise als ein aufgeblasenes Ego gewertet, aufgrund seines charmanten Äußeren angenommen, dass er es gewohnt war, dass bei ihm die Frauen Schlange standen. Doch während sie seinen kräftigen Körper betrachtete, der mit zielgerichteten Bewegungen das Essen zubereitete, traf sie die Erkenntnis – geliebt hatte sie schon seit vielen Jahren nicht mehr. Die Liebe, die sie gefunden zu haben glaubte, war schon weitaus früher erkaltet und versiegt, als sie es erkannt hatte.

Sie aßen vorm Kamin, redeten durcheinander, erzählten, mal ernst, mal lachend, und schoben Boss zur Seite, der sich eifersüchtig zwischen sie drängte und sie mit feuchten flehenden Augen ansah.

»Ich habe Esko gefragt, ob er das Haus umplanen möchte, nun, ausgehend von dem jetzigen Grundriss also. Ich mag deinen Freund. Er ist ein guter Architekt.« Erika musste leise kichern.

Per betrachtete sie amüsiert.

»Und … was hat er gesagt?«

Erika stand auf und holte die schönen Skizzen, die Esko schnell und spontan angefertigt hatte, als er zu Besuch gekommen war.

»Wahnsinn!«, äußerte Per anerkennend und bewunderte die Entwürfe seines Freundes, heftete seinen Blick aber schnell wieder auf Erikas Gesicht.

»Du bist schön«, sagte er mit einem Lächeln und strich ihr behutsam eine Haarsträhne von der Wange. Zu seiner Verblüffung errötete sie, wandte das Gesicht ab und trank den letzten Schluck Wein.

»Das hätte ich schon viel früher sagen sollen – dass du schön bist«, bemerkte er gedehnt und musterte ihr Profil. Auf ihren Haaren lag vom Widerschein des Feuers ein goldroter Schimmer. Er konnte sehen, wie sie schluckte. Nach einem Moment drehte sie sich verschmitzt lächelnd zu ihm um.

»Danke. Es tut gut, das zu hören …«

Sie kicherte erneut und streckte auffordernd den Becher vor. Per schenkte ihr nach. Erika war warm und kalt zugleich. Die Glut, die tief in Pers braunen Augen schwelte, zog sie an. Sie setzte sich auf, richtete den Pulli, glättete ihre Jeans und strich sich rasch den zerzausten Pony zur Seite, der genauso schnell wieder zurückfiel.

»Fährst du gerne Ski?«, murmelte er mit dunkler Stimme. Sie nickte. Er lächelte, an Erika überraschte ihn nichts mehr. Alles machte Sinn, fügte sich zu einem klaren Gesamtbild. Er wusste, was ihn erwartete, und auch wieder nicht …

»Bist du schon mal in Funäsdalen gewesen?«, fragte er, und sie nickte erneut, begleitet von demselben glucksenden Lachen wie zuvor und mit funkelnden Augen. »Mein Bruder hat dort ein Hotel«, erläuterte Per und spürte, wie ansteckend Erikas Erheiterung auf ihn wirkte.

»Am See. Ich habe ihn und seine Familie dort besucht. Es ist ein alter Bauernhof, sie haben ihn umgebaut und eine phantastische Arbeit geleistet.«

Erika schloss kurz die Augen, schien in sich hineinzuhorchen, einem Gefühl nachzuspüren. Als sie ihn wieder ansah, war er es, der schlucken musste.

»Ich habe da oben zwei Winter gearbeitet«, sagte sie weich. »In Ramundberget und Tänndalen. Als Küchenhilfe, Putzfrau, Kellnerin und Skilehrerin.«

Ihr Lächeln wurde breiter, als sie Pers überraschte Miene sah.

»Na ja, Skilehrerin ist vielleicht zu viel gesagt …«, gab sie zu. »Aber ich habe den Leuten in den Lift geholfen, die Kinder den Übungshügel hochgeschleppt und den Kleinsten gezeigt, wie man richtig bremst. Mein Vater ist dort aufgewachsen«, fügte sie als Erklärung hinzu.

»Ich kann dir beim Umbau helfen«, sagte Per und war mit einem Mal wieder ernst. »Ich bin recht geschickt. Und ich habe Kraft.«

Er lehnte sich auf dem Sofa zurück und verschränkte lässig die Arme im Nacken.

»Du hast Kraft. Und du kannst handgreiflich werden …« Sie legte eine Hand an seine Wange. Ihre Blicke trafen sich.

»Danke«, sagte sie mit Nachdruck. »Ich habe es noch nicht gesagt, aber ich bin dir enorm dankbar dafür, dass …« Sie schlug die Augen nieder.

»Du musst dich nicht schämen«, antwortete Per. »Keiner von uns hat es geahnt. Der arme Kerl, dass er so den Verstand verloren hat. Ich bin so froh, dass dir nichts passiert ist …«

Als die Dunkelheit sich über die Inseln, das Meer und die Klippen gesenkt hatte und im Kamin nur noch eine rote Glut brannte, erhob sich Per widerwillig vom Sofa.

»Ich muss jetzt gehen. Ich bin hundemüde und brauche dringend Schlaf. Muss meine Blessuren heilen lassen. In nur vier Wochen muss ich für Japan packen. Und dort hoffentlich einen neuen Grad erlangen.« Ein Lächeln huschte über sein Gesicht. Erika begleitete ihn zur Tür und plauderte mit ihm über die kommenden Turniere in Kyoto, über seine Chancen, nachdem er verletzt gewesen war, während Per sich Jacke und Schuhe anzog.

»Du solltest dich von mir fernhalten …«, sagte Erika atemlos, gerade als er gehen wollte. Er drehte sich schnell um, sein Blick war dunkel und undeutbar. Erika schloss die Augen und fluchte innerlich. Verdammt, ich sollte dich bitten zu bleiben, ich bin dein, wenn du mich willst, ich … verdammt!

»Ich bin keine Neuware mehr, ich meine es ernst, Per, ich …«

Per rührte sich nicht. Dann ging er zu ihr zurück, legte

eine Hand um ihren Nacken und küsste sie. Erika kämpfte ein paar Sekunden dagegen an, bevor sie nachgab und seinen Kuss erwiderte, hungrig, eins mit ihm. Per ließ sie widerstrebend los und musterte sie mit einem unlesbaren Blick, bevor er sich umdrehte und mit raschen Schritten die Straße hinunterging.

Erika blieb stehen und sah ihm nach, bis er hinter der Anhöhe verschwunden war. Die Tränen saßen wie ein schmerzender Kloß in ihrem Hals, als Boss sich an ihr Bein schmiegte und sie hechelnd und schwanzwedelnd zu trösten versuchte.

Kapitel 71

Helene zog ihren Koffer die letzten Meter der steilen Gasse hinauf und in die Lobby des Hotels. Sie checkte ein, ging zu ihrem Zimmer, das groß war und eine hohe Decke hatte und einen Balkon. Die Wärme in dem ungelüfteten Zimmer war drückend, sie öffnete die Balkontüren und trat hinaus. Dröhnender Lärm scholl ihr entgegen. Das Hotel lag zwar in einer Sackgasse, so wie es im Internet gestanden hatte, aber man hatte vergessen zu erwähnen, dass die Rückseite zur Straße hinausging, offenbar die einzige Durchgangsstraße der Insel. Die Straße stieg steil bergan und Vespas, Lastwagen und garstige Motorräder gaben direkt unter ihrem Balkon Gas, was das Zeug hielt.

Sie ging zurück zur Rezeption und erklärte in einer Mischung aus Englisch und gebrochenem Italienisch, dass sie den Lärm nicht vertrug, dass sie ein anderes, ein stilles Zimmer haben wollte. Als der Mann an der Rezeption energisch den Kopf schüttelte und sagte, dass das Hotel ausgebucht sei, verließen Helene die letzten Kräfte und Tränen stiegen ihr in die Augen. Die Traurigkeit überrollte sie wie eine ungedämmte Flutwelle, so dass sie hilflos und verzweifelt anfing zu schluchzen. Der wohlgenährte Italiener rang die Hände, leierte etwas von Chefin herunter und verschwand hinter der Rezeption.

Wenig später trat eine schlanke, attraktive Frau um die dreißig mit langen zurückgekämmten Haaren zu Helene. Sie trug ein schwarzes Kostüm und eleganten Schmuck und legte eine kühle Hand auf ihre. Sie fragte sanft, wie es ihr gehe und weshalb sie so traurig sei. Als sie begriff, dass Helene einfach nur Ruhe brauchte, lächelte sie sie herzlich an und sagte, dass sich da etwas machen ließe. Sie warf dem Italiener einen strengen Blick zu, und Helene fing etwas von Zimmer 36 auf.

»Bene. Dann bringe ich Sie jetzt zu Ihrer Unterkunft. Es ist nicht groß, aber … es ist ruhig.«

Sie nahmen den Fahrstuhl in den obersten Stock und gingen durch einen langen und ziemlich engen Korridor zu einer Tür, die zu einem anderen Gebäudeteil zu führen schien. Sie glich mit den breiten großen Brettern und alten Beschlägen viel mehr einer Haustür. Die Frau öffnete die niedrige Tür und bat Helene zuvorkommend eine schmale und sehr steile Treppe hinauf. Helene schloss die Augen – das durfte nicht wahr sein. Vom Straßenlärm und den Abgasen hin zu irgendeiner stickigen staubigen Dachkammer? Ihre Gedanken wanderten zu Stig Helmer auf seiner Skireise in den Alpen.

Aber die Treppe führte nicht auf einen Dachboden, sondern hinaus auf das Flachdach des Hotels. Als Helene hinaustrat, wurde sie von der Sonne geblendet, die gerade am Horizont unterging und wie ein Schneidbrenner über dem Meer hing. Unverständlich sah sie auf das große Flachdach, das auf verschiedenen Niveaus weiterlief und von einer niedrigen Mauer eingefasst war. Hier und da standen Terrakottatöpfe mit vergessenen Palmen und Aloe vera. Die Palmen raschelten trocken und leblos, aber an den Mauern rankten sich Bougainvilleen, die gerade frisch in kräftigem Lila und Pink erblüht waren. Der Ausblick vom Dach des Hotels war einmalig.

Direkt vor der Treppe war ein Häuschen auf dem Dach, es sah aus wie ein Zuckerwürfel, den ein Riese nach seinem Frühstückskaffee dort vergessen hatte. Die Hotelchefin erläuterte entschuldigend, dass man für die Stille bezahlen müsse, indem man zum Duschen die Treppe zum Badezimmer im Korridor nehmen müsse.

Helene dankte ihr weinend. Die schöne Italienerin tätschelte ihr tröstend den Arm und scheuchte ihre Angestellten fort, nachdem sie in ihrer kleinen Unterkunft das Bett neu bezogen und ihr Espresso und Grappa serviert hatten.

Als Helene wieder allein war, setzte sie sich mit der Karte auf dem Schoß auf die Bank neben ihrer neuen Unterkunft und sah über die Dächer der kleinen Stadt zur nördlichen Küstenlinie Siziliens. Die Sonne ging gerade hinter der großen Insel unter; es sah aus, als würde sie im Abenddunst ein Stück über dem Meer schweben. Langsam verlor sie sich im Dunst und verblasste von Orangerot zu Blasslila und Blau.

Helene ging hinter ihr kleines Zuckerwürfelhaus und sah nach Norden. Lipari, die Insel, auf der sie sich befand, war die größte der Inseln und die einzige, die so etwas wie eine Stadt hatte. Die zweitgrößte war die ländliche Insel Salina, die sie wie eine schwache blaugraue Luftspiegelung im Norden erkennen konnte. Näher am italienischen Festland, im Osten, lagen die Inseln Panarea und die berühmte Vulkaninsel Stromboli, auf der Ingrid Bergman sechs Jahre lang mit ihren Kindern und ihrem italienischen Ehemann in einem kleinen einfachen Haus gewohnt hatte. Helene meinte, die ständigen Rauchschwaden des Vulkans am Horizont zu erahnen.

Erneut drängten sich ihr die Tränen auf, tropften zuerst still ins Glas. Zuletzt raubten sie ihr den Atem und den letzten Funken Kraft, so dass sie sich auf die Steinplatten warf. Wie lange sie so zusammengerollt auf den Steinen gelegen hatte, konnte sie nicht sagen. Ihr Körper war steif, und sie fröstelte, als sie wieder zu sich kam. Es war dunkel geworden, und der Wind, der vom Meer herüberwehte, war frisch und trug seinen Geruch mit sich. Mühsam rappelte sie sich hoch, betrat das kleine Würfelzuckerhaus und schloss die Fenster, durch die eine Brise hineinkam.

Sie zog einen Stoß handbeschriebener Seiten aus dem Rucksack. Wie das Ganze angefangen hatte, wusste sie im Grunde gar nicht richtig. Toni und sie hatten zu Beginn ihres Bauvorhabens engen Kontakt zu Barbro gehabt. Bei einer dieser Gelegenheiten hatte sich Vanja mit Helene in Verbindung gesetzt. Zuerst hatte sie mit Erstaunen und Misstrauen auf das, was Vanja ihr erzählte, reagiert. Danach hatte sie es bitter bereut, damals nicht mehr auf ihr Bauchgefühl vertraut zu haben.

Dann war Toni gestorben und hatte sie mit einem halbfertigen Haus, der ganzen Verantwortung, den Auseinandersetzungen mit den Behörden und der nachbarschaftlichen Fehde allein gelassen. Als sie zum ersten Mal nach dem Tod ihres geliebten Mannes wieder das Stadtbauamt aufgesucht hatte, war sie geradewegs in Vanjas Büro gegangen, und sie hatte ein Blick getroffen, der ihr vor Angst eine Gänsehaut eingejagt hatte. Das Tagebuch war in Helenes Besitz übergegangen, leihweise, wie Vanja mit nacktem, schutzlosem Augenausdruck gesagt hatte.

Der Inhalt des Tagebuchs hatte Helene einen solchen Schock versetzt, dass sie zur Spüle ihres unfertigen Hauses gewankt war und ihr armseliges Abendessen erbrochen hatte. Dass sie einem Menschen begegnet waren, der dermaßen narzisstisch war, jede Bodenhaftung verloren und irgendeine emotionale Störung hatte, darüber hatten sie und ihr Mann Toni schon nach der ersten Begegnung mit Barbro gesprochen. Aber Toni hatte sich ganz gemäß seiner üblichen professionellen Zuversicht Barbros mit der Einstellung angenommen, dass sie nur eine Frau war, die nach Aufmerksamkeit lechzte und von ihrer Arbeit tödlich gelangweilt war. Wie sehr er sich geirrt hatte, wurde Helene an dem Abend klar, an dem sie das Tagebuch aufgeschlagen hatte. Sie hatten ihren Feind falsch beurteilt.

Irgendwann während dieser langen Nacht, in der Helene das bizarre Buch gelesen hatte, kam ihr der Gedanke, dass das entweder ein schlechter Witz oder Barbro eine wahnsinnige Mythomanin war. Doch je weiter sie las, desto klarer wurde ihr, wie durchtrieben und krank das Spiel war, dem Barbros Umfeld ausgesetzt worden war.

Sorgfältig hatte Helene ein paar Seiten aus dem Tagebuch ausgesucht, sie kopiert, in einen Briefumschlag gesteckt und ihn in den Briefkasten des Wirtschaftsprüfungsbüros am Askims torg gelegt, an einem der letzten Tage im Dezember. In ihrem tiefsten Inneren wusste Helene, was sie dazu getrieben hatte – Rache. Für den Tod ihres Mannes, ihren zerstörten Traum und weil Barbro einfach so in ihr Leben geplatzt war und gedacht hatte, das Recht und die Möglichkeiten zu haben, damit tun zu können, was ihr beliebte. Und was wäre effektiver gewesen, als sich die Eifersucht ihres Mannes zunutze zu machen?

Es gab Seiten in Barbros Tagebuch, die Helene wieder und wieder gelesen hatte. Seiten, in denen Barbro von ihren Ambitionen schrieb, Tonis Ehefrau zu werden, über ihre Liebe, Seite an Seite mit ihm zu arbeiten, über ihr kommendes Leben ohne sie. Helene hatte diese Seiten mit einem Skalpell aus dem Tagebuch entfernt, so akkurat, dass niemand, der es sah, auf den Gedanken gekommen wäre, dass sie jemals existiert hätten. Diese Seiten tat sie nun in einen leeren Blumenkrug und zündete sie an.

Sie starrte auf die Flammen, die in der starken Brise rasch aufloderten und die Papierbögen verzehrten. Mit steigendem Entsetzen in der Magengrube hatte sie jede Zeile, die über

Barbros Verschwinden geschrieben wurde, verschlungen. Die Erkenntnis, was sie ausgelöst hatte, hatte sie so in Angst versetzt, dass sie beinahe den Verstand verloren hätte. Und wann immer die blonde Polizistin Kontakt zu ihr aufgenommen hatte, war sie darauf gefasst gewesen, entlarvt zu werden.

Als von den Bögen nur noch Asche übrig war, erhob sie sich, um einen Moment aufs Meer zu sehen. Es war Zeit, um zum Abendessen hinunterzugehen. Helene schloss für einen Moment die Augen und spürte Tonis Gegenwart so stark, wie sie es immerzu den ganzen Winter über seit seinem Tod gefühlt hatte. Ihr war bewusst, dass ihr nur noch kurze Zeit blieb, seine Gesellschaft zu genießen. Bald würde seine Seele sie verlassen und davonschweben. Wenn ihre Italienreise zu Ende sein würde, würde sie zu ihrer Schwester nach Kreta weiterreisen und mit ihr den Bau des neuen Hotels beaufsichtigen. Vielleicht würde sie auch ganz dort bleiben. Wer weiß.

»Bleib bei mir, bis ich auf Kreta bin«, bat sie ihn und spürte, wie er neben ihr lächelte und seinen Arm unter ihren schob.

Dank an

Jens Ahlstrand, Kriminalkommissar
Nils Hassellöf, Architekt
Kerstin Elfberg, Hundenärrin und Ausbilderin an der Hundeschule
Gunilla Hedin, geduldige Leserin meines Manuskripts
Ulrik Vinje, Psychologielehrer

Fiktion und Wirklichkeit

Das Stadtbauamt ist renoviert worden und sieht heute nicht mehr so heruntergekommen aus, wie ich es beschrieben habe.

Teile der Handlung dieses Romans spielen auf der Halbinsel Näset, einer Einfamilienhausgegend im südwestlichen Teil Göteborgs. Mit dem Recht der künstlerischen Freiheit habe ich die realen Gegebenheiten etwas verändert. Weder Eskos noch Einars Sommerhäuser existieren, und es gibt auch keine neugebaute Straße, die Nya Badvägen heißt, wodurch auch keine der Immobilien existieren, die ich dort angesiedelt habe. Das exzentrische Haus des Psychiaters gibt es allerdings wirklich, wenn auch an einem ganz anderen Ort.

Und meines Wissens gibt es auch niemanden, der in seinem Garten draußen auf Smithska udden Mumintrolle sammelt …